サイロ・エフェクト

高度専門化社会の罠

THE SILO EFFECT
The Peril of Expertise and the Promise of Breaking Down Barriers
Gillian Tett

フィナンシャル・タイムズ紙アメリカ版編集長
ジリアン・テット［著］
土方奈美［訳］

文藝春秋

サイロ・エフェクト

高度専門化社会の罠

〈目次〉

はじめに　なぜ、私たちは自分たちが何も見えていないことに気がつかないのか？　6

序　章　ブルームバーグ市長の特命事項　11
ブロンクスで、違法建築のビルに住んでいた家族が焼死した。なぜ、ニューヨーク市庁の検査官は、こうした違法建築を見つけることができないのか。答えは、三〇〇もの細かな専門に分かれた部署、つながっていないデータベース、つまり「サイロ」にあった。

第一章　人類学はサイロをあぶり出す　39
二〇世紀に始まった学問「人類学」は、アウトサイダーの視点をもってその社会の規範をあぶり出す学問である。その社会であたり前すぎて「見えなかった」規範が、アウトサイダーが中に入って暮らしてみることで見えてくる。

第二章　ソニーのたこつぼ　73
一九九九年のラスベガス。ソニーは絶頂期にあるように見えた。しかし、舞台上でCEOの出井伸之がお披露目した「ウォークマン」の次世代商品は、二つの部門がそれぞれ開発した二つの商品だった。互換性はなく、それは「サイロ」の深刻さを物語るものだった。

第三章　UBSはなぜ危機を理解できなかったのか？　111
UBSは、保守的な銀行と見られていた。ところが、〇八年のサブプライム危機で、ゴミ屑同然となったサブプライムローンをごっそり抱えて破綻寸前に追い込まれる。危機を抱えていたことを察知できなかった原因は、当たり前と思っていた分類の誤りにあった。

第四章　経済学者たちはなぜ間違えたのか？　145
ロンドン・スクール・オブ・エコノミクスを訪れた英国女王の素朴な問い「なぜ誰も危機を見抜けなかったのか」。経済学者や中央銀行、規制当局も、サイロにとらわれていた。CDOをしこたま仕入れるSIVといった新しい会社群は、サイロの分類にはなかったのだ。

第五章　殺人予報地図の作成　183
シカゴの人口は、ニューヨークの人口の三分の一であるにもかかわらず、殺人事件の件数はシカゴのほうが多かった。IT起業家の若者が、その職を捨て、警察官になり、「殺人予報地図」の作成にとりかかる。データをクロスさせ、殺人が起きそうな地区を予報する。

第六章　フェイスブックがソニーにならなかった理由　213
ザッカーバーグは創業の当初から、マイクロソフト化やソニー化しないためにはどうすればよいかを考えていた。スタートアップの規模が急成長し、社員の数が互いに認識できる一五〇のダンバー数を超えた時、どうサイロを打破し、創業の熱を維持するか？

第七章　病院の専門を廃止する　249
病院は細かな専門に分かれている。外科、内科、心臓外科、リウマチ科、精神科……しかしこうした専門を患者の側から捉え直したらどうだろう。クリーブランド・クリニックは外科と内科を廃止、各専門をクロスオーバーさせることによって革新を生んだ。

第八章　サイロを利用して儲ける　281

大手銀行では、債券、株券等々、細かな分野に分かれてトレーディングをしている。情報や知識は共有されない。ＪＰモルガンで二〇一二年に明るみに出た六二億ドルの損失は、そうしたサイロが生み出したものだった。が、そのサイロを衝《つ》いて儲けた者もいたのだ。

終　章　点と点をつなげる　313

これまでの事例をもとに、サイロに囚われないための方法論を考えてみよう。組織の境界を柔軟にしておくこと、報酬制度がそれを後押しするようになっていること等々、そして人類学の方法論を適用してみよう。アウトサイダーとして自らの組織を見つめなおすのだ。

謝辞　327　ソースノート　330

訳者あとがき　「インサイダー兼アウトサイダー」という視点　361

装丁　永井翔

懐かしく愛おしい記憶の中の
リメイン・ジョイ・カーレイ・テットに

はじめに　なぜ、私たちは自分たちが何も見えていないことに気がつかないのか？

この本は二〇〇八年の金融危機をきっかけに生まれたが、およそ金融本ではない。「なぜ現代の組織で働く人々はときとして、愚かとしか言いようのない集団行動をとるのか」「なぜ本来利口なはずの人たちが、あとになってみれば自明すぎるほどのリスクやチャンスを見落とすのか」。あるいは心理学者のダニエル・カーネマンの言葉を借りれば「なぜわれわれはときとして自分に何も見えていないことに気づかないのか」[1]。そんな根本的な疑問に答えようとする試みである。

二〇〇七年から〇八年にかけて、私はこんな問いを繰り返していた。当時はロンドンで、フィナンシャル・タイムズ紙の市場担当チームのリーダーをしていた。私たちは金融危機を受けて、なぜこんな悲惨なことが起きたのか突き止めようとした。原因と思われることはいろいろあった。二〇〇八年までに銀行は住宅ローンをはじめとする金融商品でとんでもないリスクを取り、巨大なバブルを生み出していた。規制当局は現代の金融システムのメカニズムを誤解しており、危険を察知することができなかった。中央銀行など政策をつくる側は、金融関係者に誤った経済的インセンティブを与えていた。消費者も危険なほど慢心し、返済できるか考えもせずにクレジットカードや住宅ローンでとんでもない借金を重ねていた。信用格付け機関はリスクを読み誤った。挙げていけばきりがない。

ただジャーナリストとして金融危機の真相を掘り下げていくなかで（その結果は『愚者の黄

金』（日本経済新聞出版社刊）という本にまとめた[2]、危機を招いた原因はもう一つあると思い至った。現代の金融システムは組織のあり方、人と人との相互作用のあり方、世界に対するモノの見方などの各面において驚くほど細分化している。専門家はグローバリゼーションやインターネットによって世界はシームレスにつながり、市場も経済も人もかつてないほど緊密に結びつくようになったと言う。ある意味では世界の統合は進んでいる。

しかし二〇〇八年の金融危機を検証していくと、（統合されているはずの）単一の大手金融機関の中でも所属部門が違うとトレーダーはお互いに何をしているかまったく知らないという現実が見えてきた。また巨大な規制機関や中央銀行が、官僚組織の構造的にも世界観においても呆れるほど細分化されていて身動きとれなくなっているという話も聞いた。政治家の状況も、信用格付け機関も一部のメディアも同じようなものだった。つまり金融危機に関係するありとあらゆる領域に、視《し》野狭窄《やきょうさく》と部族主義という共通原因が存在していた。誰もがちっぽけな専門家集団、社会集団、チーム、あるいは同じ知識を信奉するグループの中に閉じ込められているようだった。それぞれの「サイロ」の中に。

これは驚くべき発見だった。そして二〇〇八年の危機に対する世間の関心が次第に薄れていくなかで、私は自ら「サイロ・シンドローム」と名づけたこの現象が、金融業界に限ったものではないことに気がついた。むしろ現代社会のありとあらゆるところに見られる。二〇一〇年にフィナンシャル・タイムズのアメリカ版の編集長としてロンドンからニューヨークに赴任し、産業界や政府を取材するようになったが、そこでも細分化は顕著だった。

サイロ・シンドロームはＢＰ（英国を本拠とするエネルギー企業。二〇一〇年、メキシコ湾岸原油流出事故を起こした）、マイクロソフト、（少し遅れて）ゼネラル・モーターズといった大企業で顔をのぞかせた。ホワイトハウスやワシントンの政府機関にも蔓延《まんえん》している。規模の大きな大学には部族主義がはびこっている。メディアグループも同じだ。現代社会のパラドクスは、ある部分ではきわめて密に統合化が進む一方で、他の部分ではひどく細分化が進んでいることだと思い至った。経済ショックはかつてないほどの勢いで伝播するようになった。しかしわれわれの行動やモノの考え方は、依然として小さなサイロにとらわれている。

こうした状況を踏まえて、本書は二つの問いに答えようとしている。なぜサイロが形成されるのか。そしてサイロにコントロールされるのではなく、われわれ自身がサイロをコントロールするすべはあるのかだ。そうするにあたり、まずは二〇年にわたって世界の産業、経済、政治を見てきた金融ジャーナリストとしての視点から取り組んだ。ジャーナリストとして働くなかで、具体的エピソードを使って自分の考えを説明する技術を身につけた。だから本書にはサイロ・エフェクト（効果）にまつわる八つの事例を載せている。ブルームバーグ市長率いるニューヨーク市役所、ロンドンのイングランド銀行、オハイオ州の病院クリーブランド・クリニック、スイスの銀行UBS、サンフランシスコのフェイスブック、東京のソニー、そしてヘッジファンドのブルーマウンテンとシカゴ市警察まで多岐にわたる。サイロにコントロールされると人はどれほど愚かな行動に走るのかをあぶり出すものもある一方、サイロをコントロールした組織や個人にまつわるものもある。失敗の物語もあれば、サクセスストーリーもある。

ただし本書にはもう一つ、別の視点も生かしている。私は一九九三年にジャーナリストになる以前にケンブリッジ大学で文化人類学の博士課程に在籍した。人間の文化を研究する学問である【注1】。

研究の一環として最初はチベットで、続いて旧ソ連の南端にあたるタジキスタンにフィールドワークに出かけた。一九八九年から九一年にかけては、旧ソ連時代のタジキスタンの小さな村で暮らした。研究テーマは結婚にまつわる慣習で、それを通じてタジク人がどのようにして（無神論とされる）共産主義の体制下でイスラム教徒としてのアイデンティティを保っているかを解明しようとした(3)。

金融ジャーナリストになった当初は、この一風変わった経歴を他人に知られないようにしていた。ウォール街やロンドンのシティで評価されるのは、MBA（経営学修士）あるいは経済や金融、天体物理学をはじめとする定量的科学の修士号や博士号だ。タジク人の結婚の風習というのは、世界経済や銀行システムについて執筆するのにおよそふさわしい予備知識とは思えなかった。

ただ二〇〇八年の金融危機から一つ明らかになったのは、金融や経済で重要なのは数字だけではないということだ。文化も同じように重要である。人がどのように組織をつくり、社会的ネットワークを形成し、世界を類別するかといったことは、政府や企業や経済が機能する仕組み（二〇〇八年のように機能しなくなることもあるが）に決定的に大きな影響を与える。

だからこそ、こうした文化的側面をよく理解するのが大切であり、そこで役に立ちそうなのが人類学だ。人類学者の研究は僻地《へきち》の非西欧文化の実態を明らかにするだけでなく、西欧文化を理解するうえでも貴重な示唆を与えてくれる。つまり私がタジク人の結婚を分析するのに使

【注1】アメリカでは文化人類学、イギリスでは社会人類学と呼ばれる。いずれにせよ人間を生物学的視点ではなく、どのように暮らし、モノを考え、他者と相互作用するかを研究する学問だ。生物としての人間やその進化の研究は自然人類学と呼ばれる。こうした区別はときとして曖昧なこともあるが、文化人類学は科学的検証にはさほど重きは置かない。

った方法は、ウォール街の銀行マンや政府の役人を理解するのにも使えるかもしれないのだ。

人類学者の視点は、サイロを理解するのにも役立つ。突き詰めるとサイロは文化的現象であり、われわれが世界をさまざまな区分に分類し、整理するためのシステムの産物である。だから人類学者兼ジャーナリストの視点からサイロ・エフェクトを論じるというのは、サイロ問題の解明に有効な手立てかもしれない。一連の事例を通じて金融関係者はもちろん、政府の官僚、企業経営者、政治家、慈善事業家、学者、ジャーナリストなどさまざまな人にサイロにどう対処すべきかを多少なりとも示せるかもしれない。

少なくとも、それが私の願いである。

Introduction

BLOOMBERG'S SKUNKWORKS

序章

ブルームバーグ市長の特命事項

ブロンクスで、違法建築のビルに住んでいた家族が焼死した。
なぜ、ニューヨーク市庁の検査官は、
こうした違法建築を見つけることができないのか。
答えは、三〇〇もの細かな専門に分かれた部署、
つながっていないデータベース、つまり「サイロ」にあった。

「当たり前のことが見えないとき、見えていないことにすら気づかないときもある」――ダニエル・カーネマン著『ファスト&スロー：あなたの意思はどのように決まるか？』より(1)

ある家族の焼死

二〇一一年四月二五日未明、ニューヨーク市ブロンクスの貧困層が集まる地区で火事が起きた。(2)プロスペクト街二三二一番地の建物は、ものの数分で猛火に包まれた。数十人の消防士が現場に駆け付けたが、サッカー好きのメキシコ人建設作業員ファン・ロペス（三六歳）、妻のクリスティーナ・ガルシア（四三歳）、息子のクリスチャン（一二歳）を救い出すことはできなかった。(3)狭いアパートの中は違法に作られた壁で迷路のようになっており、三人は燃え広がる炎の中にとらわれてしまった。建物の前に立つ消防士や見物人には彼らの叫ぶ声が聞こえてきたが、何もできなかった。(4)

三人の死を受けて、義憤に駆られたメディアは犯人捜しに奔走した。ニューヨーク市役所の責任を問う声もあった。プロスペクト街二三二一番地の建物では、家賃収入を増やそうともくろむ家主が違法な分割を繰り返していた。(5)だが周囲に住む人々から危険な状況を訴える声があがっていたにもかかわらず、市役所は何の対策も講じなかった。

問題の建物の地下を倉庫として使っていた、地元の麻薬密売組織を批判する声もあった。[6] 批判の矛先は銀行にも向いた。[7] プロスペクト街二三二一番地の登記上の所有者であるドミニク・セダノは信用バブルの最中にこの物件を手に入れるためにサブプライムローンを借り入れ、その後債務不履行になっていた。[8] こうしたケースのご多分に漏れず物件は法的に宙ぶらりんの状態に置かれ、電力会社は電気を止めた。ガルシア家の親戚は一家に引っ越しをうながしたが、ファン・ロペスは仕事を見つけるのに苦労しており、物件の家賃がわずか週一〇〇ドルであったことから、一家はロウソクを使ってアパートで暮らしつづけた。「何が起きたのかはわからないけれど、本当に悲しい」。親戚のカティア・ガルシアは地元紙に語った。隣人のローズマリー・ペイガンは「カティアはクリスティーナに『引っ越さなきゃダメよ』と言い聞かせていたが、一家には引っ越すお金がなかった」と説明した。[9]

非難の炎は数日間燃え盛った末に、メディアの関心が別のスキャンダルに移ったことで収まった。しかし現場からほんの数キロメートル先のマンハッタンのダウンタウンにある荘厳なニューヨーク市役所では、この悲劇をきっかけにひそかに熱い議論が始まっていた。ガルシア家の火事のニュースが伝わると、マイク・ブルームバーグ市長はスタッフに「この種の火事を未然に防ぐためにできることはなかったのか」と尋ねた。

一五万人が細かく組織に分かれている

一見、できることなど何もないように思われた。ニューヨークの知られざる闇の一つは、住宅火災が悲惨なほど多いことだ。二〇一一年までの一〇年間には、建築物火災が毎年約二七〇〇件[10]発生し、八五人前後の死者が出ていた[11]。こうした火災はたいてい貧困地区の細かく分割された建物、あるいはファン・ロペスのような貧しい移民が肩を寄せ合うように暮らしている場所で起きていた。形の上ではニューヨーク市にはこの手の火災リスクに対処する検査官のチームがあったが、かなり無理のある状況に置かれていた。危険な住宅に関する苦情が毎年約二万件も寄せられ、建物と消防の検査官はそれを確認することになっていた[12]。しかし検査官はわずか二〇〇人ほどしかいないのに、監督すべき対象は一〇〇万棟の建物にある四〇〇万戸に及んでいた。市役所にはこの部門を拡大する予算がなかった[13]。「ファイアトラップ」と呼ばれる、火災時の避難が困難な建物を発見するのは絶望的なほど難しい作業だった。検査官が苦情の対象となった建物に踏み込んでも、危険な状況を発見できる確率はわずか一三％にとどまっていた。

これほど手ごわい問題ではあったが、ブルームバーグの下で働くマイク・フラワーズとジョン・ファインブラットという二人の職員は、ことによると解決できるかもしれないと考えた。新たな消火設備に頼るのではない。「サイロ」に目を向けるのである。ニューヨーク市役所は一五万人もの職員を雇用する巨大組織だ[14]。たいていの政府機関と同じように、ニューヨーク市役所も官僚組織であり、消防、文化、都市計画、教育など幅広いサービスを担当する三〇以上の部局に分かれている。各局は機能の面でも意識のうえでも、きわめて独立した組織だった。

異なる部局間のコミュニケーションは控えめに言っても乏しかった。典型例が二〇〇一年のワールド・トレード・センターへのテロ攻撃の際に見せた勇敢な行動によって、ニューヨーク市民の尊敬を勝ち取った消防局である。消防局はきわめて独立性の高い組織で、他の組織とはほとんど接点がなかった。あまりにも没交渉であったゆえに、二〇〇一年九月にワールド・トレード・センターに急行して初めて、消防、警察、救急部局が互いの無線やトランシーバーで連絡が取り合えないことが判明したほどだ(15)。部局間の断絶があまりに深かったために、それまでこの事実に誰も気づかなかったのである。

そこでフラワーズとファインブラットはこう自問した。この専門家集団のサイロをぶっ壊してみたらどうなるだろう。火災リスクという問題を総合的に見ることは可能だろうか。サイロを破壊することによってファイアトラップに対する認識を変え、人命を救うことができないか。斬新な発想だった。市役所の文化にあまりにそぐわないため、フラワーズとファインブラットは当初このプロジェクトを「スカンクワークス」と命名し（かつてアメリカの防衛企業ロッキード・マーチンが軍用機を設計する際に立ち上げた極秘の軍事プログラムがこう呼ばれていた）、秘密にしておいたほどだ。

だがガルシア一家が死亡してからの数カ月で、このスカンクワークスは驚くべき成果を生み出した。フラワーズとファインブラットはサイロを意識し、それを破壊すれば、大きな成功につながることを発見した。しかも火災リスクだけでなく、現代社会のほぼすべての分野に同じことが言えるのだ。

どうすれば爆弾テロにあわず証人を移送できるか？

フラワーズはもともとサイロの破壊者になるつもりなどなかった。そこに至る道はニューヨークから遠く離れた意外な場所から始まった。イラクである。フィラデルフィア育ちの屈強で陽気なフラワーズは、もとは法律を学び、一九九〇年代には競争の激しいマンハッタン地区検察で検察官として働いていた[16]。この仕事には向いていた。やや髪が薄く、猛烈な早口でまくしたてる様子は、テレビドラマ『ザ・ソプラノズ』でトニー・ソプラノを演じた俳優ジェームズ・ギャンドルフィーニにそっくりだった（ギャンドルフィーニよりは痩せていて親しみやすかったが）。

しかし数年もすると日々の闘いにうんざりしてしまい、ワシントンに移り、実入りの良い民間の法律事務所で働きはじめた。しかし会社法の世界はあまりにも退屈だと考え、再び方向転換をした。今度は戦後のイラクでの仕事に手を挙げたのである。一年前に同国を制圧したアメリカ軍の検察官として、旧サダム・フセイン体制下で要職にあった人々の裁判に携わった。最初に与えられた任務の一つが、サダム・フセインに不利な証言をする証人をバグダッドの街中を通って軍事区域内にある法廷まで連れてくることだった。

これはかなり難しい仕事だった。自動車爆弾や道路の封鎖などでバグダッドの交通は常に混乱していたからだ。「当時まだ戦闘地域であったバグダッドに証人を連れてきて、また帰さなければならなかった。いかに証人が撃たれないように移動させるかが問題だった」。当初攻撃は予測できないものと諦めていた。しかしあるとき若い海兵隊員と話していて、軍の中の「即席爆弾合同対策本部（ＪＩＥＤＤＯ）」というおかしな名前の部署で、革新的な研究が進められていることを知った。交通の流れに関するデータと、道端に設置された爆弾が爆発した場所の分析をマッチングさせるというのだ。それまでこの二つのデータを組み合わせた者はいなかった。いざ組み合わせてみると、あるパターンが浮かび上がった。爆弾が爆発する直前、その地区の交通量が減るのである。

そこでフラワーズたちはＪＩＥＤＤＯのデータに注目し、そこからテロが起こるタイミングを予測する手がかりを得ようとした。また交通量の減少は、証人を移動させるべきではないというサインなのか確かめようとした。「私の推測では、地元民は地元の情報ネットワークを通じていつテロが計画されているかを知り、そこを避けていたのだ」とフラワーズは語る。「正直なところ理由などどうでもよかった。私が知りたかったのは、証人を移動させるのを火曜日と水曜日のどちらにすべきか、といったことだけだ」。いずれにせよ、この経験からフラワーズはシンプルな教訓を学んだ。一見無関係な情報を組み合わせてみると、思いがけないメリットが得られることもある、と。

壁を取り壊せるか？

フラワーズは二〇〇九年にワシントンに戻り、二〇〇八年の金融危機を調査する上院のチームに加わった。だがその後ニューヨーク市役所から、金融詐欺を調査する仕事をオファーされた。金融改革という堂々巡りの議論に巻き込まれないか、不安を抱いたフラワーズは代替案を提示した。ニューヨーク市役所に入ったらイラクで学んだデータ処理（あるいはデータ結合）技術を使って捜査をやらせてほしい、と。

「専門は法律で、数字のプロというわけではないが、バグダッドの経験からデータをどう使うべきかわかっていた。しかもニューヨーク市ほど情報を集めている組織はないことも知っていた。交通違反の切符、建築基準法、租税先取特権など、それこそありとあらゆることに関してデータを集めているんだ。こうした情報をすべて好きなように使えたら、詐欺の捜査方法も根本的に変わると思った。それを出発点として詐欺だけでなく市役所の業務すべてに同じ手法を広げていけるだろう」

　タイミングは完璧だった。金融マン、その後は金融データ会社の創業者として成功を収めたマイケル・ブルームバーグが、二〇〇〇年代初頭にはニューヨーク市長に当選していた。市役所のあり方を変えるという強い決意を持っており、特に関心を持っているテーマが二つあった。一つは各組織がどのように情報の流れを管理しているのか（というより管理できていないのか）だ。「測定できないものは管理できない」はお気に入りのスローガンだった。[17]

　もう一つのテーマは、市役所内のサイロを破壊することだった。ブルームバーグは従業員の交流をうながすオープンプラン・オフィスこそ、オフィスを運営する最適な方法だと確信していた。普通の行政機関というのは、そうなっていない。一八一二年に建てられたニューヨーク市庁舎はアメリカ最古の市庁舎で、[18]伝統的に何十もの小さなオフィスに分割され、厚い壁や大理石のロビー、巨大な柱などで仕切られていた。

　そこへやってきたブルームバーグは、全員に大理石のウサギ小屋から出てきて、庁舎内の唯一の大空間である由緒ある講堂に集まるよう命じた。油絵や銅像の飾られた講堂におびただしい数の机を並べてオープンオフィスをつくり「大部屋」と名づけた。副市長のロバート・スティールはこう説明する。「全員に同じサイズの机、同じサイズのコンピュータが与えられた。市長も他の職員に混じって中央に座っていた」

　ブルームバーグはこのサイロ破壊の原則を、もっとはるかに大きなスケールで実行に移そうとした。あらゆる部局が長年の間に築き上げた壁を取り壊し、他の部局と緊密に協力しなければならないと宣言したのである。変化を実現しようという意気込みは強く、そのためにニューヨーク市役所の外からオペレーション担当副市長としてスティーブン・ゴールドスミスを引っ張ってきたほどである。ゴールドスミスはニューヨーク市役所に来る前はインディアナポリスの市長として、市の官僚組織を見直し、サイロを壊して効率化したことで高い評価を得ていた。ブルームバーグはそれをニューヨークで再現したいと熱望していた。

しかしゴールドスミスは、ニューヨーク市役所を改革するのはインディアナポリスよりはるかに難しいことにすぐに気づいた。大部屋をつくるために庁舎内の備品を動かすのと、市役所の官僚に従来の働き方を変えさせるのとは、まったく次元の違う問題だった。「市役所の組合は本当に強く、全員の雇用を守ろうとした。市役所は巨大組織で、二五〇〇もの異なる職種がある。この二五〇〇ものサイロが本当に強固だった」とゴールドスミスは説明する。すべてがブルームバーグの思惑どおりには進まなかったが、少なくとも市役所の職員はみな、市長の目指す方向は理解していた。フラワーズはそうした状況に魅力を感じ、いくつかの実験のアイデアを胸に二〇一〇年に市役所に入ることを決めた。

データ科学者を雇う

プロスペクト街二三二一番地の火事はフラワーズにとり、自らのアイデアを試す最初のビッグチャンスとなった。フラワーズは市役所に来るとすぐにネットの広告・仲介サイトであるクレイグスリストを使い、若いデータ科学者《クランチャー》を募った。そんな採用の方法は市役所では前代未聞だったが、フラワーズは首尾よく大学を出たての若者を集めた。ベン・ディィーン、キャサリン・クワン、クリス・コーコラン、ローレン・タルボットである。[19]「求めたのは数理経済学のわかる、そして新たな見方を提供してくれるフレッシュな人材だった」と言い、ダウンタウンの倉庫を「ガキンチョども」（フラワーズは若者たちをこう呼んでいた）の拠点とした。

ガルシア一家が死亡した数日後、フラワーズはニューヨーク市が火災リスクについて集めているデータを入念に調べるようチームに命じた。火災がどこで起きるか予測するための手がかりがないか、調べようとしたのだ。パッと見た限りでは、それとわかるような手がかりはなかった。ニューヨーク消防局は過去の火災や、「311」（市民が役所に苦情を言うときに通常使われる番号）に通報された違法な住宅改修に関する詳細な情報を持っていた。だが奇妙なことに、違法な改修に関する通報のほとんどはローワー・マンハッタンから寄せられていたのに対し、火災や違法改修の発見が多かったのはそこではなく、むしろブロンクスやクイーンズといった中心部から離れた地区だった。背景には（ガルシア家のような）貧しい移民の多くは役所を恐れていて、問題があっても通報しないという事情があった。つまり311の通報数は、火災発生の予測には役に立たなかったのだ。

それでは火災の発生場所を予測するのに、もっと有効な方法はあるのだろうか。他の情報源、すなわち消防局以外のデータを調べたらどうだろう、とフラワーズは考えた。そこでガキンチョたちに何日かパソコンの前を離れ、保安官事務所、警察、消防、住宅、建築局の検査官に「同行」するよう命じた。火災が起こった際に逃げ道がない建物ファイアトラップの重要な特徴は何か、検査官はどうやってファイアトラップを見つけるのか、突き止めてこい、と。

検査官の多くは当初、こうした試みに懐疑的だった。たとえば長い伝統を持つ誇り高きニューヨーク消防局は、部外者が自分たちの仕事に介入してくるのを好まず、市役所の職員をバカにする傾向があった。また建築の検査官が調査すべき項目はこれ、消防の検査官が調査すべき項目はあれ、といった細かなルールもやまほどあった。だがフラワーズはこうした縦割りを打破しようと決めており、またバグダッドでの経験から、問題を理解したければ現場に行って現実を自分の目で見るしかないという信念を持つようになっていた。オフィスの中にいても、またコンピュータのプログラムをいじっていても、現実は見えてこない。積極的に見て、聞いて、自分の仮説を見直す必要がある。

そこで配下のガキンチョたちには口を酸っぱくして「謙虚になれ」と言い聞かせた。何が火災の予測に役立つか、予見を持たずに目を光らせろ、と。「われわれは消防士や警察官、建築局、住宅保全・開発局、水道局などの検査官の話に耳を傾けた。『クロの現場に行くと、何が目に入りますか？』『手がかりはなんですか』とひたすら聞いた。とにかく聞いて、聞いて、聞きまくった」。次第にあるパターンが浮かび上がった。ガキンチョたちは危険な建物は一九三八年以前、すなわちニューヨークの建築基準が強化される前に建ったものが多いことに気づいた。しかもたいていは貧困地区にあり、所有者が住宅ローンを滞納しており、過去に害獣・害虫の苦情が寄せられていた[20]。

一見関係ない四つのデータベースを重ねてみる

そこでフラワーズのガキンチョたちはこうした問題に関するデータを探したが、作業は驚くほど難航した。理屈のうえではニューヨーク市役所はデータに目がないオタクにとって金鉱であるはずだった。市役所の傘下にある四〇あまりの部局が長年、自分たちの活動について膨大な記録を集めてきたからだ。市役所の職員はこうしたデータの蓄積に強い誇りを持っているため、庁舎内に大部屋をつくったブルームバーグ市長は油絵の間にコンピュータスクリーンを掲げ、職員ご自慢の統計を表示するようにしたほどだ。しかし一つ大きな落とし穴があった。データは何十という異なるデータベースに分かれて保管されていたのだ。異なる部局が互いに独立していただけでなく、各部局の内部はさらに細かい部署に分かれていた。職員だけでなく、データもおそろしく細分化されていた。

それでも若者チームは「ＰＬＵＴＯ（不動産土地使用税アウトプット）」と呼ばれる不動産関連のデータベース[21]を使い、ニューヨーク地区にあり、一〜三世帯が住む住宅として市役所に登録された六四万戸をサブセットとして抽出した。ニューヨーク市の法律の不可思議な規定により、消防局が検査できるのはこのうち半数だけだった。残りは建築課の縄張りだったのである。

若者チームは消防局、建築課の異なる（別々に保管されていた）記録をすべてたどり、住宅火災や違法改修絡みの苦情に関するデータを追跡した。さらに税金を担当する財務課と詐欺を調査する捜査課で、過去の税金や住宅ローンの未払いに関する情報を調べ上げ、その中に一九三八年以前に建築された物件がないか建築課と確認した。最後にこうしたデータベースを統合し、単一の統計モデルにまとめた。

ゆっくりと一つのパターンが浮かびあがった。この四つのリスク要因が重なった住所では、たとえ過去に一度も苦情が寄せられていなくても住宅火災や違法改修の発生率が劇的に高くなったのである。つまりファイアトラップとなる住宅を予測したければ、一番の手がかりは３１１の通報でも火災に関する具体的な苦情でもない。住宅ローンの不履行、建築基準法違反、建物の築年数を示すデータ、周辺の貧困度を示すさまざまな指標という多様なデータを組み合わせた結果が最も有効だった。

そこでフラワーズはゴールドスミスの後ろ盾を得て、建築課に赴いた。そして建築基準に違反しており、なおかつ総合的なデータから危険と思われる建物を調べるよう求めた。「最初はわれわれの考えをまったく受け入れてもらえなかった。おまえたちはバカじゃないかとまで言われた」と振り返る。だが最終的には建築課はフラワーズらの主張を受け入れ、提示したデータを活用した。その結果は驚くべきものだった。それまでは検査官が調べた建物のうち、実際に問題を発見できたのは一三％だった。それが新しい手法を使うと、検査官が訪れた物件の七〇％で問題が発見された(22)。追加コストもかけずに、火災リスクの発見プロセスの効率は一気に五倍になったのだ。

単に幸運に恵まれただけだろうか。フラワーズらのチームは、大規模な建物についても同じ手法を当てはめてみた。当初、結果は芳しくなかった。そこでフラワーズは若いデータ科学者のうち数名を再び検査官に同行させ、さらなる現場調査を命じた。大規模なビルと小規模なビルでは何か違う要因があるのか。手がかりがないまま、何日か過ぎていった。そんななか若者の一人が、大きな建物の外に車を停めたベテラン検査官がこうつぶやいたのを耳にした。「このビルは大丈夫だな。レンガを見ればわかる」。なぜレンガの状況が重要なのかと若者が尋ねると、長年の経験から新しいレンガを貼るのにお金をかけるような家主は、火災リスクを放置しないことを知っているからだと検査官は答えた。

そこでガキンチョチームは戦略を変え、ニューヨーク全域のレンガの納品状況を調べた。これも市役所の官僚機構に潜んでいた、知られざるデータ群の一つである。このデータを統計マップに追加したところ、予測の精度が跳ね上がった。レンガの配送に関する記録だけを見ても何もわからなかったが、それを他のデータと組み合わせたことで、大きな収穫がもたらされた。

タバコ密輸摘発他にも応用

その後、ガキンチョチームは同じサイロ破壊の手法を他の分野にも応用していった。たとえばタバコである。それまでの数十年、ニューヨーク市はタバコの密輸に大いに悩まされてきた。（税金のために）ニューヨークのタバコの値段はバージニア州の二倍だったからで、しかも一万四〇〇〇軒の小売店を検査する保安官はわずか五〇人しかいなかった[23]。しかしフラワーズのチームが事業免許と脱税のデータを組み合わせた結果、問題店舗の発見率は劇的に改善した。

濫用されることの多い処方薬、オキシコンチンの違法販売にも同じようなテクニックを使った。市内に薬局は何千軒もあるため、長年無作為に検査をしても違法なオキシコンチン販売を摘発することは難しかった。それがフラワーズのチームが分断されたデータベースを統合したところ、全体のわずか一%の薬局がオキシコンチンの中でも特に強力なタイプについてメディケイド（低所得者向け医療費補助制度）還付の二四%を占めていることがわかった[24]。この発見を受けて違法販売店の探知率は急上昇した。

ガキンチョチームはレストランの揚げ物機《ディープ・フライヤー》で使われる「イエローグリース（黄色油脂）」の問題にも切り込んだ。ニューヨークには二万四〇〇〇軒のレストランがあり、その多くがディープ・フライヤーを使っている。フラワーズは「フライドポテトや春巻きなんか、みんなそうさ」と言いながら太った腹をさすってみせる。ニューヨーク市の法律では、レストランは廃棄物処理会社と契約し、イエローグリースを廃棄することになっている。だが従来は法律を無視し、グリースをマンホールつまりは下水道に直接流す店が多かった。

グリースをマンホールに廃棄するのは深夜が多く、長年こうした不法投棄を取り締まるのはほとんど不可能だった。だがスカンクワークスの若者たちは、環境局からイエローグリースによる汚染の報告を集め、事業免許、税務申告書、厨房火災など別のデータ群と比較した。その結果、廃棄物処理免許を申請していないレストランを抽出し、グリースを廃棄している可能性が高い店のリストを作った。さらに市役所でバイオディーゼルを普及させるため油のリサイクルに取り組んでいた部署に連絡し、安全衛生検査官や消防と協力して、レストランにイエローグリースのマンホール廃棄をやめ、リサイクル会社に販売するよう呼びかける活動に参加してもらった。フラワーズはのちにこう振り返っている。「今では検査官がレストランに踏み込んでイエローグリースの廃油を見つけても『おい、やめろ、罰金の二万五〇〇〇ドルを払え！』とは言わない。こう言うんだ。『不法投棄をせずに、バイオディーゼル会社に廃油を売ってお金にしろよ。世の中にはイエローグリースを買いたいっていう企業がやまほどあるんだぜ』」

サイロを破壊するメリットはあまりに明白で、しかも効果は強力だった。なぜそれまで誰もサイロを壊そうとしなかったのか、フラワーズには不思議でならなかった。統計のプロは長年高度なデータサンプリング技術を使っており、データの相関を探すよう訓練も受けていたはずである。なぜデータベースを統合しようという試みがこれまで行われてこなかったのか。とはいえ原因はだいたい想像がついた。ニューヨーク市役所にはあまりにもサイロが蔓延していたため、目と鼻の先に転がっていた問題やチャンスに誰も気づかなかったのだ。つまりスカンクワークスが成功した本当の要因は、統計データの使い方にあったのではない。われわれの職務、データ、部署、生き方や考え方がどのような仕組みになっているかの問題なのだ。「市役所ではあらゆることが細分化されており、統合するのは難しい。統合してみれば、はるかにすぐれた結果が得られるのは明らかだ」とフラワーズは分析する。「それなのに統合的なアプローチがとられることはまずない。まず『なぜなのか』と問いかける姿勢が必要だ」

結びつきの強まる世界のパラドクス

ニューヨーク市役所の事例は、決して特異なものではない。むしろ今日の世界に目を向けると、二一世紀の社会が驚くべきパラドクスをはらんでいることがわかる。ある面ではかつてないほど世界の結びつきは高まり、一つの共通システムとなっている。グローバリゼーションや技術的変化の力で、ニュースは光の速さで世界中に拡散する。デジタルなサプライチェーンによって世界中の企業も消費者も経済もつながっている。優れた思想だけでなく悪しき思想も簡単に広がる。人も伝染病もパニックも然りだ。金融市場の片隅で取引が変調をきたせば、世界の銀行システムが混乱する。要するにわれわれが身を置く世界は、経済学者イアン・ゴールディンが「バタフライ脆弱性」と名づけたもので満ちている。あまりにも統合が進み、常に悪影響の脅威が存在しているシステムである[25]。国際通貨基金のクリスティーヌ・ラガルド専務理事はこう語っている。「いまの世界は人々の意見と人生が複雑に絡み合い、蜂の巣状態になっている。われわれの時代を特徴づけるのは急激に進む統合化と相互関連性の深まりである[26]」

ただ世界が単一のシステムとして結びつきを強める一方、われわれの生き方は依然として細分化されている。大規模な組織の多くは縦割りで、数えきれないほどの部署に枝分かれしており、協業は言うに及ばずコミュニケーションすらままならないケースが多い。われわれは隔絶された心理的および社会的「ゲットー」に住み、自分と似たような人々とだけ交わり、共存する。多くの国では政治が二極化している。職業の世界も専門化が進んでいる。技術がより複雑で高度になっていることも一因で、少数の専門家しか理解できなくなっている。

この細分化した状態は「ゲットー」「バケツ」「部族」「箱」「ストーブの煙突」といったさまざまな言い回しで表現されるが、私が最もぴったりなたとえだと思うのは「サイロ」である。語源は「トウモロコシを入れる穴」を意味する古代ギリシャ語で[27]、その意味は今日まで受け継がれている。オクスフォード英語辞典[28]によると、サイロとは「穀物を保存するために農場に設置された高い塔あるいは穴」である[29]。

二〇世紀の半ばには、西欧の軍隊が誘導ミサイル用の地下の保管庫を「サイロ」と呼ぶようになった。それを経営コンサルタントが取り入れ、「他から隔絶して活動するシステム、プロセス、部署」を意味する用語として使うようになった、とオクスフォード英語辞典に書かれている。今日では「サイロ」は名詞だけでなく、動詞（「サイロに入れる」）あるいは形容詞（「サイロ化された」）としても使われるようになっている。重要なのは「サイロ」という言葉は物理的な建物や組織（部署など）を意味するだけでなく、心理状態を指すこともある、という点だ。サイロは建物の中にも存在するが、われわれの心の中や社会集団の中にも存在するのだ。サイロは部族主義を生むと同時に、視野を狭める。

本書の立場は「反サイロ」ではない

本書の立場は「反サイロ」ではない。サイロはすべて悪いとか、サイロ禁止令を発動せよ、などというつもりはない（それが魅力的な選択肢に思えることもあるが）。むしろ本書は、現代社会にはサイロが必要であるという認識から出発している。少なくともサイロがスペシャリストの集まった部署やチームや場所を意味するのなら、まちがいなく必要なものだ。理由は明白である。われわれはひどく複雑な世界に生きており、この複雑さに対処するには何らかの「体系化」が必要だ。しかもデータ量、組織の規模、技術の複雑性が増すなか、その必要性は高まるばかりだ。

物事を整理する最も簡単な方法は、人やデータを物理的、社会的、心理的な箱に仕分けすることだ。専門化はたいてい進歩につながる。一八世紀の経済学者アダム・スミスが指摘したとおり、社会や経済は分業によって栄える。[30]分業しないと社会ははるかに非効率になる。ニューヨーク市役所で働く一五万人が専門的チームに組織されていなければ大混乱になるだろう。よく訓練されたプロの消防士のチームのほうが、素人の寄せ集めよりうまく火を消し止めるだろう。サイロによってわれわれは世界に秩序を与え、生活、経済、組織を区分けし、整理することができる。

しかし、サイロには弊害もある。専門家チームに分けられると互いに敵対し、リソースを浪費することもある。互いに断絶した部署や専門家チームがコミュニケーションできず、高い代償をともなう危険なリスクを見逃すこともある。組織の細分化は情報のボトルネックを生み出し、イノベーションを抑制しかねない。何よりサイロは心理的な視野を狭め、周りが見えなくなるような状況を引き起こし、人を愚かな行動に走らせる。

世の中を見渡せば、そんな事例があふれている。たとえば二〇〇八年の金融危機の原因の一つは、金融システムがあまりに細分化していたため、市場や銀行業界のどこにリスクが蓄積されているのか誰も俯瞰《ふかん》的に見ることができなくなっていたことだ。巨大金融機関はあまりにも多くの部署、あるいはサイロに分かれていたため、組織を経営していたはずのリーダーは配下のトレーダーが何をしているのか理解していなかった。

とはいえ、これは銀行に限った話ではない。二〇一〇年にはイギリスのＢＰがメキシコ湾の石油掘削施設が爆発したことを発表した。石油が海洋に流出して大規模な汚染が起きたため、非難が沸き起こった。捜査官がこの問題を調べてみると、おなじみのパターンが浮かびあがった。ＢＰも無数の官僚的サイロで凝り固まった会社であり、技術屋はそれぞれの専門分野に閉じこもっていた。安全を監視する技術チームがあったものの、メキシコ湾の掘削施設で日々の業務を担当していたチームと接点はなかった。コミュニケーションは届かず、届いたときにはすでに手遅れだった。(31)

二〇一四年春には自動車会社のゼネラル・モーターズ（ＧＭ）が、〈シボレー・コバルト〉や〈ポンティアックＧ５〉など一部の小型車に搭載された点火スイッチに欠陥があり、運転中に「走行」ポジションから「アクセサリ」ポジションに勝手に切り替わり、エンジン出力が落ちたりエアバッグが機能しなくなったりする恐れがあると発表した。同社は、一部の技術者はこの問題を二〇〇一年から把握しており、欠陥を修理するコストは車一台あたりわずか九〇セントであることも知っていたことを認めた。

それにもかかわらず、また衝突事故で死者が出ていたにもかかわらず、ＧＭはスイッチを変更しなかった。スイッチに関する情報がちっぽけな官僚的サイロの中にとどまっていたからだ。さらにまずいことに、スイッチを担当していた技術者たちは、会社の社会的評価への打撃を恐れていた法務部門とほとんど接点を持っていなかった。要するにＧＭはサイロのはびこる会社であり、社内では社員が積極的に他者と協力しようとするインセンティブがほとんど働かなかったのだ。銀行マンやBPの安全担当と同じようにGMの各部署も、会社全体がダメージを被るリスクなどお構いなしに、自らの利益を守ることに汲々としていた。[32] 新たにCEOに就任したメアリー・バーラは一連の不始末をめぐる報告書を受けとり、こう嘆いた。「サイロを破壊する方法をどうにかして見つけなくては」[33]

同じように、CIAをはじめとするアメリカの情報機関がなぜ二〇〇一年にアルカイダがもたらした脅威を予見できなかったかを調べた捜査官は、個別の組織がデータを抱え込み、他者と共有しないというパターンがあることに気づいた。[34] イギリスの国民健康保険サービスが二〇〇八年から二〇一一年にかけて、ITシステムの調達をめぐってとんでもなく見当違いの判断を繰り返した理由を調査した記者は、各部署でITシステムを発注した管理職が、誰にも相談していなかった事実を突き止めた。[35]

二〇一三年末にバラク・オバマ大統領肝いりの医療保険ウェブサイトの立ち上げがコンピューティングの不具合によって混乱した際にも、同じパターンが見られた。このプログラムに従事していた何人かのコンピュータ専門家には、ウェブサイトが深刻な問題を抱えていることはずっと前からわかっていたが、彼らの意見は政治キャンペーンを展開しているグループには届かなかった。「コンピュータ・オタク」がやっていることは非常に専門的で複雑に見えたため、ホワイトハウスには彼らがしていることをきちんと理解している者は一人もいなかった。

サイロにかかわる最も衝撃的な（しかも悲惨な）事例の一つは、金融危機後の二〇〇九年、オバマ政権がローンに苦しむ住宅保有者を支援するために施行した制度である。理屈のうえでは、理にかなった策に思われた。返済に苦しむ住宅保有者が一定の基準（たとえば定職があるなど）を満たした場合、銀行が月々のローン返済額を減らすという仕組みだ。しかし、きわめて重要で悲劇的な落とし穴があった。金融機関の組織があまりにも細分化されており、ある部署が毎月の返済額を減らして住宅ローンの借り手を支援することにしても、その情報を差し押さえを担当する部署に伝えないことが多かったのだ。これが悲惨な結果を招いた。

借り手が返済額を減らしたことに気づいた差し押さえ担当チームが、借り手が債務不履行に陥ったものと判断し、家を差し押さえてしまったのである。このようなケースではサイロのためにホワイトハウスの策は住宅ローンの借り手を支援するどころか、苦しめる結果になってしまった。オバマ大統領の主要なアドバイザーであったオースタン・グールスビーはのちにこう振り返っている。「ひどい話だった。銀行の中があんなサイロ状態だとは、誰も思いもよらなかった。サイロは非常に強力で、われわれが期待していたのと真逆な結果を招いた。本当にとんでもない話だ」

本書の構成について

ではサイロの引き起こす「愚行」、あるいは視野の狭まりを防ぐ手立てはあるのか。本書の答えは「イエス」だ。これからの各章では政府、企業、非営利組織の実例をもとに、サイロの危険と可能性を浮き彫りにしていく。物語は二部構成になっている。前半ではそれぞれ多少かたちは違うものの、サイロに支配されてしまった個人と組織のエピソードを三つ紹介する。

第二章で取りあげるのはソニーだ。一時は栄華を誇ったが、社内の分裂があまりにも進んだ結果、イノベーションの機会を逸し、衰退した。第三章は巨大銀行ＵＢＳの物語だ。あまりにもサイロがはびこり、経営層がまったく知らないところでアメリカのサブプライムローン関連証券によって巨大なリスクを抱え込んでしまった。第四章はイングランド銀行などで働くエコノミストのような優秀な人々が、心理的な視野狭窄や部族主義のために、二〇〇八年までに金融システムが制御不能になっていくのを防げなかった様子を描いた。数多くの職業分野や組織において、組織の構造だけでなくモノの考え方においてもサイロが継承されており、われわれはその虜《とりこ》になってしまう。二〇〇八年までに経済学者という職業分野で起きたことは、そうした傾向を浮き彫りにしている。

一方、本書の第二部はもっと前向きな内容だ。ここでは自らの人生あるいは組織からサイロを排除しようとする人々の姿を描いている。第五章はシカゴに住む一人のコンピュータ・オタクが大胆なキャリア転換によって職業的サイロを乗り越え、シカゴ警察で画期的な実験をする物語だ。第六章ではソーシャルメディア企業であるフェイスブックに注目し、会社という社会における非常に興味深いソーシャル・エンジニアリングを通じてサイロの悪弊から身を守ろうとしている様子を説明する。このエピソードは第二章のソニーの物語と対比して読むといい。というのもフェイスブックの社員が社内でサイロ破壊の実験をしたのは、まさにソニーやマイクロソフトのような大企業の轍《わだち》を踏みたくないと考えたからだ。

第七章では別の方法でサイロの悪弊を逃れようとした巨大医療機関のクリーブランド・クリニックの事例を紹介する。医師というきわめて専門性の高い職業についている人々に、敢えて自らの世界の分類法に疑問を持ち、別の分類法がないか想像するよう促したのである。医師たちは医療の世界の通常の分類システムを無批判に受け入れることをやめ、それを根本的に変えた。そういう意味では第四章の経済学者の事例と対比すると良いだろう。経済学者（彼らに限らず専門性の高い職業ではだいたいそうだが）が抱えていた問題は、専門家である自分たちの世界に対する分類法に疑問を持たず、それが正しいのは自明であると思い込んだことだ。

第八章はやや趣を変えて、ヘッジファンドのブルーマウンテン・キャピタルが金融業界のサイロを逆手にとって大儲けした話を紹介する。ここから重要な点が浮かび上がる。ある人のサイロは別の人のチャンスであり、ある組織の損失は別の組織の利益になりうる、ということだ。このエピソードはＵＢＳをはじめとする巨大銀行のそれと鮮やかな対比を成す。総合的なモノの見方をする、あるいは客観的な立場からサイロを見ようとする意思のある個人は、ライバルに対してかなり優位に立てることを示しているからだ。サイロを破壊する者は、革新的な発想を持つことができる。新たなビジネスチャンスに気づくこともある。サイロにとらわれない目端の利く投資家なら、それは大きな収益につながる。

文化人類学的なアプローチが優れている理由

本書で紹介する事例は、もちろん網羅的ではない。サイロの危険性や落とし穴を描くのにぴったりの事例はほかにも数えきれないほどある。本書では話の展開を整理し、わかりやすく伝えるためにこの八つの物語を選んだ。ただ一つ指摘しておきたいのは、それぞれの物語は「成功譚」、あるいは「失敗譚」として完結してはおらず、まだ現在進行形であるということだ。サイロの危険を完全に払拭することはできない。サイロを克服するのは終わりなき戦いである。というのもわれわれをとりまく世界は常に変化し、二つの逆方向の力が働いているからだ。複雑な世界にはスペシャリストや専門家集団が必要だが、それと同時に統合的な、柔軟な視点で世界を見る必要もある。サイロを克服するには、この両極の間の細い道をうまく渡っていかなければならない。これは容易ならざる作業だ。

この難しい課題に取り組む第一歩は、まずサイロの存在を認めること、つづいてその影響についてしっかり考えることだ。そうした分析や議論のフレームワークとして有効なのが人類学である、というのが本書の主張だ。サイロの分析にはあまり出てこない学問分野だ。サイロに関する文献は二つの視点から書かれるものが多い。一つは「どうすればより良い組織の構造をつくれるか」という経営コンサルタント的視点、もう一つはわれわれの心理に着目する心理学者の視点である。

しかしサイロはそもそも文化現象である。サイロは社会集団や組織が世界をどのように区分するかについて固有のしきたりを持っているために生まれる。区分の体系が明確に定義されているケースもある。ニューヨーク市役所には個々の部署やチームがヒエラルキーの中でどのように組織され、また互いにどのような関係にあるかを定めた正式な構造がある。

ただわれわれが世界を区分する際のしきたりは、正式に定義あるいは明文化されていないことも多い。そうではなく無意識のうちに自らをとりまく環境から吸収する、複雑に入り組んだ規範、伝統、慣習などから生まれるのだ。つまりわれわれが世界を分類する際に使うパターンの多くは、文化的に継承するものだ。それらは意識的思考と本能の境界上にある。文化がわれわれにとって「普通」であるのと同じように、こうしたパターンも自然なものに思える。あまりに自然であるために、その存在に気づくことも、また自らの世界観を規定するような公式および非公式な区分法があるという事実を意識することさえめったにない。

一方、こうした分類システムについてとことん考え抜くのが人類学者だ。それは分類のプロセスが人間文化の根本を成すものであることを知っているからだ。ある意味では分類法そのものが文化なのだ。人類学者の中には非西欧的環境で文化的パターンを研究する者もいる。今日一般人にも知られている人類学者は、現代の西欧人から見てエキゾチックな場所で研究をした人に偏っている。たとえばマーガレット・ミード（サモア諸島の若さとセクシュアリティ）、フランツ・ボアズ（エスキモー）、レヴィ＝ストロース（アマゾンの神話）、クリフォード・ギアツ（ジャワ島の闘鶏儀式）などがその例だ。

ただ人類学者がみな非西欧環境で研究するわけではない。むしろ今日では多くの人類学者が複雑な産業社会の環境下で、現代社会を形づくる文化的パターンを研究している。「人類学者は文化を食い物にしている。とはいえ一般に使われる意味での食い物ではない」と語るのは、イギリスの人類学者、スティーブン・ヒュー・ジョーンズだ。「人類学者にとっての『文化』とは、洗練された嗜好や文明の知的側面ではない。あらゆる種類のあらゆる社会で広く共有されている考え方、信念、慣行である[36]」。こうした意味で、人類学はわれわれが世界を分類する方法、そしてなぜサイロを形成するのかといった問題を解明するのに役立つのである。

だから個別の組織がどのようにサイロに支配されたか、支配したかに目を向ける前に、少し寄り道をしよう。第一章ではフランスの人類学者兼社会学者であるピエール・ブルデューの物語を通じて、現代社会とそのサイロを理解するうえでなぜ人類学が有効なのかを説明する。ブルデューの研究生活は悲惨な内戦下にあったアルジェリアで始まった。その後は方向転換し、現代のフランスをはじめ西欧社会のさまざまな側面について刺激的な分析を発表した。

一見すると、本書で描いていく複雑な組織をめぐる物語とは無関係に思えるかもしれない

（組織の失敗譚と成功譚だけを読みたいという読者は第二章に飛んでもらって構わない）。だがブルデューの研究は人類学の重要な特徴を明らかにしており、「人類学者」という自己認識を持たない人にとっても、またニューヨーク市役所、ＵＢＳ、イングランド銀行、ソニーのような場所においても（むしろそういう場所においてこそ）、人類学の視点がきわめて有効なことを示している。

PART ONE

SILOS

第一部

サイロ

THE NONDANCERS

How Anthropology Can Illuminate Silos

第一章

人類学はサイロをあぶり出す

二〇世紀に始まった学問「人類学」は、
アウトサイダーの視点をもって
その社会の規範をあぶり出す学問である。
その社会であたり前すぎて「見えなかった」規範が、
アウトサイダーが中に入って暮らしてみることで見えてくる。

「確立された秩序というものは、どこまでも恣意的なシステムでありながら、どこまでも自然に見える」――ピエール・ブルデュー(1)

踊る者と踊らない者を分けるのは何か?

それは一九五九年の陰気な冬の夜、フランス南西部の辺境にあるベアルンという小さな村での出来事だった。煌々《こうこう》と照らされたホールでは、クリスマスのダンスパーティが開かれていた。数十人の若い男女が一九五〇年代のスイングミュージックに合わせて踊っている。女性は裾がふわりと広がる長いスカートをはき、男性は当世風のぴったりとしたスーツを着ている。(2) いかつい顔をした三〇代のフランス人、ピエール・ブルデューは踊りの輪の端に立ち、険しい目つきであたりを見渡しながら写真を撮ったり、考えごとをしていた。

ある意味では、ブルデューはこのダンスホールに集まった人々の身内であった。農家の息子としてこの谷で生まれ育ち、パリ人にはおよそ理解できないガスコンと呼ばれる独特の方言を話した。しかし同時によそ者でもあった。幼いころから優秀であったため奨学金を得て二〇年前に村を離れ、パリのエリート大学で学んだのだ。その後アルジェリアに渡って悲惨な内戦を兵士として体験した後、学者になった。

こうして身内でありながらよそ者である「インサイダー兼アウトサイダー」という特異な立場に置かれることになった。踊っている人々の世界はよく知っていたが、すでにこのちっぽけな環境で純粋培養された人間ではなくなっていた。ベアルン以外の世界も、踊りにはさまざまなかたちがあることも知っていた。インサイダー兼アウトサイダーの視点でホールを見渡してみると、他の人々には見えないものが目に映った。ホールの中央は光に照らされ、動きがあった。踊り手たちがスイングに合わせて踊っている。村人たちが見ようと思っている光景はそれだけであり、またその晩の思い出として記憶に刻まれるのもそれだけだろう。そもそもダンスホールは踊るためにあるのだ。

しかし「ダンススペースの端には踊り手より年上の男たちがひっそりと集まり、影のように立っていた。全員三〇歳前後で、そろってベレー帽をかぶり、あか抜けないダークスーツを着ていた。踊りに加わりたいという誘惑に駆られてか、前に進み出て踊り手たちとの距離を縮めるものの、決して踊ろうとはしなかった」とブルデューは書いている(3)。ホールの中でもそこは見ないはずの場所であり、無視されていた。しかし踊り手たちと同じように厳然と存在していた。「独身の男たちはそこに固まっていた」とブルデューは書いている。ホールに集まった人たちは、どういうわけか自分たちを二つの陣営に分類していた。踊る者と踊らない者に。

なぜそんな区別が生じるのか。その手がかりをブルデューは数日前に、かつての級友から手に入れていた。友人は戦前の古い写真を持ち出すと、そこに写った幼い同級生について語り出した。「近くの町で下っ端の事務員をしていた級友は、写真に写った少年たちの半数近くを無慈悲にも『結婚できないやつら』と呼んでいた」とブルデューは言う(4)。侮辱ではなく、事実を語っているだけだった。村に住む多くの男性は魅力を失ってしまった（少なくとも文化的意味で、村の女性から魅力的ではなくなってしまった）ために、妻を見つけるのが不可能になっていた。

「結婚できないやつら」の問題は、急激な経済的変化の表れであった。二〇世紀初頭までベアルンに住む家族のほとんどが農家で、たいてい長男に最も権力と経済力があった。地元の風習に従い、彼らが農場を継いだからだ。このため生計を立てるために村を離れなければならないことの多い年少の兄弟と比べて、長男は地元の女性に魅力的と思われていた。

しかし戦後のフランスでは、このパターンが変化した。農業は衰退し、農場に縛られない男性のほうが町で割の良い仕事を見つけるようになった。若い女性も仕事を求めて町に出ていった。伝統によって農場に縛り付けられた長男は取り残されてしまった。村人たちが日々の生活の中でこうした区別をしていたわけではない。ただ分類システムは数多くの一見取るに足らないちっぽけな、いまやすっかり自然に感じられるようになった文化的象徴を通じて、絶えず頭をもたげ、強化されていった。ベアルンの村人にとり、一九五〇年代のスイングミュージックや長いスカートにぴったりとしたスーツは明らかにスマートで都会的な現象だった。踊ることができればモダンな世界に属しており、それゆえに「結婚できる」というシグナルになった。

しかしブルデューが本当に興味を持ったのは、なぜこうした経済的変化が起きたのかだけでなく、なぜ誰もがこの分類システムや暗黙の文化的規範を受け入れたのか、だ。結婚できる男性とできない男性、あるいは踊れる男性と踊れない男性の区別は、強制力のある正式なルールではない。この件について公の場で議論がなされたわけでもない。一九五〇年代のフランスに、農夫がスイングを習うこと、新しいスーツをあつらえて踊りの輪に飛び込むことを禁じる法律や何らかの歯止めがあったわけではない。それなのに、なぜか男性たちは自らにこうした行為を禁じていた。自発的に「踊れない」という社会的カテゴリーに入っていたのである。

それが男性たちにもたらした結果は痛ましいものだった。ブルデューはこう書いている。「思い浮かぶのは、ある級友のことだ。その女々しくも繊細な行為には愛おしさすら感じる。彼は馬小屋の扉にチョークで雌馬の誕生日と、馬につけてやった女の子らしい名前を書きつけていた」。結婚できない状況と孤独な人生に対する彼なりの悲しい抵抗だった。(5)

なぜ男性たちは自分たちの悲劇的状況に抵抗しなかったのか。なぜさっさと踊りの輪に加わらなかったのだろう。また女性たちは男性の半分を無視していることになぜ気づかなかったのか。そもそも人はなぜ、環境から受け継いだ分類法をそのまま受け入れるのか。特にそうした社会規範やレッテルが有害な場合などは、なぜそうするのだろう。

なぜ人類は分類するのか？

第二次大戦直後のベアルンのダンスホールとブルームバーグ市長率いる市役所は、地理的にも文化的にもかけ離れている。結婚にまつわる戦略は、銀行業とは無縁のものに思われる。だが見方を変えれば、フランスの農民とニューヨークの官僚は密接に結びついている。この二つの世界（それだけでなく人類学者が研究対象としてきたすべての人間社会）に共通するのは、公式および非公式な分類システムや文化的ルールを使って、世界を複数の集団に分ける傾向があることだ。

ときには図や明示的ルールによる公式の分類もあるが、われわれの環境や精神にあまりにも深く根ざしているために意識することもないような不合理な文化的伝統、規則、象徴、合図などを通じて行われる分類も多い。こうした文化的規範は日常生活に深く織り込まれていることから、われわれは今使っている分類システムが自然で必然的なものであると思い込み、考えることすらしない。

人類が誕生してこのかた、分類というプロセスはわれわれとともにあった。人間と動物の大きな違いともいえる。それには当然の理由もある。われわれは日々複雑な環境に身を置いており、世界を扱いやすい塊《かたまり》に分類することである程度の秩序をつくらなければ、複雑性をきちんととらえ、対処することはできない。

これを理解するのに役立つのが、電話番号だ。一九五〇年代にハーバード大学のジョージ・ミラーという心理学教授が、電報システムや電話のオペレーターの短期記憶はどんな具合に機能するのか研究した。その結果、データが個別の数字や文字のかたちで示された場合には、人間の脳が記憶できるデータ数には自然な上限があることが明らかになった。(6) ミラーによると、この自然な上限はデータポイント五〜九個と多少幅があるが、平均すると「七という魔法の数字」になるという。その後の心理学者の研究では、四ぐらいとの結果が示された。

いずれにせよミラー教授の研究成果にはもう一つ、重要な情報があった。脳がデータをグループ分けして、いくつかの「かたまり」にすれば（頭の中にいくつか棚をつくるようなもの）より多くの情報を記憶に保持できるというのだ。つまりバラバラな数字の連続だと覚えられないが、いくつかの数字のかたまりとしてイメージすれば覚えられるという。ミラーはこう説明する。「無線電信の符号を覚えはじめたばかりの人には、一つひとつの『トン』『ツー』がすべてバラバラに聞こえる。だがすぐにそれが頭の中で文字に転換できるようになり、さらに文字がかたまって単語になっていき、最終的には文章全体として聞こえるようになる。符号の組み換えは処理できる情報を増やすためのきわめて強力な武器である」[7]

このプロセスは長期記憶にも使える。心理学者はわれわれの脳は「ニーモニクス（記憶を助ける心理的目印）」をよく使うことを突き止めた。それによって特定のトピックに関するアイデアや記憶をまとめて覚えやすくするのだ。これはアイデアをファイルに入れ、テーマに応じて見つけやすい（覚えやすい）カラフルなラベルを貼り、お馴染みの書類棚にしまっておくという作業を脳の中でやっているに等しい。このクラスタ化のプロセスは意識的なこともあるが、心理学者のダニエル・カーネマンが指摘するとおり無意識的なことが多い[8]。いずれにせよアイデアをクラスタ化してまとめると、思考を整理することができる。「物事を単純化するための多様な心理モデルを持ち合わせていないと、新たなアイデアを生み出すことはもちろん、モノを考えたり意思決定をすることもできない」と言ったのは経営コンサルタントのリュック・ド・ブラバンデールとアラン・イニーだ。「まず物事を種類別に分類しておかないと、現実世界のさまざまな複雑性に対処することなどできない[9]」

われ分類す、ゆえにわれ思い、社会的存在となりぬ

必要に迫られて世界を分類するというのは、一人ひとりの心の中で起きている心理プロセスだけの話ではない。社会的相互作用を成立させるには、共通の分類システムが必要だ。これこそ言語の本質的役割である。つまり言語とは、どの音声がどんな概念を表すかという人々の約束事なのだ。社会や社会集団には文化的規範というのもあり、それは人々の空間の使い方、相互作用、行動、思考のあり方を形づくっている。この共有された社会規範のきわめて重要な部

分（「文化」の核心部分とも言える）は、世界をどのように分類するかという広く共有された認識であり、それが秩序をもたらす。脳がモノを考えるには世界を分類する必要があるのと同じように、社会が機能するためには共有された分類法が必要だ。一七世紀のフランスの哲学者、ルネ・デカルトは「われ思う、ゆえにわれあり」（ちなみにラテン語では「cogito ergo sum」、フランス語では「je pense, donc je suis」）と書いた[10]。それと同じように「われ分類す、ゆえにわれ思い、社会的存在となる」とも言える。

ただ分類という行為は普遍的であるものの、やり方は多種多様である。社会が違えば、世界を整理するための分類方法もまったく違う。自然現象のような普遍的と思われる事象を扱う方法さえ異なる。理論的には人間の色彩の感じ方は普遍的なはずだ。われわれはみな同じ宇宙で同じ光のスペクトルを共有し、眼球も同じようなものだ。だが現実には、色の分類方法は社会によって違う。人類学者のブレント・バーリンは言語学者のポール・ケイとともに数十年かけて、世界中の言語が色のスペクトラムをどのように表現するかを研究した[11]。その結果、少なくとも七つのパターンがあることがわかった。アフリカには世界の色を三つのくくり（赤、黒、白）にざっくりとわける人々がいる一方、西欧文化ではその五倍ものカテゴリーがある。

この研究結果にもとづいて、認知人類学者（人類学の中でも文化と心理を分析するグループ）キャロライン・イーストマンとロビン・カーターは色のスペクトラムは普遍的かもしれないが、われわれがそれを分類する方法はそうではないという結論を導き出した。「色彩はさまざまな波長（色相）と明るさを組み合わせたグリッド格子として表現できる。それぞれの色を表す言葉は、その言葉が示す色として合意されている点を中心とするグリッド上の特定の領域を示す。中心となる点については異なる文化の間でも文化の内部でも一般的な合意が見られるが、境界についてはそれほど合意は見られない」[12]

自然界の分類法が文化によって違う例は、ほかにもある。たとえば鳥は世界中どこにでもいる。だが鳥類を動物と見なし、鳥の種類を細かく分類しない文化もあれば、細かく区別するところもある。英語の「カモメ（seagull）」という単語（カテゴリー）を他の言語に翻訳するのは容易ではない。同じように動物の分類法についても、ところ変われば特定のカテゴリーに対して人々が抱くイメージも変わる。世界中の動植物の分類法を研究する環境人類学者（これも人類学のサブカテゴリーの一つだ）のジャレド・ダイアモンドは、フランスでは「馬」という概念は肉を連想させ、「ネコ」は中国で同じように見られるが、アメリカなどではこれらの動物のカテゴリーは「食用」とはみなされないと説明する。[13]

社会的関係に関する分類法は、文化による違いがさらに大きい。生殖活動は普遍的だ。しかし人類学者や言語学者は、世界中の社会には親類関係を「マッピング」するシステムが少なくとも六種類あることを発見している（人類学の世界ではそれぞれ「スーダン」「ハワイアン」「エスキモー」「イロコイ」「オマハ」「クロー」システムと呼ばれる）。

空間を整理する方法、仕事を定義する方法、宇宙に関する考え方、経済活動に対する考え方、時間に対する観念については、社会による違いはさらに大きい。「調理」を女性に限定された仕事で、家庭内で女性が行うべきものととらえる文化もある。しかしアメリカの郊外では、料理にはバーベキューや肉料理が含まれ、いずれも「男性的」行為に分類されている。同じようにユダヤ人の文化では土曜日は神聖な曜日だが、イスラム文化では金曜日が、キリスト教文化では日曜日が神聖と見なされる。非西欧社会（アマゾンの部族など）には週末どころか一週間は七日という概念すらない。

踊りも同じだ。多くの社会には、踊りにまつわる儀式がある。しかし一部の社会では踊りが宗教行為に分類される一方、それを卑俗あるいは神聖さとは対極の行為ととらえる社会もある。男性が女性と踊らない文化もあれば、男女が一緒に踊る文化もある。

唯一あらゆる社会に共通しているのは、踊ったり、食べたり、料理をしたりする方法や場所、あるいは空間や家庭生活をどのように分類していようと、自分のやりかたこそが「自然」で「普通」で「必然的なもの」だと感じていることだ。そして他の人々の踊り方（そして世界の分類方法）は自然ではないと思っている。

こうした多様性は、シンプルだがきわめて重要な事実を浮き彫りにしている。われわれが自らの生活に秩序を与えるのに使っている分類法の多くは、自然なもの（先天的）ではなくあくまでも習慣的（後天的）なものであるということだ。だからこそ分析するのが興味深いのである。この問題についてきわめて独創的な視点を持っていたのが、ベアルンのダンスホールで踊る者と踊らない者を眺めていた男であった。近代人類学の創始者の一人、ピエール・ブルデューである。

新たな学問分野「人類学」

ブルデューはもともと人類学者を志していたわけではない。若いころは、世界を理解する最も良い方法（ことによると唯一の方法）は哲学を学ぶことだと考えていた。ジャン＝ポール・サルトルが圧倒的な支持を集めていた戦後フランス社会で育ったことを考えれば、自然な発想かもしれない。「（当時は）『哲学者』という社会的地位の高いアイデンティティを確保することによって神聖な存在となるために、人は哲学者を志した」とブルデューは説明する[14]。

しかもブルデューは切実にアイデンティティを必要としていた。生まれたのは一九三〇年、ベアルンにほど近いデンギンだ。父親はロクに学校も出ておらず、小作人から郵便局員になった。一一歳で山を下りたところにあるポーという街の寄宿学校で学ぶための奨学金を得たが、その経験はブルデューの心に深い傷を残すことになった。ポー出身の都会っ子に囲まれた田舎の農民であるブルデューは劣等感を抱いた。「『寄宿学校で学ぶ者は一二歳を迎えるまでに人生のほぼすべてを学ぶ』というフローベルの言葉は、あながち的外れとも言えない。（寄宿学校時代の）私は二つの世界の狭間で、常に頑なな怒りを抱いて生きていた[15]」

何とか周囲の環境に溶け込もうと、学業では優れた成績を残し、フランスの南西部で人気の高かったラグビーにも打ち込んだ。しかし当時のフランスは階層化された厳然たる階級社会であり、人々は言葉遣い、立ち居振る舞い、文化やモノの考え方に埋め込まれた微妙なシグナルによって異なる集団に分類されていた。ブルデューは疎外感を抱き、ひたすら過酷な秩序に抗おうとした。「一七世紀に建てられた古い校舎は広大でよそよそしかった。巨大な回廊、上半分が白、下は濃い緑色に塗られた壁、威圧感のある石造りの階段には、われわれの孤独が逃げ込む隙はなく、逃避もつかのまの休息もかなわなかった。今大人となり、これを書いている私にも、こんな経験を耐え忍んだ子供、その絶望、怒り、復讐の欲求をどう救ってやればよいかわからない」と振り返っている[16]。

一七歳でパリの名門、高等師範学校で哲学を学ぶ奨学金を得て、ようやく寄宿舎を逃げ出すことができた。そこを優秀な成績で卒業すると大学院に進み、サルトルと並ぶ二〇世紀初頭のフランスを代表する知識人で現象論の大家であるモーリス・メルロ＝ポンティの認識論を研究した。

だがその後ブルデューの人生は思わぬ展開を見せる。二五歳となった一九五五年、徴兵されたのである。エリート校出身者は通常、士官として田舎の気楽な拠点に配属される。しかしブルデューが徴兵されたのは、南方で血なまぐさい内戦が始まろうとしていた時期だった。フランスのアルジェリア統治が始まってすでに一〇〇年以上過ぎていたが、アルジェリアの反乱軍は独立を求めていた。ブルデューは上官に、自分は（フランスの若い知識人の多くがそうであったように）植民地主義は忌むべきものととらえており、原則的にアルジェリア戦争には断固反対の立場である、と語った。それに対する軍の答えは、最前線へ送り込むという懲罰的措置だった。「当初の配属はベルサイユの心理学サービス部門という、高等師範学校の学生に許されたきわめて特権的待遇であった。しかしフランスによるアルジェリア支配を正当化しようとする上官と激論をした途端に配置換えとなった(17)」

一九五五年夏、ブルデューは「マイエンヌやノルマンディ出の無学な連中とひとにぎりの反乱分子の寄せ集め(18)」の部隊の一員として船で地中海を南へ向かった。船上では「仲間の兵士を説得して反戦派に変えようと試みた」が、彼らはすでにアルジェリアに対する根強い偏見と、アルジェリアの人々にふさわしい分類について確固たる見解を持っていた。「彼らはアルジェリアに足を踏み入れる前から軍のヒエラルキーにとことん従順で、人種差別にまつわるありとあらゆる用語を覚えていた」とブルデューは嘆いている。孤立したブルデューはオルレアンスビルと呼ばれる砂漠の町で、弾薬庫をゲリラ攻撃から守る役目に数カ月就いた後、首都アルジェに異動した。

戦争が激化する中、ブルデューはアルジェの駐屯地の狭い寝室で粛々と博士論文の執筆に取り組んだ。学業に取り組む時間は、不当としか思えない悲惨な戦争から逃避する手段だった。ただ、哲学にも徐々に幻滅を深めていった。パリのお高くとまった安全で知的な雰囲気のなかでは、ブルデューもフランスの若手知識人のご多分に漏れず、サルトルやメルロ＝ポンティのような思想家の抽象的哲学こそが世界を理解するための完璧な手段だと考えていた。しかしアルジェリアの悲惨な戦争の最中では、抽象的哲学だけで現実を説明できるなどという考えはとんでもなくお門違いに思われた。

一九五五年末になると、アルジェリアの抵抗勢力は爆発物の貯蔵庫に攻撃を仕掛けるだけでなく、フランスの軍人や民間人の喉をかき切るという荒業に出始めた。フランス軍も対抗措置として残酷な手段を取るようになった。家々をしらみつぶしに攻撃し、抵抗勢力とみられる数千人を逮捕し、拷問し、村を爆撃し、何万という住人を山岳地帯の村から追い出し、不毛な土地に設けた収容所のような場所に押し込めた。

そこでブルデューは宗旨替えしてメルロ＝ポンティについて書くのをやめ、アルジェリアの現実を本にまとめることにした。「フランスの人々に、彼らがほとんど何も知らない国で何が起きているかを伝えたかった……何かの役に立てばと思ったし、忌むべき戦争の何もできない目撃者としての罪悪感から逃れたかった」(19)。新たに目を向けたのが、フランスの学者クロード・レヴィ＝ストロースの登場によって注目されはじめていた新たな学問分野「人類学」であった。

ブルデュー以前の人類学の状況

ブルデューが人類学に興味を持ったことを、周囲は意外に感じたかもしれない。人類学は風変わりな学問分野と見られてきた。定義するのも難しく、アウトサイダーには理解しづらかった。知識人なら誰もがやっているようで、誰もやっていない。人類学という言葉の起源はギリシャ語（「アンスロポス」はそのものずばり「人間の研究」を意味する）で、人間の文化を研究しようという試みのうち記録として残っている一番古いものは紀元前四五〇年のギリシャの歴史家、ヘロドトスの書物であろう（ヘロドトスはギリシャとペルシアの戦争について書いた文章の相当部分を、自らが目にした文化的差異の比較や特徴的な社会システムやパターンの分析に割いている[20]）。

その後一七世紀から一八世紀にかけて、デビッド・ヒュームらが「人類の本質を研究したい」という願望を表明したことで、再び人類学という概念が台頭する[21]。それが本格的な学問分野に発展したのは一九世紀に入ってからだ。人類学者のアーネスト・ゲルナーはこう書いている。「一九世紀半ばを過ぎてまもなく人類学が誕生したとき、何にも増してそのあり方を決定づけた要素は二つある。ダーウィニズムと植民地主義だ[22]」。

一九世紀のヨーロッパやアメリカのエリートは、アフリカ、アジア、そしてアメリカ大陸で遭遇した「異邦人」を理解する必要を痛切に感じていた。そうした異邦人を支配し、徴税し、キリスト教に改宗させたい（できれば三つ同時に）と考えていたためだ。一方チャールズ・ダーウィンの進化論が登場したことで、「人間であるとはどういうことか」という問題への関心と熱い議論が沸き起こった。生物学者や動物学者が、動物界がどのように進化したかを理解しようと努めていたのと同じように、歴史家や社会科学者は「未開の社会」が数百年かけてどのように「高度な社会」に進歩していくかを調べるのに夢中になった。探究者の一部は人類の身体的進化に注目した。しかし別の一派が注目したのは社会的および文化的進化だ。ゲルナーはこう書いている。「自分たちよりシンプルな社会が存在していた広範な地域を征服したヨーロッパや北米の人々は、当然ながら、この原始的な人々を疑似タイムマシンとして使えるのではないか、と考えた。人類学は過去、すなわち人類の起源に対する強烈な好奇心から生まれた」[23]。

こうした知的探求を試みた先駆者の一人が、一九世紀のスコットランドの知識人ジェームズ・フレイザーだ。フレイザーは世界中の神話や伝説に関する情報を徹底的に集め、『金枝篇』（筑摩書房刊）と題したきわめて影響力の高い書物にまとめた。同書は人間の意識や文化がどのように「未開」から「文明化」されていくかを考察している。

ちょうど二〇世紀が始まろうとする頃、フランツ・ボアズがアメリカ先住民について同じような研究を試みた。ボアズは植物学者として研究者人生をスタートさせたが、北極圏を旅行中にエスキモーの雪の分類法に魅了され、文化人類学に鞍替えした。その後関心はアメリカ先住民に移り、その文化的習慣や「原始的な」モノの考え方を示す遺物や資料を集め、分類していった。そんななかボアズはある衝撃的な気づきを得た。社会的意味での人間の進歩が常に同じ道をたどると想定すること自体が間違っているのではないか、と。

一九世紀から二〇世紀に変わろうとする頃、こうした反・進化論的考え方は広まっていった。人類学者は、非西欧の文化は欧米のそれと比べて劣っている、あるいは発達が遅れている、というそれまでの考え方と徐々に距離を置きはじめた。傲慢さ丸出しの西欧の史的分析モデルに非西欧文化を当てはめるのは無理がある。

この変化を体現するのがブロニスワフ・マリノフスキだ。オーストリア・ハンガリー帝国のポーランド系家庭に生まれたマリノフスキは、ロンドン・スクール・オブ・エコノミクス（LSE）で学び、当初はオーストラリアの先住民を研究するという昔ながらの人類学を志向した。しかし第一次世界大戦が勃発し、オーストラリアでは敵国人として抑留される可能性があると考え、それを回避するためにパプアニューギニア近くのトロブリアンド諸島を目指した。そして戦争のため、考えていたよりもずっと長く島にとどまることになった。足早に立ち去り、持ち帰った資料を遠くの居心地の良い図書館で分析するのではなく、結局トロブリアンドの村にテントを張って何カ月も過ごした。長期間にわたり、まるで壁にとまったハエのように村人を観察しつづけた結果、トロブリアンド島民に「未開」のレッテルを貼るのはとんでもない間違いだと確信した。

むしろトロブリアンドの文化には独自の美しさとリズムがあり、それは彼らの価値観に立って理解する必要があった。それを象徴するのが「クラ」と呼ばれる、島々の間で貝殻を交換する複雑な儀式である。一見すると、風変わりで無意味な風習に思える。貝殻には直接的な価値も用途もなさそうなので、なおさらだ。しかしマリノフスキは、クラはきわめて洗練された複雑なシステムであるだけでなく、重要な社会的機能を担っていることを指摘した。なぜなら貝殻の交換は誰が社会集団に属するかを定義するのに加えて、島々を結ぶ義務と信頼の絆を醸成していたからだ。

一九二二年にマリノフスキは『西太平洋の遠洋航海者：メラネシアのニュー・ギニア諸島における、住民たちの事業と冒険の報告』（講談社）に自らの研究結果をまとめた[24]。それは人類学に大変革をもたらした。世界中の若手人類学者がその社会の一員となって生活することでその社会を観察する「参与観察」やその記録としての「民族誌学」に目を向けはじめた。研究対象の人々を観察し、それから分厚い観察記録を書くプロセスである。

イギリスの人類学者であるエバンス・プリチャードはスーダンへ、ジョン・ラドクリフ・ブラウンはアンダマン諸島へ、アメリカ人のマーガレット・ミードはポリネシアへ、ルース・ベネディクトはオーストラリアに続いて日本を研究対象とした。同じくアメリカ人のクリフォード・ギアツはバリ島へ行き、フランス人のモーリス・ブロックはマダガスカルへ渡った。

こうした新手の人類学者が独自の研究を進めた結果、人類学という学問は実質的に二派に分かれた。アメリカで「文化人類学」（ヨーロッパでは「社会人類学」）と呼ばれる文化と社会を研究する一派と、人類の進化と生物学的側面を研究する「自然人類学」と呼ばれる一派だ。当初二つの流れは絡み合っていたが、文化人類学者が今日の社会システムを研究しはじめると、現代文明と自然人類学の接点は薄れた。一方、言語学など他の学問と類似性を見いだす文化人類学者も現れた。

その一人がフランスの人類学者、クロード・レヴィ＝ストロースだ。フランスの知識人の伝統にならい、言語学者兼哲学者としてキャリアをスタートさせたが、やがて（ブルデューと同じように）抽象的思考にふけることにうんざりした。「私は子供のころから理屈に合わないことが嫌で、無秩序とされるものの背後に秩序を見いだそうとした。私が人類学者になったのは、人類学に興味があったためではなく、哲学から足を洗いたかったからだ」とのちに書いている。(25)一九四〇年代末、レヴィ＝ストロースは神話や伝説に魅せられた。そして世界中の神話を分析すれば、人間の認知のメカニズムを解明できるかもしれないと考えた。「構造主義」と呼ばれるその理論は、人間の脳は二項対立を特徴とするパターンにもとづいて情報を整理しようとする傾向があり（コンピュータがデータをコード化する方法とあまり変わらない）、そうしたパターンは神話や宗教儀式といった文化的慣習によって表現され、強化されるという考えを示している。

マリノフスキが先鞭をつけた参与観察による知見にもとづいた理論ではなかったが、レヴィ=ストロースは自らの主張を世界中のコミュニティに関する広範なデータによって裏づけていた。一九五〇年代に発表された『親族の基本構造』（青弓社）、『悲しき熱帯』（中央公論社）『野生の思考』（みすず書房）など[26]は高い評価を受け、学問としての人類学への関心を高めることになった。またこれはヨーロッパの知識人が人類学というほとんど知られていなかった学問に改めて強い関心を抱くきっかけとなった。野心あふれる哲学者の卵、ブルデューもその一人だった。

アルジェリアのカビル族の家の構造

一九五七年、アルジェリアで本格的な戦争が始まり、ブルデューの軍隊生活も終わりを告げた。しかし自らを取り巻く世界を「説明」したい、そしてアルジェリアの民族を理解したいという欲求に取りつかれたブルデューは、除隊するとアルジェリア大学の教員職に応募し、知的聖戦に踏み出した。「観察し、この目で見たいというシンプルな欲望に誘われ、私は壮絶な仕事に身を投じた」と説明している。[27]その手法は哲学あるいは経済学のような実践をともなわない学問のまさに対極にあった。ときにはバスに乗ってアルジェリアの僻地に旅をしたり、フランス軍の行軍に同行したり、あるいは現地の友人たちに紛れてひっそりと移動したこともあった。地元の人々の間に静かに座り、観察し、質問を投げかけ、彼らの一員として暮らした[28]。

それはひどく危険な試みだった。地方の人々は反乱軍ともフランス兵とも手を組んでいた。僻地の村ではアルジェリアの長老に呼ばれ、「誰にも聞こえないところに連れていかれ、フランス軍から学んだ拷問の方法を詳しく教えてもらった」こともある[29]。フランス軍の将校からは、アルジェリアの過激派がどのようにフランス人の女性や子供たちの喉をかき切ったり、道沿いに地雷を埋めたりしているかを聞いた。山岳地帯では「ジャラバ」と呼ばれる白いローブの下に銃を隠している男たちに遭遇した。「海岸沿いの見渡すかぎりの山々が炎に包まれている様子、あるいはカフェというカフェのドアが手榴弾の攻撃を防ぐために鉄格子で覆われている[30]」状況を目のあたりにした。

それでもブルデューは研究を続けた。「危険を顧みなかったのは、英雄気取りであったためではない。むしろ根底にあったのは強烈な悲しみと不安だ[31]」。マリノフスキと同じように、ブルデューも草の根の現実をとことん味わおうとした。アルジェリアの人々が自らの世界に秩序を与えるために使っていたメンタルマップを理解するために。

ブルデューの情熱が本格的な理論に発展したのは、アルジェリアの山奥であった。研究の一環としてブルデューはカビル族と呼ばれるベルベル人の一種族とともに暮らし、彼らが家の建て方について確固たる信念を持っていることを知った。カビル族の住居は常に長方形をしており、表玄関は西を向き、その反対側には巨大な機織り機が置かれている。住居の中は低い壁によって二つのスペースに仕切られている。一方の床が少し高く、面積も広く明るい。機織り機はこちらに置かれ、客人をもてなし正式な食事をふるまうのもここだ。男たちはここで眠る。

もう一方のスペースは狭く暗く低い。家畜を飼うのも、女性と子供たちが眠るのもここだ。カビル族は日々の暮らしに使うもの、そして濡れたもの、緑色のもの、湿り気のあるものはすべてこちら側に蓄えていた。

ブルデューが「なぜ家をこのような配置にするのか」と尋ねると、カビルの村人たちは怪訝《けげん》な顔をした。彼らにとってはそれが場所やモノや人間を分類する当たり前の方法だったからだ。このように分類された家で育った彼らには、それ以外の方法は奇異に感じられた。濡れたもの、緑色のもの、湿り気のあるものを男性が眠るスペースに置けと言われたら、カビル族は笑い飛ばすか、顔をしかめるだろう。アメリカの郊外住宅地に住む家族に、シャンプーを車で保管したらどうか、あるいは冷蔵庫をベッドの下に置いたらどうかと提案するようなものだ。カビル族にとってはこのパターンこそが世界のあるべき姿だった。

しかしアウトサイダーであるブルデューには、これが必然的なパターンではないことは明らかだった。またカビル族の住居のつくり方は、彼らの生活全体を支配する考え方と呼応していることも明らかだった。カビル族の文化では男性は女性とは異なり（優位であり）、「公」のスペースは「私」のスペースとは区別されていた。同じようにカビル族の宗教では「湿り気のある活動」および「繁殖にまつわる活動」と「乾いた活動」は明確に区別されている。つまりカビル族の住居の構成は彼らの社会的およびメンタルな地図を反映していたのであり、場所と心と身体の間にはそれぞれの関係を助長するような微妙な相互作用が起きていたのである。カビル族が家をあのような配置にしていたのは、女性は男性とどう関わるべきかという文化的規範のためだ。その一方、こうした規範は彼らが家に足を踏み入れるたびに強化されていき、最終的にこうしたパターンが完全に自然なものと思われるようになった。

決してカビル族だけが特別なわけではない。こうした相互作用はどの人間社会でも見られる。たとえばニューヨーク市役所がそうだ。市長になってブルームバーグ氏が気づいたとおり、市庁舎のレイアウトはそこで働く人々の「どのように仕事をすべきか」という認識を反映していた。消防士が専門の部署に固まっていた事実は、彼らがスペシャリストのチームであり、他の人々とは違う存在であるという認識の表れだった。しかし消防士が特別な存在だと思われていたのは、彼らが学校教師などとは別の場所に陣取っていたからにほかならない。建築は私たちの世界観に影響されるが、反対に職場などのデザインには社会の分類システムをわれわれに深く染み込ませる機能がある。普段はまったく気づかないが、われわれはみな自らが創り出す物理的、社会的、さらには心理的な環境の産物なのだ。習慣はきわめて重要である。

アウトサイダーにはパターンが見える

一九六一年、ピエール・ブルデューはアルジェリアを後にした。その頃にはフランス軍が反乱軍に用いた残酷な戦術によって、猛烈な反発が沸き起こっていた（フランスの攻撃的政策はあまりにも非生産的であったため、アメリカが五〇年後にイラクとの戦争を開始する前に国防総省が将校を集めて映画『アルジェの戦い』の上映会を開き、中東でやってはならないことの教訓としたほどだ）。最終的に反発があまりにも激しくなったため、フランス政府は撤退を決めた。それに腹を立てたフランス人定住者が、戦争に反対してきた知識人を報復の対象としたため、ブルデューは命からがら本国に逃げ帰ったのだ。

パリでは居心地のいい学者としての地位を手に入れ、著名な社会学者であるレイモンド・アーロンと研究をした。そうなると次はアルジェリアの専門家という評判をベースに人類学者としてのキャリアを発展させていくのが自然なステップと思われた。人類学者というのはもともとベルベル人のカビル族のようなエキゾチックな非西欧文化を研究するものとされていたからだ。

しかし、ブルデューはまたしても予定調和的な生き方を拒んだ。アルジェに拠点を置いていた一九五九年にフランス・ピレネー地方の実家に戻った際、ブルデューは故郷で目にした光景に強い興味を抱いた。フランスの村人たちもカビル族の人々とまったく同じように多くの規範やパターンや社会的地図に縛られていることが明らかだったからだ。こうした規範は一般のフランス人には明らかではなかったかもしれないが、少なくとも自然に感じられたはずだ。しかしアウトサイダーにとってはそうではなかった。

そこでブルデューは大胆な計画を立てた。社会学を学んでいたアルジェリア出身の若き学生、アブドゥルマレク・サイドに一緒にピレネーに行ってほしいと頼んだのだ。ブルデューはアルジェリアで研究をするときにもサイドの協力を得ており、二人は名コンビとなっていた。そのときはサイドが地元出身のインサイダーとしてアルジェリアの文化がどのようなものかを理解していた。そしてフランス人であるブルデューはアウトサイダーとして、サイドには見えなかったアルジェリア人のパターンに気づくことができた。同じ理屈が逆方向にも働くのではないか、とブルデューは考えた。フランスではサイドがアウトサイダーとなるので、フランス人が看過する奇妙な点に気づくことができるだろう。

これはジェームズ・フレイザーのようなビクトリア時代の人々が最初に構想した「人類学」の姿とは異なっていた。まずブルデューは植民地的な力の構造を逆転させようとしていた。フランスの村人をカビル族と同等に扱おうとしていたのである。ブルデューには、どんな社会であってもそれを理解する最善の方法はインサイダー兼アウトサイダーとなり、視点を逆転させることだという確信があった。

こうしてサイドとブルデューはアルジェリアでやってきたのとまったく同じことを行った。フランス南西部の山岳地帯をともに歩き、ともに考え、日常生活を観察し、人々と語り合った。ときにはブルデューが地元のフランス文化の本物のインサイダーとして父親を連れて行くこともあった。あるいは自らをアウトサイダーとして、意図的に研究対象と距離を置くこともあった。「（インサイダーからアウトサイダーへの）視点の転換を最も明確に示していたのは、写真、地図、間取り図、統計データなどを徹底的に活用しようとする姿勢だろう」とのちに語っている。(32)

頻繁に視点を変えることによって、ブルデューはフランスの人々の*あり様*について新たな気づきを得た。これは彼自身にとって、驚くほど胸のすくような経験だった。二〇年前、ブルデューはフランスのエリートたちのお高くとまった文化から排除されていると感じ、憤っていた。だが幼い日の不愉快な経験が、文化的パターンに気づく能力という思わぬ恩恵をもたらしたことが今ようやくわかったのだ。単にヒエラルキーを壊したいというのではなく、いまやブルデューはそれを理解したいと思うようになっていた。

広範な西洋社会全般をアウトサイダーのレンズで分析

その後ブルデューは故郷のみならず、より広範な西欧世界に目を向けるようになっていった。

たとえばフランスのエリートを分析し、その食べ物、芸術、服飾品などに関わる一見取るに足らない選択が、どのように現代フランス社会を形づくり、異なる社会集団に階層化する一因となっているかを研究した。著書の中でも特に有名な『ディスタンクシオン：社会的判断力批判』（藤原書店）では、レストランでブイヤベースを注文するか否かといった平凡な行為が、どのようにして人々を異なる社会集団に分類する社会的なレッテルやマーカーの役割を果たすかを分析した。

人々が生活の中で絶え間なく行う些細な意思決定は、断じて取るに足らないものでも無意味なものでもない。小さなシグナルが絶え間なく力関係を示し、強化する。何が美しいか、醜いか、悪趣味か、粋でトレンディかといったわれわれの認識が、人々（やモノ）を心理的および社会的グループに分類するのである。

その後ブルデューのレンズは、アメリカにおける芸術活動への資金援助、写真の本質、現代メディアの仕組みや政治団体の行動などに向けられた。フランスの教育システムやパリの大学を支配していた学術界の部族主義にも切り込んだ。フランスの底辺層にも目を向け、悪名高いパリの郊外での「権利を奪われた」人々の暮らしを理解しようと試みた。何を研究するときでもマリノフスキの言う参与観察とレヴィ＝ストロースのビジョンを組み合わせ、ひたすら観察と傾聴に徹し、分析のレンズをインサイダーからアウトサイダーへと切り換え、社会の構成員が見落としがちな隠れたパターンを見いだそうとした。

「カフェやペタンク場や郵便局はもちろん、団体のレセプションやカクテルパーティ、コンサートといった場で何時間も会話に耳を傾けた。それによって自分のものとはまるで異なる、過去や現在の思考の枠組みに身を投じることができた。上流階級や銀行業界、パリ・オペラ座の

ダンサーや国立劇団の俳優、競売人や公証人などの世界に踏み入ったのである」と振り返っている。(33)

こうした研究から五七冊もの書物と多数の理論が生まれた。とりわけ有名な五つの理論は、本書の知的枠組みを形づくるものであるため、ここで詳しく説明しておきたい。

ブルデュー、五つの理論

・第一にブルデューは、人間社会はある種の思考パターンや分類システムを生み出す、と考えた。社会の住人はそれを吸収し、場所、モノ、アイデアを整理するのに使う。ブルデューは人々が暮らす物理的および社会的環境を「ハビトゥス」と呼び、このハビトゥスのパターンはわれわれの頭の中にあるメンタルマップあるいは分類システムを反映すると同時に、それらを強化すると考えた。

・第二に、こうしたパターンはエリート層の地位の再生産を助長すると考えた。エリート層にとっては現状維持が利益となるため、なんとしても文化的地図や規範や分類法を強化しようとする。別の言い方をすれば、エリート層が権力の座にありつづけるのはリソース、すなわちブルデューの表現を借りれば「経済的資本（カネ）」を握っているためだけではなく、「文化的資本（権力と関わりの深いシグナル）」も掌握しているためだ。文化的資本を集めることによって、エリート層の地位が自然かつ必然的なものに見える。たとえばブルデューが子供時代を過ごした寄宿学校の金持ちの子供たちは、数多くのちっぽけで微妙な文化的シグナルを身につけることによって、権威や権力の「自然な」オーラを放っていた。ブルデューのような非エリート層の子供たちにはそれが欠けていた。

・第三に、こうした文化的およびメンタルマップはエリート層を含めて誰かが意図的につくりだすもの、あるいは意識的な企ての産物ではない、とブルデューは考えた。意識的なデザインというより半意識的な本能から生まれ、「意識的思考と無意識的思考の境界上で」機能する。ハビトゥスはわれわれの社会的パターンを反映するだけでなく、それを深く浸透させ、自然で必然的なものに思わせる。エリート、非エリートはいずれも自らの文化的環境の産物なのだ。

・第四に、社会のメンタルマップで本当に重要なのは、公にかつ明白に語られていることだけでなく、語られていないことである、とブルデューは考えた。社会的沈黙は重要である。社会的沈黙は何かを隠蔽しようとする意識的企てによって生じるのではない。むしろある種のトピックは、退屈、タブー、自明、あるいは非礼であるため、無視するのが当然と見なされる。どんな社会にも大っぴらに議論されるトピックがあり、それについては見解の相違（正統派と異端の対立など）が許容される。しかし許容される議論という範疇の外側（「ドクサ」と呼ばれる）には、決して議論されない多くのトピックがある。こうした沈黙は現状と権力構造を維持するのにきわめて重要だ。ブルデューはこう語っている。「イデオロギーによる影響の最も強力なかたちは、一切言葉を必要としない、共謀的沈黙によるものだ[34]」。村のダンスホールの踊らない者は重要なのだ。

・とはいえブルデューの著作が暗示している重要な五つめの点は、人は必ずしも自らが受け継いだメンタルマップにとらわれる必要はないということだ。われわれは盲目的に特定の行動をとるようにプログラムされたロボットではない。自らが用いるパターンについて、いくらかは選ぶこともできる。われわれは自らの文化的規範を見直すという選択肢をどれほど持ちうるのか、という点をめぐっては、昔も今も議論がわかれている。ブルデューが学者の道を歩み始めた頃、フランスの哲学者サルトルは人間には自由意思があり、自らの思いどおりに思考を発展させることができると主張した。一方、レヴィ＝ストロースの見解は違った。人間は自らが継承した文化的パターンから逸脱することはできず、自らをとりまく環境の産物になるしかない、と主張したのだ。

だがブルデューはその両方を否定した。もっと正確に言えば、この二つの両極の中間を志向したのだ。人間が自動的に文化的ルールに従うようプログラムされたロボットであるとは思わなかった。「ルール」という言葉自体を嫌い、文化的「習慣」という表現を好んだ。その反面、こうした習慣やハビトゥスが人々の行動を規定するとも考えていた。社会的地図は強力だが、絶対的ではない。われわれは物理的および社会的環境の産物であるが、盲目的な産物とは限らない。ときには世界を体系化する別の方法を思いつくこともある。とりわけブルデューのような境界を飛び越えるインサイダー兼アウトサイダーになれば、それが容易になる。

他者だけでなく自己も分析できる

二〇〇二年に亡くなる頃には、ブルデューはその業績によってフランスでは広く知られる存在となっていた。主要紙の『ル・モンド』が一面に「ピエール・ブルデュー死去」と大見出しを立てたほどだ。国外ではそれほどの知名度はなかったが、ブルデューの生き様は西欧世界における人類学の変容を体現する強烈なシンボルとなった。人類学はもはや「他者」、あるいはエキゾチックで異質な非西欧文化を研究するだけの学問ではなくなった。「自己」、すなわち

（相変わらず学術界を支配していた）西欧の人類学者が暮らす地域も研究対象とするようになったのだ。ブルデューが発展させた概念は数多くの人類学者の業績と相まって新たな学問を生み出した。

イギリスの人類学者であるケイト・フォックスはその伝統を受け継いだ一人だ。父親のロビン・フォックスは二〇世紀にロンドン大学、その後はアメリカのラトガース大学で活躍した人類学者で、その研究内容は当時の一般的な人類学の流儀に沿うものだった。対象はニューメキシコ州のアメリカ・インディアン、コチティ族で、埃っぽい村々をまわって研究するため家族を連れて現地に移り住んだ。

「普通の赤ん坊はベビーカーやベビーベッドで過ごす時間が長いのに対し、私はコチティ族のクラドルボード（赤ん坊を背負うための木枠）にくくりつけられていた」とケイト・フォックスは述懐している。[35]このような境界を越える経験を深く胸に刻んだケイトは、自らものちに人類学者となった（人類学を志す者の多くが幼少期に異文化を経験しているのは、この学問の顕著な特徴といえよう。私自身もそうだ）。ただ研究対象には「エキゾチック」な人々ではなく、母国であるイギリス社会を選んだ。

「人間はルールを作らずにはいられない。どんな社会にも食べ物にまつわるタブー、贈り物、ヘアスタイル、踊り、あいさつ、もてなし、ジョーク、着こなしなどに関するルールがある。（ただ）世の人類学者が、風変わりな信仰や謎めいた風習にあふれた奇妙な部族の文化を研究するためには、世界の果てまで行って赤痢にかからねばならないと思っている理由が私にはわからない。最も奇妙で不可解な部族がすぐ目の前にいるというのに」[36]。競馬の儀式から天気の話題まで、イギリスのさまざまなしきたりを描いた著書『ウォッチング・ザ・イングリッシュ』（「イギリス人を観察する」、未邦訳）にはそう書いてある。

金融機関も人類学の分析の対象になった

その後も多くの人類学者が同じような道をたどった。単に西欧世界というだけでなく、その中でもとりわけ現代的で複雑な部分を研究したのである。二〇世紀末にはカレン・ホー（ミネソタ大学）が数年かけてウォール街の銀行のハビトゥスを研究し、ブルデューがカビル族を観察しながらつくりあげた知的枠組みを使って銀行で働く人々のモノの見方を解明した。[37] 同じくアメリカの人類学者であるケイトリン・ザルームは、シカゴとロンドンの金融トレーダーを研究した。[38] イギリスの人類学者アレクサンドラ・オロソフは、信用格付け機関を研究した。[39] バーミンガム大学のダグラス・ホルムズは中央銀行を分析し、欧州中央銀行やイングランド銀行が発言や沈黙を通じてどのように市場に影響を及ぼしているかを調べた。[40] コーネル大学ロースクールのアンリス・ライルズは国際的な弁護士の金融に対する態度を研究した。[41] インテルのお抱え人類学者であるジェラルディン・ベルは、コンピューティング文化を分析している。ヤフーで働く自称「デジタル人類学者」のダナ・ボイドは、ソーシャルメディアがアメリカのティーンエイジャーに与える影響を考察した。[42]

ここに挙げたのは、何千人という人類学者が企業、政府機関、都市コミュニティ、田舎の集落などを舞台に行ってきた研究のほんの一部にすぎない。ただ舞台がどこであろうと、人類学者の研究には共通する特徴がある。たとえば参与観察を通じてありのままの生活を見ようとする姿勢、社会のほんの一部に注目するのではなく全体を結びつけて理解したいという意欲、建前と現実のギャップあるいはわれわれの生き方を特徴づけるような社会的沈黙を分析することへのこだわり。そして何より、人間の存在のあり方を規定する明示的あるいは暗黙の文化的パターンを理解したいという情熱、すなわちブルデューを突き動かしていた知的探究心である。

ただブルデューが亡くなる頃、その傑出した研究の位置づけをめぐり、おかしな事態が起きていた。晩年のブルデューは人類学者としてきわめて影響力の大きい立場にあったにもかかわらず、自らを「人類学者」と呼ぶのをやめ「社会学者」を名乗るようになっていた。パリ大学から「社会学教授」という魅力的なポストを提示されたのも一因だったが、もう一つの理由は二〇世紀後半に人類学と社会学の融合が進んだためである。人類学者が複雑な西欧社会を研究するようになる一方、社会学者が現場での研究を増やしていくなかで、両分野の境界を引くのは難しくなっていった。

いずれにせよブルデューは、学問の境界やレッテルにこだわるのはくだらないと感じていた。どのような学問分野についても専門家の領域と考えることを拒み、学者を異なる部族に分けて競わせる大学の傾向を苦々しく思っていた。ブルデューにとって「人類学」は独立した学問分野やそのレッテルというより、生き方そのものであった。それは経済学、社会学など他分野の視点と組み合わせ、世界をより深く理解しようとする者すべてが採り入れることのできる知的プリズムあるいは探究の方法である。

大学に在籍していなくても、また博士号を持っていなくても人類学者として活動することはできる。必要なのは謙虚さと好奇心を忘れず、積極的に質問、批判、探究、議論をする姿勢、そして新鮮な目で世界を見て、自分が当然と思っている分類システムや文化的パターンについて思いをめぐらすことだ。アメリカの人類学界の第一人者であったマーガレット・ミードはかってこう語った。「人類学に必要なのは、自分が想像すらできなかったことを見聞きし、驚きと感嘆を持って記録するオープンマインドな姿勢である(43)」

文化人類学のチップを埋め込まれたジャーナリスト

非常に示唆に富む言葉である。特に重要なのは、人類学がさまざまな分野に応用できると指摘している点だ。たとえば私の場合、キャリアの出発点は博士号を取得するための伝統的な人類学の研究だった。旧ソビエト連邦下のタジキスタンに赴き、僻地の山村で何カ月も暮らし、マリノフスキが先鞭をつけた参与観察をした。タジク民族と同じ服装をして現地の家族と暮らし、日常的な家事を手伝いながら村人の観察に長い時間を費やすことを通じて、このコミュニティが民族のアイデンティティを表現するために結婚という儀式をどのように使っているかを研究した（結論を簡単に言えば、村人は無神論とされる共産主義システムの中でイスラムのアイデンティティを守る手段として、結婚の儀式やシンボルを使い、生活の場所を区別し、また婚姻関係を通じて社会集団を定義している、ということだ）。

ただブルデューと同じように、私も学問としての人類学のあり方に不満を抱いた。皮肉なことに、人類学が世界について統合的視点を持つよう説いているにもかかわらず、大学の人類学部は驚くほど内向きで、外の世界から隔絶していた（人類学者には自らスポットライトを浴びるより他人の話を聞き観察するほうが得意な人が多かったのも一因だ。また反体制的で、権力闘争を嫌う――むしろそれを徹底的に研究しようとする――タイプも多かった）。私自身はもっと現実世界とダイナミックに関わりたかった。そこでジャーナリストに転身する機会を与えられるとすぐに飛びついた。観察し、分析するという人類学者として身に着けたスキルを生かせると思ったのだ。取材して記事を書くという作業は、人類学者としてスピードデート（次々とデートの相手を変えること）をしているような感覚があった。

私を含めて一度でも人類学の研究手法を実践した者は、生涯その視点を失うことはない。人類学を学ぶと、世界の見方が変わることが多い。脳に特別なチップを、あるいは目に特別なレンズを埋め込まれたようになる。あらゆることを本能的に人類学者の目で見ようとする。どこへ行ってもどこで仕事をしていても、社会の異なる構成要素がどのように相互作用しているかを考え、通説と現実のギャップに目を凝らし、儀式や記号の隠された役割に目を留め、社会的沈黙を探そうとする。人類学にどっぷりつかったことのある者は、生涯にわたってインサイダー兼アウトサイダーであることを宿命づけられる。何かを額面どおりに受け取ることができなくなり、常に「なぜそうなのか？」と疑問が湧いてくる。要するに人類学を学ぶと、ひたすら好奇心旺盛でひねくれた相対主義者として生きていくことになる。塩が料理の風味を増すように、人類学はあらゆる探究に深みを与えるのだ。

もちろん人類学を学ぶことがインサイダー兼アウトサイダー的視点を身に着け、身のまわりの文化的パターンに疑問を持つ能力を獲得する唯一の方法だというつもりはない。人類学とまったく縁がなくても、生まれつき文化的ルールに疑問を持ち、社会的沈黙を見抜き、通説の裏側にある真実に気づき、社会的パターンを分析する能力を持ち合わせた人物というのは確かにいる。

とはいえ自らの指針となっている文化的パターンについて考え、疑問を持つことなど一切ない人が多いのも事実だ。たいていの人は継承した考え方にまず疑問を持たないという意味で、無批判な環境の産物である。しかし、次の点ははっきりと指摘しておきたい。人類学の正式なトレーニングを受けたか否かにかかわらず、われわれは皆、自らの使っている文化的パターンや分類システムを自覚する必要がある。そうすればサイロをコントロールすることができる。自覚しなければ、サイロにコントロールされるだけだ。

人や組織が強固なサイロに支配されると、ひどく厄介な問題が生じることがある。本書ではそうした事例をいくつも見ていく。まずはソニーとその特異な「たこつぼ」のエピソードから始めよう。

OCTOPUS POTS

How Silos Crush Innovation

第二章

ソニーのたこつぼ

一九九九年のラスベガス。ソニーは絶頂期にあるように見えた。
しかし、舞台上でCEOの出井伸之がお披露目した
「ウォークマン」の次世代商品は、
二つの部門がそれぞれ開発した二つの商品だった。
互換性はなく、それは「サイロ」の深刻さを物語るものだった。

「ＩＢＭでの経験を通じて、文化が勝負の一要素などではないことに気づいた。文化こそが本丸だった」――ＩＢＭ元ＣＥＯ、ルイス・ガースナー[1]

一九九九年の出井伸之

ラスベガスのサンズ・コンベンション・センターにある広々として壮麗な「ベネチアン・ボールルーム」には静かな興奮がみなぎっていた。凝った装飾を施した柱と赤いベルベットのカーテンの間には巨大なビデオスクリーンが設置され、数百人のハイテク・ジャーナリストやエレクトロニクスの専門家がイベントの始まりをいまや遅しと待ち構えている。照明が落ちると、スクリーンに巨大なネズミのイラストが浮かび上がった。ヒゲをくねくねさせているのは一九九九年にヒットした子供向け映画『スチュアート・リトル』のキャラクターである。

ネズミはキーキー声で、日本を代表するエレクトロニクスとメディア企業、ソニーが最近発表した画期的な新製品をいくつか紹介していった。「でもボクの話だけじゃダメだよね！　絶対ダメ！　ノブユキ・イデイにマイクを譲らなくっちゃ。イデイー！　ソニーのＣＥＯ、ソニー！」[2]。ネズミはスクリーンに描かれたキッチンの中を跳ね回りながら金切り声をあげた。

厳粛なオーラを漂わせる長身の日本人男性が立ち上がると、会場の笑い声はすっと消えた。

毎年一一月にラスベガスで開かれる見本市「コムデックス」には世界中のコンピュータ業界、エレクトロニクス業界の大物が集まる。前日の一九九九年一一月一三日にはマイクロソフトの伝説的創業者ビル・ゲイツが登壇し、世界でまさにイノベーション革命が幕を開けようとしていると高らかに宣言したばかりだった(3)。

この年のコムデックスの二つめの目玉として、基調講演をすることになっていたのが出井伸之だ。ソニーがこの混乱期にどう対応するのか、聴衆は興味津々だった。「ソニー・ウォークマン」を世に送り出し、一世を風靡《ふうび》したのは二〇年前のことである。ウォークマンは数百万という人々の音楽の聴き方を変え、ソニーはイノベーションの発信地という評価を確立した。六〇年代と七〇年代にはラジオとテレビ、八〇年代にはカムコーダーとデジタルカメラとビデオ録画機、そして九〇年代にはコンピュータに参入するとともにアメリカを拠点に音楽・映画帝国を築き、『スター・ウォーズ』や『スチュアート・リトル』をはじめとするヒット作を送り出した。

だがこれほどの成功を収めた企業は、インターネットに対応できるのだろうか。再びウォークマンのようなヒットを生み出すことができるのか。今回の基調講演への期待がおそろしく高まっていることを出井はよくわかっていた。断じて聴衆を失望させるつもりはなかった。「インターネットと（高速接続の）ネットワークはわれわれ全員にとって脅威であると同時にチャンスでもあります」。出井はデジタル革命を数千年前に「恐竜を絶滅させた巨大な隕石」にたとえながら、それが伝統的企業に及ぼしうる影響を重々しく語った。「われわれは今も、そして将来もブロードバンド・エンターテインメント・カンパニーです(4)」。慎重に練られた、正確な英語だった。出井は巨大なグローバル帝国ソニーで日本とアメリカを舞台に、出世の階段を一つずつ登ってきた。

ベネチアン・ボールルームの舞台で出井の隣に座っていたのが映画監督のジョージ・ルーカスである。「今日は『スター・ウォーズ　エピソード2』の脚本執筆をサボって駆けつけたんだ」と言って会場の笑いをとると、ソニーの新製品群がどのように映画製作のあり方を変えつつあるかを説明した。「自分が思いついたものは何であれ、スクリーンで見せる方法があるとわかっている。僕が望んでいたのは、まさにこれだ。これが革命であり、僕はその真っ只中にいる。この時代に生きているのはすばらしいことだよ(5)」

会場の興奮はますます高まっていった。ソニーの幹部は新たなプレイステーションのゲーム機をはじめ、次々と新製品を披露していった。「ルーカスがステージに来たというだけでも感動ものだったが、この業界で一三年働いてきて、ソニーがプレイステーション2のようなゲーム機をコンピューティングの世界に位置づけたことが嬉しかった」と、シドニーに本拠を置くトータル・ペリフェラルズ社の営業マネージャー、ティモシー・ストラハンは語った(6)。

続いてボサボサの髪をした名ギタリスト、スティーブ・ヴァイがステージにあがった。その風貌は白いワイシャツを着た完璧な身だしなみの日本人幹部陣の中にあってかなりちぐはぐな印象を与えたが、出井は構わずヴァイのほうを向いて尋ねた。「曲を弾いてくれないか」

同じ機能の三つの互換性のない商品を発表

ギターの美しい調べが会場に響き渡った。するとヴァイはおもむろにチューインガムのパックほどの小さな端末を引っ張り出した。それもまたソニーの発明品であった。「メモリーステイック・ウォークマン」と称する、まったく新しいデジタル音楽プレーヤーである。

ソニーのアメリカ事業のトップである陽気な丸顔のイギリス人、ハワード・ストリンガーが立ち上がり、ヴァイからプレーヤーを受け取った。「どうぞお聞きください！」。ときに「BBCイングリッシュ」と揶揄《やゆ》されることもある、イギリスの上流階級特有のなまりのある歯切れの良い語り口でストリンガーは話しだした。ちっぽけな端末ではあったが、音はどこまでもクリアだった。拍手喝采が鳴り響くなか、プレゼンテーションを見守っていたジャーナリストやハイテクの専門家は突然目の前で起きている事態をはっきりと理解した。一九七九年にウォークマンを発表して音楽の聴き方を一変させた会社が、再び同じ芸当をやってのけようとしている。今回世に送り出すのは、インターネット時代に適したデジタル版ウォークマンである。

今度もうまくいくだろうか？　一九九九年一一月の歓喜に満ちたあの晩、ベネチアン・ボールルームにいた人々の多くは「うまくいく」と答えただろう。どう見てもソニーには、二一世紀版ウォークマンをつくるのに必要な要素がすべてそろっているように見えた。コンシューマー・エレクトロニクスに長《た》けたクリエイティブな技術陣、センスの良いデザイナー、コンピュータ部門、ビデオゲームのノウハウ、それにマイケル・ジャクソンやヴァイなど著名アーティストを擁する独自の音楽レーベル、ソニー・ミュージックも所有していた。サムスン、マイクロソフト、パナソニック、あるいはスティーブ・ジョブズのアップルなどを見ても、これほどの強みを一社で兼ね備えている企業はほかになかった。

だが圧倒された観衆が見つめるなか、奇妙なことが起きた。出井が前に進み出ると二つめの端末を披露したのだ。ボールペンほどの大きさのデジタルオーディオ・プレーヤー、「VAIOミュージック・クリップ」である。このプレーヤーにもヴァイの曲が録音してあると説明すると、再びギターの調べが会場を満たした。

企業戦略の常識に照らせば、やたらと端末の数が多いというのは決定的におかしかった。コンシューマー向け製品を扱う会社が新製品を発表するときには、顧客（あるいは自社の営業担当）を混乱させないように、できるだけプレゼンテーションをシンプルにしようとするものだ。通常は特定の分野ごとに一つの製品しか出さない。今や伝説となった初代ウォークマンでソニーが採ったのもまさにこの戦略だった。しかし今回は一つではなく二つの、それもそれぞれ異なる独自技術を使ったデジタル・ウォークマンを発表した。

しかもまもなくソニーは三つめのデジタル音楽プレーヤー「ネットワーク・ウォークマン」を発表した。三つの製品は互いに競合する可能性があった。まるで自らの足を引っ張ろうとするかのように。

この日の観衆には、こうした戦略のリスクはそれほど明白ではなかった。たくさんの新製品が発表されたのは、ソニーの多様なクリエイティビティの表れとむしろ好意的に受けとめられた。しかし何年も後にこのラスベガスの晩を振り返ったソニー幹部の中には、複数のデバイスの発表は来るべき災禍の不吉な前兆であったと見る者もいた。一九九九年にソニーが一つではなく二つのまったく異なるデジタル・ウォークマンを発表した理由は、社内が完全に分裂していたためである。巨大なソニー帝国の異なる部門が、それぞれ「ATRAC3」と呼ばれる、あまり互換性のない独自技術を使ってまったく異なるデジタル音楽プレーヤーを開発したのだ。異なる部門（サイロと呼んでもいいだろう）はどちらか一方の製品で合意することはおろか、アイデアを交換することも、共通の戦略を見いだすことすらできない状態だった。

これがソニーを弱体化させた。数年もしないうちにソニーはデジタル音楽市場から完全にドロップアウトし、「アイポッド」を擁するアップルの独走を許した。ただサイロの存在以上に驚愕すべき事実があるとすれば、当時のソニーにはこうした分裂状態を正そうとするどころか、状況がどれほど手に負えないものになっているか気づいていた人すらほとんどいなかったことだ。ソニーは部族主義に陥っていた。しかし従業員はこのパターンに慣れっこになっていたため、そうしたことにまったく気づいていなかった。

ある意味、ソニーは他の社会集団とまったく変わらない。前章で説明したとおり、人間は常に自分たちが身のまわりの世界を体系化する方法こそ自然で必然的なものだと考える。ブルデューが研究したカビル族の人々は、家の一部を男性に、別の部分を女性に割り当てるのが当然だと考えていた。ニューヨーク市役所の職員も、消防部門が別の部門と異なる場所に陣取っていること、あるいは市役所のデータが異なるデータベースに分かれていることを当たり前だと思っていた。それとまったく同じように、ソニーの従業員もコンピュータを開発する部門が音楽を扱う部門と別であることは当然だと思い込んでいた。

経営陣や社員の中に、こうしたパターンには弊害があることに気づいていた者がいなかったわけではない。ソニーのアメリカ事業を率いていたストリンガーも懸念を抱いていた。ソニーが互いに競合する複数のデジタル・ウォークマンを発売した数年後、ストリンガーは自らサイロとの戦いに身を投じることになったが、それはときとして笑えない結果を招いた。「ソニーはなぜおかしくなったかって？　元凶はサイロさ」とのちに振り返っている。

しかし、あのめくるめくような一九九九年の日、ソニーの人々はみな新製品に夢中で、自分たちの文化的パターンに疑問を抱くことはなかった。成功に酔いしれており、目前に迫った災禍、あるいはラスベガスのステージに並んだ共食い的製品群の暗示する脅威に気づくことができなかった。

直感と創造の誕生期

ソニーはもともと官僚的な大帝国ではなかった。第二次世界大戦直後に誕生した当初は、稀《まれ》に見る柔軟性と独創性を持ち合わせていた(7)。厳格な階層意識と企業秩序は伝統的に日本社会の特徴であり、欠点でもあった。転職は稀で、部下が上司に異を唱えたり、既存のパターンを覆すようなリスクをとったりすることはめったになかった。この階層意識と右に倣《なら》えの精神は、特に一九三〇年代の軍国主義時代には顕著だったが、一九四五年の敗戦から数年間の日本は変化に対してより柔軟になった。年長の男性の多くが戦争で死亡したり、対立の中で職を追われたりするなか、若い世代に現状を打破する機会が生じたのだ。

ソニーが誕生したのはこういう時期だった。創業したのは盛田昭夫と井深大という二人の若者だ。一九四四年に軍の基地で知り合ったときには、それぞれ帝国陸軍の赤外線追尾ミサイル開発プロジェクトに従事していた。二人にはあまり共通点がなかった。盛田は育ちの良い科学者で、由緒正しい蔵元の跡継ぎだった。一方、井深は貧しい境遇で育ったぶっきらぼうで社交嫌いの若者だった。しかし二人はエンジニアリングと因習打破への情熱を共有していた。技術者としての能力を生かし、空襲で焼け野原になった東京の中心部にある、爆撃で壊れかかった百貨店の建物に工場を設けることにした井深は、蔵元を継ぐのを辞めて起業に加わるよう盛田を説得した(8)。

わずか一〇人あまりの従業員と五〇〇ドルあまりの資本金を集めてスタートした会社は、電気炊飯器の製造、温かい味噌汁の販売、さらには空襲で焼け落ちた共同住宅の跡地でのミニチュア・ゴルフコースの設営など幅広い事業に挑戦した。だがその後、ラジオの修理を手掛けるようになり、アメリカ兵が日本に持ち込んでいたテープレコーダーを模倣しようと試みた(9)。容易な作業ではなかった。当時の日本にはありとあらゆる機材が不足していたため、カセット用の磁気テープをつくるには磁石を粉状にすりつぶし、ストーブの上で温めた化学薬品の混合物を使ってプラスチック上に接着するしかなかった。「初期のテープは手づくりだった。小さなリールに見合うだけのテープを切り、実験室の床に延ばした。だが磁気素材を使った当初の試みは失敗に終わった。粉状にした磁石が強力すぎたからだ。（中略）最終的にはアライグマの腹の柔らかい毛を使った刷毛《はけ》を使って手でコーティングをした」と盛田は後年回想している(10)。

一九五〇年には盛田と井深はアメリカ製テープレコーダーを大量に模倣生産する方法を編み出し、「東京通信工業」の社名で国内で販売していた。その後アメリカを訪れた井深は、ベル研究所の親会社であったウエスタン・エレクトリックと交渉し、トランジスタラジオを製造するライセンスを二万五〇〇〇ドルで購入した。こうして日本市場向けに、小型のポータブルラジオの製造を始めた。「携帯型ラジオ」と呼ばれたこの製品は、新たなブランド名「ソニー」（発音のしやすさからこの名称が選ばれた）の下で猛烈な勢いで売れはじめた。「いつの時代も日本人は小型化と簡素化に魅力を感じる」と盛田は語っている(11)。

一九五〇年代末には、井深と盛田が設立した新たな会社の様相は大きく変わっていた。売上高は二五〇〇万ドルを超え、従業員は一二〇〇人に増えていた。その後さまざまな製品に参入するのにともない、さらに膨れ上がっていった。当初はラジオとレコーダーに注力していたが、一九六〇年代には先駆的なトリニトロン・カラーテレビ技術を開発、その後はさらにビデオ録画機やカメラに進出した。だが最も記憶に残るヒット商品となったのはウォークマンだ。「ウォークマンの発想が生まれたのは、井深がソニーの携帯型ステレオ・テープレコーダーと標準的な大きさのヘッドフォンを持って私のオフィスを訪ねてきたときだ」と盛田は回想している。[12]「井深はこのシステムは重すぎる、と不満げな顔で文句を言った。（中略）そこで私は技術陣に、当時『プレスマン』と呼んでいた信頼性のある小型カセット・テープレコーダーから録音用回路とスピーカーを取り外し、代わりに音響増幅器を入れるよう指示した。それ以外にも自分の求める機能を並べ挙げた。そこには超軽量のヘッドフォンなどが含まれていたが、その実現がウォークマン・プロジェクトで最も大きな壁の一つとなった」

盛田の部下は当初、これをバカげたアイデアだと思った。録音機能なしのテープレコーダーなど誰が買うというのか。「ウォークマン」という名称が文法的に誤っていることに不快感を持った者もいた。「私は最高の製品ができたと夢中になっていたが、マーケティング部門は乗り気ではなかった」と盛田は後年語っている。

技術陣は盛田のアイデアを検討しはじめ、さまざまな部門から意見が寄せられた。焼け野原となった東京で誕生した当初から、盛田と井深はクリエイティブで垣根のないブレーンストーミングが活発に行われる社風を誇りにしてきた。その一方、ダラダラと議論を引き延ばすことは許さず、直感にもとづいて決断を下した。

一九七九年に発売されたウォークマンは瞬く間に市場を席巻し、数年もたたずに二〇〇〇万個を販売した。[13]「どれほど市場調査をしたって、ソニーのウォークマンが成功はおろか、たくさんの模倣品が出回るほどのセンセーショナルなヒット商品になることは見通せなかったはずだ。しかしこの小さな商品は、世界中で数百万人の音楽の聴き方を変えたのだ」と盛田は振り返る(14)。

会社を「サイロ」に分割することが新しい経営だと信じた

盛田と井深が空襲で焼けた東京の百貨店ビルの三階で創業してから五〇年後、そしてソニーが革新的なウォークマンで市場を席巻してから二〇年後の一九九〇年代末、同社は出井伸之を新たな社長兼共同CEOに任命した。これは単なる経営トップの交代にとどまらない大きな変化を象徴していた。一九九〇年代初頭までソニーは実質的に井深と盛田が率いていた。しかし二人は一九九二年と九三年に相次いで脳卒中に倒れ、最後は同じ介護施設に入居した。そこではともに車いすに座り、口をきくことができないため黙って何時間も手を取り合っていたとされる。

ソニー本社では、盛田の一番弟子である大賀典雄が後継者となることが発表された。大賀がCEOに任命されたのは一九八九年だったが、日本ではよくあることで表向きの肩書が本当の権力構造と一致するとは限らない。盛田は引退したことになっていたが、口がきけなくなるまでソニーの経営に絶対的な影響力を及ぼした。しかし盛田が倒れたことで権力は移り、外部の目には大賀は優れたカリスマ経営者に映った。技術者として有能であっただけでなく、プロの音楽家としての教育も受けていた(15)。しかし人望はなかった。また大賀がCEOに就任したのは、ソニーへの逆風が強まっていた時期と一致した。一九八〇年代初頭に西欧諸国は不況に襲われ、消費者はエレクトロニクス製品を買い控えた。ソニーはその対応として価格を引き下げる一方、研究への投資を増やした。だがそれは利益率の悪化と債務の増加を招いた。

大賀はソニーの活力を高めなければならないことを理解していた。だが成功した企業がもれなく抱える問題に直面していた。大規模化である。一九五〇年代と六〇年代のソニーは、筋肉質の比較的小規模で柔軟な会社だった。それが一九九〇年代末には一六万人の従業員を抱え、有名なウォークマンを筆頭にラジオ、テレビ、コンピュータから住宅保険、映画まで多種多様な事業を手掛けるようになっていた。団結の強い小規模なブティック企業から、まとまりを欠く複雑な巨大企業に変わっていたのである。

大賀のとった解決策とは自らの強烈な個性で会社をまとめ、方針を決めていくというものだ。独断的になることも多く、大胆な決定を下すことも厭わなかった。たとえば一九九〇年代初頭には、ソニーの一部の技術者が「プレイステーション」と称するゲーム機の開発を検討しはじめた。ウォークマンのときと同じように、当初社内にはゲーム機に懐疑的な見方が強かった。そうした意見をねじ伏せたのが大賀だ。ソニーの研究で知られる韓国のビジネスアナリスト、シージン・チャンは「大賀はあらゆる反対意見を無視して、ソニーが独自のゲーム事業に参入することを後押しした。『ソニーにおける井深の最大の貢献はトリニトロン・テレビ、盛田がウォークマン、そして私はプレイステーションだ』というのが大賀の口癖だった[16]」

このワンマン経営によって会社は前進したものの、社内にはかなりの不満が蓄積された。その数年後に社長として大賀の後を継いだ出井は、まったくタイプの違う人間だった。創業者たちとは異なり、出井は技術畑の人間ではなく、ソニーに入社以来、経営管理部門を歩んできた。大賀とは異なり専横的ではなく、合意形成型のリーダーシップを好んだ。そんな出井は、大規模化と複雑化というソニーの抱える問題を解決する最適な方法は、会社を独立した専門家集団、あるいは経営コンサルタントの用語を借りれば「サイロ」に分割することだと確信した[17]。

出井がこうした判断を下すヒントとなったのは意外にも、スイスの巨大企業ネスレだ。菓子・食品大手ネスレの取締役となった出井は、ネスレの事業運営のあり方がきわめてユニークであることに気づいた。第二次世界大戦直後の数十年というもの、ほとんどの多国籍企業は巨大な官僚組織の形態をとり、単一の事業体として活動していた。しかし一九九〇年代には西欧のビジネススクールで別の考え方（あるいは流行）が広がった。経営コンサルタントや専門家は、巨大企業は単一の事業体ではなく、独立採算制の個別事業の集合体として経営するほうが好ましいと主張するようになった。独立した事業ユニットをつくることで透明性や効率性を高め、責任の明確化が図れるという発想だ。

この発想を極端なまでに採り入れたのがネスレだ。一九九〇年代に組織改編を実施し、各部門（チューインガム、チョコレートなど）は独立採算の個別事業として運営されることになった。各部門の経営陣は個別の利益、利益率、売上高目標の達成のほか、投資活動の責任を負い、部門別の貸借対照表によってその成否ははっきりと示されることになった。

これは金融業界ではおなじみの方法で、トレーダーやブローカーへの成果報酬を徹底するロンドンのシティやウォール街の大手金融機関でよく使われていた。だが消費財の分野でこの手法を明確に採り入れるのはめずらしく、出井の目には（そしてネスレの他の取締役の目にも）うまく機能しているように映った。

そこで出井はソニーの経営幹部を説得し、社内を同じような路線で再編することにした。一九八〇年代のソニーは単一の企業体で、社内は一九の事業本部に分かれていた。だが一九九四年にはいわゆるカンパニー制を敷き、一九の事業本部を独立した八つのカンパニーに再編した（コンシューマーAV、コンポーネント、レコーディングメディア&エナジー、ブロードキャスト、システムビジネス、インフォコムプロダクト、モバイルエレクトロニクス、セミコンダクタ）。

同時にゲーム、音楽、映画、保険事業は個別の子会社としてさらなる独立性を付与された。新たなシステムはウォール街の銀行のような「信賞必罰」ではなかった。日本人社員の給料はカンパニーごとの利益に依存するのではなく、会社全体の共通基準で決まっていたからだ。ただ「カンパニー」にはそれぞれ経営トップが配置され、その評価はカンパニーのＰ／Ｌ（損益）で決まった。

当初、この改革はうまく行った。社内カンパニーのトップはそれぞれの収支に責任を負うことを自覚し、コストを抑え、借り入れを減らし、利益率を高めた。この結果、一九九三年から九七年にかけてソニーの負債は二五％減少し、利益は一五三億円から二〇二〇億円へと一三倍に拡大した。株価は一九九四年の二五〇〇円から五〇〇〇円以上に高騰した。大成功と思われたことから、社長から（大賀と並ぶ）共同ＣＥＯ、さらに単独ＣＥＯへと昇格した出井はこの路線を一段と推し進めた。一九九八年には八つのカンパニーは一〇に再編された。翌一九九九年には一〇カンパニーが、三つの主カンパニーとその傘下の二五の「サブカンパニー」に再編された。さらに二〇〇一年と二〇〇三年にも再編があった。

出井は試行錯誤を通じて最適なサイロを見いだそうとしていた。その目的については「事業責任の明確化と権限の委譲による、外部変化に迅速に対応できる組織の構築、階層の少ないシンプルな組織の構築、企業家精神の高揚による二一世紀に向けたマネジメントの育成」と説明していた。(18)

ただ専門性の高いサイロをつくることで少なくとも短期的に会社の効率化は進んだように思

われたものの、デメリットもあった。新たなサイロの経営陣は、カンパニーの財務に責任を負っていることを自覚すると、ライバル企業だけでなく社内の他の部門からも「身を守ろうと」した。他の部門と斬新なアイデアを共有しなくなり、優秀な社員の他部門への異動も避けるようになった。部門同士が協力しなくなり、実験的なブレーンストーミングや、すぐに利益を生まない長期投資も手控えるようになった。誰もがリスクを取ることに後ろ向きになった。

出井もこの問題には気づいていた。社員へのスピーチでは「ネットワーク型メンタリティ」を持つよう訴え、異なるプロダクトラインの力を結集するよう呼びかけた。ジャーナリストからなぜ社内サイロの再編を繰り返すのかと聞かれると、サイロ同士の相互作用をうながすのに最適なシステムを見いだそうとしているためだと答えていた。こうした考え方を浸透させようと、ソニーのトップは「ソニー・ユナイテッド」というスローガンを発表した(19)。しかしスローガンと実践は一致するとは限らない。時間が経つにつれて、異なる部門は相互作用に一段と後ろ向きになっていった。その結果としてサイロの境界はより強固になっていった。

ソニーの外に目を向ければ、娯楽、メディア、エレクトロニクス業界では急速な変化が進んでいた。技術の激変によってソフトウエア、ハードウエア、コンテンツやデバイスといったカテゴリー間の境界は曖昧になっていた。その結果、過去の分類システムの多くが時代遅れ、あるいは過剰なものになった。一方ソニーの内部では、部門間の壁がますます強固になっていた。こうしてソニー社員が会社について語る言葉と、実際の行動パターンの乖離《かいり》が広がっていった。外部に対しては、ソニーは最先端のイノベーション、境界にとらわれない姿勢や変化といったイメージを打ち出そうとした。出井をはじめとする経営幹部は「ソニー・ユナイテッド」のコンセプトや創業者の自由な精神を繰り返し口にした。頭の中では、井深が一九四〇年代に設立趣意書で述べた価値観にもとづいて会社を経営しているつもりだった。つまり創業の目的は「自由闊達《かったつ》にして愉快なる理想工場の建設」であると。

しかしブルデューのような人類学者なら、その言葉と現実には大きな乖離があることをすぐ見抜いたはずだ。社内では誰もが既知の境界に固執していた。時間が経つにつれて、会社の物理的構造という面でも社員の認識においても境界はすっかり浸透し、ソニーがこうした経営体制を取っているのは自然で必然的なことだと誰もが思うようになった。ニューヨーク市役所の消防検査官が、火災リスクの予測に住宅ローンの債務不履行データが参考になるとは思いもしなかったように、ソニーの異なるカンパニーの経営幹部はたとえ取り組んでいるプロジェクトや問題が同じであっても、他の部門と積極的にデータを交換することなど考えもしなくなった。

ジョブズはアップルを部門に分けなかった

一九九〇年代初頭には、ソニーの人々にとってウォークマンの黄金期が過ぎ去ったことは明白だった。しばらくは当初のカセットに代えて、コンパクトディスクやミニディスク用の新製品を出すなど、ウォークマンを存続させようとした。しかし消費者はソニーの変化を上回るスピードでインターネット時代に向けて変化していた。

そこでソニーの技術者は、インターネットを使って音楽を配信する新たなアイデアを検討しはじめた。しかし単一のチームを組織するのではなく、各事業部門が独自のアイデアを検討しはじめた。コンシューマー・エレクトロニクス部門は「メモリースティック・ウォークマン」を、VAIOコンピューティング・グループは別の製品を開発した。両者の間に協力関係はなかった。またソニー・ミュージックエンターテインメント（ＳＭＥ）グループの営業担当と協力しようともしなかった。ＳＭＥはその一〇年前にソニーがアメリカのＣＢＳレコードを買収した後に設立した会社で、世界有数の音楽会社として豊富なコンテンツを擁していた。しかしＳＭＥの経営陣はデジタル音楽の台頭によってレコードやコンパクトディスクの売り上げが浸食されることを恐れるあまり、他の事業部門と協力することは拒絶していた。そして受け皿がデジタル・ウォークマンであろうとなんであろうと、消費者がインターネットを通じて音楽をダウンロードできるようにするという発想を忌み嫌っていた。「ソニーが音楽レーベルを持っているのはすばらしい、次世代のミュージックプレーヤーの開発に役立つだろう、とみな思っていた」と後にソニーのＣＥＯになるハワード・ストリンガーは回想する。「だが実際にはそうはならなかった」

一方、アップルの文化はまったく違っていた。ちょうどソニーの技術者チームがデジタル・ウォークマンのアイデアを検討しはじめたころ、アップルＣＥＯのスティーブ・ジョブズはデジタル・ミュージックに関する独自の試みのため、技術者のチームを集めた。ジョブズはこの作業を異なる部門の技術者に割りふろうとはしなかった。ジョブズの経営スタイルはワンマンで、社内にサイロをつくろうとはしなかった。そんなことをすれば管理職に未来に飛び込むより既存の製品アイデアや過去の成功にしがみつこうとするインセンティブを与えることになる、と恐れたからだ。

またアップルの製品群は少数にとどめるべきだと考えていた。それは新たなアイデアが生まれたら、代わりに時代遅れになった製品は廃止することを意味した。「ジョブズはアップルを半独立的な部門に分けようとはしなかった。すべてのチームを厳格に管理し、全体として一体感と柔軟性のある会社として機能するよう促し、損益も一元管理した」と、ジョブズの伝記作家であるウォルター・アイザックソンは書いている。ジョブズの後継者となったティム・クックもこう書いている。「アップルには独自の損益責任を持つ『事業部』は存在しない。会社全体で一つの損益があるだけだ[20]」。このためアップルの技術陣がデジタル音楽の未来を検討した際には、製品カテゴリーの垣根を越えてさまざまなアイデアがブレーンストーミングされた。

社内で垣根を越えてアイデアを交換したことは、有意義な成果をもたらした。当初アップルの技術者が考えた「ワンステップ」デジタル音楽プレーヤーは、インターネットに接続できることを除けばウォークマンにかなり近い端末だった。ユーザーはインターネットから曲をダウンロードし、好きなところで聴けるというものだ。だがすぐにこのアプローチには大きな欠陥があることに気づいた。当時の技術では曲を保存・編集するには相当なコンピューティング能力が必要であったため、ワンステップ端末に保存できる曲の数がかなり制約されてしまうのだ。さらにまずいことに、曲を保存するのに独自の圧縮技術を使うと、ほとんどの音楽ライブラリーと互換性がなくなってしまう。

こうした問題を検討した結果、アップルの技術陣は革新的な二段階方式を採用することにした。ユーザーがインターネットからアップルの「マック」などのコンピュータに音楽をダウンロードするのが第一段階。そこで曲を編集してプレイリストを作成できる。続く第二段階として、ユーザーが音楽を小さな視聴用端末に移し、作成したプレイリストを楽しむ。二段階方式の魅力は、視聴専用の端末には編集やダウンロード用の端末ほどのコンピューティング能力が必要ないことだ。そうすれば端末を非常に小さくできる。

おまけに二段階方式には消費者にパソコンなど別のアップル製品、すなわち「マック」パソコンの購入を促す効果がある。「ジョブズがこのとき使ったのは『真の協業《ディープコラボレーション》』や『コンカレント・エンジニアリング』といったフレーズだ。製品を技術、設計、製造、マーケティング、流通の各部門に順を追って引き継いでいくのではなく、さまざまな部門が同時並行的に協力するのだ」とアイザックソンは書いている(21)。

続いてアップルの技術陣はイノベーションを推し進めるため、プロダクトラインの境界をさらに乗り越えることにした。音楽会社には消費者にインターネット経由で曲をダウンロードさせるインセンティブが一つもないことは重々承知だった。そんなことをすれば誰もがタダで音楽を聴くようになると恐れていたためだ。そこでジョブズらは著作権侵害の問題を解決し、音楽会社を巻き込む方法を模索しはじめた。最終的に思いついたのは、音楽会社が一曲あたり九九セントというわずかな金額で楽曲を販売するウェブサイト「アイチューンズ・ストア」を立ち上げるというアイデアだ。額面だけを見ると、CDやレコードよりはかなり少ないが、少なくとも音楽会社にいくらかのロイヤリティは入り、アップルに協力しようというインセンティブが生まれる。さらに売り上げを増やすため、アップルはアップル製品だけでなく、他社製品のユーザーでも利用できるプラットフォームを設計した。ソニーのデジタル音楽端末が独自技術にこだわっていたのとは対照的だ。

こうして二〇〇一年にアップルは独自のデジタル音楽端末アイポッドを発表した。「ポケットに一〇〇〇曲」のキャッチフレーズにたがわずシャツの胸ポケットに収まるほど小さくておしゃれなうえに、膨大な数の曲を保存することができた。結局大ヒットとなり、数カ月も経たないうちに「アイポッド」は有力なブランドとして確立され、かつてソニーのウォークマンがそうであったように製品カテゴリーそのものの代名詞となった。まもなくソニーは敗北を認め、不出来な競合製品を市場から引き揚げた。アップルが王座を手に入れたのである。

どの「サイロ」にも属していないストリンガーをCEOに

東京が蒸し暑さに包まれた二〇〇五年夏、数百人のソニー社員が本社の大ホールに集まり、かつては想像もできなかった光景を見つめていた。それまで北米事業の責任者であった陽気なイギリス人、ハワード・ストリンガーがソニーのトップに指名され、全社に向けてスピーチをしていた。

ストリンガーのトップ就任は、かつての成功が痛ましい衰退へと変化しつつあることを如実に示していた。二〇〇五年までに、デジタル・ウォークマンの開発競争における屈辱的敗北はさらに大きなトレンドの象徴となっていた。ソニーの収益力、そして革新性への評価は急降下していた。プレイステーションをはじめ優れた製品はいくつかあった。しかしフラットテレビの台頭を予測し損ねた結果、テレビ市場での優位性は失っていた。カメラやコンピュータ市場ではまだ優れた製品を送り出していた（特に後者では優美な紫と黒のデザインが特徴的だった）が、アップルブランドのようなカルト的ファンを生み出すほどではなかった。

当然ながら投資家も見切りをつけた。一九九〇年代には二〇〇〇円前後だった株価は二〇〇〇年には一万六三〇〇円の最高値をつけた。だが二〇〇一年にインターネットバブルがはじけると五〇〇〇円近くまで落ち込み、数年間その水準にとどまった。他のハイテク企業も打撃を受けていたが、アップルの軌跡は明らかに違った。二〇〇〇年から二〇〇五年にかけて、アップルの株価は五倍になった。韓国の新興企業サムソンも同様である。テレビ市場でのシェアを猛烈に拡大し、[22]ソニーのお株を奪おうとしていた二〇〇〇年から二〇〇五年にかけて、サムソンの株価は五〇％上昇した。これはソニーにとってきわめて屈辱的な状況だった。二〇〇四年に出井が退任の意向を示したのも、当然と受けとめられた。[23]

ソニーの経営陣と取締役会は出井の後任をめぐって何カ月も議論を続けた。CEOの後継者を選ぶ権限を誰が握っているかがはっきりしない、というのは日本ではよくあることだ。ルール上CEO指名の権限は取締役会が握っているが、集団として意思決定をすることになっており、拒否権を行使できる者が何人もいる。ソニーの上級幹部の中でもとりわけ目立つ存在が、プレイステーション部門を育てた天才クリエーター、久夛良木《くたらぎ》健《けん》だった。しかし久夛良木は強引かつ短気な男で、社内のライバルからプレイステーションのサイロを徹底的に守ってきたため敵が多かった。

経営層には久夛良木ほどの知名度はなくても他にも人材はいた。たとえば生え抜き社員としてコンシューマー・エレクトロニクス部門を率いてきた、ほっそりとして髪の薄くなりはじめた中鉢《ちゆうばち》良治《りようじ》だ。しかし中鉢ではソニーの取締役会や株主が期待するような変化を象徴する「顔」にはならなかった。

東京本社のソニーの幹部はさまざまな候補者を検討した。万策尽きたという状況の中、ストリンガーの名が突然浮上した。これはかなり奇抜な発想に思われた。

ストリンガーはウェールズのカーディフで、イギリス空軍のパイロットの息子として生まれた。少年時代はイギリスの伝統的な私立の寄宿学校アウンドルで過ごした。陽気な姿勢とイギリスの上流階級特有の自虐的なユーモアのセンスはここで身に着けた。オクスフォード大学で現代史の学位を取ると、冒険を求めてアメリカに渡り、CBSラジオで脚本家の仕事を見つけた。しかし徴兵されてベトナムで兵役に就くことになり、キャリアは突然中断した。だが戦争が終わると再びCBSに戻り、二〇年にわたってテレビプロデューサー兼ジャーナリストとして働いた。

最初は下っ端として『エド・サリバンショー』の舞台裏で電話を受けたりしていたが、その後は出世の階段を駆け上り、CBSグループのトップとなった。そこから一九九七年にソニーに入社し、アメリカのメディア事業を率いた。こうした経歴からストリンガーには大西洋の両側に属している雰囲気があった。ニューヨークの五番街にも高級マンションを持っていたが、本宅は緑豊かなイングランドのコッツウォールド丘陵に佇む大邸宅だった。一方日本に住んだことはなく、日本語も一切話せず、しかも（日本の基準では）ソニーでの在職期間も長くなかった。

「ソニーの誰かが東京から深夜に電話をかけてきたんだ。誰だったか正確には覚えていないよ。日本ではいつもそうだが、何度も同じような電話がかかってくるのでね。そこでCEOになりたいか、と聞かれたんだ」とストリンガーはのちに語っている。「どうかしているんじゃないか、と思ったよ。どうみてもおかしいだろう。彼らには繰り返しこう言ったよ。『私はあなた方が求めているような人間じゃない。日本語はしゃべれないし、住まいを日本に移すつもりもない』。二〇〇〇年の時点でこんな事態を予測した人がいたら、月に工場でもつくるような話だと言ってやったかもしれない」

だがソニー上層部は食い下がった。ソニーの危機があまりにも深刻であるため、ストリンガーの弱点が俄然強みのように思えてきたのだ。ストリンガーなら会社の新たな顔になる。外部の投資家に受けも良いようだ（ちょうど同じ外国人であるカルロス・ゴーンが、深刻な苦境に陥った日産で大胆な再生計画を実施して喝采を浴びていたこともある）。日本人にとってストリンガーのイギリス流の立ち居振る舞いやユーモアはアメリカ人ほど気に障らず、好感が持てた。しかも本社出身ではないがゆえに、特定のサイロあるいはソニー社内の派閥に属していなかった。ストリンガーなら自由な行動をとりやすいだろう。少なくとも周囲はそう期待した。「大きな改革を望むなら、本流から離れていた者、遠方にいた者を連れてくるべきだろう」。ソニーの社長としてストリンガーを支えることになった中鉢はこう語っていた。[24]

とはいえ、ストリンガーはいったいソニーをどうするつもりなのだろう。衰退を止める方法を見いだすことはできるのか。二〇〇五年夏にストリンガーのスピーチを聞くためにホールに集まった社員は、明らかに不安げだった。日産では新たに外国人ＣＥＯとなったゴーンは大胆な雇用削減で注目を集め、「コストカッター」の異名をとった。ソニーの社員は同じことが自分たちの身にも起こるのではないかと恐れていた。

しかしストリンガーの語った内容は、大方の予想を裏切るものだった。通訳泣かせのスピーチは、偉大な歴代経営トップと優秀な技術陣に賛辞を贈るところから始まった。しかし、すぐに風向きは変わった。「ソニーにはサイロが多すぎる！」とストリンガーは言い放ったのだ。

サイロ？　聴衆は当惑した。小麦や大豆ではなくコメを主食とする日本人にとり、「サイロ」という単語は耳慣れないものだった。あまりにもなじみのない言葉なので、困った通訳が「たこつぼ」という言葉に置き換えたほどだ。これはストリンガーの意図を完璧にとらえていた。日本のたこつぼは細長い容器で、タコは簡単に入れるものの出ることができない。たこつぼに手を入れれば、抜けなくなることもある。しかしソニー社員にとり、自分たちの大切な会社がたこつぼ呼ばわりされるのは初めての経験だった。これはイギリス流の気の利いたジョークなのか？　ストリンガーは構わず続けた。ソニーにとって「たこつぼ」を排除し、二一世紀のハイテク産業にふさわしい「一体感」のある会社になることが不可欠である、と。

ＩＢＭのサイロ破壊をお手本にしようとする

それからストリンガーはサイロに関する自らの発言を実行に移そうと動き出した。非常に重要なテーマだと感じていたからだ。ソニーで働くほとんどの社員は、それまでサイロの問題など考えてみたこともなかった。社員の多くが生え抜きで、他の企業を知らなかった。彼らにとって会社が縦割りになっているのはごく普通のことだった。ブルデューが研究したカビル族が住居を二つの区画に分けていたのと同じように、このパターンはソニーにあまりにも深く浸透していたので、誰もがそれを当然と思っていた。これはソニーに限った話ではない。たいていの企業の従業員は、自分たちの仕事のやり方は普通だと思っている。しかしソニーの場合、問題がさらに深刻だったのは日本人社員のほとんどが定年まで会社にとどまるためだ。

ストリンガーには別の視点があった。二〇〇五年の時点ですでにソニーに入社して一〇年近くが経過していた。しかし日本人ではなく、技術者でもなかった。キャリアの大半はテレビの報道と娯楽部門で過ごしてきたのだ。つまりソニーとは違う仕事のやり方を想像することができた。ジャーナリズムに身を置いた経験から、企業文化や構造をできるだけ柔軟に保つことの重要性を痛感していた。ＣＢＳでは頑ななアメリカ人同士をチームとしてまとめあげる手腕で知られていた。きわめてギスギスしたクルーをまとめていまや伝説となった番組『ＣＢＳイブニングニュース・ウィズ・ダン・ラザー』をプロデュースしたほか、ＮＢＣのデビッド・レターマンを口説き落としてCBSに移籍させた。一九九七年にソニーに入社してからは、アメリカの娯楽・メディア部門に統制と規律をもたらしたことで高い評価を獲得した。

今度は同じことを、はるかに大きな規模でやろうとしていた。難しい仕事になることは覚悟していた。アメリカ事業を担当していたころから、ソニーのサイロの深刻さにはたびたび驚かされてきた。娯楽事業はしっかりコントロールできていたものの、コンシューマー・エレクトロニクス部門や秘密主義のプレイステーション部門が何をしているかを探ろうとして手を焼いたことは一度や二度ではない。両部門が協力しあうことはほとんどないことは知っていた。ヨーロッパ人やアメリカ人の同僚は、これを日本の企業文化や出井をはじめとするソニー経営陣の経営スタイルのせいだと考えていた。

ニューヨーク拠点のあるソニー幹部はこう語っていた。「ソニーの文化は徹底した階層主義で、誰もが分をわきまえ、言われたことに従うように教育される。こうした文化では社員は特定の役割を任され、その役になりきる。そうして本当に薄っぺらになるんだ」

ただストリンガー自身は、サイロ問題は日本に限った現象ではないと考えた。ソニーは極端なケースだったが、機能不全に陥ったサイロは数多くのヨーロッパやアメリカの大企業でも問題を引き起こしてきた。代表格の一つがマイクロソフトだ。ゼロックスも同じである。そこでストリンガーはこの問題に正面から向き合った大企業の事例を探した。その中でアメリカの巨大コンピュータ会社IBMの事例に惹きつけられた。

さまざまな意味でIBMはストリンガーにとって示唆に富む存在だった。日本の大企業と同じように、IBMは一九七〇年代と八〇年代に輝かしい成功を収め、メインフレーム・コンピュータの製造・販売市場を牛耳《ぎゅうじ》っていた。しかし一九九〇年代初頭にメインフレーム事業が左前になると、革新的企業という評価は失われた。会社は硬直化と同時に肥大化し、社内は強固なサイロのために身動きがとれず、内輪揉めが頻発した。

一九九三年にIBM取締役会はCEOを更迭し、代わりにルイス・ガースナーをトップに据えた。ガースナーは劇的なリストラを断行した。それまでのIBMはソフトウエア、ハードウエア、サービスという異なる部門に分裂していた。ソニーと同じようにIBMにもサイロが蔓延していた。しかしガースナーは強制的に部門を超えた協力を推し進め、より一体感のある製品を生み出した。その結果、IBMは衰退しつつあったメインフレーム事業から脱却し、ソフトウエアなどの新分野に攻め入ることができた。この改革は激しい内部闘争を招いたが、最終的にはガースナーのサイロ破壊の試みは勝利し、IBMをアメリカ産業史上稀に見る復活劇に導いた(25)。

ストリンガーはガースナーと連絡をとり、ソニーを復活させる方法について助言を求めた。「ルイスは私のメンターのような存在になってくれた。いつもこう言っていたよ。『サイロに立ち向かえ。思い切ってやるんだ』と。だから私はそうすることにした」

こうしてストリンガーは動きだした。スタッフにはアメリカ中西部の穀物サイロの写真を使ったパワーポイントの作成を命じた。当惑した日本人幹部にサイロとは何かを示すためだ。社内向けのニュースレターを通じて、全社員にこう語りかけた。「企業におけるサイロとは、要するに組織内のサブカルチャーのことだ。孤島のようになり、水平的はおろか垂直的コミュニケーションすらしなくなる(26)」

そしてさらに説明を続けた。もちろんサイロの存在は必ずしも悪いこととは限らない。会社が大きくなれば、専門化は不可欠とは言わないまでも有益なことが多い。「ビジネスの世界におけるサイロは、当初は自己完結的なチームをつくり、メンバーを前向きな気持ちにして、チームワーク、親密さ、共通の経験、忠誠心といった好ましい要素を育む意図を持ってつくられた。プレイステーションは大成功したサイロの例だ。集まった人々が新しい事業を立ち上げ、垂直統合型のビジネスモデルを生み出し、巨大な官僚機構の外側で花開いた」

しかしサイロの問題は、危険なほど内向きになるリスクがあることだ。「他のチームと交流しなかったり、透明性を失い、社内の他の部署や外界で起きている変化に乗じることができなくなったり、あるいは自らの垂直的ヒエラルキーの上下でコミュニケーションをしなかったりすると、透明性を失い、社内の他の部署や外界で起きている変化に乗じることができなくなる。西欧の企業でサイロの問題が話題になるのは、たいてい企業が大きくなりすぎたときだ。（中略）（サイロは）きまってガードが固いので、会社の経営陣は何が起きているのかまるでわからなくなる」

そこでストリンガーは、会社を大改造する、とぶち上げた。二〇〇五年秋には中鉢とともに大掛かりな組織再編計画を発表した。一八万人[27]の社員のほぼ一割を削減すること、ビジネスモデルを二〇%[28]削減すること、製造拠点を六五カ所から五四カ所[29]に減らすことなどで、ソニーのスリム化を図るものだった。目的は危険なまでに肥大化した会社、すなわちニューヨーク・タイムズの表現を借りれば「数多くの事業分野に足を延ばしたタコのような会社[30]」を、簡素で焦点の定まった事業体に変えることだった。

「アップルのような会社が二つか三つの製品だけで強靭《きょうじん》な財務力を持った会社をつくれるなら、われわれもソニーのあり方を見直すことで、かつてのような強さを取り戻せるはずだ」とストリンガーは説明した[31]。

計画にはもう一つ、重要な新機軸があった。今後はカンパニーという独立した事業単位を独立会社のように扱うのをやめ、異なる事業本部を単一の統合された組織に集約するというのだ。出井肝いりのサイロは解体された。組織再編の発表資料には「この重要な構造変化は、われわれの膨大な経営資源を最も競争力の高い製品群に集中させることを阻んできた社内サイロを根絶するためのものである」と書かれており、その結果「連携のとれた効率的で迅速な意思決定につながる」と書かれている。ストリンガー自身はこう付け加えた。「デジタル時代に重要なのはヒトとデバイスのコミュニケーションだ。(中略)そのためには製品開発とマーケティングのプロセスがきわめて重要になってくる」[32]

この文化の変革を後押しするため、ストリンガーは若手ソフトウエア技術者を異なる事業部門間で異動させ、新たなアイデアや仕事のやり方を広めるよう命じた。ソフトウエアを開発していた「コンテンツ」チームのメンバーは、ハードウエアを製造していた技術者と一緒に働くよう命じられた。さらにストリンガーは事業本部ごとに全体集会を開き、会場の中央にソフトウエア技術者のチームを座らせた。ソフトウエアとハードウエアが連携することの必要性を訴えるためだ。会議では若手従業員に敢えて発言を迫り、通常の日本的ヒエラルキーを覆そうとした。

当初、ストリンガーはサイロ破壊の企てが順調に進展していると感じていた。二〇〇六年半ばに発表されたソニーの業績には、好ましい話題がいくつか含まれていた。洗練された製品の売れ行きが伸び、数年間続いた赤字から黒字に転換した。社内は自信を取り戻しはじめ、早くもストリンガーの再建成功に賛辞を贈りはじめるアナリストやジャーナリストも出はじめた。ウォールストリート・ジャーナルは「ソニーの状況が改善しているようだ」と書いた[33]。フォーチュン誌も「ソニーはデジタルメディアの黎明期を寝過ごしたが、いまやハワード・ストリンガー氏と配下の語学堪能なスタッフが会社を叩き起こそうとしている」(34)。フォーチュンは感嘆とともにストリンガーの「戦果」を列挙している。犬ロボット「アイボ」の製造ラインを廃止、九カ所の工場を閉鎖、高級エレクトロニクスの「クオリア」シリーズの廃止などだ。さらに新たなＬＣＤテレビを発売し、市場のリーダーとなった。

言葉の壁

だが景気の良い話は続かなかった。二〇〇七年には赤字に逆戻りし、社会からの評価も株価も再び下落しはじめた。景気全体のトレンドを映した部分もある。二〇〇七年夏にはアメリカのサブプライムローン市場と銀行が変調をきたした。金融市場の混乱が広がる中、円高が進み、ソニーの輸出製品の競争力が大幅に下落した。二〇〇八年には本格的な危機が勃発し、世界的な不景気になった。その結果、ソニー製品の需要が減少した。二〇一一年にはおそろしい津波と地震が東日本を襲い、ソニーのサプライチェーンは大混乱をきたした。さらに同年にはタイの大洪水によって製造プロセスが再び混乱した。「次は何が起こるのかと身構えていたよ。カエルかイナゴの大群、竜巻、あるいは伝染病か？」。ストリンガーは苦笑する。

ただソニーの問題は単なる悪天候や不運のためだけではなかった。時間が経つにつれて、ストリンガーは社内に改革への根強い抵抗があることに気づいた。公然とストリンガーの指示に反対する日本人社員はいなかった。ストリンガーが話すと、みな一斉にうなずいた。しかし指示を出したあと、現場がどうなっているかを確認することは不可能だった。ＣＥＯに就任した時点では、経営幹部は長年ソニーに務めてきた日本人が占めており、品川の本社に側近はいなかった。日本語が話せないため、ふらりと現場を訪ねて直接確認することもできなかった。「日本語が話せなかったから、かつてのように廊下で会った相手と気軽に会話するといったこともできなかった」とのちに振り返っている。「私が何か言えば、みな『わかりました』と答えるが、実際には何も起きない。クリントン元大統領の墓場のジョークみたいなものだ。リーダーとして一〇〇〇人の上に立ってはいるが、みな死んだように静かで、誰も口ごたえをしない」

　IBMでガースナーが変革を推し進めることができたのは、実際に何が起きているかをつぶさに、かつ執拗に観察していたからだ。「部下は期待されることではなく、監視されることをする」と周囲には常々語っていた[35]。あまりにも頻繁にそういうので、やがてIBM社内に（陳腐な決まり文句とは言わないまでも）標語として定着したほどだ。

　しかしストリンガーには現場を多少なりとも監視することは不可能に近かった。「真に傑出したリーダーになるには、社内のあらゆる階層の人々が何を言い、何を考えているかを把握しておく必要がある。社内の雰囲気を察知しなければならない。ストリンガーはCBSではそれができた。だがソニーではできなかった。個人的には彼はCEOを引き受けるべきではなかったと思う」。あるソニー幹部はのちにこう振り返った。

　ストリンガーは苦闘を続けた。しかし指示を出しても、あとになってそれがまったく無視されていたことが発覚するという状況が幾度も繰り返された。IBMでのガースナーは、自らの意志の力で文化を変えることができた。新たな方針を示すときには、部下にそれを徹底させる方法も心得ていた。部下を観察し、しょっちゅう言葉を交わすなどしてあらゆることを徹底的に監視したのだ。一方ストリンガーには同じ結果を手に入れるための手段（あるいは激しさ）

が欠けていた。

プレイステーション部門が築いたガラスの「サイロ」

ストリンガーの最初の戦いの一つが、プレイステーションをめぐるものだった。二〇〇五年までプレイステーション部門は、久夛良木健という強力なリーダーの下、別の建物で自己完結的なサイロとして活動していた。このような独立性は事業の設立当初は起業家精神を醸成するなどプラスに働いた。しかし時間が経つにつれて、それはソニー本社との軋轢《あつれき》の種となっていった。

そこでストリンガーはCEOに就任すると、強力なプレイステーション部門を東京・品川の本社ビルに統合し、ソニーの事業の中に組み入れたいと宣言した。技術の進歩によってハードウエアとソフトウエアの境界が崩れるなか、プレイステーションは両者をクリエイティブに結びつける格好の例であり、ストリンガーはそれがソニー全体にとって刺激的なモデルになると期待した。「プレイステーションはソニーの至宝の一つだった。異なるスキルや機能を本当にクリエイティブなかたちで結びつけていた。最も重視していたのはネットワークだ」と後年振り返っている。

しかしプレイステーション部門はどこまでも独立心旺盛だった。まず本社に移ってほしいという要望を完全に無視した。続いて取締役会が移動を決議したが、プレイステーションチームは品川の本社ビルに移った途端に周囲をガラスの壁で囲ったのだ。機密を守るのに必要だ、というのが彼らの言い分だったが、その意味するところは明白だった。

事業を合理化しようとするたびに、ストリンガーは同じような抵抗に遭った。長年の間にソニーはさまざまな製品や事業分野を擁するまとまりのない集団に変貌し、異なる独自技術を使った一〇〇〇以上の製品を製造していた。「うちには三五個のソニー製品があるが、充電器も三五個ある。それがすべてを物語っている」と、社内でストリンガーの数少ない味方となってきたロバート・ウィーゼンタールは記者に語った。(36)

ストリンガーはそうした状況を何としても変えようとした。「社内では『電気業界でソニーは何をしている？　医療業界では？』と問いかけつづけた。しかし何も起こらなかった。少なくともすばやい反応はなかった。私が東京本社に来て、一万人規模の人員削減か何かを発表したとする。でも次に戻ってくると、なぜか社員数はまったく変わっていないんだ」

とうとうしびれを切らし、ソニー社員にショックを与えて行動を促そうと、本社にすべての製品を並べて展示することにした。そうすることでソニー帝国がどれほど異様な状況にあるかを示せると期待したのだ。だが品川本社に展示ケースができてみると、まったく逆効果だった。ソニー社員はまとまりのない製品群を恥じるどころか、誇りに思ったのだ。典型的な「ニワトリか卵か」のシナリオである。サイロから生まれた製品をそのメンバーはなんとしても守り抜こうとし、そうした製品が成功するとサイロはますます強固になるのである。

そこでストリンガーは人員や製品の削減について語るのをやめ、「協力」の重要性を説きはじめた。サイロを打破することができないなら、せめてサイロ同士が協力しあうようにしよう、と腹をくくったのだ。そもそも会社には「ソニー・ユナイテッド」というスローガンもあるではないか。

だが協力関係を実現するのは困難を極めた。ストリンガーはＣＥＯに就任してまもなく、ソニーの技術陣にデジタル技術を使って消費者が本を読むための端末をつくるよう求めた。ソニーグループの各所にはメディア、コンピュータ、しかもコンシューマー・エレクトロニクスのノウハウがすべてそろっていたので、この分野を攻略するにはもってこいだと思ったのだ。社内にはすでに試作品まであったほどだ。

しかしストリンガーが電子リーダーの開発を促すほど、各部門のマネージャー層は他部門あるいは出版社との協力に後ろ向きであることが明らかになってきた。収益を分け合わなければならないのが一因だった。こうしてプロジェクトは行き詰まった。「アマゾンが独自の電子書籍端末を発売する二年以上前に、私も同じアイデアを持っていた。社員にやってくれと指示したが、遅れに遅れて何も起こらなかった。それでアマゾンにやられてしまったんだ」とストリンガーは憤る。

ソニー製品の記者会見に溢れるアップル製品

二〇一三年二月二〇日、ソニーの発表を聞こうと、マンハッタンの劇場街にあるハマースタイン・ボールルームに一〇〇〇人を超えるジャーナリストが集まった。会場は熱気に包まれていた。二月初旬にソニーが人気ゲーム機の七年ぶりの新作となる「プレイステーション4」を売り出すことを発表していたからだ。ハマースタインでのイベントは、そのお披露目の場となるはずだった。ステージ上の巨大なスクリーンには、目がチカチカするようなゲームのイメージ画像が映し出されていた。暗闇をサーチライトが照らし、耳をつんざくような音楽が響き渡っていた。そしてキャッチフレーズが照らしだされた。「想像は現実と戦うための武器である！」「勝利するために戦う必要はない。ただ遊べ！」「フツーの自分が特別になる。やったね！」「生まれたときから他人とは違う！　型にはまらず育ってきた！　遊びの限界に挑戦するんだ！」

劇場に集まった記者は、うっとりと座っていた。プレイステーションはゲームファンから圧倒的な支持を得ていた。おそらくソニーの最も成功した製品だろう。しかもソフトウエア、ハードウエア、コンテンツを融合させた新たな「ＰＳ４」は特にすばらしく思えた。

一方、ステージ上で新たなゲーム機のプレゼンテーションをしたソニー幹部の目には、衝撃的な光景が映ったのではないか。ゲームのイメージが照らしだされるたびにジャーナリストたちは膝の上のノートパソコンを叩いたり、携帯電話で写真を撮ったりしていたが、そうした端末の中にソニー製品は一つたりともなかった。会場を見渡すかぎり、アップルのロゴマークの小さな穴から漏れる何百という白い光が無数の星のように光っていた。この晴れがましい舞台ですら、ソニーはアップルに完敗していたのである。

ストリンガーはこうした状況をよくわかっていた。ＣＥＯになって一年目の二〇〇六年には、会社を変えられるかもしれないと思っていた。だが二〇一三年には諦めの境地に達していた。プレイステーションなど個別に見ればうまくいっている事業もあった。しかしほとんどの分野ではソニーの評価は下げ止まらず、それは株価も同じだった。ストリンガーがトップに就任した二〇〇五年には、ニューヨーク証券取引所でのソニーの株価は三八・七一ドルだった。それが二〇一二年には一八ドルになっていた。対照的にアップルの株価は二倍以上に、サムスンの株価も同様だった。

特に屈辱的だったのは、時価総額から見た会社の規模である。二〇〇二年まで、フォーブス誌の発表する世界で最も時価総額の大きい二〇〇〇社ランキングで、ソニーはサムスンよりはるかに上位にいた。だが二〇〇五年にストリンガーがトップに就任するころには、ソニーの一二三位に対してサムスンは六二位と逆転されていた。そして二〇一二年にはサムスンが一二位に浮上したのに対し、ソニーは四七七位になっていた。フォーブスのランキングでもこれほど驚くべき凋落《ちょうらく》はめずらしい(37)。ストリンガーがCEOを辞任するという発表に驚く者はいなかった。

ストリンガーはしばらく取締役会長としてソニーに残った。後任CEOにはソニー生え抜きの平井一夫が就任した。しかし凋落は止まらなかった。株価が一〇〇〇円という一九八〇年以来の低水準に落ち込むなか、アメリカのモノ言う株主として知られるダニエル・ローブがソニーを解体し、エンターテインメント部門をスピンオフすることを求めるキャンペーンを始めた(38)。こうした動きにソニー社員はもちろん、ソニーのウォークマンあるいは映画を観て育ち、ソニーを「クール（かっこよさ）」の象徴だと思っていた世代のアメリカ人も驚愕した。

「ローブは市場を操作しようとしている」。ローブの主張がニュースに流れると、俳優のジョージ・クルーニーはこう憤った。「私は映画会社の弁護人ではないが、ここの人々は自分たちの仕事をよくわかっている(39)」。だがローブをはじめとする多くのアナリストは、これほどバラバラなサイロをまとめておくことに合理性はないと考えていた。アップルのみならずサムスンにも追い抜かれたような会社に、こうした事業をとどめておく理由はなかった。

ストリンガーが会社を去る直前、取締役会はびっくりするような贈り物をした。ジェームズ・ボンドの映画の小道具そっくりの、フタに「００７」と書かれたメタルケースだ。ストリンガーは大喜びだった。昔からジェームズ・ボンドの本が好きで、ニューヨークのアパートには全巻の初版本を並べているほどだ。ソニー・ピクチャーズ・スタジオが007シリーズの権利を所有していることが大きな誇りだった。しかし退職祝いの何が凝っていたかといえば（それを目にしたストリンガーは喜びのあまり笑い声をたてた）、そのメタルケースの中身である。ソニーの技術陣が、ボンド映画の「Q」が発明しそうな小さなガジェットを入れておいたのだ。取締役会が開かれるテーブルの周りを、実在のソニー幹部そっくりの小さなプラスチック人形が囲んでいる。光が点滅する小さなダイアルを押すと、それぞれの幹部からのメッセージが聞こえてくる仕掛けだ。仲間からのはなむけの言葉もあれば、ストリンガーが在任中よく使ったフレーズを口にする人形もいた。「円高！　経済危機！　リーマンショック！　地震！　津波！　カエルの大群！　イナゴ！」といった具合に。そして最後にもう一つ、こんなメッセージのボタンがあった。「サイロの壁を崩せ！」。「あれはうまくいかなかったな」とストリンガーは冗談まじりに話す。ほろにがい思い出のメタルケースは、ニューヨークのアパートにジェームズ・ボンド本のコレクションと並べて飾られている。

サイロにとらわれない方法はあるのか？

ときどきストリンガーはソニー時代を振り返り、もっと別のやり方があったのだろうかと思うことがある。ソニーの問題は的確に把握できていた。そしてこうした問題を抱えているのがソニーだけではないこともわかっていた。同じようにサイロの弊害に苦しんでいる企業は多い。たとえばマイクロソフトでもソニーと同じように個々の事業部門は他者との協力に消極的だった。かつてあまりにも大きな成功を収めていたことから、社員が変わる必要性を感じていなかったことも一因だ(40)。長年マイクロソフトに勤め、二〇一四年にCEOに就任したサトヤ・ナデラも「サイロはわれわれにとって大きな問題だった」と認めている。

「過去の成功にとらわれていると、社内の相乗効果は低くなりがちだ。競合は社内の縦割りとは無関係に発生する」

　公的機関や準公的機関にもサイロは巣食う。ソニーを去った数カ月後、BBCの顧問となったストリンガーは、そこでもまったく同じような部族間争いのパターンがあることを発見した。友人にはこう冗談を飛ばしていた。「どこかで見た光景だな。BBCにもサイロが山ほどあるよ！」

　ただサイロの問題を分析することと、その呪縛《じゅばく》から逃れる方法を見つけるのはまったく別の話だ。企業において、サイロのリスクを抑えるような文化を醸成することは可能だろうか、とストリンガーは考える。ひとたび発生したサイロを解体することはできるだろうか。それとも企業が大きくなるとサイロが生じるのは必然なのか。時間が経つにつれてサイロは強固になるのか。答えは彼にもわからない。

　しかしストリンガーは知らなかったが、アメリカ・カリフォルニア州のフェイスブックの幹部チームにはいくつかアイデアがあった。しかもかなり魅力的なものだ。ソニーが苦境にあえぐなか、フェイスブックの技術者らはなぜそうなったかをじっくり研究した。ソニー以外にもゼロックスやマイクロソフトなど同じ問題を抱えた大手ハイテク企業も研究した。そのうえでサイロの呪縛にとらわれない方法を模索し、ストリンガーの問いに何らかの解を見いだそうとしていた。

　フェイスブックがどのようにして（同社幹部の言葉を借りれば）「非ソニー化」「非マイクロ

ソフト化」路線を追求したかは本書の後半で説明する。ただその前にサイロがどのように立ち現われ、どのような危険をはらんでいるかを示す他の事例をいくつか紹介しよう。まずはソニーとは事業分野も活動地域もまったく異なる巨大企業の物語だ。スイスの銀行大手、UBSである。

WHEN GNOMES GO BLIND

How Silos Conceal Risks

第三章

UBSはなぜ危機を理解できなかったのか?

UBSは、保守的な銀行と見られていた。

ところが、〇八年のサブプライム危機で、ゴミ屑同然となった

サブプライムローンをごっそり抱えて破綻寸前に追い込まれる。

危機を抱えていたことを察知できなかった原因は、

当たり前と思っていた分類の誤りにあった。

「何かを理解しないことで給料をもらっている人に、それを理解させるのは難しい」

――アプトン・シンクレア(1)

控えめであることを美徳とする文化の銀行

二〇〇七年三月九日、スイスの規制当局の一団は、スイス最大の銀行UBSの拠点で会議に臨むためベルンからロンドンに飛んだ(2)。運命を決する会合だったと言えよう。一見、UBSは輝かしい成功を収めているようだった。それまでの数年間はチューリッヒ、ロンドン、ニューヨークの拠点を舞台に目を見張るような業績をあげていた。また慎重な（あるいは慎重すぎる）事業運営手法は業界でも有名だった。それも当然かもしれない。スイスは退屈とは言わないまでも、控えめであることを美徳とする国であり、スイスのバンカーはたいてい黙って粛々と働くことから「ノーム」（小人の姿をした大地の妖精）のあだ名で呼ばれていた。

UBSはまさにこのノーム的文化を体現していた。三〇〇〇人もの行員がいわゆるリスクマネージャーとして、銀行の事業へのリスクを見つける責務を負っていた(3)。この人目につかない銀行業界のノームはきわめて勤勉とされ、規制当局はUBSのリスク管理を業界でも「模範的」と語っていたほどだ(4)。

二〇〇七年三月に会議のためロンドンに飛んだスイスの規制当局の人々も、具体的に大きな問題が潜んでいることを懸念していたわけではない。しかし経済全体を見渡すと、水平線上に気がかりな雲が一つ浮かんでおり、それについて議論するつもりだった。アメリカでは銀行や住宅ローン仲介会社が大量の住宅融資を実施し、住宅市場が盛り上がっていた。たいていの銀行と同じようにＵＢＳもこうした住宅ローンとリンクした債券やデリバティブを購入し、魅力的な市場に身を投じていた。[5] ただＵＢＳが莫大な利益を稼いでいたとはいえ、スイスの規制当局はＵＢＳの人々がこの新たな状況にまつわるリスクを完全に理解しているか、確かめたいと考えた。住宅価格が下落したら銀行も痛手を被るのではないか。住宅所有者が債務不履行になったら、ＵＢＳが損失を負うのだろうか。

この日、彼らが得た答えは確信に満ちた「ノー」であった。リバプールストリートに隣接した、窓には遮光ガラスをはめこんだ巨大高層ビルに入ったＵＢＳのロンドンオフィスで、規制チームは数時間にわたる話し合いを持った。ＵＢＳのリスク担当者は、住宅価格がどれほど下落しようと自分たちの守りは十二分である、と説明した。デリバティブ取引の損失に対して保険に加入しているだけでなく、住宅市場が下落した場合でも利益が出るような追加的投資をしているからだという。金融の専門用語でいえば、ＵＢＳは市場をショート（空売り）、すなわち住宅価格が下落するほうに賭けていたのだ。結論として、ＵＢＳはむしろ住宅ローン関連債券を使って「市況の悪化から利益を得ており」、リスクはまったくないという。[6]

ロンドンのＵＢＳ関係者が嘘を言っているようには見えなかった。むしろその逆で、規制当局者の見るかぎり、ＵＢＳ側の説明からは信頼感と自信が伝わってきた。そこで規制チームはスイスに戻り、「ＵＢＳはアメリカの不動産市況の変化を織り込み済みであり、この分野で主要なリスクは生じていない」と報告した。[7] UBSは安全なのだ。

システム全体が誤っていた

しかし六カ月後、この見立てはとんでもなく見当違いであったことが明らかになった。一〇月三〇日にUBSは第三・四半期業績を発表した。そこには記録的な売り上げが記載されていたが、もう一つ目を引く事実があった。アメリカの住宅ローン投資の影響で七億二六〇〇万スイスフラン（約七億ドル）の税引前損失が計上されていたのだ。[8] 住宅価格の下落で利益を得るどころか、多額の損失を被っていたのだ。

かなりお粗末な誤算だったが、事態はさらに悪化した。一二月初旬、貴族的雰囲気を漂わせる投資銀行部門会長でUBSグループCEOのマルセル・ローナーが、突然住宅ローン関連投資の失敗でなんと一〇〇億ドルもの損失を出したと明らかにしたのだ。[9] また経営上層部のあずかり知らないうちに、UBSグループでひそかに五〇〇億ドル相当のアメリカのサブプライムローン証券がバランスシート上に蓄積されていたことも認めた。[10] 損失があまりにも巨額であったために、銀行が存続するためにシンガポールや中東の投資家に資本注入を頼まざるを得なくなったほどだった。[11] ロンドンの証券アナリスト、デビッド・ウィリアムズが書いたとおり「ほんの一年前に財務の健全性では世界有数の金融機関と見られていた」銀行の、驚くべき事態の変化である。[12] マルセル・ローナーもスイス金融界のノームらしい控えめな口調で投資家にこう語った。「みなさんのなかに、こうした状況変化に驚きあるいは不満を持たれる方がいらっしゃるのはよくわかります……重大な状況変化がありましたから」[13]

〝状況変化〟と衝撃はこれでは終わらなかった。二月になるとＵＢＳはさらなる住宅ローン関連の損失を発表し、その総額は一九〇億ドルに達した。[14] 株主には一五〇億スイスフランの追加資本を求めた。[15] だがそれでも不足を埋めるには足りなかった。二〇〇九年一〇月には事態はきわめて深刻化したため、スイス政府がＵＢＳに六〇億スイスフラン（六〇億ドル）の税金を使って救済しなければならなかったほどだ。[16]

スイスの納税者と政治家は驚愕し、激怒した。そこで規制機関の大元であるスイス連邦銀行委員会は、ＵＢＳに責任者は誰かを「具体名を挙げて説明する」報告書を提出するよう要求した。どう見ても一九〇億ドルの損失というのは由々しき事態だった。銀行に犯罪行為を働いて嘘をついた者がおり、刑務所に送られることになるだろう、と誰もが考えた。

ＵＢＳは期限どおりにきちんとした報告書を提出した。スイスは銀行、有権者、政治家がそろいもそろって強い義務感を持っている国なのだから当然だ。しかしその内容は規制当局が期待したようなものではなかった。ならず者のトレーダーなど損失を引き起こした個人名を挙げるのではなく、システム全体が誤っていた、と報告書は指摘した。保守的で退屈なはずのバンカーたちの頭がおかしくなり、住宅ローン市場でとんでもない投資をしたが、なぜか社内の三〇〇〇人ものリスク担当者もまったく気づかなかった、と。[17]

これは隠蔽だろうか。ＵＢＳは嘘をついているのだろうか。政治家やジャーナリストのほとんどはそう思った。数カ月後にはアメリカの規制当局の告発でＵＢＳはアメリカの富裕層にアメリカの税金を回避する方法を指南していた、という新たなスキャンダルが発覚したのだから、なおさらだ。[18]

そこでスイス政府はＵＢＳの経営陣にもっとしっかりやれ、と迫った。どこで誤ったかについて二本目の報告書を書くよう求めたのである。再びUBSは精緻な文書を仕上げたが、今回の内容も前回同様に不可解だった。二回目の報告書では外部の独立した専門家に事件について見解を求めた。そうすることで信頼性の高い結論が得られると期待したのだ。しかし、その試みも政治家が期待したような結果を生まなかった。

「UBSの数十億ドル単位の巨額損失と（米国での課税回避に関する）違法行為が明らかになって以来、国民はUBS危機の真相究明を求めてきた。保守性で知られる国際的な巨大銀行が突然これほどの損失を被るとは信じがたい」とチューリッヒ大学の経済史教授トビアス・ストローマンは書いている。[19]さらにこう続けている。「部外者の多くは、UBSの経営トップはカジノのギャンブラーのような行動をとったのだろうと考えていた。会社の利益とボーナスが増え続けるかぎりリスクを高めた挙句、すっからかんになって刑務所に入れられそうになった、と[20]」

しかしストローマンは、これが意図的な企てであったとの見方を否定した。銀行の経営陣は意図的に博打を打ったり、わざわざ他の人々を欺くための計画を練ったりしたわけではない。銀行は健全かつ安全で、帳簿上のサブプライムローン証券は「最高品質」であると本気で信じていた。監査人も規制当局も同じだった。「保守的な銀行というイメージは大衆を欺《あざむ》くために作られたものではない。それはUBSの自己認識とも完全に一致していた[21]」。別の言い方をすれば、UBSの一件で何がおそろしいかといえば、卑怯なバンカーたちが周囲に嘘をついていたということではなく、UBSのきまじめな「ノーム」たちが、一丸となって、自らを欺いたことだ。

「これは特定の巨大金融機関に限った偶発的事故ではない。過去に繰り返し発生したパターンと完全に一致している。金融危機で常に最大の敗者となるのは、意識的に巨大なリスクに身をさらした者ではなく、自らの状況をコントロールできていると思い込んでいた企業だ」[22]

なぜか。ストローマンはこれを銀行の経営層の落ち度と考えた。経営陣は慢心しきっており、銀行内で起きていることについて正しい疑問を投げかけなかった。ただ問題はもう一つあった。サイロである。ストローマンやＵＢＳのレポートからは、同社内にはソニーと同じように構造的サイロが蔓延していたことがうかがえる。対立する部門同士は協力しようとしなかった。重要な情報が行内で共有されなかった。各事業部門がきわめて警戒心が強くデータを部内に抱え込んでいたため、ＵＢＳの上層部は現場で起きていることに気づいていなかった。さらにまずいことに首脳陣は見えない壁で外界から隔てられたシャボン玉、あるいは知的サイロの中に生きており、部下たちに適切な問いかけをしなかった。

とはいえある意味では、ＵＢＳのケースはソニーのそれよりさらに問題が大きいと言える。ソニーの場合、サイロの存在はイノベーションの芽を摘み、ビジネスチャンスを見逃す原因となった。しかしＵＢＳではサイロはリスクを見逃す原因となった。かなり訓戒的な事例と言える。というのも、ここから浮かびあがるのは金融業界だけでなく他の業界にも広くみられるパターンだからだ。

「世界の投資銀行のトップスリーを目指す」

スイス政府にとってＵＢＳの事件は特にこたえるものだった。ＵＢＳは鳩時計や高級ウォッチ、チョコレートなどと並ぶ、スイスという国の強力なシンボルであったからだ。本社はチューリッヒ中心部の歴史ある「バーンホフシュトラセ」にある。町の名を冠し、山々に囲まれた美しい湖の畔にも歩いていける。ウォール街の大方の大手銀行とは異なり、UBS本社はきらびやかな高層ビルではない。本社建物は地味な灰色の花崗岩でできていて、路面電車の走る街路と調和している。むしろ周囲の高級時計や高級アパレルショップのほうがはるかに目立つ。ロビーの大理石ですら控えめだ。落ち着いた正面で唯一目を引くのは、真っ赤な「UBS」のロゴマークだけである。その色使いはスイス国旗と同じだ。

UBSが今日の姿になったのは一九九八年。スイス第二位の銀行であったスイス銀行と同三位のスイス・ユニオン銀行が合併して巨大銀行が誕生した(23)(一九九八年時点では投資銀行部門およびコーポレートバンキング部門で五九〇〇億ドル、プライベートバンキングを中心とするアセットマネジメント部門で約九一〇〇億ドルの資産があり、世界でも有数の規模だった(24))。その歴史はスイスという国家の歴史と深く絡みあっている。スイス銀行とスイス・ユニオン銀行もそれぞれ多数のスイス企業が合併したうえに、いくつかの有名な英米企業が合流してできた企業だ。たとえばチェース・マンハッタン銀行の資産運用部門であったフィリップス&ドリュー(25)、ディロン・リード(別の米系資産運用会社(26))、SGウォーバーグ(英系商業銀行)などだ。

現在の姿になった当初、UBSは古臭い国内事業主体の銀行になると思われた。一九九〇年代に母体となった二行はともに海外事業を拡大しようと努めた。しかしスイス・ユニオン銀行はアメリカのヘッジファンド、ロングターム・キャピタル・マネジメント(LTCM)への投資で大損を出しており、その余韻もあってUBSの幹部の中には再び積極的に海外に出ることに及び腰な者もいた。

しかしスイス・ユニオン銀行とスイス銀行の合併の立役者であったマルセル・オスペルとマ

ティス・カビアラベッタの考えは違った。二人は世界の金融市場の結びつきは強まっているうえ、他の欧米銀行は新規事業に進出していることに気づいており、ＵＢＳもそのトレンドに乗るべきだと考えていた。(27)こうして二一世紀が始まろうとする頃には、チューリッヒだけでなくロンドンやニューヨークでも事業展開をする拡大計画を策定した。実行にあたっては伝統的なやり方、すなわち大量の人材を採用するところから始めた。(28)二〇〇一年から二〇〇四年にかけて、元ドナルドソン・ラフキン&ジェンレット出身のインベストメントバンカーであるケネス・モエリス、オリバー・サルコジ、(29)ベン・ロレロ、(30)ブレア・エフロン、(31)ジェフ・マクダーモット(32)らウォール街のスタープレーヤーをごっそり獲得するのに七億ドルを使ったとされる。とりわけ有名なのが陽気な元債券トレーダー、ジョン・コスタスで、二〇〇一年にＵＢＳの投資銀行部門の責任者に任命された。(33)

コスタスを獲得すると、ＵＢＳの経営陣は事業拡大の方法を検討しはじめた。他の銀行と比べて、ＵＢＳは稀に見るキャッシュリッチ企業だった。世界有数の規模を誇るプライベートバンク部門が、毎年「超」のつく富裕層から莫大な貯蓄を集めていたためだ。この資金力はＵＢＳにとって強力な武器となるはずだった。オスペルとコスタスは、ＵＢＳがこの資金を高リターンの事業に使うことができれば、ゴールドマン・サックス、モルガン・スタンレー、あるいはクレディ・スイスといったウォール街のトップ銀行と肩を並べる、あるいは追い越すことすらできると確信していた。「これは一生に一度のチャンスだ」。二〇〇二年にコスタスはこう語り、ＵＢＳはアメリカの五大銀行の一角を占めるようになる、と予測した。オスペルはさらに野心的だった。ＵＢＳは世界の投資銀行でトップスリーに入る可能性がある、と言い切ったのだ。(34)

そこでオスペルをはじめ経営上層部は参入できそうな新規事業の検討をはじめ、アーンスト&ヤングやオリバー・マーサー・ワイマンなどの経営コンサルティング会社にも相談した。コンサルティング会社のアドバイスは明白だった。UBSが急成長してウォール街の有力銀行と肩を並べたいのであれば、証券化と呼ばれる分野に参入しなければならない。とりわけ証券化の中でも住宅ローン債券に関する分野が良い、と。かなり専門性の高い分野だ。[35]簡単に言えば、住宅ローンのような融資債権を、銀行やその他の投資家が売買できる債券に変えるのである。いわゆる証券化によってつくられた債券は、それからさらにデリバティブも使った新たな証券パッケージに転換され、複雑さはますます高まっていく。

このときまでUBSの人々は証券化のエキスパートになることなど考えてもいなかった。むしろUBSは金融の中でも、融資や預金業務、株式や通貨の取引など一般人にもなじみのある分野に注力してきた。とはいえ証券化市場に詳しくなくても、この事業がウォール街の有力行に潤沢な利益をもたらしていることはわかった。そこでオスペルとコスタスは、巨額のリターンが生まれるという確信を持ってUBSが証券化事業に参入するための計画を練りあげた。

これは帳簿上に一時的に計上されるものだ

二〇〇五年秋、スイスの規制当局者はUBSのアメリカ事業に対する年次査察のためベルンからニューヨークに飛んだ。普段と変わらない査察になるはずだった。スイスにおけるUBSの主要なライバルであるクレディ・スイスがいちはやく証券会社ファースト・ボストンを買収し、アメリカ市場での存在感を高めていたのに対し、それまでUBSのアメリカ事業は地味とは言わないまでも控えめで、特段目を引くものではなかった。

しかしＵＢＳの帳簿を調べはじめた規制官たちは、衝撃的な事実を目の当たりにした。ほんの数カ月前にＵＢＳはニューヨークを拠点に、「債務担保証券（ＣＤＯ）」なる商品の取引に特化した部門を立ち上げていた。証券化の中でも特に専門性の高い分野である。簡単に言えば、多様な融資債権や債券をひとまとめにして複雑な金融商品につくり変える業務だ。

肉屋のソーセージづくりをイメージすると、わかりやすいかもしれない。肉の塊を買ってきてステーキにして売るのではなく、さまざまな部位を集めてミンチにし、特定の顧客の好みに合わせて混ぜ合わせ、新しい入れものに詰めて売るのである。ＣＤＯをつくるのは、その金融版といえる。銀行はまずさまざまな相手（法人や個人）への融資債権を集め、貸し倒れリスクの高さによって振り分け、混ぜ合わせ、ＣＤＯと呼ばれる入れものに詰めて新たな顧客に売るのである。ソーセージと同じように、債権も顧客の好みに合わせてブレンドし、リスクやリターンをそれぞれ高くしたり低くしたりできる。

何も知らずに二〇〇五年にＵＢＳのＣＤＯ部門をふらりと訪れた者には、ちっぽけな、取るに足らない存在と映ったかもしれない。当時のＵＢＳは世界に八万二〇〇〇人の社員を抱え、アメリカでも株式や通貨を取引する大規模な部署を擁していた。アメリカのトレーダーの数があまりにも多くなったので、コネチカット州スタンフォードに、世界有数の規模となる巨大なトレーディングフロアを建設していたほどだ。それにひきかえＣＤＯ部門で働く社員数は数十人に過ぎなかった。部門のトップはベテラントレーダーのジム・ステリで、ラジオシティ・ミュージックホールに近いマンハッタン中心部のオフィスに陣取っていた(36)。ＵＢＳのグローバルネットワークに所属していた人のほとんどが、ＣＤＯチームの存在自体を知らなかった(37)。

しかしＵＢＳのアメリカ事業の帳簿を調べたスイスの規制官は、このちっぽけなＣＤＯチームが驚くほどの金額を動かしていることを知った。正式な帳簿上、ＵＢＳはわずか九カ月の間に、もっぱらＣＤＯチームを通じて一六六億ドル相当の住宅ローン債券を買い集めていた。スイスの規制官はのちにこう語っている。「ＵＢＳがわれわれに提示した内部調査結果には、ＵＢＳ投資銀行部門のアメリカ不動産市場に対するエクスポージャー（投資額）の総額がまとめられていた。内部調査はきわめて包括的なもので、直接的エクスポージャー（一六六億ドル）と間接的エクスポージャー（建設会社への投資など、七一億ドル）の双方が含まれていた[38]」

規制官たちは、この一見ちっぽけなＣＤＯチームがなぜこれほど巨額の資金を動かしているのか突き止めようとした。この事業は本当に安全なのだろうか。ＣＤＯチームに統制は利いているのか。ニューヨークのリスクマネージャーは統制は利いていると主張し、根拠を二つ挙げた。第一に、ＣＤＯチームは信用格付け機関からトリプルＡの格付けを受けたきわめて安全な資産（あるいは証券）しか扱わないことになっている。第二に、ＵＢＳがＣＤＯを保有するのは一時的に過ぎないため、大したリスクにはならない、というのだ。

この説明からは、銀行がＣＤＯ事業をどのように見ていたか、あるいはそれを外部の人々や自分たちにどう説明していたかが読み取れる。一九七〇年代以前のＵＢＳのような銀行の事業のあり方は、融資をした場合、あるいは資産を購入した場合、それをずっと保有しつづけるというものだった。財務的に言えば、こうした資産は銀行の帳簿上に残ったのである。しかし一九七〇年代以降、証券化が普及するにつれて、銀行はリスクを分散するため融資債権の大部分を他の投資家に売却するようになった。

ＣＤＯ事業は、それを新たな次元に引き上げた。理屈のうえでは、ＵＢＳのような銀行が行っていたのは、融資を獲得（金融業界では「実行」という）し、新たな入れものに再パッケージ化して外部の投資家に売る、という作業だ。このためニューヨークのCDOチームがCDOを帳簿に記載しても、それはほんの一～四カ月という短期間になるはずだった。UBS社内では（同業他社でもたいていそうだったが）投資目的で資産を購入する他部署との違いを明確にするため、CDOチームを「倉庫」と呼んでいたほどだ。

UBSの投資銀行部門社長であったロバート・ウルフは「われわれが営んでいるのは保管業ではなく、移送業だ」とよく語っていた[39]。スイスの規制当局も二〇〇五年末の報告書にこう書いている。「UBSは自らをひたすら『融資を実行し、販売する』アプローチを実践する組織であると説明してきた。（中略）このアプローチの下では証券化から生じるエクスポージャーはUBSの帳簿には短期間しかとどまらず、すぐに他者に転売される」

こうした事情を考慮すると、規制当局がCDO倉庫の活動について懸念を抱く理由は一つもない、ということだった。少なくともUBSの社員はそう主張した。帳簿上の一六六億ドルの住宅ローン関連資産は、ほとんどがトリプルAの格付けを得ているのでデフォルトする可能性は低かった。トリプルAの格付けを受けたのは、CDOに含まれる資産は業界用語でいうと「無相関」であるためだ（たとえば一～二軒の借り手がデフォルトしても、それが大掛かりなデフォルトの連鎖を引き起こす可能性は低いと考えられた）。また銀行が保管する債券の多くはCDOの中でも「スーパーシニア」と呼ばれるトランシェで、一般的なトリプルA債券よりさらに安全と思われていた。「スーパーシニア」という呼称が付いたのは、万一大量の住宅ローンのデフォルトが発生してCDOの価値が下落したとしても、CDOの構造上スーパーシニアを保有する投資家は無傷であり、損失を被るのはそれ以外の投資家ということになっていたからだ。

　とはいえ人類学者がＵＢＳの帳簿を見ていたら、こうした主張にはいくつか矛盾点があることに気づいたかもしれない。まずＣＤＯの奥深くに埋め込まれた融資債権はおよそ〝超安全〟なものではなく、その多くはリスクの高いサブプライムと呼ばれる借り手に対する住宅融資だった。銀行がこうした融資を集めてＣＤＯをつくるときには複雑な金融技術を使ったため、デフォルトリスクを他の投資家に転嫁できるように見えた。それを受けて信用格付け機関はＣＤＯ証券にトリプルＡのお墨付きを与えたのだ。その多くはスーパーシニア債とされ、一般のトリプルＡ資産よりも安全とされていた。しかし格付け機関やＣＤＯチームの専門家以外に、銀行のこうした錬金術の仕組みをわかっている者はほとんどいなかった。トリプルＡのＣＤＯが本当に安全かどうかは誰にもわからなかった。

　おかしな点はもう一つあった。ウルフのような立場にある人々がＣＤＯについて語るとき、たいていそれを「移送業」と表現した。要するにＣＤＯは他の投資家に販売するためのものだ、というのだ。しかし現実には、銀行にはＣＤＯをすべて売却するという動機づけは働かなかった。ＣＤＯには通常「トランシェ」（フランス語で「スライス」の意味）と呼ばれる複数の階層がある。外部の投資家はＣＤＯのうち高いリターンを支払うトランシェを欲しがった。その一方、安全でリターンのきわめて低いスーパーシニア・トランシェへの需要は乏しかった。このためスーパーシニア・トランシェは肉屋から出る骨よろしく、売れないまま銀行の帳簿に残りがちだった。

　当初、銀行はこうした状況に懸念を抱いていた。しかしＣＤＯチームのトレーダーはやがて重要な事実に気づいた。ＣＤＯが銀行の帳簿に残ると、そこから生じる少額のリターンはトレーダーが「利益」として計上できる。リターンの割合は年利〇・一％程度ときわめて低かった。しかしそれが数十億ドルの〇・一％となると、CDOチームにとっては魅力的な収入源に思えてきた。

大方の銀行と同じようにUBSも、各チームのあげた利益に応じてボーナスを支払うという成果主義の報酬制度を採っていたため、CDOチームにはできるだけ多くのCDOを抱え込もうとする強い動機づけが働いた。他の銀行では、融資債権を購入するための資金調達コストが高いため、こうした活動には制限がかかったかもしれないが、UBSの場合はプライベートバンキング部門が必要なだけ資金を供給したので、実質的にコストゼロでいくらでもキャッシュが手に入った。拡大志向があまりにも強かったため、二〇〇六年初頭にはステリのチームは自分たちがつくったCDOのスーパーシニア債だけでなく、他の銀行がつくるCDOのスーパーシニア債まで買い入れるようになっていた[40]。CDOをめぐる建前と現実には大きな乖離があったわけだ。

ときにはUBS社員がこうした矛盾をジョークのネタにすることもあった。CDOチームのトレーダーたちにも、システムの特殊性を利用しているという自覚はあった。CDO事業は顧客のための取引ということになっていたため、UBSは倉庫に保管された資産のために巨額の準備金を引き当てる必要性を感じなかった。だが現実には、こうした資産から巨額のリターンを得ていた。トレーダーたちにはこうした矛盾を上司や規制当局に報告する動機付けは一切なかった。

しかも銀行や規制当局の大半の人間は、状況のおかしさに気づかなかった。視野が狭かったのも一因だ。ブルデューがナイジェリアで研究したカビル族の村と同じように、二一世紀の投資銀行もきわめて強固な分類システムにもとづいて動いていた。トリプルAの資産は、トリプルBの資産とはまったく違うものと考えられていた。また顧客のための取引は、銀行が自己資金を用いて計算されたリスクをとる「自己売買業務」とは別物だと見られていた。自己売買業務はきわめてリスクが高いと見られていたのに対し、クライアント事業と呼ばれる前者はそうではないと思われていた。

だが現実にはこうした分類の違いは曖昧だった。クライアント事業もリスクを伴うことがあったし、トリプルA資産でもとびきり安全とは限らなかった。しかしひとたび取引や商品が特定の心理的カテゴリーに分類されてしまうと、金融業界の人々はそれを見直そうとはしなかった。しかも会計士やリスクマネージャーがこの分類システムにもとづいて銀行の資産の安全性を測り、管理していたことから、それはますます堅牢で強力なものになっていった。規制当局も同じだ。スイスの金融当局が銀行は損失リスクに対してどれだけの準備資金を持つべきか算定する際には、まずは銀行の資産を異なるカテゴリーに分類するところから始めていた。

銀行の人々も頭のどこかで、こうしたやり方はおかしいと思っていた。分類システムは多くの矛盾を含んでいたからだ。しかしブルデューの表現を借りれば、西欧の銀行の分類システムはカビル族の村のそれと同じように「意識的思考と無意識的思考の境界上に」存在していた。あるいは一九九〇年代末にウォール街の銀行を研究した人類学者のカレン・ホーが指摘するように、バンカーたちは自らのハビトゥスによって自然に思える行動パターンを学習し、それにもとづいて行動していたのである[41]。

ウォール街というハビトゥスでは、「クライアント事業」と「自己売買業務」を違うものとして扱うのが自然に思える。また各トレーダーのチームがあらゆる手段を使って利益を最大化するのが当然だと思える。そうすることでカネをもらっているのだから。現状や分類システムの矛盾点を指摘しようという動機づけは誰にも働かなかった。サイロのメンタリティが支配していたのだ。「イデオロギー支配の最も強力なかたちは、共謀的沈黙のみで成り立っているものである」というブルデューの言葉どおりである。

こうしてUBSの帳簿を調べたスイスの規制官らは、次のような評価を下した。「純粋なクライアント事業という性質が明白なため、証券化は主要なリスクとは見られない。（一六六億ドルという）金額は銀行においても監督当局においても主要な懸念材料とはみなされなかった」(42)

気がつかれなかった三つ目の懸念材料

UBSがCDOチームを立ち上げてから約二年後の二〇〇七年春、チューリッヒの本社ビルに陣取る幹部陣は自社の状況への不安を募らせていた。ニューヨークのCDO倉庫の状況に目を光らせていたためではない。それどころかバーンホフシュトラセの優美な本社にいる幹部の中で、CDOチームが何をしているか多少なりとも認識していた者はほとんどいなかった。しかし金融市場が猛烈な拡大期を迎えると、銀行（そしてそこで働くバンカーたち）が愚かな行為に走る傾向があることは認識していた。

二〇〇七年春にはグローバル金融市場はド派手なパーティの真っただ中にあるようだった。金融システムはカネ余り状態で、借入コストは大幅に低下し、金融業者は競うようにありとあらゆるリスクの高い事業に手を出していた。サブプライム層、すなわち信用履歴に問題のあるアメリカの世帯への融資は拡大しており、レバレッジド・バイアウト（LBO）やベンチャーキャピタルをはじめリスクの高い投資会社への融資も同様だった。

リスクを嫌う、分別ある金融機関であることを自任していたUBSの人々は、こうした状況にかなり神経質になっていた。一九九八年にスイス・ユニオン銀行はヘッジファンド、LTCMへの投資の失敗で手痛い損失を被っていた。UBSの経営陣は、同じような過ちは犯すまいと心に誓っていた。そこで銀行が直面するリスクを検討し、実際に損失が発生する前に手を打つため何度か会議を開いた。

そこで二つの重大な問題が確認された。一つは法人向け融資の状況、特に潜在リスクの高い企業への融資だった。一〇年前にクレディ・スイスなどUBSのライバル企業のいくつかが、インターネットバブル崩壊のあおりで多数のハイテク企業が債務不履行に陥ったため、多額の損失を被った[43]。そのときUBSはたまたま難を逃れた。しかし同じバーンホフシュトラセ沿いの、同じように地味な建物に本社を置くクレディ・スイスの窮状を見たUBSの人々は、同じ目には遭うまいと誓った。

こうして二〇〇七年初頭、UBSはアーンスト&ヤングに、リスクの高い法人向け融資案件をすべて監査するよう依頼した[44]。監査結果はかなり安心できるものだった。UBSの帳簿上の法人向け融資を監査した結果、アーンスト&ヤングはUBSはリスクを慎重に管理していると評価した。UBSは二〇〇六年に行われたリスクの高いレバレッジド・バイアウトやプライベート・エクイティ融資案件にはほとんど参加せず、リスクの高い投資をする場合はそれに見合うだけの高額な手数料を徴収していた[45]。クレジットリスク部門（リスクの高い法人向け融資を担当する部門）の責任者だったフィル・ロフッは、のちにこう語っている。「われわれはレバレッジド・ファイナンスに対して保守的な立場をとっていた。問題となったのは化学会社ライオンデルバセルの合併案件など一つか二つだった」

　二つめの懸念材料は、ＵＢＳが運営していたディロン・リード・キャピタル・マネジメント（ＤＲＣＭ）というヘッジファンドに関するものだった。ＤＲＣＭは二〇〇五年、コスタスとオスペルが拡大計画の当初に採用したウォール街のトレーダーの一部が、ＵＢＳの保守的な手法にうんざりして会社を辞めると脅したことをきっかけに設立された。彼らを引き止めるため、コスタスはＵＢＳの経営陣を説得してヘッジファンド専業会社の設立を認めさせた。そして自らＵＢＳの投資銀行部門の責任者という職を手放し、ＤＲＣＭと命名されたこの事業のトップに就任したのだ(46)。

　ＤＲＣＭにはリスクの高い取引をする自由があったが、ＵＢＳの他の部門とは隔離されていた。当初の目的は、ＤＲＣＭが規制に違反せずに外部の投資家から資金を調達できるようにするためだったが、ヘッジファンドを本体と切り離しておくことにはもう一つメリットがあった。保守的なスイスのバンカーの多くは、ＵＢＳが自らの資金を使ってリスクの高い自己投資をすることに否定的で、ヘッジファンドとは距離を置きたがった。ＵＢＳはリスクを忌避する慎み深い銀行であると思いたかったのだ。

　二〇〇六年を通じてＤＲＣＭは拡大し、その独自投資は順調であるように見えた(47)。しかしトレーダーがアメリカの住宅市場の動向を読み違えたこともあり、二〇〇七年初頭には損失が出はじめた(48)。同年春には損失は三億ドル近くに達するとの評価が出て、ＵＢＳの経営陣は青ざめた。損失は自己売買取引をめぐって彼らが最も恐れていた事態がまさに起きていることを示していた。

UBSはヘッジファンドの保有資産の監査を実施し、資産の一部を売却するよう命じた。しかしDRCMの保有資産はきわめて流動性が低く、一億ドル相当のきわめて特殊な住宅債券を売却しようとしたところ、わずか一日で五〇〇〇万ドルの損失が出た。[49] チューリッヒの本社では、コスタスとUBS経営陣の間で激しい戦いが勃発した。ヘッジファンドを設立からこれほど短期間で閉鎖するのは、かなりバツが悪いことになるのは経営陣もわかっていた。コスタスは業界の有名人だった。しかしUBSの取締役会にとり、これほどの損失を被るというのは受け入れがたい事態だった。

こうして数カ月にわたる激論の末、二〇〇七年五月にUBSはDRCMを閉鎖すると発表した。[50] あまりにも屈辱的な撤退であったため、翌月にはピーター・ウフリCEOが辞任を余儀なくされたほどだ。しかしDRCMの閉鎖が、UBSが外部に（そして自らに対しても）打ち出したかった重要なメッセージを印象づけたのも事実だ。UBSはリスクを回避する金融機関である、と。

しかしUBSの取締役会がコスタスのヘッジファンドに頭を悩ませ、法人向け融資の健全性について徹底的な調査を実施していた間にも、一切話題に上らなかった問題があった。CDO倉庫に眠っていた住宅ローン関連CDOである。二〇〇七年春には、長らく続いていたアメリカの住宅市場の活況が終わりに近づきつつあるという認識は広がっていた。住宅価格は以前ほどの速さで上昇しておらず、一部の州では下落するケースも出はじめた。サブプライムローンのデフォルトが増えているという報告もあった。こうしたニュースを受けて、経営トップがアメリカの住宅ローン債券を扱う事業の引き締めに乗り出した銀行もあった。チューリッヒのバーンホフシュトラセでも、クレディ・スイスはアメリカの住宅ローン市場への投資を縮小していた。投資銀行部門ＣＥＯのブレイディ・ドゥーガンはウォール街でクレジットサイクルの荒波を何度か潜り抜けてきたベテラン債券トレーダーであり、[51]金融市場の潮目の変化に感づいていた。

だがＵＢＳの経営トップは、行動を起こす必要性を感じていなかった。投資銀行部門を率いていた幹部に、ドゥーガンほど債券市場での経験がなかったのも一因だ。コスタスの後任として投資銀行部門のトップに就任したヒュー・ジェンキンスは、株式部門で出世の階段を上ってきた人物だった。[52]しかしＵＢＳの経営陣がクレディ・スイスより安穏としていたもう一つの理由は、アメリカの住宅ローン関連商品の投資については一切リスクを負っていないと考えていたためだ。

ＵＢＳがＣＤＯを手掛けはじめた二〇〇五年、社内のリスクマネージャーはこの新たな金融商品を帳簿上どの項目に分類すべきか、話し合った。それなりにリスクのある「住宅ローン」のカテゴリーに含めるべきか。あるいは超安全と見なされているのだから、トリプルＡ資産として取り扱うべきか。これはなかなかの難題だった。というのも、リスクの高いサブプライムローンを使ってトリプルＡ債券をつくるというのは、それまで誰もやったことがなかったからだ。ＵＢＳのリスクマネージャーは、ジャングルに足を踏み入れて既存の分類法にはまったく当てはまらない新種の植物を見つけてしまった植物学者のような状況に置かれていたわけだ。

ただ最終的に、彼らはトリプルＡというタグだけを見ることにして、ＣＤＯをそのバケツ（つまりは勘定項目）に入れることにした。それは銀行がこの資産を帳簿上に抱えていても、損失リスクに対して巨額の準備金を持たずに済むことを意味した。同時に、社内のリスクマネージャーにＣＤＯを無視するよう仕向けることになった。取締役会のための内部報告書を作成するため銀行の全資産を集計する際にも、リスクマネージャーや監査人はCDOを別の項目に切り分けることすらせず、米国債など他のトリプルA資産といっしょくたにしていた。分類システムによって、ニューヨークのCDO倉庫に存在していた資産は、外部の目にとまらないところへ消えてしまったのだ。

だからといってUBSの人々が完全に住宅ローンのリスクを無視していたわけではない。ときおり規制当局がニューヨークやロンドンのさまざまな部署を訪ねてきては、UBSのアメリカの住宅市場へのエクスポージャーはどうなっているのかと聞いた。UBS本社の経営幹部も同じことをした。しかしロンドンで働く人々はニューヨークで起きていることについてあまり情報を持っておらず、その逆もまた然りだった。どちらも自分たちの帳簿の内容しか知らなかった。

たとえばロンドンのUBSではあるトレーダーのチームが住宅ローン債券を売買しており、二〇〇六年から二〇〇七年初頭にかけて住宅価格が下落した場合に利益が出るような巨額の投資をした。銀行業界の専門用語を使えば、ロンドンチームは住宅市場を「ショート」していたのだ。そこでスイスから訪ねてきた規制官に対してリスク担当者は、UBSは住宅市場のリスクに対してショートポジションを取っている、と説明した。

一方、ニューヨークのCDOチームは同じ市場で「ロング（買い持ち）[53]」ポジションを取っていた。倉庫に山ほどCDOが貯まっていたからだ。しかも「モノライン」と呼ばれる専業保険会社との取引でも、住宅ローン債券へのエクスポージャーがあった。ニューヨークのロングポジションの金額は、ロンドンチームのショートポジションのそれとは比較にならないほど大きかった。しかし平時には誰もこうしたポジションを集計したり、まとめたかたちでUBS取締役会に提示することもなかった。

ＵＢＳはのちに株主に向けた公式な報告書でこう認めている。「（社内には）不動産証券や融資リスクを把握しようとした報告書を含めて、ＵＢＳが抱えるリスクを総合的に示そうとする正式な報告書がたくさんあった。しかしデータの取り方が不完全であったため、網羅的な視点が得られることはなかった(54)」。ミクロレベルでは正しいことが、マクロレベルでは誤っていたのだ。

ＵＢＳの社内には、その気になれば、こうしたギャップに気づくことができたはずの人がたくさんいた。たとえばロンドンで住宅ローン債券を扱っていたトレーダーは、ＣＤＯ倉庫で何が起きているのかという厳しい質問を投げかけることができたはずだ。反対にニューヨークでＣＤＯ倉庫を営んでいた社員は、ロンドンのカウンターパートに帳簿の記載額が増えていることについて見解を求めることができた。しかしいずれのチームにも互いの情報を共有しようという動機づけは働かなかった。ニューヨークのＣＤＯトレーダーたちは、ロンドンの連中に貴重な収益源に踏み込んでほしくはなかった。ロンドンのトレーダーにも、ニューヨークで起きているかもしれない事態について意見を表明するインセンティブはなかった。そんなことをしても自分たちの報酬が増える見込みはなかったからだ。

小説家のアプトン・シンクレアはこう語っている。「何かを理解しないことで給料をもらっている人に、それを理解させるのは難しい(55)」。ＵＢＳは表向きはさまざまな部門が一枚岩であると言っていたが、実際には敵対する部族の寄せ集めと言ったほうが近かっただろう。

リスク担当者もニューヨークのCDOに気がついていなかった

リスク担当者も細分化されていた。建前上UBSでは、三〇〇〇人ものリスク担当者が銀行の活動を全体的な視点から監視していることになっていた。しかしリスク担当者は三つのグループに分かれて働いており、それぞれ異なるタイプのリスクを追いかけていた（信用リスク、市場リスク、事業上のリスク）[56]。グループ間の交流はあまりなく、情報交換もしなかった。リスク部門は銀行全体が直面するリスクを監視する役割を担っていたことを考えると、リスク管理という概念をまったく無視したやり方といえる。

しかしUBSの人々がこの事実に気づくことはまずなかった。分類システムの他の構成要素と同じように、この手法も当然のものと受け止められていた。UBSのバンカーの一人として、それに疑問を抱くような動機づけを持っていた者はいなかった。

二〇〇七年春に定例の査察でロンドンを訪れたスイスの規制官は、UBSのリスクマネージャーにアメリカの住宅市場へのエクスポージャーについて説明を求めた。それに対しリスクマネージャーは、ロンドンチームがとったショートポジションについて説明したほか、コスタスのヘッジファンドの保有するポジションにも言及した。しかしニューヨークのポジションについては何も語らなかった。「スーパーシニアCDOのポジションは、リスク報告書には含まれていなかった」と規制官はのちにこう語り、さらに「投資銀行部門の最高リスク責任者は、スーパーシニアCDO倉庫の存在すら気づいていなかった」と付け加えている[57]。

規制官にも、最高リスク責任者の説明に疑問を持つ理由は見当たらなかった。最高リスク責任者はＵＢＳは住宅市場のリスクをショートしているようだった。規制官がこうした見解を伝えたので、ＵＢＳ経営陣は潔白を証明されて胸をなでおろした。[58]「（ニューヨークのＣＤＯが）社内の評価に含まれていたら、あの当時でもショートしているという判断にはならなかったはずだ。（中略）しかし不完全なデータにもとづく不正確な評価がチューリッヒのＵＢＳ本社にも伝えられた。ＵＢＳの経営陣はショートポジションという言説を信じ、このときを境に一見リスクの高そうな他の問題に関心を向けるようになった」と規制官は語っている。

この年の春から夏にかけて、チューリッヒの本社ビルの経営陣はひたすらリスクの高い企業向け融資について気をもんでいたが、住宅ローンについてはほとんど議論しなかった。「グループの経営上層部はアメリカの住宅市場の悪化という一般的な問題については警戒していたものの、同国の不動産関連証券にかかわるＵＢＳのエクスポージャーの全体像を示せという指示は出さなかった。たとえば徹底的な議論の対象となったレバレッジド・ファイナンス取引に対して経営層が強い関心を寄せていたのとは対照的だった」と株主向け報告書は嘆いている。[59]まるで原子力発電所の運営会社が、複雑な核分裂プロセスから生じるリスクをどう制御するかばかりに気を取られ、目の前で起きている原子炉建屋のコンクリート壁にひびが入るという重大な事態を見過ごしているような状況だった。

取締役のほとんどが知らなかった

二〇〇七年八月六日、ＵＢＳ帝国の崩壊が始まった。[60]すでに世界の金融市場の狂乱はすっかり冷めていた。この年の夏の初めには、証券化市場が重大な問題を抱えていることが明らかになった。この市場は銀行が住宅ローンや企業向け融資を再パッケージ化し、他の投資家に転売することを繰り返した二〇〇二年から二〇〇七年にかけて活況を呈した。しかしアメリカの住宅市況が悪化しはじめると、住宅ローンの借り手の中にデフォルトする者が現われ、不安が広がった。

肉屋のたとえに戻ると、金融市場は食中毒の恐怖にとらわれたようになった。銀行が市場で販売している金融版ソーセージの中に、腐った住宅ローン（あるいは腐った肉）が混ざっているのではないかという認識が広がるなか、投資家はCDOのような複雑な製品の健全性に不安を抱くようになった。融資を混ぜ合わせて再パッケージ化した商品はあまりに複雑であったため、どこに損失リスクが潜んでいるかは誰にもわからなかった。しかし不安が高まるなか、投資家は安全を期すため、住宅ローン関連資産を一切買わなくなった。価格は暴落し、市場は凍りついた。

当初UBSの取締役は、この金融パニックによって自社に影響が出るとは思わなかった。彼らが気にしていたのは法人向け融資であり、住宅ローンではなかった。「二〇〇七年七月末に至るまで、取締役会やグループの執行役員会はサブプライム市場における投資は安全だと信じ切っていた。どのリスク報告書も、また社内および外部監査の報告書も、UBSは（アメリカの）不動産価格の下落は難なく乗り切れるという結論を導き出していたからだ[61]」。のちにUBSに関する報告書を担当することになったチューリッヒ大学のストローマン教授はこう指摘している。

しかし八月初旬にチューリッヒでの定例会議に集まった取締役は、衝撃を受けることになった。ロンドンのトレーダーはアメリカの住宅市場をショートしていたものの、ニューヨークのCDO倉庫には二〇〇億ドル以上の「スーパーシニア」トランシェのCDOが積み上がっているという事実を告げられたからだ。[62] 取締役は一様に驚愕した。「取締役のほとんどが『スーパーシニア』が何を意味するのかまるで知らなかった。それまでそんな言葉を聞いたこともなかった」と、ある取締役はのちに語っている。[63] 規制当局も事件後の報告書にこう書いている。「経営幹部の多くが、二〇〇七年八月に危機が勃発して初めて、スーパーシニアCDOの存在を知ったと主張していた」[64]

取締役会はすぐにパニックに陥ったわけではない。いずれにせよ保有している債券に「スーパーシニア」と名が付いている以上、きわめて安全なのだろうと考えたのだ。クライアント事業であり、ヘッジファンドで大問題を引き起こした自己売買取引とはタイプが違うはずだ、と。「彼らはおそらくレバレッジローンのほうを不安視していたのだろう」とロフツは指摘している。そこで八月初旬の会議の後、UBS取締役会は将来的に住宅ローン市場でいくらかの損失が生じる可能性があるという控えめな警告を株主に発したうえで、経営陣にさらなる調査を求めた。

ただ調査で明らかになったのは、由々しき事態だった。住宅ローンの借り手の間ではかなりの規模でデフォルトが起きており、不安を感じた投資家はこうした住宅ローンに関連する債券を投げ売りしていた。それによってCDOの「スーパーシニア」トランシェの価格は三〇%、あるいはそれ以上下落した。それ自体が不安を感じさせる内容だったが、さらに問題なのはUBSのバンカーはこの種のシナリオに対して一切備えをしていなかったことだ。ここでも原因は分類システムとそれを疑問視することのないUBSバンカーの姿勢にあった。

分類が間違っていたことにようやく気がつく

二〇〇五年に大々的にスーパーシニア商品を買いはじめたとき、UBSのバンカーはそれを「クレジット資産」や「バンキングブック（融資）資産」ではなく、「市場性商品」（市場で売買される商品）に分類した。こうした分類自体は複雑で理論的なものに思えたが、現実的な影響もあった。市場性商品に分類された金融商品については、銀行は帳簿上にまとまった金額の準備資金を保有する必要がないのである。だからUBSはCDOの価値が下落するリスクに備えて巨額の準備金を引き当てたことがなかった。同社のリスク評価モデルによれば、こうした金融商品の価値が二％以上下落することはないはずであり、だから備えもこの程度の損失に対するものだった。それにもかかわらずスーパーシニアCDOの価格が三〇％も下落したことで、UBSの会計に大きな穴が開いた格好になった。

損失が膨らむなか、UBSの最高リスク責任者が突然クビになった。新たに責任者となったのは、資産運用部門出身のジョセフ・スコビーだ。[65] スコビーはすぐに分類法全体の見直しに取りかかった。ようやくCDOは「安全資産」のカテゴリーから分離された。米国債をはじめとするトリプルA資産とひとまとめにするのではなく、独自の勘定項目に移されたのだ。それからようやくリスク担当者が、さまざまな部署における住宅ローン市場に対するUBSのエクスポージャーを集計した。そこから浮かび上がった実態は衝撃的だった。

「会議に出ていると『何なんだ、これは？』という感じだった。本当に信じられないことばかりだった」とあるリスク担当者は当時を振り返っている。

ＵＢＳの人々は、にわかにそれまで状況を完全に誤解していたことに気づいた。リスクが高いはずのヘッジファンドのほうが、安全なはずのクライアント事業よりもむしろ安全だったのだ。分類システムがまるで逆さまだった。「われわれはヘッジファンドが出した三億ドルの損失に苦悩する一方、ＣＤＯのつくったその一〇倍の穴を無視していたんだ、とようやく理解した」と別の幹部も語っている。

　ＵＢＳ取締役会は必死に損失を手当てしようとしたが、債券価格が下落するなか住宅ローンＣＤＯの損失は膨らみつづけた。まずＵＢＳは一〇〇億ドルの損失を認めた。しばらくするとその金額は一八七億ドル[66]に膨らみ、二〇〇九年春には三〇〇億ドル以上[67]の損失が明らかになった。痛みが広がるなか、政治家、規制当局、そしてスイスの有権者の怒りも強まった。ＵＢＳはたびたび損失を被っているのは自社だけではないと訴えた。シティグループやメリルリンチといった同業他社も同じぐらいとんでもない損失を計上していた[68]。保険会社のＡＩＧグループ、アイルランドのアライド銀行といった他の金融機関も同様だった。

　スキャンダルが広がるにつれて、原因として繰り返し同じ問題が指摘された。銀行、保険会社、資産運用会社などどこを見ても、異なるチームや部署が蓄積していたリスクが見過ごされていた。それは巨大企業の内部にあるサイロの間に意思疎通がなく、経営トップには全体像がまったく見えていなかったからだ。ストローマンはレポートの中で「シティグループが計上しなければならなかった損失額はＵＢＳを上回った」と指摘しつつ、「こうしたリーダーシップの機能不全は、巨大銀行に共通する特徴といえる」と述べている[69]。しかしお仲間が増えているからといって慰めにはならなかった。ＵＢＳの評価は地に落ちた。二〇〇九年半ばにオスペルの辞任が発表されても驚きはなかった。すでに経営幹部の多くが姿を消していたからである[70]。

大蛇ヒドラのようなもの

危機の後、UBSの新たな経営陣はダメージの回復に努めた。スイス政府の指示にもとづき、不良住宅ローン資産は銀行の帳簿から一掃され、特別目的会社に集約された。別会社に隔離することで透明性が高まり、不良資産の処分が容易になると考えられたためだ。「リスクコントローラー部」と呼ばれていたリスクマネージャーの組織は根本的な見直しの対象となり、バラバラだったグループが統合されて継ぎ目のない単一の組織となった。「組織体制を完全に変えた。今後リスク管理担当の報告先は、各事業部門の責任者ではなくなる。事業部門に所属していた市場リスクと信用リスクの管理チームを初めて統合した。経営上層部だけでなく全社規模で、今後はそれぞれのサイロにこもらず力を合わせていく」とロフツは説明する。

ITシステムも見直され、経営トップが銀行の保有するすべての取引ポジションを簡単に見られるようになった。UBSの説明によると「ポジションとその評価額、リスク評価、損益勘定への影響の記録方法は、今はグループ共通のルールで管理されている。各事業部門は標準化された方式にもとづいて自らの貸借対照表を説明しなければならない」[71]。グループシンク（集団的浅慮）に陥るのを防ぐため、独立した立場の社外取締役が招かれた。「今回設立したリスク委員会のメンバーは一人も経営執行側に属しておらず、これまでUBSで働いたことのない人ばかりだ」。危機のあと、銀行全体の最高リスク責任者に任命されたロフツは説明する。[72]

UBSの各支店もより全体的視点に立ち、横とのつながりを重視する思考や行動を取り入れようと努力した。最高投資責任者のアレックス・フリードマンは、異なる部署から社員を集めてブレーンストーミング・セッションを開き、参加者に自由にアイデアを交換するよう促した。スイス国内では顧客やアイデアを交換するため、リテール部門がプライベートバンク部門と協力しはじめた。従来両部門は敵対する封建領土のような関係だったが、一人ひとりに協調が奨励されるようになった。

スイスのUBSウェルスマネジメント部門の責任者、クリスチャン・ヴィーゼンダンガーはこう説明する。(73)「以前より統合されたかたちで事業を運営するようになった。部門の境界を越えて強みを発揮する方法を考え、会社全体を考えながら議論しようとしている」。ニューヨークでは異なる資産クラスを扱う複数のチームを協力させ、全体的視点を持たせるための試みが始まった。UBSは柔軟で連携のとれた組織になる、という新たなスローガンも掲げた。社内を隔てる強固な壁は取り払わなければならない。

UBSの経営陣は、こうした改革によって企業文化は変わりつつある、と主張した。確かに変わった部分もあったが、改革はひいき目に見てもムラがあった。二度とリスク管理の失敗は起こさない、と再三宣言してからわずか一年後の二〇一一年九月、UBSはロンドンの合成証券取引チームに所属する若手メンバー、クウェク・アドボリが行った未承認取引によって二〇億ドル以上の損失が発生したことを認めた。アドボリが売買したのは上場投資信託（ETF）と呼ばれる商品だ。(74)住宅ローンCDOと同じように、ETF取引も金融市場の中でも動きが遅く安全と見られていた。しかしこれもまたCDOと同じように、ETF市場にもあまり知られていないリスクがあった。ETF部門がちっぽけなサイロに閉じこもっていたため、それ以外の人々は手遅れになるまで問題に気づかなかった。

UBS経営陣は、これを特異な失敗例として片づけようとした。リスク管理システムのさらなる改革案を発表し、一部の幹部が辞任し、残った幹部は銀行の透明性を高めて経営体質を強化すると誓った。しかしUBSの株主はすっかり愛想を尽かしていた。「金融危機の教訓は、破綻した銀行あるいは税金による救済がなければ破綻していたはずの銀行の経営陣には、その職務に就くだけの能力がなかったということだ」。イギリス・アイスランド系の小規模銀行シンガー&フリードレンダーの元CEO、トニー・シアラーはこう語る。シンガー&フリードレンダーは二〇〇八年の危機の最中に、アイスランドのほうの親会社が破綻したのにともない道連れになった(75)。

「経営者たちは銀行を経営するという仕事が自分たちの手には負えないものになってしまったことを理解しておらず、株主も往々にして『大きすぎてつぶせない』金融機関に取り込まれてしまい問題を解決することができない」とシアラーは嘆く。「金融機関はあまりにも巨大化、多角化、複雑化、しかも地理的に拡大しすぎたため、とても単一の経営チームでは管理しきれなくなった」

サイロ問題は、いわばギリシャ神話に出てくる九頭の大蛇ヒドラのようなものだ。銀行は繰り返し怪物、すなわちサイロを倒そうとする。しかし誰もがようやく退治したと思った瞬間、再び首をもたげるのである。組織の分断化は絶えることのない脅威であり、それはUBSのみならず巨大金融機関すべてについて言えることだ。

ただ幸い、話はここで終わりではない。金融危機をめぐってはもう一つ、もっと勇気づけられるような話があるので、本書の後半で紹介しよう。金融危機を振り返ると大手銀行にとってサイロが有害な存在であったことがよくわかる。ただまったく逆のケースもある。サイロによって視野の狭まった金融機関は敗者となったが、それによってチャンスをつかんだ勝者もいる。

つまるところ誰かが損をすれば、別の誰かが得をするというのが金融市場の鉄則である。ＣＤＯによってＵＢＳなどが出した巨額の損失は、そのままそっくり他の誰かの利益になった。サイロは自らにとらわれた者に災禍をもたらす一方で、他の人々には好機をもたらす。

本書の第八章では、金融市場やＵＢＳのような大手金融機関のサイロに注目し、それを逆手に取ったヘッジファンドを取り上げる。だがその前に金融市場の病理を示す例をもう一つ挙げよう。今度は民間企業ではなく、公共部門の話だ。アメリカ連邦準備制度理事会（ＦＲＢ）やイングランド銀行を動かす経済学者が、二〇〇八年に深刻な危機が起こるまでどれほど金融システムを読み違えていたか、という物語である。

RUSSIAN DOLLS

How Silos Create Tunnel Vision

第四章

経済学者たちはなぜ間違えたのか？

ロンドン・スクール・オブ・エコノミクスを訪れた英国女王の素朴な問い「なぜ誰も危機を見抜けなかったのか」。経済学者や中央銀行、規制当局も、サイロにとらわれていた。CDOをしこたま仕入れるSIVといった新しい会社群は、サイロの分類にはなかったのだ。

「専門家に聞けば何でもわかる。正しい質問をすれば、だが」
――クロード・レヴィ＝ストロース

女王陛下の質問

ロンドン・スクール・オブ・エコノミクス（ＬＳＥ）を訪れたイギリス女王は、いささか困惑しているようだった。

二〇〇八年一一月四日、エリザベス女王は世界トップクラスの教育機関であるＬＳＥに、新たな建物の完成を祝いに来た。狭い道路に並んだ観光客や学生、子供たちが歓声をあげながらユニオンジャックを振るなか、女王は水玉模様のクリーム色のスーツに同じクリーム色のリボンが付いた大きな帽子、上品な真珠のネックレスに黒い手袋という、来訪の目的にふさわしいフォーマルな装いで登場した。

この日の催しは経済学におけるＬＳＥの優れた貢献や人材育成を称えるためのものだったが、タイミングはかなりまずかった。二カ月前にロンドンをはじめ西欧諸国の至るところで大規模な金融危機が発生し、いくつもの銀行が破綻し、市場は凍てつき、各国は深刻な不況に陥った。その影響で（女王を含む）富裕層の資産が目減りしたが、一般人への打撃はさらに大きかった。

西欧諸国では失業率が急上昇し、アメリカやイギリスでは何千という家族が住み慣れた家を追われた。

衝撃的な事態を受けて、多数の経済学者や専門家が分析に乗り出した。ＬＳＥも例外ではなかった。ＬＳＥの経済学者は世界でもトップクラスに入り、イギリス政府はもちろん、世界中の国家機関と緊密な関係にあった。教授の一人であるマービン・キングは数キロ東にあるイングランド銀行総裁の職にあり、学長であるハワード・デイビーズはかつてイギリスの規制当局のトップを務め、教授のチャールズ・グッドハートもイングランド銀行で要職を経験している。輝かしいキャリアを持つこうした経済学者は、いずれも金融システムや経済はどのように機能するか、またときとしてなぜ機能しないかについて確固たる見解を持っていた。そこで施設を見学していた女王に、高名な経済学者の一人であるルイス・ガリカノが金融市場で起きている事態を示すグラフをいくつか見せた。

鮮やかに色づけされたグラフを見ながら、女王は上流階級特有のアクセントでつぶやいた。「なんてひどいこと」。これはきわめて異例な出来事だった。ロイヤルファミリーはデリケートな政治問題へのコメントを避けることで有名だったからだ。「なぜこの危機の到来を誰も予見できなかったのですか。これほど大きな問題なのに、なぜ誰も気づかなかったのでしょう」と女王は尋ねた(1)。

ガリカノは如才なく質問に答えようとした。問題は経済学者や金融関係者に悪意があったとか、愚かであったということではありません。注意すべきときに、注意すべきものを見ていなかったのが問題だったのです。証券化のようなイノベーションによって金融システムに劇的な変化が起こったため、個別の事象を理解していた人は多かったものの、状況を俯瞰《ふかん》して危機が近づいていることを察知できた者は一人もいませんでした、と。「誰もが与えられた仕事をしていましたが、全体像を見る、あるいは異なる事象を結びつけられた者はいませんでした」

女王は黒いハンドバッグを握りしめた。ガリカノの説明に完全に納得したようには見えなかった。それも当然だろう。イギリス国民も他の西欧諸国の人々もみな困惑していたのだから。一般の人々からすれば、とびきり優れた頭脳を持ち、政府の運営にも携わっている経済学者がそろいもそろってこれほど愚かだったとは信じがたいことに思われた。経済学者がにわかに、それも一様に問題を察知できなくなった、あるいはバカになったというのはあり得ない。銀行が不正な方法で悪事を隠し、規制当局を騙したというほうがまだ納得がいった。

しかし現実には、ガリカノの「説明」は本人が思っている以上に正鵠《せいこく》を射ていた。というのも信用危機を振り返ると、専門家ですら（むしろ専門家ほど）自らをとりまく世界を堅牢なサイロによって秩序づけるあまり、集団として何も見えなくなることがあるというのがはっきりわかるからだ。

第二章ではソニーの例を通じて、組織内に分裂構造があるとイノベーションの機会を逸する要因になることを見てきた。第三章ではＵＢＳの事例を使い、組織内のサイロによってリスクが見えなくなる場合があることを示した。本章では二〇〇八年に金融危機が起きるまで、イングランド銀行やＬＳＥ（アメリカのＦＲＢやハーバード大学でも同様だが）の経済学者たちに何が起きていたかを振り返ることで、サイロ問題を別の角度から見ていく。

サイロが生まれるのは組織の中だけとはかぎらない。社会集団そのものに影響を及ぼすこともある。専門家の社会集団において、所属する組織や国が違っても誰もが一様に偏狭な考え方や部族特有の行動を示すようになるなど、丸ごとサイロにとらわれてしまうこともある。サイロが銀行だけの問題ではないのと同じように、これも経済学者という職業に限った問題ではない。しかし経済学者という部族に起きたことは、とびきり優秀な専門家でも自分たちの考え方に自信を持ちすぎるあまり、目の前の危険に気づくことができなくなる実例といえ、きわめて示唆に富む。ブルデューの故郷のダンスホールにいた村人たちと同じように、経済学者は「踊る者」（彼らの場合は、経済活動のうち誰もが注目すべきとされていた部分）を見るのに夢中で、「踊らない者」（経済活動のうち社会的沈黙によって隠されていた部分）を無視した。「なぜ危機が起きたのか。ある意味では認識論、すなわちわれわれが使っていた知識システムの問題だった」とイングランド銀行副総裁のポール・タッカーはのちに振り返っている。チャールズ・グッドハートもこう語っている。「信用危機はイングランド銀行やFRBなどの組織構造をめぐる問題のみに起因するのではなく、われわれが学術界、政策立案などあらゆる場面で使っていたメンタルマップの問題だった。考え方というのは重要であり、経済学者はみな同じ考え方を使っていた」。みな同じサイロの中にいた、ということだ。

経済学者という部族

経済政策学者という部族社会におけるポール・タッカーの来歴を振り返ると、サイロの問題がはっきりと浮かびあがる。二〇〇八年秋、すなわちエリザベス女王がＬＳＥの見学に訪れたころにイングランド銀行副総裁のタッカーに出会った人は、今日の「経済学者兼政策立案者」の典型と思っただろう。中肉中背、丸い赤ら顔をしたタッカーには人の好さがにじみ出ており、上品な英語を話した。友人には「知的なクマのプーさん」とよくからかわれた。その一方威厳もあり、経済についての彼の発言は金融界で一目置かれていた。

タッカーはもともと経済学者志望だったわけではない。一九五八年に中産階級の家庭に生まれたタッカーはイングランドで育ち、のちにケンブリッジ大学で数学と哲学を学んだ。公共部門で働くのも悪くないと思い、一九七九年にイングランド銀行の職に応募し、経済学の学位がなかったにもかかわらず採用された。「当時は中央銀行で働くには経済学博士号が必要、とは誰も思っていなかった。ギリシャ語やラテン語、歴史といった専攻で最優等学位を二つ持っているようなスタッフもいた」とタッカーは語っている。

これは当時の経済学に対する見方を反映している。「エコノミクス」という言葉の語源は、ギリシャ語の「家（oikos）」を意味する名詞と、「管理する（nemein）」を意味する動詞だ。[2] もともと「oikonomia」は市場やトレーディングとは無関係だった。人類学者のクリス・ハーンとキース・ハートの指摘によると、「家庭の日常的諸事に秩序をもたらすこと」あるいは「家をきちんとする」といった意味で用いられていた。[3] こうした本来の意味は、たとえば一九世紀のイギリスの小説家であるジェーン・オースティンが、登場人物の女性が召使の扱いに長けているというのを「エコノミクスに長けている」と表現したり、イギリスの学校で料理や裁縫の授業を「ホームエコノミクス」と呼んだりするところにも表れている。「エコノミクス」が「管理」や「舵取り」に似た言葉として見られていたことも、イングランド銀行の発展に影響を与えた。

イングランド銀行が発足して最初の二〇〇年は、マネーと社会と政治が緊密に結びついていることは当然と考えられていた。イングランド銀行は政府の命に従って貨幣を鋳造していただけでなく、政府債を発行し、財務に目を光らせ、ロンドンシティの利益を守った。こうして二〇世紀半ばにイングランド銀行に採用された新卒学生は、職務に柔軟に対応すること、またマネーがどのように経済を回っているかという全体的視点を持つことを期待された。

タッカーは入社すると、まず銀行システムや商業銀行内部で何が起きているかを見張る金融監督部門に配属された。続いてマクロ経済研究部門に異動し、（休暇や週末に大量の本を読みながら独学で学んだ）正統派の経済予測モデルを使って金融政策を研究した。[4] その後は香港に異動し、アジアの証券市場に目を光らせた。「一九八〇年代末にはイングランド銀行がトップクラスの経済政策機関でありつづけるには、経済学の能力を高めなければならないという認識が高まっていた。それでも経済データだけでなく、さまざまなシグナルに目配りしていた」とタッカーは説明する。

だが一九九〇年代にイングランド銀行で出世の階段を上っていくなかで、タッカーは「エコノミクス」に対する認識と、さらにはその実践方法にも微妙な変化が生じつつあることに気づいた。

アダム・スミス、トーマス・マルサス、デビッド・リカード、ジョン・スチュワート・ミルらが経済を研究するという先駆的な試みを始めた一八～一九世紀にかけては、経済を動かす根本的な力を政治的あるいは文化的要素と合わせて分析するのが当然と考えられていた。

しかし一九世紀末には、経済学は他の社会科学とは独立した学問分野となった。さらに二〇世紀が深まるにつれて、独立性は一段と高まっていった。二〇世紀半ばに、ロバート・ルーカスをはじめとするシカゴ大学の経済学者らが、人間は常に合理的期待によって動いており、それは正確にモデル化できるという前提にもとづく経済理論を打ち立てた。そこから経済は物理学の「運動の法則」と同じように普遍的な法則によって動いているという考え方が生まれた。

それから経済学者は経済トレンドを発見し、理解するために一段と複雑な定量モデルを駆使するようになった。LSE教授のグッドハートはこう語る。「経済学では精緻で複雑な数学的アプローチを使うことが、実証性という要請に応える能力として高く評価される。最も大切なのは数学的モデルなのだ」

数学へのこだわりは経済学という学問分野にとどまらなかった。金融にも飛び火したのだ。ルーカスが「合理的期待仮説」にもとづく経済学を構築する直前、ハリー・マーコウィッツという別の経済学者が、統計的に資産のリスク（それによって想定される価格）を評価するための「資本資産価格モデル（CAPM）」なるものを生み出した。この手法は、ケネス・アローとジェラール・ドブルーがつくった一連のモデルを使っており、強い影響力を持つようになった。「アローとドブルーの数学モデルは、完全かつ効率的市場というユートピアへの道しるべとして強い支持を受けた」と、アメリカの経済学者でベンチャーキャピタリストのビル・ジェーンウェイは指摘する(5)。

ときには社会科学者がこうした数字への強烈なこだわりをからかうこともあった。一匹狼的な経済学者もそれに加わった。一九七三年には、きわめて自由な発想の持ち主であったカリフォルニア大学ロサンゼルス校の経済学者、アクセル・レイヨンフーヴッドが『経済学徒に囲まれる日々』と題したおどけたエッセイを書いている。そこでは数学モデルに固執する同僚たちを、未開の部族について書いたビクトリア時代の人類学者さながらの表現で描いている。「経済学者という部族は外来者恐怖症に近い極端な部族中心主義であるため、彼らの間で生きることは部外者にとっては危険とまでは言わないまでも困難である。これほど未開な集団にしては、彼らの社会構造はかなり複雑だ。（中略）成人男性の地位は、自らのフィールドに関す

る数学モデルをつくる能力によって決定される」(6)

さらに「経済学者は自らの装飾的で儀式張ったモデルにどこまでも夢中であるため」、こうしたツールを使いこなす能力を示さなければ大学で終身在職権を持った教授になることは不可能である、と冗談めかして書いている。数学にそれほど興味がなく、政治学者や社会学者など数学以外の「部族」と交わる経済学者は、低い地位にとどまる傾向がある、と。部族のヒエラルキーの頂点に位置するのは定量的経済学者だ。

「経済学者は（一）社会的地位が強い動機づけとなる、（二）社会的地位はモデルをつくることによってのみ獲得できる、（三）これらのモデルの大半が現実にはほとんど、あるいはまったく役に立たないといった事実が、この部族の後進性と絶望的なまでの文化的貧困の原因かもしれない(7)」

レイヨンフーヴッドのコメントは社会科学部では笑いを誘ったが、経済学の主流派からは黙殺された。経済学者は自分たちのことを「部族」とは考えておらず、また自らの文化的パターンについて考えたこともなかった。経済学者が研究の中で社会学的分析を軽視していたのも一因だ。ただもう一つの要因は、人類学者のブルデューがよく指摘したとおり、「経済学者族」があまりに強力な存在になったため、現状を疑う動機づけがなくなったことだ。

二〇世紀半ばには政府、企業、銀行などが経済で起きている事象を把握し、次に何が起きるかを予測するために積極的に経済学者を採用するようになった。傍から見ると、経済学者がどうやって見事な予測を生み出しているのか、まったくわからなかった。部外者にとって彼らの使う複雑な数学モデルは、中世ヨーロッパのカトリック教会で司祭が話していたラテン語と同じように神秘的だった。いずれにせよ外部から見れば、こうしたモデルは強力に、経済学者も司祭と同じぐらい権威がありそうに思えた。LSEのような大学の経済学部は神学校のような存在になりつつあった。

二〇世紀終盤になると、経済学者を聖職者と同様に見なす空気は一段と強まった。一九七〇年代にはタッカーのように哲学と数学の学位しかなくてもイングランド銀行に入ることができた。しかし二〇世紀末には経済学の学士号あるいは博士号は西欧諸国の中央銀行や財務省に就職するための必須条件と見られるようになった。

「(元イングランド銀行総裁の) エディ・ジョージと私は経済学者の採用を増やそうとした。「経済分析能力で大蔵省に負けない人材が必要だったからだ」とキングは回想している。「経済がどのように機能するか理解しており、分析に苦手意識のない人材が必要だった」

アメリカのFRBと財務省の状況も同じようなものだった。二〇世紀半ばにはFRBも法律や科学の学位保持者(あるいは学位を持っていない者)を採用していた。だが二〇世紀の終わりには若手の新規採用者は例外なく経済学の学位(ときには博士号)を持っており、首脳陣にも同じような資質が期待されるようになっていた。典型がアラン・グリーンスパンだ。一九八七年にFRB議長に任命されたグリーンスパンは、経済学の博士号を持っていた[8]。博士号を取得した時期はかなり遅く、後継者の保有する学位と比べてやや見劣りするものであったが、グリーンスパンは明らかに経済学の博士号は信頼性を獲得するツールとして不可欠とまでは言わないまでもきわめて重要だと感じていたようだ。その後も経済モデルに対する自らの情熱をアピールするのに余念がなかった。モデルづくりがたまらなく好きであったために、FRB議長になって以降も空き時間には自分専用のモデルを作っていたほどで、それを「趣味」とまで呼んでいた[9]。

信用や貨幣はモデルになじまない

二〇〇二年、タッカーはイングランド銀行の市場監督部門、すなわち金融システムの動きを監視する部門の責任者に昇格した。市場監督部門はかねてから地位の高い仕事とされており、一見すると大抜擢のようだった。「エディ・ジョージは常に一番優秀な経済学者を市場チームに配置した。それだけ大切な部署だと思われていたのだ。エディは経済分析の重要性を認識していたものの、一九九二年までイングランド銀行の金融政策の入り口は市場だった」とキングは振り返る。タッカーの昇進には非常に象徴的な意味があり、銀行の職員はいずれタッカーが総裁になると思ったほどだ。ざっくばらんで陽気な見た目の下に、強い野心を秘めていたのは事実だ。

しかし天井の高い新たなオフィスに移ってみると、大きな落とし穴があることに気づいた。二一世紀初頭には、市場監督部門の地位が低下していたのだ。一九九七年にイギリスの政権が交代し、中央銀行のあり方を見直すことにした。イングランド銀行は金融政策を決定する独立性を正式に与えられ、専門化が進んだ[10]。最も大きな違いは国債の売却業務が国債管理局という別の政府機関に移管されたことだ。また個別銀行の監督業務も金融サービス機構（ＦＳＡ）という別組織に移管された。その結果、中央銀行に残ったのは「金融の安定を維持する」というぼんやりとした役割だけだった。

もう一つ、それほど明白ではない変化も起きていた。経済学者はマネーへの興味を失い、それにともない金融市場への関心も薄れていた。ある意味では、こうした変化は意外に思われるかもしれない。経済をあまり知らない人には、マネーこそ現代経済の根幹であり、その分析は経済学者の主要な任務だと思いがちだ。しかし二〇世紀後半に、経済学者の間で、経済を普遍的な法則あるいはルーカスの構築した合理的期待仮説に支配された「システム」としてとらえる動きが広まるにつれて、マネーへの見方も変化した。マネー自体を興味深いトピックとしてとらえるのではなく、単なる伝送手段として見るようになったのだ。マネーが興味をそそるのは、電子回路上の電線と同じように、需要と供給に関わる価格シグナルを発するという理由だけだった。マネーの研究は「実体」経済のそれ以外の興味深い事象（消費者需要や生産性）について、何が起きているかを把握する手段に過ぎなかった。

こうした変化はイングランド銀行やLSEの資料室を見ても明らかだった。タッカーらが入社した二〇世紀半ばには、新入社員はドン・パティンキンの『貨幣・利子および価格――貨幣理論と価値理論の統合』（勁草書房）や、チャールズ・グッドハート自身が書いた『貨幣、情報および不確実性』を勉強したものだった。しかし二一世紀初めには、新入社員の必読書はマイケル・ウッドフォードの大著『利子と物価』に変わっていた。「貨幣（マネー）」という言葉は書名から消えていた。

タッカーはこう語る。「マネーを検討対象から外すという明確な方針があったわけではなく、無意識的な変化だった。マネーは受動的な、経済の外側を覆っているベールのような存在と見られるようになった。経済を動かす力は実体経済のどこかにあり、マネーは単にそれに反応しているだけだ、と」。のちに金融サービス機構のトップとなったアデア・ターナーも同意見だ。「一九七〇年代から八〇年代にかけて大きな変化があった。経済学において数学の要素が強まり、すべてをモデルに当てはめなければいけなくなった。しかし信用や貨幣といったものはモデルにはなじまない。学部の授業からは銀行業務の授業がなくなった」

タッカーの昇進から一年後にイングランド銀行総裁に指名された人物も、こうした変化を映していた。一見おだやかそうで、人を食ったようなユーモアのセンスとフクロウのようなメガネが特徴のマービン・キングは、一九九〇年にイングランド銀行の非常勤顧問に就任する以前からLSEの経済学教授として知られた存在だった(11)。その後主席エコノミストとなり、さらに総裁に任命された。ロンドンのシティはこれを歓迎した。キングは学者として広く尊敬されており、イングランド銀行を独立性と「専門性」を兼ね備えた組織にするつもりだった。

ただ金融政策とマクロ経済に興味はあったものの、キングはマネーの仕組みにはあまり関心がないと思われていた。金融史の概略は理解しており、株式市場の伝播について学術論文も書いていた。LSEの教授時代は金融分析のグループを立ち上げたこともある。「一九九〇年代に私が実施したことの一つは、全新入社員に金融史の講義を受けさせるようにしたこと、さらに現代市場の細部を議論するためのディナーミーティングを立ち上げたことだ」と語っている。

しかし現代市場を仔細に研究することに意欲的だったわけではない。「マービンはマクロ経済人だった」と同僚のグッドハートは振り返る。こうした態度は仕事上の思惑を反映していた部分もある。キングはイングランド銀行の最大の使命はインフレ率を低く抑えておくことだと認識していたのだ。それと同時に当時の学術界の傾向を反映していたのも事実だ。経済学者の多くは銀行の行う薄汚い手練手管を、高貴な経済学とはまったく異なる心理的カテゴリーに位置づけていた。

コロンビア大学ビジネススクール教授のチャールズ・カロミリスは「FRBには経済学と金融はまったく別物だという強い認識があった。市場を見ているスタッフは、マクロ経済を研究しているチームとまったく別の場所にいた」と語っている。同じような隔たりは大学にも見られた。「純粋な」経済分析は専門の経済学部で行われ、金融はビジネススクールの領域とされていた。

メディアもこうした区別を反映し、さらに強固にしていた（私の勤務先であるフィナンシャル・タイムズでは、経済部の席は市場チームとは別の区画にある。また私の知るかぎり、ウォールストリート・ジャーナル、ブルームバーグ、ロイターなどほとんどの大手メディアグループも同じような状況だ[12]）。

「経済政策の世界を見渡すと、市場を研究している人の多くが、経済学を専門とする人々より格下の二級市民のように感じていた。市場があらゆるものの中心であった過去数十年の状況から多少の修正は必要だったとはいえ、行き過ぎた感があった」とタッカーは振り返っている。

タッカーはこうした経済と金融の分裂状態に疑問を抱いた。そこで二〇〇二年に市場監督チームの責任者になると、自らの部署の存在感を高める方法を模索しはじめた。スタッフ一二〇人強を擁する市場監督チームは年二回、銀行をはじめとする金融機関の経営状況を評価する『金融安定報告書』と題した金融システムに関する包括的な報告書を発行していた。また四半期ごとにも報告書を出した。

従来こうした報告書は銀行と株式市場に注目していた。そこが金融システムの中でも最も存在感が大きく、規制も厳重だったからだ。しかしタッカーらは視野を広げることにした。すでに銀行の日々の規制はイングランド銀行ではなく、ＦＳＡの管轄になっており、ＦＳＡはイングランド銀行が自らの縄張りに侵入するのを嫌った。そこでタッカーは部下に、イングランド銀行あるいはＦＳＡの管轄外の分野に目を向けるよう促した。

その結果、衝撃的な実態が浮かび上がった。従来中央銀行や規制当局が金融界を監視するとき、注目していたのは規制の対象となる銀行だった。銀行が金融システムの中枢と見られていたためだ。ただ二〇世紀の後半、規制当局は（そしてジャーナリストも）ヘッジファンドなど銀行以外の金融機関にも注意を払うようになった。ニューヨークのヘッジファンド、ロングターム・キャピタル・マネジメントが崩壊しかけた一九九八年以降、関心はさらに強まった。[13]

そんななかタッカーの命を受け、二〇〇二年以降に銀行業界の外に視野を広げたイングランド銀行のスタッフは、ある重要な事実に気づいた。新聞の見出しをにぎわせていたのはヘッジファンドだったが、規制された銀行業界の向こうに広がる荒野に潜んでいた獣はそれだけではなかったのだ。金融業界以外の人々には耳慣れない名前の、新たな組織や商品が続々と姿を現していた。新たな顔ぶれには（前章で説明した）CDOのほか、「コンデュイット（導管）」あるいは「特別目的会社（SIV）」と呼ばれるCDOのような証券を購入するために設立された投資会社などがあった。

こうした新たな事業体は、中央銀行や規制当局がそれまで世界を秩序づけるのに用いていた分類システムのどこにも当てはまらなかった。伝統的な銀行とは違った。預金も集めず、融資もしない。SIVの経営者は、投資家に短期債を販売して資金を調達し、それを長期債に投資した。その多くがアメリカの住宅ローンを担保とする債券だった。SIVはヘッジファンドとも違った。ヘッジファンドの最大の特色は個人あるいは資金力のある企業から資金を集め、それをリスクの高い資産に投資することとされていた。それに引き換え、SIVはトリプルAに格付けされたCDOなど超安全とされた商品だけを買い入れるなど、できるだけ地味なイメージを打ち出そうとしていた。

ときおりイングランド銀行でも、金融市場におけるこうした変化の意味合いが議論されることもあった。グリーンスパンをはじめとするアメリカの当局者は、こうしたイノベーションを好意的にとらえる傾向があった。イノベーションは銀行が経済の中でより効率的かつ革新的な方法でマネーを動かそうとしている表れである、とグリーンスパンは指摘した。一方ヨーロッパには違う見方があった。スイスのバーゼルにある国際決済銀行（BIS）の経済学者であったクラウディオ・ボリオとウィリアム・ホワイトは、こうしたイノベーションは危険をはらんでいる可能性があると警鐘を鳴らした。新手の金融事業体によって信用リスクがどのように拡散するのか、誰にもわからなかったからだ。経済学者のアンディ・ホールデンなどタッカーの同僚にも、SIVの過剰な借り入れ体質に懸念を表明する者がいた。

しかしイングランド銀行の幹部の多くは、何が起きているか気づいていないか、公にコメントをすることに及び腰だった。金融市場の新たなトレンドに目を光らせるのは自分たちではなく、FSAなどの規制機関の役割だと考えていたからだ。銀行を統制するための権限を与えられていたのがFSAだった。しかもキングがときおり周囲に漏らしていたように、イングランド銀行は潜在的なバブルを防ぐための政策手段を持ち合わせていなかった。イングランド銀行が銀行業界に影響を及ぼす手段として唯一正式に認められていたのは、金融安定報告書を出すこと、あるいはFSAに非公式に懸念を伝えることぐらいだった。「たとえ自分たちが目にした事実について声をあげたとしても、権限を与えられていなかったため、実際にできることは何もなかった」とキングは述懐している。キングは官僚機構の決め事を破ったり、中央銀行の役割を再定義しようとするタイプではなかった。自分の主要な任務であるはずの「実体」経済に目を光らせるという役割に徹することを好んだ。

M4がなぜこれほど異常に増えているのか？

市場監督チームの責任者に就任して四年ほどが過ぎた二〇〇六年一二月末、タッカーはロンドンのシティにある、一五三七年にヘンリー八世が建てた由緒ある名誉砲兵中隊ホールに向かっていた。各界の有力者の集まる席で、経済の展望を語ってほしいと依頼されたからだ。よくある仕事だったが、タッカーはやや当惑していた[14]。

西欧諸国の経済はどこから見ても黄金期を迎えているようだった。すべてがあまりに好調だったので、経済学者は二一世紀の最初の一〇年間を「大いなる安定」と呼んだほどだ。「一部の経済学者の言う『大いなる安定期』の特徴は、いまやすっかりおなじみになりました。基本的にはインフレ率は全般的に低く、生産高の成長率やインフレ率の変動率も大幅に低下しています[15]」。歴史を感じさせる木の壁に囲まれたホールで、タッカーはこう語った。「民間部門の需要の伸びは比較的堅調であり、少なくとも当面は堅調さが続くと見られます。我が国の貿易高への影響を考慮した世界経済の成長率も、依然として好調です。企業の投資は回復しているようで、消費にもおそらく平均成長率に近い伸びが見られるでしょう」。中央銀行的な言い回しを読み解くと、経済を飛行機にたとえれば正しい方向に進んでおり、パイロットの目の前に並ぶ計器のほとんどは万事順調であることを示していた。みんな、安心していいよ、というわけだ。

しかし計器盤の中に、つまり経済統計の中に、一つタッカーが気になるものがあった。「ブロードマネー（広義の通貨）」通称「M４」で、経済に流通する現金通貨と信用の総量を示すものだ。古典経済理論によると、経済が急拡大している局面ではブロードマネーは物価あるいはインフレ率と足並みをそろえて拡大する。反対に経済成長が減速すると、ブロードマネーの拡大も鈍り、それがインフレ率を低下させる。こうした関係性はきわめて明白であり、二〇世紀の半ばには中央銀行はブロードマネーのデータをもとに金利を引き上げるべきか否かを判断していたほどだ。

二〇〇六年一二月には、この長らく続いてきた関係が崩れていた。イギリスのインフレ率は二％前後と低水準で、成長率も健全で過熱していなかった。その一方、経済という飛行機の計器盤にあるＭ４の数値はとんでもないデータを示していた。「我が国のブロードマネーは年率一五％ペースで成長しており、二〇〇五年初頭と比較すると二五％以上も増加しました」とタッカーは説明した[16]。

二つの指標の齟齬《そご》は、重要な問題なのだろうか。その数カ月前、タッカーは部下になぜＭ４がこれほどの勢いで拡大しているのか調査するよう命じていた。調査チームは、統計上「その他金融機関（ＯＦＣ）」のカテゴリーに含まれる企業群の借り入れと融資が急激に増えていることが主な原因である、と報告した。「ＯＦＣ」というカテゴリーは簡単に言うと、通常の分類システムに当てはまらないものをすべて入れておく「その他もろもろ」のくくりだった。そこに含まれる企業群は「何であるか」ではなく「何でないか」によって定義されていた。たとえば銀行でも証券会社でも保険会社でもなく、統計学者になじみのあるどんな事業体とも違う。

タッカーは調査チームに、種々雑多なＯＦＣカテゴリーをさらに深掘りするよう命じた。するとＯＦＣカテゴリーの中にさらにもう一つ、「その他金融仲介会社（ＯＦＩ）」と称する正体不明の企業群を集めた「その他もろもろ」のくくりがあることがわかった。不適合の中の不適合、つまり分類システムにどうにもそぐわないものがすべてここに放り込まれていた。ＯＦＩに関するデータは不完全ではあったが、タッカーの部下はその多くがＣＤＯ、ＳＩＶ、コンデュイット（媒介企業）など二〇〇二年に存在が確認された、金融ジャングルにひそむ奇妙な新種であると判断した。

「ここ一年でＯＦＣカテゴリーの資金量が急増した最大の要因は、統計上ＯＦＩと呼ばれる企業群でした（貢献度は実に一七パーセント・ポイント）[17]」。タッカーは名誉砲兵中隊ホールに集まった人々にこう説明した。「ここ二年というもの、これらの企業群は全体として年率四〇％以上の成長を遂げてきたのです[18]」

それが経済全体に重要な意味を持つのか、判断するのは難しかった。マクロ経済分析を担当するチームが、中核となる経済統計から浮かび上がるトレンドを、このとらえどころのないＯＦＣの世界で起きていることと結びつけて考えていなかったためだ。「ブロードマネーあるいはＯＦＣマネーの拡大が、マクロ経済上どのような意味を持つかを判断するのはきわめて困難です。ＯＦＣマネーのマクロ経済上の重要性に関しては、ほとんど研究されていないのですから」とタッカーは嘆いてみせた[19]。

この分野は地図上で空白になっていた。ブルデューの村のダンスホールにいた踊らない者たちのような存在だったわけだ。経済学者は自分たちが見るべきだと思うもの、すなわち「実体」経済に関する統計モデルだけを見ていた。経済の中でそこから外れる部分に目を向けたり、異なる領域を結びつけようとすることはなかった。金融と経済学の区別はあまりにしっかりと浸透していたため、経済学者の多くはその存在を意識することもなかった。自分たちの数式の細部について延々と議論しつづける一方、自らの用いている分類システムについて、あるいはそこにおける境界の妥当性について考えることはなかった。
「CDOという領域で起きていることとマクロ経済を結びつけようと努力したのかと問われれば、今となっては不十分だったと言わざるを得ない。ただ重要なのは、それが何を意味するかだ。CDOを研究していた人々がいなかったわけではない。ただ木しか見ていない人が多すぎた。あまりにも大量の論文が書かれていたので森を見ることは不可能だったのだ」とキングは語っている。

キングはのちに、自分たちはどこで誤ったのかを明らかにしようと試みた。結論として、銀行の人材不足ではなく、むしろ優秀な人材が多すぎたことが原因だったと考えているようだ。優秀な人材があふれていたにもかかわらず、正しいところに注意を向けていなかった、と。キングを含めて、さまざまな金融イノベーションの存在を認識している者はいた。タッカーのスピーチの直後に、キング自身もマンションハウスというロンドンシティの別の歴史的建物で講演した際、こうしたイノベーションに言及している。しかしキングを含めて、金融界に現われたこうした奇妙な新種が金融政策にどのような意味を持つのか、時間をかけて検討した者はいなかった。

「公共機関の多くは、優秀な若手が多すぎる一方、どのような細部に注目すべきか、また注目すべきでないかを判断する能力と視点を持った経験豊富な人材が足りないという問題を抱えている」とキングは嘆いた。「われわれの経済分析の最大の問題は、若手が全体像を見ようとしなかったこと、彼らの上司である管理職が全体像を導き出そうとしなかったことだ」。仲間の経済学者からは、それはキング自身を含めた中央銀行のトップも同じである、という声があがるかもしれない。

奇妙な未開の地が生まれていることを伝える

それから四カ月後の二〇〇七年四月、タッカーは再び公の場で講演した。今度の舞台はウォール街の有力銀行メリルリンチがヘッジファンド関係者を集めて開いた会議だ。会場は熱気に満ちていた。「世界経済は順調に成長を続けており、先進国の名目インフレ率は低い水準にとどまっています。要するに世界の金融および財政的な安定期は継続しているのです。銀行も証券会社もかなりすばらしい利益を計上しました。ファンド部門のリターンは、つまり本日ここにお集まりのみなさんのほとんどがそうだと思いますが、健全な水準を維持しています」。タッカーはこう聴衆に語りかけた[20]。改めて中央銀行的な言い回しを読み解くと、好景気が続いているということだ。メリルリンチの会議に集まった男性たち（そして幾人かの女性たち）はますます金持ちになっていた。

とはいえ、またしてもタッカーは不安を感じていた。経済の計器盤に並ぶ指標が正常に作動していないように映ったからだ。インフレ率や成長率は依然として健全に見えた。しかしブロードマネーの拡大は続いていた。住宅価格や株価といった資産価格も同様だった。上昇を抑えようと、イングランド銀行やFRBをはじめとする中央銀行は再三の利上げによって借入コストを高くしようと試みた。しかしこうした金融引締策も市場の熱狂を止めるには至っていなかった。経済におけるマネーの流れは、まったく合理性を欠いていた。少なくとも一般的な経済モデルでは説明できなかった。

矛盾が生じている原因は銀行以外の事業体にある、というのがタッカーの見立てだった。C

DO、SIV、コンデュイットといった事業体は、政策立案者や経済学者には理解できないようなやり方で金融システム内のマネーを動かしていた。とはいえ単に予感がするというのと、何かがおかしいことを具体的に証明するのはまったく違う話で、後者はほとんどデータがない状態ではきわめて困難だった。いずれにせよキングはイングランド銀行の人々に対し、警鐘を鳴らしすぎるのは良くないとはっきり伝えていた。それはFSAの仕事だから、と。

そこでタッカーは、どうにもとらえどころのない事業体が生息する新たな奇怪な未開の地が存在することを指摘するだけにとどめ、判断は投資家に委ねるのが最適だと判断した。世間の関心が高まり監視の目が厳しくなれば、こうした新たなイノベーションを制御するのに役立つかもしれないと期待したのだ。

メリルリンチの会議に集まった聴衆には、こう訴えた。「もはや金融界の主要な仲介者は銀行、証券会社、保険会社、投資信託や年金基金だけではありません。ヘッジファンドはもちろん、債務担保証券、専業保険会社のモノライン、信用デリバティブ会社、特別目的会社、コマーシャルペーパー・コンデュイット、レバレッジド・バイアウトファンドなど。特別目的会社はモノラインが保証するCDOのトリプルAトランシェを保有しており、そのCDOはまた別のCDOや多種多様なLBO融資に加えて住宅ローンをバンドル化した資産担保証券を持っているかもしれません[21]」

大方の聴衆にとって、自分の言葉がまったく意味をなさないかもしれないことはタッカーにもわかっていた。この怪しげな世界が看過されがちな理由の一つは、それを表現する言葉があまりにも耳慣れないものであるからにほかならない。技術がひたすら複雑化する世界に生きるわれわれは、理解できない専門用語から目をそむけようとしがちだ。各領域の専門家が力を持つのは、自分たちの職業を「オタク限定」の専門用語で包み込むからだ。広く政策議論を始めようにも、そこで使われる概念を説明するわかりやすい言葉が存在しなければ難しい。ノンバンク金融市場については、そうしたわかりやすい表現が一切存在しないようだった。

そこでメリルリンチの会議の場で、タッカーは専門用語をわかりやすく説明する「概念的ラベル」を提供しようと試みた。新顔の金融イノベーションをSIV、CDO、OFIやOFCといった奇妙な略語で呼ぶことをやめ、わかりやすいラベルをつくったらどうだろう、と。「乗り物ファイナンス」ならわかりやすいのではないか。要するにマネーは金融業界特有の「乗り物」によって運ばれていたのだから。「マトリョーシカ人形ファイナンス」というのも実態を捉えている。新たな事業体は密接に絡み合っており、まるでマトリョーシカ人形のような入れ子状態になっているからだ[22]。それからこうした金融会社がどのような仕組みになっているかを図表を使って説明した。図表を使うことで、言葉では伝えられないことを説明できるのではないかと期待したのだ。「役に立つかどうかはわかりませんが」とジョークも飛ばした。

しかし、この試みはうまくいかなかった。「乗り物ファイナンス」という言葉は大規模で複雑な金融取引というより、自動車を連想させた。「マトリョーシカ人形ファイナンス」は怪しげなロシアの寡頭政治家がからんでいるような印象を与えた。会議後にタッカーの講演を記事にしたジャーナリストは、先端的金融についてのくだりをほぼ完全に無視した。取りあげたのは、ジャーナリスト（そして経済学者）にとって聞き覚えのある問題に触れたコメントばかりだった。たとえばイギリスの住宅市場、インフレのトレンド、金利などだ。結局、経済学者やジャーナリストのメンタルマップの中心に位置するのはこうした問題だからだ。新聞に「OFCの中のOFI」といった見出しを立てても意味がなかった。一般人のメンタルマップとはまるでかけはなれていたからだ。OFIは社会的沈黙の領域に属していた[23]。

そこにシャドーバンキング・システムという名前が与えられる

それから四カ月後、タッカーの望んでいた認識的および言語的変化が実現した。とはいえ舞台はイングランド銀行ではなく、六四〇〇キロほど西に進んだところだ。カンザスシティ連銀は一九七八年以来、毎年八月になるとロッキー山脈に佇むスキーリゾート、ジャクソンホールを舞台に、世界中の経済学者、中央銀行関係者、ジャーナリスト、政府高官など大物が一堂に会する会議を開いてきた[24]。山岳リゾートでの議論は、単調で学術的なものになりがちだった。しかし二〇〇七年八月の会議は、切迫した状況で開催された。世界中の金融市場が機能停止に陥りつつあったのだ。

危機の兆しが最初に表れたのは、夏の初めだった。アメリカの住宅ローンに関連する債券の価格が急落したのである。当初、市場関係者の多くが下落を一時的なものと受け取った。つまるところ二〇〇七年夏まで世界経済では長期間にわたって好況が続いており、それによって住宅価格は上昇が続いてきたのだ。多少の調整は必然とはいわないまでも当然だろう、と考えたのだ。

アラン・グリーンスパンの後任としてFRB議長に就任したベン・バーナンキは（バーナンキも元は経済学教授であった）、混乱はまもなく収束し、住宅ローン債券の損失はせいぜい二五〇億ドルにとどまるだろうとの見方を発表した。アメリカ経済全体にとっては取るに足らない規模である[25]。イングランド銀行のマービン・キングも、同様の考えを示した。パニックに陥る理由はなさそうだった。

しかし夏が深まるにつれて、不安感は徐々に高まっていった。世界中でさまざまな投資グループが互いに取引することを拒否していた。銀行に対する市場の信頼は崩れていた。住宅ローン債券などの資産価格は暴落していた。八月にジャクソンホールに集まった経済学者は、パニックがこれほどの規模に達したことに当惑していた。データを見るかぎり、土台となるヨーロッパとアメリカの「実体」経済は健全だった。銀行セクターの状況に関する統計も問題なさそうだった。

しかしジャクソンホールの会議の二日目に、カリフォルニアからやってきたポール・マカリーというアセットマネージャーが衝撃的な発言をした[26]。経済学者の世界ではやや異端ともいえる存在だった。大手債券ファンドのピムコに勤めているのに、長い白髪はポニーテールにまとめていた[27]。経済学を学び、抽象的モデルにも精通していたが、トレーダーたちと会話することも好んだ。それによってグローバル金融システムの深奥で、また一見退屈な「導管」と思わせつつ世界中でマネーを動かす企業群で、いったい何が起きているかを理解しようと努めてきたのだ。こうした姿勢によって、マカリーはタッカーが注目していた新種の金融事業体に精通していった。知れば知るほど気に入らなかった。こうした新手のイノベーションの設計は基本的に不安定だと懸念を抱き、カリフォルニア州オレンジ郡のピムコの同僚には（それ以外にも聞く耳のある人なら誰にでも）ＳＩＶやコンデュイットのような輩《やから》とは取り引きするな、と繰り返し言い続けた。

　ピムコの同僚とこの問題を議論するなかで、マカリーはこうした奇妙な新種を表現するのに「シャドーバンク」という言葉を使い始めた。「どうしてこの言葉を使い始めたかは覚えていない。学者か誰かから聞いたのかもしれない。いずれせよ便利だから使うようになったんだ」とマカリーは後に振り返っている。

この日ジャクソンホールの会議場でマカリーは、中央銀行関係者や経済学者に今何が起きているかを説明するため、とりたてて意識することもなく普段から使っていたフレーズを使った。昔ながらの銀行の取りつけ騒ぎになぞらえて「今起きているのは、シャドーバンキング・システムにおける取りつけだ」と言い切ったのである。そして誰も関心を向けてこなかったこの領域で取りつけが続けば甚大な影響が出る、と。[28]「今問題になっているのは、一兆三〇〇〇億ドルの規模を持つシャドーバンキング・システムだ[29]」

この発言の効果は絶大だった。それまで大方の経済学者や政策立案者は、銀行やヘッジファンドといった「既知の」領域の外側についてほとんど考えたことがなかった。それにマカリーが名前を与えたのである。中央銀行の人々にとっては講演に使える、ジャーナリストにとってはパンチの利いた見出しになる、経済学者にとってはコラムやブログの図表に使える表現が、ようやく誕生したのだ[30]。さらにありがたいことに、マカリーは各国の市場が機能停止に陥っている理由を理解するための枠組みまで提供した。取りつけの仕組みは複雑だったが、基本的にはこれまでシャドーバンクに資金を提供してきた投資家が、そうした事業体が秘かに大量の住宅ローン証券を買い集めてきたことに気づき、パニックを起こしたのだ[31]。資金が流れ込まなくなった事業体は崩壊しはじめていた。

シャドーバンクの規模が小さければ、パニックはそれほど広がらなかっただろう。しかし、とマカリーは説明した。問題はシャドーバンクが政策立案者のまったく気づかないうちに、金融システムのさまざまな部分と密接に結びつくようになっていたことだ。森の木々の根っこのようにパッと見にはわかりにくいが、エコシステム全体を結びつける広大なネットワークを形成している。それ以上に重要なのは、経済に水ならぬ信用を注ぎ込み、それがさまざまな資産価格に影響を及ぼし、経済と金融システムが過熱する原因となっていたことだ。こうした事業体だけが信用バブルを膨らませたわけではない。バブルの発生源は中国の過剰な貯蓄をはじめ世界経済のさまざまな不均衡だ。しかしシャドーバンクが経済の中であまりに速く、またとほうもない規模でマネーをまわしつづけた結果、金融システムに過剰な負債（経済学者は「レバレッジ」という言い方を好む）が危険なかたちで蓄積されていたことに誰も気づかなかった。

これはハイマン・ミンスキーなどの経済学者が二〇世紀半ばに繰り返し警鐘を鳴らした、典型的なバブル形成と崩壊のサイクルだった。だがこの二一世紀型のバブル形成と崩壊の場合、手遅れになる前に過剰なレバレッジの規模と危険性を察知した専門家はほとんどいなかった。彼らがシャドーバンクを無視していたのが大きな原因だ。ようやく名前ができたことで、専門家はこれほどの混乱を引き起こしている元凶を捉える手段を手に入れたのだ。

ニューヨーク連銀も研究にのりだす

ジャクソンホールの会議後の数カ月、信用危機はいよいよ深刻化し、政策立案者は世界に対する自らの認識を根本から見直すことになった。ニューヨーク連銀では、研究チームがシャドーバンキング・システムへの理解を深めるため、その見取り図を作ろうとしていた。データは限られており、時間と労力のかかる作業だった。しかしチームはこの新たな金融フロンティアにおいて、資金の流れがどのように絡み合っているのか、地道に解き明かしていった。プロジェクトの責任者となったハンガリー出身の若手研究者、ゾルタン・ポズサーは「さまざまな情報源からできるかぎり情報を集め、手がかりを探し、パズルのピースを組み合わせていった」と振り返る。

数カ月後、ある種の見取り図が完成した。ゾルタンのチームが解明した世界はあまりに広大で複雑であるため、すべての要素を一枚の紙に配置した図は幅数メートルの大きさになった。広々とした天井の高い中央銀行のオフィスでも、簡単に壁に飾っておけるようなサイズではなかったが、それはある意味重要な事実を象徴していた。シャドーバンキング・セクターはあまりにも巨大であり、もはや誰も無視できない存在である、と。

この巨大な「シャドーバンク・ポスター」をひと目みれば、金融に対するメンタルマップを変えざるを得ない。銀行が金融システムの中心にあり、シャドーバンクは添え物に過ぎないという常識に反し、シャドーバンクもシステムの中核を成す存在であるのは明白だった。マネー・マーケット・ファンド（ＭＭＦ）のような事業体は、このシャドー金融システムの主要な屋台骨となっていた。この見取り図の引き起こした認知的変化は、一六世紀の数学者、ニコラウス・コペルニクスが図を使って太陽が地球の周りをまわっているのではなく、地球が太陽の周りをまわっていることを示したときのそれに似ていたかもしれない。

ゾルタンのチームは、シャドーバンク・ポスターの写しをタッカーにも送った。タッカーのオフィスに飾るには大きすぎた。しかも大理石の床、パステル調の壁、凝った天井、そしてイギリスの中央銀行の歴史的回廊を飾る油絵の中に混じると、かなり浮いた存在だった。タッカーは見取り図のコピーをまるめてオフィスの隅に飾り、ときおり訪問者に見せた。理由を聞かれると「あれが置いてあると安心するんだ」と冗談を飛ばしたが、その口調には一抹の後悔も混じっていた。「われわれが二〇〇七年以前にシャドーバンキング・セクターを理解していたら、バブルはあれほどひどくならなかったかもしれない」

その後タッカーを含む規制当局者は、シャドーバンキング・システムの分析を続けた。中央銀行と監督機関による合同委員会であるバーゼルの金融安定理事会（FSB）は、シャドーバンク・セクターの規模を推計することにした。ポール・マカリーは「シャドーバンク」というフレーズを使い始めた頃、その定義をやや狭め、規模は一兆三〇〇〇億ドルと見積もっていた。一方、FSBはシャドーバンクをはるかに広義にとらえ、コンデュイットやSIVのみならず、ヘッジファンド、投資信託などさまざまな事業を含めた。そうした基準にもとづき、FSBは二〇一一年のシャドーバンク・セクターの規模はマカリーの当初の試算のおよそ六〇倍に相当する六七兆ドルと発表した。これは世界の正式な銀行セクターの半分に匹敵し、アメリカ経済の四倍の規模があった。

これに対しては金融関係者から、FSBのシャドーバンクの定義は広すぎるという異論が出た。その後FSBは定義を狭めて集計をやり直し、シャドーバンク・セクターの本当の規模は六七兆ドルではなく、二七兆ドルというほうが適切であるとの結論を出した。いずれにせよ規制当局や経済学者はこの領域に注意を向け、金融についての認識を変えるべきだという点については、一切異論はなかった。金融危機の最中にはカナダ中央銀行総裁を務め、その後FSBの議長を務めた（つづいてイングランド銀行総裁となった）マーク・カーニーはこう語っている。「あまりに長きにわたり、世界中の規制機関はシャドーバンクを無視してきた。それを変える必要がある」[32]

金融というサイロとマクロ経済というサイロをつなげる

エリザベス女王のロンドン・スクール・オブ・エコノミクス訪問からほぼ一年後の二〇〇九年夏、イギリス有数の学術機関であるロイヤルアカデミーが経済学者の会議を開催した。出席者には、ゴールドマン・サックスのチーフエコノミストであるジム・オニール、イングランド銀行金融政策委員のティム・ベスリー、イギリス大蔵省高官のニック・マクファーソンなど経済・金融業界の大物が名を連ねた。タッカーも間接的に議論に参加した。出席者は数時間にわたり、なぜ誰もこれほど「ひどい」危機の到来を見抜けなかったのかという、女王が二〇〇八年に発した問いかけについて議論した。

最終的に経済学者たちは理由を説明する正式な書簡をまとめ、女王に送ることにした。完成した手紙は全三ページで、自分たちが問題を見逃した理由と思われるものをすべて詳細に説明していた。ただ基本的なメッセージは単純だった。政策立案者が事態に気づけなかった最大の理由は、システム全体が分断されていたためである、と。

マクロ経済学者は経済統計を見ていたが、金融の細部は無視していた。銀行を規制する機関は個別の銀行は見ていたものの、ノンバンクは見ていなかった。民間の銀行で働いていた金融関係者にはシャドーバンクの仕組みに精通していた者もいたが、中央銀行の中枢にいる経済学者とは交流がなかった。一方、「実体」経済で借金をしていた人々、たとえば住宅保有者や企業は、金融というエコシステムそのものがどのような仕組みで動いているかまったく理解していなかった。UBSという組織が縦割りで、ロンドンのトレーダーがニューヨークで何が起きているかをまったく知らなかったように、政策立案者の間でも重要な情報の交換が行われず、経済が順調であるかのように思われたため、誰もが自らの狭い領域に閉じこもり、そこから敢えて外に踏み出そうとはしなかった。その結果、金融システムが過剰なレバレッジ（負債）を抱え込んだという最も重要な事実に誰も気づくことができなかった。

「否認の心理が働いていた」と手紙には書かれている。「低金利によって借入コストは低く、『安心材料』によって水面下で世界経済がどれほど不健全になっているかが覆い隠されてしまった。（中略）誰もが与えられた仕事をきちんとやっているように見えた。また従来の基準に照らせば、その仕事ぶりで十分だった。すべてが全体として相互に関連する不均衡につながっていることを見抜けず、単一の規制機関も存在しなかったことが原因だった」。結論にはこうある。「陛下、危機の時期、範囲、深刻さを予見し、防ぐことができなかった原因は多々ありますが、基本的には国内外の大勢の優秀な人々が集団として、システム全体のリスクを理解する想像力を持っていなかったことが原因です[33]」

この手紙について女王がどう思ったかは不明である。返信はなかった。しかしその後も大西洋の両側の政策立案者は、少なくとも多少の教訓を学んだことを示そうと必死の努力を続けた。経済学者の視点を広げるためのさまざまな試みが開始された。ヘッジファンド・マネージャーであり、大富豪で慈善事業家でもあるジョージ・ソロスは、より総合的なアプローチによる経済学の研究を後押しするため、ニューヨークの「新経済理論研究所」の支援者となった。その二代目所長となったイギリスの主要規制機関の元トップであるアデア・ターナーは「経済学に対する考え方、そして経済学者の育て方を根本から見直す必要がある」と語った。大学は金融とマクロ経済の研究を結びつけるプログラムを立ち上げた。経済学専攻の学生の間では、経済学と心理学を融合させた行動ファイナンスの授業への関心が高まった。経済学者のコミュニティの大物までが、経済学のあり方を見直し、モデルや数字に縛られるのをやめるべきだと発言するようになった。「信用危機の期間を通じて、世界のあり方に対する私の認識が揺さぶられた」と漏らしたのはアラン・グリーンスパンである。「われわれが最も必要とする時期に、モデルは機能しなかった」[34]

政策立案者は構造改革にも総合的な発想で取り組もうとした。イギリス政府は、金融政策の立案と金融規制の実施という二つの業務を切り離した一九九七年の決定を覆すことにした。この二つの機能を再び単一の機関に統合したのだ。独立機関としての金融サービス機構は解体され、その任務は二つの機関に引き継がれた（金融行為機構［FCA］と健全性規制機構）。FCAはイングランド銀行の監視下に置かれた。体制を見直すことで、ミクロレベルの金融の問題とマクロ経済の目標を異なる心理的あるいは官僚組織上のカテゴリーに分けるのではなく、政策立案者に両者を総合的に考えさせるのが狙いだ[35]。イングランド銀行の諮問機関である「金融政策委員会」と同等の位置づけで、新たに「金融監督委員会」が設置された。イングランド銀行はひそかに採用方針も改めた。大学の経済学部から採用するだけでなく、他分野の人材も採用するようになったのだ。キングの後任として二〇一三年末に総裁に就任したマーク・カーニーは「多様な発想を持つ人材が必要なことは明らかだ」と語った。

二〇一四年初頭、カーニーはさらに改革を進めるため、[36]組織の大規模な再編を実施した。それまでの部門を廃止し、「ワンバンク《一つの銀行》」体制に転換したのだ。金融安定グループの責任者であったハルデーンは、経済分析チームを率いることになった。銀行のあらゆるレベルで経済分析と金融分析を一体化させるのが目的だった[37]。

ロンドンほど劇的なものではなかったが、大西洋の反対側でも同じような試みが始まっていた。アメリカは二〇一〇年、国内のさまざまな規制機関の業務を連携させる目的で「金融安定監視評議会（ＦＳＯＣ）」を設立した。[38] 財務省には金融データを総合的な視点から監視する「金融調査局」が新設された。金融調査局の責任者に指名された経済学者のリチャード・バーナーは新たな部署のミッションを明確にするため、「サイロ禁止」と赤字ででかでかと書かれた交通標識のようなポスターをオフィスの壁に張り出した。[39]「ここはサイロ禁止区域だ。サイロが大きな問題であることは以前からわかっていた。だが今こそ変わらなければならない」というのが口癖だった。これは金融危機を経た世界の新たな共通目標だった。

これだけの改革をすれば、政策立案者が再び問題を見逃すような事態を防げるだろうか。ポール・タッカーはたびたびこう自問した。

タッカーにとって危機後の数年間はほろ苦いものとなった。二〇一三年にはイングランド銀行の副総裁に昇進し、二〇一四年初頭に退任するはずのキング総裁の後継者の最有力候補と見られていた。しかし二〇一三年末、大蔵大臣のジョージ・オズボーンはタッカーではなく、カーニーを次期総裁に選んだ。これは職業人生をイングランド銀行に捧げてきたタッカーには厳しい痛手となった。この人事はイングランド銀行の首脳陣（他の政策立案者や経済学者のコミュニティも同様だが）の失敗に対する世間の厳しい評価を反映しているともいえた。ロンドンのシティでは、タッカーは他の首脳陣と比べれば問題を正しく認識していたほうだったと見られていた。しかしイングランド銀行の権威失墜は甚だしく、大蔵大臣は新たな顔を連れてくるしかないと判断した。[40]

自分か誰かがもっと強く懸念を表明していたらどうだっただろう、とタッカーは時折考える。

イングランド銀行はもっと早くバブルを抑えることができただろうか。早期にはっきりとした警告をいくつか聞いていたら、グリーンスパンやキングは何が起きているかをじっくり考え、部下にマクロ経済統計やお気に入りの経済モデルにとらわれるなと指示していただろうか。そうすれば規制当局者はもっと金融の現場に目を凝らしただろうか。そうすれば金融システムにどれほどのレバレッジ（債務）が蓄積されているか理解できただろうか。

答えはわからない。しかしサイロの問題を克服するには、官僚機構を再編したりお題目を唱えたりするだけでは足りないことはわかっていた。「これは現象学あるいは認識論の問題だ」とタッカーは語る。タッカーが認識論、すなわち「知識とは何か」を研究したのは、ケンブリッジ大学で数学の学位を取得した後に哲学を専攻したときだった。その後数十年は正統派の経済学の勉強に忙しく、こうした学問分野からは遠ざかっていた。だが金融危機を経験したことで、一般教養教育の重要性を再認識した。

「サイロを打破するのに大切なのは、いろいろな対策を打つことではなく心の持ち方だ。好奇心と他者の言葉に耳を傾ける寛容さを持てるかだ」とタッカーは説明する。「過去には規制機関の間に隙間があり、その裂け目の部分でさまざまな問題が起きていた。今ではサイロを防ぐために敢えて重複をつくるようになった。重複があるとさまざまな問題が絡み合ってくるので官僚にとっては厄介だが、社会にとっては重複より隙間のほうが危険だ」

こうしたことを考えると、改革の真価が問われるのはこれからだとタッカーは見る。「万事うまく行っているときには、誰もサイロのことなど気にしない。重複は縄張り争いを引き起こすことも多く、組織として均衡を見いだすための手段がサイロだ。サイロが意識されるのは、問題が発生したときだけだ」。言い方を変えれば、専門家が集まって自らの分類方法の妥当性を議論すべきタイミングは、危機が発生したときではない。成功を謳歌しているときこそ、それが重要なのだ。

　イングランド銀行あるいはどこか別の組織に属する人々が、サイロへの無自覚を克服することはできるだろうか。タッカーは何度も自問したが、はっきりとした答えは出なかった。本書の第二部では、ＵＢＳやソニーのような企業や経済学者という専門家集団と同じワナに陥るのを避けようと努力した個人や組織のエピソードを通じて、このきわめて重要な問いかけに向き合っていく。いずれもサクセスストーリーとして完結したわけではなく、それぞれに勝利も失敗も含まれている。ただすべての事例に共通するのは、登場人物がサイロの危険を認識し、クリエイティブなやり方でそれに立ち向かおうとしたことだ。そこには貴重な教訓が詰まっている。

　フェイスブックの例では非ソニー化を目指し、社内の専門家チームが過度に自己防衛的になったり内向きになったりするのを防ぐために、どのような対策を講じてきたかを見ていく。ブルーマウンテン・キャピタルというヘッジファンドの例では、ＵＢＳやシティグループのような銀行に蔓延していたサイロ・メンタリティに陥るのを防ぎ、また巨大銀行のサイロ化という弱みを積極的について利益をあげた様子を描く。オハイオ州の病院クリーブランド・クリニックで働く医者という専門家集団が、自らの分類システムに疑問を持ち、イノベーティブで自由な発想ができるようになるために何をしたかも見ていく。イングランド銀行とはかけ離れた世界と思われるかもしれない。しかし経済学者たちがクリーブランド・クリニックの医師たちの手法を多少でも採り入れていれば、二〇〇八年の危機が起きる前に金融システムをもっとよく理解できていたのではないか。

とはいえ最初に取り上げるのは組織ではなく、個人である。オープンテーブルというインターネット企業での居心地のいい仕事を捨て、シカゴでもとりわけ治安が悪く流血沙汰の絶えない地域の警察で独自のサイロ破壊作戦に身を投じたややオタク的なＩＴ起業家の物語だ。

PART TWO

SILO BUSTERS

第二部

サイロ・バスターズ

GUN-TOTING GEEKS

How Individuals Can Silo-Bust Their Lives

第五章

殺人予報地図の作成

シカゴの人口は、ニューヨークの人口の三分の一であるにもかかわらず、殺人事件の件数はシカゴのほうが多かった。

IT起業家の若者が、その職を捨て、警察官になり、「殺人予報地図」の作成にとりかかる。

データをクロスさせ、殺人がおきそうな地区を予報する。

「未来を見ながら点と点を結びつけることはできない。つながりは過去を振り返ったとき初めてわかるものだ。だから点と点がいつかどこかで結びつくと、信じるしかない」

――スティーブ・ジョブズ(1)

ネット起業家からシカゴの警察官へ

ブレット・ゴールドスタインは恐怖に身を震わせながら、シカゴ・ミッドウェイ空港の滑走路をゆるゆると進む飛行機の後部座席に座っていた。

いつもと変わらない一日になるはずだった。当時二六歳のゴールドスタインはそれまでの二年間、オープンテーブルというネット起業でオペレーションの責任者を務めていた。一九九九年に誕生し、まだ生き残っていた数少ないベンチャー企業で、ウェブ上でお気に入りのレストランの座席予約ができるサービスが売り物だった。当時のゴールドスタインにはぴったりの仕事で、若い職業人なら誰もが羨むようなポストだった。オープンテーブルが世界市場への進出に積極的だったため、しょっちゅう飛行機で出張していた。

しかし二〇〇一年九月一一日、滑走路の上でゴールドスタインはそれまでの居心地の良い世界が崩れ去ろうとしているのを感じていた。周囲では携帯電話やポケットベルがやかましく鳴りはじめていた。

全員飛行機を離れるように、という機内アナウンスが流れた。当惑しつつ、他の乗客とともに不自然に静まり返った空港のターミナルに戻ったゴールドスタインは、テレビ画面の前に凍てついたように立ち尽くす大勢の人を見た。

「不思議な光景だったよ。いつも空港では誰もが忙しそうに行き交っている。でもあの日は違った」と振り返る。その日は誰もが黙ってテレビの前に固まり、飛行機がワールド・トレード・センターに突っ込む場面を見つめていた。混乱し、パニックになったゴールドスタインは妻のいるシカゴの自宅や世界中に散らばった同僚と連絡を取ろうとしたが、携帯電話はつながらなくなっていた。ようやく公衆電話が見つかり、「オープンテーブルのコールセンターとつながったので部下の安否を確認しはじめた。妻にもメッセージを残すことができた。『どうすればいいかわからないよ』と」

よろよろとタクシーに乗り込むと、シカゴ郊外の自宅へ向かってほしいと伝えた。ラジオから流れるニュースはワールド・トレード・センターが崩壊し、別の飛行機が墜落し、何千人もの死者が出ていると伝えていた。「自宅への道のりを長く感じた」。しかしラジオを聞いているうちに、心の中で何かがパチンと弾けた。

それまで自分の人生は順調だと思っていた。だが突然不満になった。「ラジオやCNNのニュースを見ていて、あの日大勢の人が、本当に重要な仕事をしていることに気づいた。それでこう自問したんだ。『ディナーの予約を取るためのインターネット企業を育てるのに一生を捧げていいのか』と。国民のうち素敵なレストランでディナーができる層に、もっと豊かな体験を届けることはできる。それはすばらしいことだし、オープンテーブルはかなりよくやっていたと思う。でも突然本当に意味のあることをやらなければ、と気づいたんだ」

ゴールドスタインが「奉仕」について考えたのはこれが初めてではない。大学時代はボランティアで救急救命士として活動し、メディカルスクールに行って医者になることも考えた。だが二六歳の今、何ができるだろう。アメリカ全体が悲劇から回復していったそれからの数カ月、ゴールドスタインも普段の仕事に戻った。

オープンテーブルの事業は急拡大しており、出張や仕事に忙殺された。だがたまに落ち着くと、他の生き方はないのかと自問を続けた。慈善団体に寄付をしたり、コミュニティでボランティア活動をするのがいいだろう、と最初は思った。それが普通の人の選択だ。「二〇〇二年か〇三年に地元のテレビ番組で、保健所が冬の間、高齢者やホームレスの健康状態をチェックするボランティアを必要としている、というニュースを耳にした。『これはいい、妥当な選択だ』と思ったよ」

それでも不満は消えなかった。自分でも説明できないほど、もっと大きく人生を変えたいという欲求を感じていた。そんなある週末、新聞を読んでいると、ニューヨーク市警が対テロ業務を担うホワイトカラーの専門職の採用を始める、という記事が目に入った。(2) これはおもしろそうだ。シカゴ近郊の自宅からニューヨークに引っ越したいとは思わないが、同じことをシカゴ市警でもできないだろうか。

このアイデアを友人や親族に伝えたところ、みなびっくりした。シカゴはアメリカでも最も治安が悪い都市の一つで、シカゴ周辺のいくつかの地域では、人口あたりの死者数が戦闘地域と変わらないことからFBIに「殺人の首都」というありがたくない呼び名を与えられたほどだ。(3) シカゴ市警の警察官も粗野で乱暴な部族として知られ、さまざまなスキャンダルが絶えなかった。長い伝統を誇り、部外者を排除しようとする傾向があった。

ゴールドスタインはボストン郊外の静かな住宅地で育った。「私立の寄宿舎学校育ちってやつさ」と自虐的に笑う。痩せ型で内気で、オープンテーブルの同僚の前でもプレゼンをするときにはあがってしまうタイプだ。銃など触ったこともなかった。パトカーを間近で見たのはハリウッド映画の中ぐらいだ。「僕のアイデアを聞いて、両親は縮み上がった。なぜオープンテーブルの成長に貢献した人間が警察などに入りたいのか、誰も理解できなかった。『公共サービスをやりたいというのは立派だが、それなら学者になるかランド研究所に入るのがいいんじゃないか』とみんなに言われたよ」

だが一人だけ、ゴールドスタインの考えに賛成してくれた人がいた。妻のサラだ。そこで彼はやってみることにした。調べてみると、シカゴ市警に入るには五年近くかかりそうなことがわかった。そこでひそかに筆記試験に出願し、しばらくして数千人の他の志願者とともにイリノイ大学シカゴ校の広大な体育館で開かれた体力テストも受けた。テストに合格すると、応募者番号を与えられた。あとは待つだけだ。

出願書類を見たシカゴ市警の人々も、ゴールドスタインの両親に負けないほど困惑した。「経歴確認のために女性の警察官が僕と妻の面接にやってきたが、その表情には『本当に警察官になりたいの？』という疑念がありありと浮かんでいた」。だがゴールドスタインは是非警察に入りたい、と訴えた。心の中には青臭い野心があった。警察に入れたら、それまでの社会経験を生かせるだろうか。警察制度に貢献し、場合によってはそれを改善する方法が見つかるだろうか。具体的に*どう*やる*か*、案があったわけではない。困難な戦いになるのは明らかだった。はっきりと意識していたわけでもなかったが、ゴールドスタインは自らの人生を変えるだけでなく大規模なサイロ問題をあぶり出し、それとどう戦うべきかを明らかにするという一大事業に乗り出そうとしていた。

第一部では人間は心理的、社会的、組織的カテゴリーを使って、自らを取り巻く世界を整理する傾向があることを見てきた。そうしたカテゴリーが専門性の高いサイロに変化するケースが多い。サイロが強固であると、愚かで有害な行動に結びつく原因となる。サイロによってわれわれはチャンスを見逃したり、リスクに驚くほど無頓着になったりする。

第二部ではサイロの有害性ではなく、こうしたサイロ・エフェクトから生じる問題を乗り越える方法を探っていく。解決策の中には、企業文化や社会集団の構造を変えようとする大掛かりな試みもある。だが組織に目を向ける前に、まず個人について考えておきたい。しょせん組織は個人の集合体であり、サイロのリスクに抗う最初の一歩は、首脳陣が委員会を立ち上げることでも組織変更や壮大な戦略を練ることでもなく、われわれが自らの発想を切り替えるところから始まるからだ。

第一章で紹介した人類学者、ピエール・ブルデューのケースを振り返ってみよう。ブルデューは異文化に身を投じることで、人生に対する新たな視点を手に入れた。新たな世界に身を投じることは、異なる社会の理解を可能にしただけでなく、自らの文化を新たな視点で見直すことにつながった。そこから引き出せる重要な教訓は、ブルデューのような境界を越える勇気を持ったインサイダー兼アウトサイダーになると、無自覚のまま継承していた分類システムのくびきから逃れることができるということだ。それは視野を広げ、普段はその存在すら意識しないような自らを形成する文化的パターンについて、目の覚めるような理解をもたらしてくれる。

これは人類学者に限った話ではない。自らのサイロから飛び出す意欲を持ち、思いもよらない形で人生を形づくっていたサイロを打破しようとすれば、必ず新たな気づきが得られる。イノベーションが生まれるといった直接的なメリットに結びつかない場合もあるだろう。効果が現れるまでに何年もかかることもある。

スティーブ・ジョブズの例がまさにそうだ。ジョブズはオレゴン州ポートランドにあるリード大学の学生だったが、入学後まもなく正式な専攻を辞めてしまった。しかし大学のキャンパスにはとどまり、習字などクリエイティブ系の講座に顔を出した。当時それはなんの直接的効果もなさそうな行為に思われた。だがずっと後になってアップルのコンピュータをデザインしていたジョブズは、成功したデザインは情報技術に関する知識と一見それとは無関係な習字のスキルを融合させたものであることに気づいた。スタンフォード大学の卒業式でのスピーチで、ジョブズはこう語った。「私が大学にあった唯一の習字のコースに顔を出していなかったら、マックが多様な書体や非固定ピッチ・フォントを持つこともなかった。未来を見ながら点と点を結びつけることはできない。つながりは過去を振り返ったとき初めてわかるものだ」。そして学生たちにリスクをとり「点と点がいつかどこかで結びつくと信じるしかない」と訴えた。

別の言い方をすれば、サイロを打破すると思いもよらないかたちでイノベーションが生まれる。自らの人生に横たわる境界を越えるというリスクを進んで取ろうとする人には、思いもよらない恩恵が返ってくる。突然シカゴ市警に転職しようと思い立ったオタク気質のハイテク起業家でさえ（あるいは、そんな起業家だからこそ）得たものは大きかった。

異なる治安組織のデータをクロスする

ゴールドスタインには知る由もなかったが、彼がオープンテーブルという居心地の良い世界から飛び出し、シカゴ警察に移ったのはこのうえなく良いタイミングだった。それまで何十年にもわたり、シカゴ市警はアメリカでも有数の規模と強固な伝統を誇る組織として知られていた。一万三〇〇〇人あまりの職員のほとんどが一生を警察官として過ごし、その父親も祖父も曾祖父も警察官という例も珍しくなかった。当然ながら警察本部長は必ずといってよいほどこの強い絆で結ばれた部族の出身者だった。身内ではない者はなかなか信頼せず、特にシカゴ出身ではない者には強い猜疑心を持っていた(4)。

ただ二一世紀初頭、つまりちょうどゴールドスタインが人生の岐路に差し掛かっていた頃、シカゴ市警はたびかさなる重大な暴力と汚職事件の発覚で大混乱に陥っていた（歴史上汚職や暴力のみならず、ありとあらゆる犯罪の例には事欠かないシカゴですら看過できないレベルだったのだろう）。二〇〇七年に警察本部長のフィル・クラインが辞任したことを受け、シカゴ市のトップはイメージ刷新のため五〇年ぶりに外部から警察本部長を招くことにした。それがジョディ・ワイスである(5)。

ワイスが年収三一万ドルの高額ポストであるシカゴ市警察本部長に就任したのは二〇〇八年二月一日だった。見た目はハリウッドの警察映画にでも出てきそうな典型的な警察官だった。肩幅は広く、彫りの深い顔立ちで目つきは鋭かった。しかし二二年間のキャリア人生を過ごしてきたのは警察ではなく連邦捜査局（ＦＢＩ）で、任地はペンシルバニア州東部などだった。シカゴの警察官の多くは、そうした経歴は警察本部長にふさわしくないと感じていた。「シカゴ市警の強力な組合である『警察友愛組合』は、就任前からワイスを毛嫌いしていた」。ロドリック・マッカーサー司法センターのディレクター、ロック・ボウマンはのちにこう回想している。「友愛組合は誰であろうと部外者が警察の仕事に介入してくることをなにより嫌った(6)」

しかしワイスはこれをむしろ強みと考えた。「外部から来たので、市警にもシカゴ市にも一切しがらみはなかった。そのおかげで状況を非常に客観的に見ることができた。シカゴ市警が歴史ある誇り高い組織であることはわかったので、極端にＦＢＩ流を持ち込むつもりはなかった。それでもＦＢＩのベストプラクティスの中には応用できそうなものもある、と思った」

特に警察をどのように運営すべきかについては、かなり明確な持論があった。ＦＢＩのキャリア人生のほとんどを強固なサイロのはびこる環境で過ごしてきた。ソニーやＵＢＳといった企業の部門がそれぞれデータを抱え込もうとしたように、警察、ＦＢＩ、ＣＩＡの異なる部署も自己防衛本能と猜疑心と部族的ライバル意識から情報を抱え込んでいた。このため情報の流れは滞り、ときにはそれが最悪の結果を招くこともあった。有名なのは、二〇〇一年にワールド・トレード・センターが攻撃される前にＣＩＡが犯した失策だ。さまざまな部署にアルカイダがテロを計画しているというシグナルが寄せられていたにもかかわらず、組織全体で連携して脅威に対応する動きには結びつかなかった。情報が巨大な官僚機構の異なる場所に散在していたからだ。バラバラの情報を集約し、全体像を見ようとする意思あるいは能力のある者はいなかった。(7)

とはいえ二〇〇一年以前にＣＩＡを蝕《むしば》んでいたサイロは、ＦＢＩも含めたありとあらゆる諜報・治安維持機関で繰り返し発生していた。「私が若手刑事だったころＦＢＩの友人がよくこう言っていた。『調査資料はトイレットペーパーに書いたほうがまだましなんじゃないか。そうすれば誰かが使うだろう？』と。大勢の刑事が犯罪者と覆面捜査官の会話、あるいは犯罪者と他の情報源との会話を録音したテープを何百時間分も持っていた。でもみんながそれを箱に仕舞い込むから、有効活用されることはなかった」

ときおり警察のトップにも、分断化された官僚文化を打破しようとする者が現れた。ニューヨーク市警では一九九〇年代に警察本部長を務めたビル・ブラットンが、革新的な治安維持活動に取り組んだ。積極的なコミュニティ改善策と犯罪の取り締まりを結びつける試みで「壊れた窓」型の治安維持と呼ばれた。厳しい法の執行と並行して安定的で一体感のあるコミュニティの醸成に取り組まなければ、効果的な治安維持はできないというのがブラットンの持論だった。たとえば道沿いの窓が壊れていれば、それは誰もコミュニティに対する責任感を共有していないというシグナルになり、犯罪を防ぐのは難しくなる。コミュニティを安全にするには、住民に誇りを持たせる必要がある。だから犯罪を減らしたければ、警察は単に犯罪者を逮捕するだけでなく、壊れた窓を直すことにも力を注がなければならない。それには協力する姿勢が必要だ。連携のとれたアプローチこそが重要である、とブラットンは説いた。

一方ワイスは犯罪と戦う方法は他にもあると考えていた。情報の流れを改善するのだ。「私がまだFBIにいた頃、九・一一を受けて『仕事のやり方を変えなければならない』という認識が広がった」と説明する。従来は疑い深いライバルとして活動していた諜報機関同士が協力し、データや情報源やヒントを持ち寄るのだ。当時フィラデルフィア地区のFBIの責任者だったワイスは、FBI、CIA、警察など異なる機関が犯罪やテロの脅威について議論するためのインタラクティブ（双方向性）なライブ・コンピュータシステムを開発するプロジェクトを担当した。

「われわれは情報源を持ち寄り、地図に書き込んでいった。どこのエリアをカバーできているか見きわめるためだ。情報源のいない地域が明らかになると、目標を定めて新たな情報提供者を開拓した。銃撃事件など何か起きた時に接触し、『おい、今撃たれた人間がいるから犯人を捜さないといけないんだ。ちょっと町で探ってくれないか』と言えるようにするためだ」とワイスは説明する。「執行されていない令状、性犯罪者、さまざまな人口調査データなどを持ち寄り、地図にできるだけ多くのデータセットを埋め込んでいった。たとえば児童誘拐事件が起きたら発生場所を確認し、性犯罪の前科がある人間がどれだけ登録されているかが見られるようにするためだ」

治安維持活動の世界に属さない人間から見れば、このような情報共有は基本中の基本に思える。また諜報にかかわる他の組織でも、同じような試みは見られた。特に有名なのは一九九〇年代にビル・ブラットンが構築した「コンプスタット」と呼ばれる先駆的システムで、さまざまな犯罪統計を徹底的に追跡することを目的としていた。

しかしベテランの警察官やＦＢＩエージェントほど、治安リスク管理に対するこのような統合的アプローチを嫌った。これまでの確立されたやり方を変えたり、「自分の」データを手放したりするのが気に入らなかったのだ。「九・一一から一〇年経っても、ＦＢＩの友人の中にはくだらないテロ関係や諜報関係の新たな試みなどやめるべきだと言い続けている人たちがいた」とワイスは認める。だがワイスはアメリカの治安維持機関は仕事の仕方を変えるべきだと確信していた。彼らをとりまく世界の相互関連性が深まり流動的になるなか単一の業務に固執しつづけることは許されない。ＦＢＩもＣＩＡもサイロを打破しなければならない。警察も同じだ。特にシカゴ市警のような巨大組織なら、なおさらだ。

ＦＢＩのおとり捜査官と疑われる

猛烈な暑さの続いていた二〇〇六年八月半ば、三一歳のゴールドスタインは訓練生としてシカゴの警察学校に入学した。シカゴのウエストサイドにある灰色の頑強な建物だ。応募書類を提出してから三年近くが過ぎていた。世界をもっと良い場所にしようという理想的な夢であふれんばかりだったが、新人警察官の現実は衝撃の連続だった。入学初日には他の新入生と一緒に食堂に行進した。「教官たちが怒鳴り声で指示を出すんだ。『ホームルーム』と呼ばれるグループに分けられ、そこから再び一列になって行進だ。この軍隊のような組織で制服の説明を受けたが、僕のまったく知らない世界だった。いろいろな装備を用意することになっていたが、半ズボンもTシャツも靴もロゴは禁止。ロゴ禁止なんて初めて聞いたよ」。それまでゴールドスタインはスニーカーにロゴが付いているかどうかなど気にしたことはなかった。

ゴールドスタインが働いていたトレンディなハイテクベンチャーでは、服装に関する公式なルールなどなかった。スニーカーが一般的だったが、なぜかそのほとんどにロゴが付いていた。シカゴ警察学校の講堂で、ゴールドスタインは自分がまったく違う文化的リズムを持つ世界に来たのだと気づいた。これまで普通と思っていたことは、そうではなくなった。突然それまで改めて考えたことのなかった自らの常識を意識せざるを得なくなった。

この日、ゴールドスタインは手荒い洗礼を受けた。行進の後に待っていたのは「リーン&レスト」と呼ばれる伝統のしごきだ。研修生は全員、腕立て伏せの姿勢で固まり、教官が一人ずつチェックして回る長い間動いてはならない。この儀式にいったい何の意味があるのか、ゴールドスタインにはさっぱりわからなかった。どう見ても役に立たない訓練に思えた。だが警察ではリーン&レストは訓練の中でも特に重要な要素と見られていた。訓練生の絆を形成する活動の一環として、長年使われてきたからだ。

「あの年の八月第一週は異常に暑かったし、警察学校には冷房もなかった。だからリーン&レストのポーズをしていると、額から垂れる汗で体の下に水たまりができる。でも体勢を崩すと怒鳴られる。それがやっと終わったと思ったら、次は体操の時間で跳躍やら腕立て伏せなど延々と続く。それからランニング、途中でクラスメートを背中に負ぶって上り坂を駆け上がったりするんだ」

その晩ゴールドスタインはめまいと痛みでよろめきながら自宅にたどりついた。冷たい風呂に入り、鎮痛剤のイブプロフェンを八〇〇ミリグラム飲んだ。「『こんなことのために仕事を辞めたのか？　とんでもないことをしてしまった』と思った」。それでも次の日にはイブプロフェンを飲みながら警察学校に戻り、また同じメニューをこなした。来る日も来る日もそれが続いた。ほとんどのクラスメートより年上で、教育レベルは高かった。このため学科のほうはバカバカしいほど簡単だったが、身体訓練は辛かった。延々と続くランニングや何時間もリーン&レストの体勢で固まっていることにとにかく耐え、「なぜこんなことをするのか」と考えないようにした。

そんなある日、銃が与えられた。ゴールドスタインはそれまで人生のあらゆる分野で発揮してきた分析力と熱意を持って取り組んだ。「フタを開けてみたら、かなり筋が良かった。同期一〇〇人の中で四位に入ったぐらいだ」と、のちにいかにも意外だったという口ぶりで振り返っている。

訓練の次の段階はさらに過酷だった。ゴールドスタインは卒業生総代となり、配属先をどこでも選べる権利を得た。選択肢は幅広かった。シカゴには富裕な郊外を中心に、安全で落ち着いた地域もたくさんあった。だがゴールドスタインは仕事を覚えるには、実際に事が起きる場所の近くに行かなければダメだと考えた。そこで郊外は選ばず、ウエストサイドにある第一一地区のパトロール隊を志願した。シカゴでもとりわけ物騒でギャングの多い地域の一つだ。

「僕は都市ではなく郊外で育った。だからウエストサイドでの勤務初日は、もう衝撃だったよ。ドラッグ取引、暴力沙汰、銃撃などあらゆることが起きていた」

他の警察官と親しくなろうとしたが、自分たちより明らかに裕福で教育水準の高い新入りへの警戒心は強かった。ある日の昼休み、教育係だったロッド・ガードナーという警察官に第一一地区警察本部の地下にある体育館に呼び出された。

「いいか、ここではみんなおまえをFBIの回し者だと思ってるぞ」

「なんだって？」

ゴールドスタインは目を丸くした。シカゴでは汚職とおとり捜査が繰り返されてきたが、自分がそんなものに結び付けられようとは思ってもみなかった。

「そうさ。みんなおまえのことをFBIの覆面捜査官だと思っている。仕事を覚えるのが異常に速いし、事務作業も楽々こなすし、静かだし、他のやつらより年上で仕事熱心だ。だからFBIの覆面捜査官だとみんな思うのさ」とガードナーは言う。

驚きはしたものの、ゴールドスタインはうまくその場を切り抜けた。時間が経つにつれて、そして他の警察官とともにパトロールを続けていると、そうした経験を通じて自分が徐々に変わっていくのを感じた。ときにはこの冒険そのものが、リーン&レストと同じように無意味なことなのかもしれない、と思う日もあった。だがまったく新しい世界を学んでいると実感することのほうが多かった。数年前までは暴力や貧困というのはどこか他人事で、ゴールドスタインにとっての普通とは子供たちは学校に通い、起業家はイカしたアプリやウェブサイトを開発してしこたまカネを稼ぐ、穏やかで安全な環境で暮らすことだった。誰もがロゴ付きのスニーカーを履いているのが普通だった。だがシカゴのウエストサイドでパトカーに乗って周囲を眺めていると、自分のかつての生活は当たり前ではなく、特別だったのだと気づいた。ほとんどの人にとってあのような暮らしは現実ではなく夢なのだ。ゴールドスタインの視野は広がり、常識も変化していった。

警察学校に入学してからちょうど三年後の二〇〇九年夏、自分の変化を痛感する出来事があった。それまで仲間の警察官と一緒に、第一一地区のパトロールに膨大な時間を費やしてきた。もうスパイとは思われていないようだった。新しい世界にうまく適応していた。それでも自分はいつか「まともな」警察官になれるのだろうか、という疑問が常にあった。戦う場面に遭遇したら本能的に正しい反応を取れるだろうか。そんな七月のある日、ゴールドスタインが妊娠した妻と一歳の息子をマイカーに乗せてアイスクリーム屋に向かっていると、ギャングのメンバーがすぐ前を走っていた車に銃を撃ち始めた。銃声が鳴り響き、目の前で誰かが殺されたようだった。

三年前なら、家族を守るため一目散にその場を離れ、それから警察に電話をしただろう。だがその日、ゴールドスタインは即座に思い切りブレーキを踏むと銃をつかんで車から飛び出し、撃った男を追って道を走り抜け、最後には路地に追い詰めて武装解除させ、逮捕した。「こういう場面では時間が止まるとよく言われるけど、僕の場合は違った。すべてが一瞬の出来事だった。今誰かを殺したばかりの銃を持った男と路地に走り込んだが、撃たれなかったのは運が良かっただけだ。日頃の訓練どおりに身体が自然と動いた。車には妊娠した妻がいて、目の前に銃を撃っているやつがいる。あの場で立ち止まって考えていたら、あんな行動はできなかった。反射的だったんだ」
　事件の後、殺された被害者の家族を調べたところ、ジェフ・マルドナド・ジュニアというラップミュージシャンを目指す一九歳の若者だった。加害者のマルセリナ・ソーセダの動機は、しばらく前のギャング団同士のケンカの復讐だった。しかしマルドナドの家族は息子がギャング団の一員だとは認めなかった。息子はコミュニティカレッジに通っており、たまたま知り合いのクルマに乗っていて巻き込まれたのだ、と。[8]
　ゴールドスタインはその後、勇敢な行動に対して複数の賞を受け取った。[9]しかし自分が撃たれなかったのは単に運が良かっただけだというのはよくわかっていた。犯罪統計に対する見方は根本的に変わった。にわかに殺人が他人事ではなくなったのだ。

『殺人予報地図』を作成する

　二〇〇九年半ば、シカゴ警察本部長に就任したばかりのジョディ・ワイスはいらだちを感じていた。ワイスはシカゴ警察のイメージを刷新しようという強い決意を持って乗り込んできた。特におそろしく高い殺人率を下げることに力を入れようとしていたのに、苦戦を強いられていた。就任初年度である二〇〇八年には殺人率は上昇してしまった。

　二〇〇八年末には有名なオスカー女優で歌手のジェニファー・ハドソンの親戚がサウスサイドで殺されたことを受けて、ニューヨーク・デイリーニュースは「ニューヨークの人口はシカゴの三倍だが、今年シカゴで殺された人の数はニューヨークよりも多かった」と驚きを交えて報じた。[10]ワイスは犯罪率が上昇した原因は、自分が就任する前に「特殊作戦部隊（ＳＯＳ）」

がスキャンダルのために解体されたことだと考えていた。SOSは警察のエキスパート集団として犯罪が起きた場所に急行し、その犯罪対応における有効性は折り紙つきだった。だがSOSのメンバーの多くが自ら犯罪に手を染めていたことが発覚し、解体された。

二〇〇九年になると、ワイスはひそかにこの部隊を再結成し、「機動攻撃部隊」と名前を変えて現場に戻した。[11]史上最悪の水準に膨らんだギャングの抗争を抑えるには、これしか方法はないと考えたのだ。「ギャング絡みの銃撃があれば、必ず報復が起きる。機動部隊を動員して数百人の警察官を現場に送り込めば、報復を止め、秩序を守ることができる」

この結果、二〇〇九年の殺人率は前年からわずかに低下した。しかし客観的に見れば、シカゴの殺人率は依然として衝撃的な高さにあった。シカゴ・サンタイムズ紙は「他の大都市と比べてもシカゴの人口あたりの殺人率は高い。ロサンゼルスの二倍、ニューヨークシティの二倍以上だ。犯罪はシカゴのウエストサイドとサウスサイドに集中しており、一般市民を恐怖に陥れている」と書いている。[12]

あまりにも殺人事件の件数が多いため、地元の政治家がシカゴ市内に州兵を動員する可能性を議論するほどだった。[13]ワイス自身もシカゴは制御不能になりつつあるのではないか、とたびたび問いただされた。ワイスはそんなことはないと否定したが、毎月新たなギャング絡みの殺人事件が発生し、血なまぐさい写真や動画が大量にインターネットで拡散されたことで政界からの圧力は一段と強まった。

「殺人率はアメリカの都市として受け入れがたい水準に達している。特にシカゴのような大都市にはまったく受け入れがたい」とワイスは訴えた。戦時下のイラクを引合いに出し、「ここはシ、ラ、ク、ではない」と述べたほどだ。[14]

政治的圧力が強まるなか、ワイスは新たな打開策を模索した。二〇〇九年夏、ワイスの補佐官で、海兵隊出身のマイケル・マスターズがおもしろいアイデアを提案した。マスターズはゴールドスタインが警察学校の新卒生として市長室を表敬訪問した際に出会っていた。そのときゴールドスタインはハイテク産業で働いた経験を生かし、警察組織のデータの使い方を変えたいという夢を語っていた。それを覚えていたマスターズは、殺人率が上昇する原因を解明するためのコンピュータモデルをゴールドスタインに開発させたらどうか、と提案したのだ。

ワイスはゴールドスタインを呼び、詳しい説明を求めた。「ブレットを座らせて話し込んだ。ちょっと変わった男だよ。皮肉なユーモアセンスの持ち主でダサい。まあ、典型的なオタクというやつだな」とワイスは回想する。ゴールドスタインは以前の勤務先であったオープンテーブルのウェブサイトが、高度なコンピュータ・モデリング技術や数学をどのように使ってレストランと顧客をマッチングさせていたかを説明した。それには大量のトラッキングやモデル化や分析が必要で、ギャング界の殺人事件を減らすことにどのように応用できるかは明らかではなかった。それでもオープンテーブルやカリフォルニア大学で学んだコンピュータ・アナリティクスの知識を警察に持ち込むことは可能かもしれない、と提案した。アルゴリズムが人気上昇中のレストランを特定し、顧客に紹介するのに役立つなら、犯罪パターンを追跡するのにも役立つかもしれない。

シカゴ市警では過去に例のない試みだった。二一世紀初頭にはニューヨーク市警が開発したプラットフォーム「コンプスタット（統計的トラッキングシステム）」の要素を真似て、犯罪パターンを解明しようとする試みもあった。[15] しかし警察組織全体に大きな影響を及ぼすには至らなかった。警察官はコンピュータを使うより、銃を使って犯罪者を追い詰めることに慣れていたからだ。

しかしワイスはフィラデルフィアのＦＢＩ時代、コンピュータ・アナリティクスの威力を目の当たりにしていた。そこでゴールドスタインに第一一地区から市警本部三階の窓のない小さなオフィスに移動するよう命じた。ゴールドスタインはそこに古いコンピュータを何台か持ち込み、カーネギーメロン大学のハイテク専門家の手助けを借りながら、数字の分析を始めた。かつてレストランの注文を分析したときと同じように、将来のトレンド予測に役立ちそうなパターンやデータ同士の相関性に目を光らせた。ギャング同士の撃ち合いに一定のリズムはないか。特定の場所や時間に犯罪が発生していないか。

それから死亡事件と暴力事件に関するデータを大きなコンピュータ画面に入力し、こうした犯罪と相関性のありそうな他の要素を探した。警察には満月の夜や夏の暑い晩、そして風が特に冷たい晩には犯罪が増えるという言い伝えがあった。そこでゴールドスタインは月の満ち欠けや過去の気温データ、風速に関するデータを比較してみた。しかし分析の結果、月の満ち欠けと殺人率にはほとんど相関がないことがわかった。気温が高いことや風の強さによって殺人が増えるという証拠もなかった。ただ気温が八度以上、たとえば一八度から二六度に一気に上がったりすると、犯罪率も一気に上がった。反対に気温が三二度を超えてかなり暑くなると、犯罪率は下がった。

犯罪率の決定要因として圧倒的に大きかったのは、ギャングの移動状況だ。シカゴ全体では約七五の犯罪集団がそれぞれの縄張りで活動しており、全体として七万人の構成員がいると見られていた(16)。このため彼らの勢力は非常に強かった。ただ個別の犯罪集団の支配する地域は頻繁に変化した。あるグループが特定の地域を数カ月支配したとしても、ドラッグ取引や他の犯罪活動が始まると境界は変化した。

それまでシカゴ市警がギャング団の地理的パターンを体系的に分析したことはなかった。異なる地域で活動する警察組織が情報交換をする場合も（普段は交換などしないが）、どのギャングがどこで活動しているかといったパトカーの無線情報に限られていた。他の地域の同僚と正式に協力しようとすると、何カ月もかかる始末だった。「歴史的にシカゴ市警ではサイロが強固だった。サイロの中だけで上へ下へと情報が行ったり来たりしていた。他の部署の誰かの助けが必要なときは、自分の組織の上まで書類をあげて、それから別の組織の上から下へ指示を出してもらわなければならなかった」

ゴールドスタインはギャングの動きに関するありとあらゆる報告をかき集め、地理空間情報と時間情報を使って一元的なデータベースに集約した。

「この分析から、ギャングの対立が第七地区から第八地区に移動するのにともなって多くの問題が生じていることが明らかになった。ギャングと対立場所が移動していくのがはっきりとわかった」とワイスは振り返る。「ブレットがデータを色分けしてチャート化すると、まるでアメーバが相互作用しているように見えた。たとえば特定地域での麻酔薬の売買をめぐってギャング同士が対立していた。そうした情報を入手すると、相互作用の領域が次第に広がっていくのがわかった」。ゴールドスタインがギャングの動きを示すアメーバチャートを殺人事件の報告場所に重ねてみると、当然ながら両者には高い相関が見られた。

両者のリズムはきわめて密接に連動しており、そこに気温の変動などの他の要素を加えると、チャートは予知能力を持つかのような高い予測精度を発揮するようになった。別の言い方をすれば、実際に現場で何が起きているかをまったく知らなくても、コンピュータ画面上でギャングの移動パターンや暴力事件に関する現場報告の推移を眺めているだけで、それから数日以内、あるいは数時間以内にどの地区で死者数が跳ね上がるか予測する強力な手がかりが得られるようになったのだ。ゴールドスタインの地図は何が起こりうるかという漠然とした予測ではなく、リアルタイムで即効性のあるシグナルを発していた。

「『この地区が怪しい』というレベルではなく『今夜この地区で何かが起こる可能性が高い』と言えるレベルにしたかった」とゴールドスタインは語る。マスターズ補佐官は「一週間前のデータを見ながら警察官の配置を決定するのではなく、目の前のデータを見ながら予測を立てたかった。先週の天気を見ながら『一週間前の火曜日に雨が降ったから今日もレインコートを着ましょう』と言うような気象予報士は要らない」と語る。

二〇一〇年初頭、ワイスは実験を始めることにした。ゴールドスタインの「天気予報地図」ならぬ「殺人予報地図」を使い、その予測にもとづいて次に犯罪が勃発しそうな地域を現場の警官に知らせるのだ。たとえばゴールドスタインが犯罪の起こりそうな場所を特定したら、機動攻撃部隊が急行し、普段からその地域を担当する警官とともに警戒にあたる。このシステムを機能させるためには、ゴールドスタインがかつての第一一地区の仲間のような、現場の警官と連絡を取り合う必要がある。このため一日二回の電話連絡システムを立ち上げることになったが、ゴールドスタインはそれを双方向のコミュニケーションにすることにこだわった。現場の状況に関する生きた情報をできるだけ多く集めることが至上命題だったからだ。

こうしてゴールドスタインは毎日予報を発表するかたわら、現場を巡回する警官にさまざまな質問を浴びせた。ドラッグ取引をめぐって特定のギャング団が争っていないか。女性絡みの小競り合いは起きていないか。また逮捕記録にも目を通した。そうした情報をすべてアルゴリズムに投入し、次に犯罪が起きそうな場所を予測した。それまでこうした情報は異なる地区ごとに分散していた。ゴールドスタインは情報の流れを一元化し、それまで警察に蔓延していた役所的な断絶を克服しようとした。分析の結果はパトロール警官や機動攻撃部隊に伝えた。

「ブレットは数字を集計し、それからパトロール警官に連絡して『警戒してくれ。このエリアではギャングが対立して撃ち合いが続いていて、それぞれ縄張りを固めようとしているんだ』といった話をした」とワイスは説明する。

新しいシステムの説明を受けた現場の警察官の多くは疑いの目を向けた。それから二カ月も経たないうちにワイスはゴールドスタインを「警察隊長」という通常であれば何十年も現場勤務を経たあとでなければ就けない役職に抜擢した。ゴールドスタインは制服ではなく民間人の服装をして、「警察隊長」ではなく「ディレクター」という肩書を使うようにして嫉妬を買わないよう努めたが、不満は広がった。不満を持った警察官の中には、ゴールドスタインのチームを「水晶玉部隊」と揶揄する者も現われた。

「ブレットに対する妬《ねた》みはひどかった」とワイスは振り返る。「代々警察官という家系に育ち、『おじいちゃんだってコンピュータは使わなかった』と変革を毛嫌いする者が多かった。評価してくれる者もいたが、多くの警官は新しいシステムをデタラメだと思っていた」

ワイスとゴールドスタインは批判を聞き流そうとした。マスターズも二人にこう指摘していた。一九六〇年代にシカゴなどで警察が初めて無線を導入したときも、警官の多くは自分たちの監視に使われるのではないかとの不安から反発したのだと。だが一～二年後には抵抗は消え失せ、無線は当たり前の存在となり、話題になることもなくなった。「大組織で何か新しいことを始めれば、必ず組織的抵抗を受ける。警察無線のときもそうだった。それが組織で働く人に考え方の転換を迫るからだ」

二〇一〇年末、ゴールドスタイン、マスターズ、ワイスは意を強くしていた。データマップが近い将来殺人事件が発生しそうな地域について優れたシグナルを発するだけでなく、今まさに起ころうとしている事態を予測することもあったからだ。

「あるときには殺人事件が起きそうなターゲットエリアを絞り込み、リストを現場に送った一分後に銃撃が起きたという報告があった。現場はまさにリストに含まれていた地域の一つで、本当に驚いた。システムがターゲットをはじき出したわずか六〇秒後に実際に人が撃たれたのだから」とゴールドスタインは語る(17)。

さらに好ましいことに、殺人率も低下しているようだった。二〇一一年初頭にシカゴ市が発表した最新の犯罪統計では、二〇一〇年の殺人率は前年より五％も低く、一九六〇年代以降最も低い水準まで低下していた。地元の社会奉仕活動家は「シカゴの殺人がこれほど少なかったのはリンドン・ジョンソンが大統領だったとき以来だ」と喜んだ(18)。二〇一一年の前半はさらに改善した。シカゴではもともとギャングが街に繰り出す夏になると殺人が増える傾向があった。だが二〇一一年の夏は殺人率が一九六〇年代以来最も低い水準にとどまっていた。ゴールドスタインが統計的にその後の推移を予測したところ、年間の殺人被害者の数は四〇〇件を下回りそうだった。「この（死者四〇〇人という）水準を成功と言うのは残念だが、それでも画期的な出来事だ」とワイスは語った。

もちろん、この変化のどの程度が殺人予報地図を活用した成果なのかはわからなかった。しかし状況証拠を見るかぎり、目覚ましい効果があがっているようだった。殺人が起こりそうだと判定された場所に特殊部隊を送り込むことで、警察は起きていたかもしれない殺人事件の一部を防いでいるようだった。

ワイスは部外者にはまったく理解不能な略称を連発しながら説明する。

「成功を確信したのは、FBIのSAC（主任特別捜査官）から連絡があったときだ。タイトル3S（FBIの盗聴システム）が犯罪者のやりとりをキャッチしたところ『シカゴに新しい警察部隊ができた。アイツら遊びじゃない、本気だ。四四〇〇（機動攻撃部隊）には近寄るな』と言っていたという。これはわれわれに対するすばらしい褒め言葉だ。新たなプログラムが成功した証だ。優れた警察官をブレットが正しい場所に送り込んだということだ」

蒔いた種が各地の警察で開花する

二〇一四年六月二一日、ブレット・ゴールドスタインは四〇歳になった。感慨深い誕生日だった。ワールド・トレード・センターが崩壊し、自分が大企業で働く居心地の良い日常を捨てようと決意したあの日、ゴールドスタインは自分が四〇歳になったときどんな人生を送っているだろうと考えた。当時は想像もできないほど遠い日のことに思えた。「まだ二〇代半ばで、四〇歳になったときカネのことしか考えない人間になっていたら嫌だ、と思った」と説明する。だが実際に四〇歳になったこの日、自分は思い描いていたとおりの人生を歩んでいるだろうかと考えると、答えはイエスでありノーだった。すでに警察を辞めて数年が過ぎていた。

二〇一一年、ラーム・エマニュエルがシカゴ市長となり、まもなくジョディ・ワイスは辞任を表明した。ゴールドスタインをはじめとする改革派は肩を落とした。(19) シカゴ市警でのワイスはとことん不人気で、士気も落ちていた。警官の多くは、ワイスが大胆なアイデアを実行するアウトサイダーであることが我慢ならなかった。最後のひと押しとなったのが、ジョン・バージという元警察隊長をめぐるスキャンダルに巻き込まれたことだ。バージは七〇年代から八〇年代にかけて犯罪者から自白を引き出すため部下の警官に拷問をさせたとされ、批判が渦巻くなかで九〇年代に退職し、結局刑期四年の実刑判決を受けた。通常警察官としての年金は剝奪されるはずだが、二〇一一年に警察年金理事会は激論の末バージへの年金支給を認めた。ワイスが理事会の決定を公然と批判したので警察関係者は激怒した。警官の多くはワイスの発言はシカゴ警察という部族への忠誠を裏切る行為と受け取った。(20)

ワイスの辞任からほどなくしてエマニュエル市長がゴールドスタインに、市役所に移って最高データ責任者（ＣＤＯ）として警察での犯罪データを使った試みをシカゴ市役所でも再現してほしいと依頼した。ゴールドスタインは躊躇した。警察の内輪揉めで神経をすり減らしていたので、また民間に戻ってベンチャー企業にでも入ろうかと思っていたところだったからだ。「Ｔシャツとジーンズの生活」に戻りたいという思いもあったが、エマニュエル市長のオファーを光栄に感じた。また自治体がＣＤＯという役職をつくるのは初の試みであり、魅力も感じていた。そこで新たな実験を始められるという期待とともに、再び境界を越えてシカゴ市役所の職員となった。

アメリカの大都市のご多分に漏れず、シカゴ市役所も市民に関するありとあらゆるデータを集めていた。ただデータが数多くの異なるサイロに握られているという点でも他の自治体と同じだった。マイケル・ブルームバーグ市長のニューヨーク市役所とまったく同じ病理が、シカゴでも蔓延していた。

そこでゴールドスタインはあらゆる情報を単一のデータベースに集約するところから始めた。

意欲ある人材をオープンテーブル時代から馴染みのある地元のベンチャー企業関係者から募り、「オタク集団」と名づけた。新たなチームの働き方はシカゴ市役所はもちろん、従来型の官僚組織とは似ても似つかないものだった。メンバーはTシャツで出勤し、ノートパソコンを叩きながらドーナツを食べた。オフィスの壁にかかったホワイトボードに図を書き、スペースがなくなるとコンピュータのコードや数式を市役所の窓に書いた。「たまに市長がやってきて『ここはいったいどうなっているんだ?』という顔をした」とゴールドスタインは振り返る。

それでも徐々にいくつかのプロジェクトが立ち上がった。たとえばグーグルと共同で開催した「ハッカソン(夜通し続くプログラマーたちのブレーンストーミング・セッション)」を経てスコット・ロビンという地元のウェブ開発者が、交通巡査に強制撤去された駐車違反の車の状況を市民に知らせる双方向マップを製作した。「自分の車が撤去されたとき、市民が知りたいのは『私のクルマはどこ?』『どこに行けば取り戻せるのだろう?』ということだ。マップをリリースした時点では二四時間ごとにデータセットをアップデートしていたが、その後一五分ごとになった。自分のクルマが撤去されたら、どこにあるか次の日ではなく今すぐ知りたいと思うのが当然だからね」。プロジェクトを担当した市役所職員、ダニエレ・デュマーラーは説明する。

続いてオタク集団は、街路清掃の状況を住民に知らせる双方向マップをつくった。最終的にゴールドスタインはあらゆるデータセットを単一の巨大な双方向マップに集約し、住民が街で起きていることをひと目で見られるようにした。それは市役所の職員にセキュリティ上のリスクを知らせるのにも役立った。

「ウィンディ・グリッド」と命名された新たな双方向プラットフォームが稼働したのは、ちょうど二〇一二年にシカゴでNATOのサミットが開かれていた時期だった。市役所のネットワークが繰り返しハッカー集団アノニマスの攻撃を受けていたため、ゴールドスタインらにとっては気の抜けないタイミングだった。それでもシステムは無事に稼働を続け、着実に浸透していった。

ゴールドスタインとデュマーラーはこの双方向プラットフォームを活用して他の政府機関と連携する方法を模索した。二〇一一年にゴールドスタインがシカゴ市警を退職する少し前に、同志であったマイケル・マスターズはイリノイ州クック郡の州内安全保障・緊急事態管理部の責任者という新たな職に就いていた。クック郡はシカゴ市を含む広大な地域だったが、数十年来、市役所と郡政府の連携はお粗末きわまりなかった。異なる公的機関は連携するより互いをライバル視する傾向があった。

ゴールドスタインとマスターズはデータマップを使って情報を交換することで、両者を隔てる壁を打破することを目指した。たとえば二〇一三年夏にはシカゴで四万五〇〇〇人を集める食品会社の展示会が開かれた。だが展示会が始まる直前、マスターズの部隊はきわめて強力な嵐が近づいているとの情報を得た。従来であれば郡政府は市役所はもちろん、連邦気象サービスとも日頃から情報交換をしていなかったため、迅速な対応をとるのは難しかったはずだ。しかしこのときはデータシステムが連携していたため、きわめてスムーズに避難が行われた。

「サイロを打破していく過程で、気象が境界を越えていく以上情報の流れも同様にすべきだと痛感した。問題は政治的に定められた境界で止まらない。洪水も伝染病も同じだ」とマスターズは説明する。

ただゴールドスタインは「ウィンディ・グリッド」の成果に満足していたとはいえ、最も誇りに思っているのは警察時代につくった殺人予報地図だ。たしかにシカゴ市警で起こそうとした革命は、期待どおりにはいかなかった。二〇一一年にゴールドスタインとワイスが市警を離れると、予報のための解析プログラムは一部廃止された。このプロジェクトは警察内の権力闘争と予算削減の犠牲になった面もある。ただそれ以上にこのプロジェクトの足を引っ張ったのは、長年シカゴを苦しめてきた人種問題だった。

シカゴ市警のトップ層には圧倒的に白人が多かった。一方、ゴールドスタインのシステムが殺人が起こりそうだと予測するのは、たいていアフリカ系アメリカ人やラテン系の居住区だった。ゴールドスタインとワイスは、解析プログラムは人種問題とは一切無関係だと否定した。マップが反映するのは実際に発生した殺人事件であり、そのデータをもとに次に殺人が起こりそうな場所を統計的に予測しているだけである、と。しかしシカゴのような大都市では人種はかなりデリケートな問題であり、数字というプリズムを通しても（むしろ数字というプリズムを通すためか）不信感は払拭できなかった。

悲劇としか言いようがないが、予測プログラムが廃止されたとたん、殺人率は再び上昇した。ワイスはひどく落胆した。「（予測チームが廃止される直前の）八月末の時点で、二〇一一年の殺人件数は前年を四一件下回っていた。夏の終わりというのは通常一年で一番殺人が多い時期だが、あの年は本当にびっくりするくらい少なかった。だが専門チームとブレットのプログラムが廃止された最後の四カ月で、そうした好ましい流れは途絶えてしまった」と憤る。「市長がわざわざブレットを呼び、市役所で警察のときと同じ任務に就けようとしているときに、警察がそれを無視するというのは理解できない。非常に残念だ」

ゴールドスタインはもう少し達観している。結局のところ、殺人予報地図プロジェクトの意義は種を蒔くことにあったのだ、と。シカゴでは自分が期待したような芽は出なかった。しかしゴールドスタインがシカゴ市警を去って以降、彼の蒔いた種は他のより豊かな土壌で芽を出しはじめた。ゴールドスタインとワイスには退職した途端、シカゴ市警での試みを教えてほしいという依頼が他の警察から殺到した。皮肉なことにシカゴ市警がゴールドスタインのプログラムを廃止するのと入れ替わるように、他の警察が同じような実験を始めたのだ。西海岸ではロサンゼルス市警が、ゴールドスタインのプログラムと同じような予測用解析ツールを開発した。テネシー州メンフィスの警察も同じ試みを始め、すぐにこの分野をリードする存在となった。二〇一二年にロンドンでテロが起きると、ロンドンの警察もゴールドスタインがシカゴで先鞭をつけたものと同じような技術を使って地元の暴力団に対応しはじめた。二〇一四年にはゴールドスタインもワイスも世界中の警察からお呼びがかかるようになっていた。

ゴールドスタインは二〇〇一年にキャリアチェンジを決めたとき、世界を変えたいと夢見ていた。しかし四〇歳になった今では、世界を変えるのに革命を起こす必要はないと思っている。日盛りをほんの少し切り換えるだけで大きな意味がある。シカゴでの実験で警察を変えることはできなかったが、居心地のいい心理的サイロを飛び出した人間がどんな変化を起こせるのか、身をもって示すことはできた。「世界の大きな問題を解決しようとは思わない。たくさんの小さな問題を解決できれば十分だ。いろいろな場所にプラスの変化をもたらすのは、たいていそんな小さなことだから」とゴールドスタインは語る。

このメッセージを広く伝えていきたいと思っている。二〇一四年には再びキャリアチェンジをした。市役所を離れ、民間セクターに戻ったのだ。仕事のかたわらシカゴ大学で都市科学の特別研究員として、データを活用して政府の効率化を支援する方法を講義している。(21)コンピュータ科学を学ぶ若者たちが、境界やサイロを飛び越えるきっかけになればと期待している。若い技術者の多くは、フェイスブックのマーク・ザッカーバーグのようになりたい、きらびやかで自由なベンチャー企業で働きたいと思っている。政府機関で働くことなど、まっぴらごめんだと決めつけている。ただゴールドスタインは自分なら彼らの視野を広げられるかもしれない、と希望を持っている。「技術に詳しい人材がもっと政府機関に入るべきだ。だから学生には何か変わったことに挑戦してみるよう勧めている」

夫の記念すべき四〇歳の誕生日を祝うため、ゴールドスタインの妻が同僚や友人にお祝いのメールを送ってほしいと呼びかけたところ、予想を超える五九人もの元同僚から温かいメッセージが寄せられた。市役所やシカゴ警察本部からのメールもあれば、オープンテーブル時代の仲間からのものもあった。そして第一一地区でゴールドスタインの教育係を務めたロッド・ガードナーからも。かつて体育館の隅でゴールドスタインを問い詰めた人物だ。

「『ずっとFBIの回し者だと思ってたぜ（笑）！』と書いてあった」とゴールドスタインは語る。ガードナーなりの褒め言葉と受け取っている。それと同時にこのメッセージは、人生ではときとして思いもよらない出来事が起こることを思い起こさせてくれる。自らの普通という枠から飛び出してみると、それがよくわかる。

(RE)WRITING SOCIAL CODE

How to Keep Silos Fluid

第六章

フェイスブックがソニーにならなかった理由

ザッカーバーグは創業の当初から、マイクロソフト化やソニー化しないためにはどうすればよいかを考えていた。スタートアップの規模が急成長し、社員の数が互いに認識できる150のダンバー数を超えた時、どうサイロを打破し、創業の熱を維持するか?

「僕らは非ソニー、非マイクロソフト的でありたい。彼らを見て、自分たちはこうはなりたくないというのを確認するんだ」――フェイスブック幹部

大企業から転職して

ジョセリン・ゴールドファインはパロアルトにあるフェイスブック本社で、雑然としただだっぴろいオープンオフィスに座っていた。恥ずかしさと恐怖でいっぱいになりながら、パソコン画面を呆然と見つめていた。「なんてバカな真似をしてしまったんだろう」

五週間前の二〇一〇年夏、三九歳のゴールドファインはキャリアの新たな一ページを開こうと、急成長するソーシャルメディアの雄、フェイスブックに入社した。この転職は最高に胸の躍る経験になりそうだった。よく手入れされた茶色の髪、えくぼのある明るい顔をしたまじめなゴールドファインは、シリコンバレーの標準からはやや外れた存在と言える。由緒正しきスタンフォード大学出身の女性コンピュータ科学者で、成長企業の幹部を務めた経験もあった。

フェイスブックに入社するまではクラウドコンピューティング技術を手がけるヴイエムウェア社で七年間働いていた。コードを書くのが好きで、最初はコンピュータ・エンジニアとしてスタートした。特に「バグのトリアージ」(コードの問題点を解決することを意味する業界用

語）が得意で、「ヴイエムウェアでは凄腕バグ・トリアージャーとして有名だったの。入社して最初の一カ月で一〇〇〇個のバグをトリアージしたぐらいだから」と言う。

二〇一〇年に退社する頃には、技術担当ゼネラルマネージャーに昇進しており、数百人の技術者を統括する立場にあった。(1) フェイスブックのような急成長企業にとっては喉から手が出るほど欲しい人材だ。当初はフェイスブックにそれほど興味があったわけではなかったが、巨大な官僚的企業で働くことにうんざりしていたので、創業者のマーク・ザッカーバーグとの面談をきっかけにフェイスブック教に改宗した。(2)「マークと会ったら、これまで出会ったなかでダントツにすばらしい創業者であることは一目瞭然だった。今なら当然と思われるかもしれないけど、本当にすごい人だと思ったわ」

こうして二〇一〇年七月、ゴールドファインはパロアルトにあるトレンディな「倉庫《ウエアハウス》スタイル」のオフィスに出社した。そこで待ち受けていたのは予想外の展開だった。管理職として勤務を始めるのではなく、「ブートキャンプ」と呼ばれる六週間の新人研修に参加するように言われたのだ。(3) 大企業で技術担当の副責任者まで務めた人物が、こんな目に遭うのは珍しい。しかしフェイスブックでは年齢や職位を問わず、新入社員は例外なく研修でしごかれる。軍隊、あるいはブレット・ゴールドスタインがシカゴ警察学校で経験したのと同じような、全員参加型の研修を実施するのが会社の決まりだった。

新入社員は一室に集められ、机を囲んで初心者用のプロジェクトに取り組むよう命じられた。ゴールドファインも大学を出たての若者と同じように、退屈な仕事を与えられた。システムのバグを五つトリアージする、という作業である。ゴールドファインはワクワクした。バグを直すのならお手のものだ。コンピュータ技術者のご多分に漏れず、子供時代から問題を解くのが好きだった。きっかけを与えてくれたのは北カリフォルニアに住んでいた祖母だ。「論理パズルを解くのが好きで、趣味はルービック・キューブという女性だった。どちらも子供の頃に教わったわ。プログラミングを始めて、同じことだとひらめいたの」[4]

ただ、新人研修でバグに取り組み始めると、奇妙なことに気づいた。直さなければならないはずの五つのバグのうち、三つは何の問題もないように思えたのだ[5]。ひっかけ問題なのか、とも考えたが、理由はすぐにわかった。フェイスブックのような急成長企業では、コンピュータ科学者が常に猛烈な勢いでコードを書き直している。古いシステムに含まれていたバグが問題でなくなるのは、それを含むコードがすぐに使われなくなってしまうからだ。

これは重要な問題だろうか。コンピュータ技術者の多くは「ノー」と言うかもしれない。シリコンバレーの人々は過去の地味な問題の後処理より、未来のための新しい製品を開発するほうを好む。しかしゴールドファインはきっちりした性格で、身のまわりの世界をきちんと整えておきたいと思うタイプだ[6]。「バグっていうのはあまり魅力的な言葉ではないかもしれないけれど、高品質なソフトウエアを世に送り出そうと思えば、ソフトウエアの実態を把握しなければいけない。バグのデータベースは実態把握に役立つツールだけれど、それには鮮度の維持が欠かせない」

そこでゴールドファインはフェイスブックのバグ情報の鮮度を改善するため、古いバグを追跡し、そのコードに関与した人全員にメールを送り、もう使われていないコードであることが判明した場合はバグを始末する、というプログラムを開発することにした。

「フェイスブックは動きが速いので、三カ月放置されているバグがあれば、すでに無用になっている可能性が高い。新しいシステムはそのバグに関わった人全員にメールを送り、さらに三カ月経っても何の反応もなければ自動的に案件としてクローズする仕組みだった」

新たなプログラムを「刈り取り機《タスク・リーパー》」と命名すると、まず小さい範囲でテストしてみることにした。だが、そこで問題が起きた。コードをコンピュータに打ち込んでいたとき、誤ってキーボードのコピー&ペーストキーを押してしまったため、書き上げたばかりのコードがフェイスブックのライブシステムに入ってしまったのだ。わずか数秒の間に、パイロット版タスク・リーパーはシステム内に存在していた一万四〇〇〇個の古いバグを発見し、それに関与していたフェイスブック社員全員に数十万通のメールを送りつけてしまった。とてつもない量だったので、フェイスブックのメールシステムはクラッシュし、ネットワークはフリーズし、社員はメッセージを利用できなくなった。(7)

社内のあちこちで怒りの声があがった。ゴールドファインは恐怖のどん底に陥った。オフィスのコンピュータシステムをクラッシュさせるなど、新入社員には許されざる過《あやま》ちだ。かなりのお咎《とが》めを受けることを覚悟した。「まだ入社したばかりで、私のことなど誰も知らなかった。しかも影響はかなりのもので、営業チームは顧客と連絡がとれず、技術者はコードの見直しができなくなった。メールシステムはいわば会社の大動脈だったのだから」と説明する。

ただその直後、ゴールドファインはまたしても驚くことになった。何が起きたかを突き止めようと駆け寄ってきたフェイスブックの同僚たちは、彼女の失敗を責めたり、あるいは「エクスチェンジ」チームと「バグツール」チームという二つの既存部署の縄張りを侵したことを咎めるよりも、「なぜタスク・リーパーをつくったのか」のほうに興味があるようだった。「『どういうつもりだ！』などと言う人は一人もいなかった。カンカンに怒るだろうと思っていた同僚は、さっさと腕まくりをして猛然と問題の解決に取り組み始めた」と振り返る。

社内対立や硬直性という問題がない

フェイスブックの人々の反応は、それまでゴールドファインが経験したことのないものだった。他の大企業では、それぞれの部署が自分の縄張りを社外から、そしてお互いから守ろうとする。部門間の競争も激しく、領海侵犯は歓迎されない。ゴールドファインがフェイスブックに入社するのを当初ためらったのも、大手ハイテク企業で激しい部族間闘争を目の当たりにしてきたからだ。巨大な官僚組織もサイロも大嫌いだった。

しかしフェイスブックの社内の様子を見渡すと、どうやらそれまで経験してきた企業とは違うようだった。仕事のやり方がいささか無秩序に見えるだけではなく（壁は落書きで覆われていた）[8]、同業他社と比べると社内対立や硬直性といった問題が目立たなかった。少なくともゴールドファインが見るかぎり、ソニーを蝕んだようなサイロや官僚組織は存在しないようだった。

たまたまだろうか。当時のゴールドファインには見当がつかなかった。ただその答えは、本書のテーマと大きくかかわっている。第一部では、サイロはときとしてわれわれがリスクや機会を見落とす原因となり、組織や社会集団に悪影響をおよぼすことを見てきた。第二章で紹介したソニーの事例は、サイロがイノベーションの芽を摘んだ典型的なケースだった。かつては創造力にあふれていたソニーの技術者たちは、際限のない縄張り争いに巻き込まれ、協力する意思や能力を失ってしまった。ただこれはソニーや日本文化に限った問題ではなく、有害なサイロは多くの大企業に存在する。過去に成功を収めた企業も例外ではなく、むしろそうした企業の場合はなおさらだ。マイクロソフト、ゼネラル・モーターズ、ＵＢＳなどは氷山の一角である。

ただ、なぜ個人や組織はサイロに蝕まれてしまうのかという問い以上に興味深いのは、その一方でサイロ問題にそれほど悩まされない個人や集団がいるのはなぜか、だろう。ソニーやＵＢＳを悩ませた縄張り争いや視野狭窄をうまく避けられる企業、個人、集団が存在するのはなぜだろう。どうすればこうした問題を避けられるのか。

前章ではミクロレベルの答えを一つ提示した。進んでリスクをとり、自らの狭い専門領域から飛び出そうとする意欲を持った人は、思いもよらないかたちで心の境界を塗り替えていくことが多い。身体的な意味ではなく心理的な旅に出ることで、われわれはサイロから自由になれる。旅に出ることで、少なくとも違う生き方、考え方、世界の分類の仕方を想像できるようになるからだ。

とはいえ個人がどうすればサイロに抗《あらが》うことができるかというエピソードは興味をそそるものの、それだけでは問題の解決にはならない。もう一つの重要な問いは、組織がもっと大きなスケールでサイロを破壊する方法を見いだすことができるか、だ。ブレット・ゴールドスタインがシカゴで試みたような心理的旅を、組織レベルで再現することは可能だろうか。この点についてフェイスブックはさまざまな組織に応用できそうなアイデアを提示している。

フェイスブックはわれわれが世界中の相手と連絡を取り合い、交流する方法に革命を起こしたといえる。さまざまなコミュニティや友達のグループを通じて、ユーザーが自らの人間関係やアイデンティティを再構築するのを支援してきた。一方、従業員同士の相互作用のやり方に働きかけることを通じて、社内でもソーシャル・エンジニアリングの実験に取り組んできたことはあまり知られていない。特に同社幹部は、従業員の認知地図、社会構造、グループ・ダイナミクスに関心を払い、時間をかけて議論してきた。その結果、社内でサイロができるのを防ぐための実験を意識的に採り入れ、フェイスブックがソニーのような大企業と同じ病理を抱えないように努めてきた。

実験はまだ始まったばかりだ。会社もようやく創業から一〇年経ったぐらいである。それでも初期段階とはいえ、興味深い教訓が得られている。フェイスブックでサイロ破壊の実験を企画した技術者たちは、社会科学の世界から人間の相互作用の方法について学び、それを社内に応用しようとした。何より重要なのは、フェイスブックが企業には珍しく、人類学者の手法を意識的に採り入れようとしたことだ。従業員がどのように世界を定義し、自らの環境を分類し、境界を設定するかに目を向けるという手法には、ピエール・ブルデューも満足するはずだ。

人間のつながりを電子のつながりとして捉える

フェイスブックが社内でこれほど多くの社会的実験を繰り返してきたというのも意外ではない。そもそも創業当初から同社の成功を支えてきたのは、コンピューティング能力という測定可能な要素と人間の社会的絆の分析という曖昧模糊《あいまいもこ》とした要素を組み合わせ、それを精緻な事業計画に落としこむという姿勢だった。フェイスブックのリーダーたちは、コンピューティングと社会的ルールの両方に魅力を感じていた。両者を融合させたところに新たな金脈が眠っていることをわかっていたのだ。

会社の起源はもはや伝説となっている。二〇〇三年末、当時ハーバード大学の心理学専攻の二年生であったマーク・ザッカーバーグは「フェイスマッシュ」(のちに「フェイスブック」に改称)という、学生同士を結びつけるためのウェブサイトを作ろうと思い立った。[9] とはいえザッカーバーグ自身はあまり社交的なタイプではなく、一人でコンピュータをいじったりコードを書いたりして過ごすことが多かった。アウトサイダーでオタク的といった性格であるにもかかわらず、あるいはそうした性格だからこそ、人間は何に反応するのか、不安感や他人との関わりを必要とする気持ちをどうすれば刺激できるかを本能的に理解していた。

当初はささやかな試みだった。二〇〇三年冬、ザッカーバーグは仲間の学生と、ハーバードの全学生の名前を写真つきで掲載するウェブサイトをつくるというアイデアを議論しはじめた。二〇〇四年二月にはザッカーバーグと三年生だったエデュアルド・サベリンが「フェイスブック」を立ち上げた。[10] サイトはまもなく他の大学にも広がり、猛烈なスピードで拡大していった。やがてザッカーバーグは大学を中退し、パロアルトに移ると仲間のコンピュータ・オタクとみすぼらしい家を借りた。サイトは爆発的に成長し、その年の九月にはフェイスブックの看板ともいえる機能が登場した。プロフィールページにちょっとしたお知らせやコメントを書き込める「ウォール」である。対象は大学だけでなく、高校や企業にも広がった。[11] そんななか初代CEOに招聘《しょうへい》された伝説的起業家であるショーン・パーカーが、ピーター・ティールなど大物投資家やベンチャーキャピタルのアクセルパートナーズから資金を調達する。[12]

成長を続ける過程で、フェイスブックは次々と代表的な機能を追加していった。「ニュースフィード」(友人に関するフィードを一カ所に集める機能)、「プラットフォーム」(外部のプログラマーが写真共有、クイズ、ゲームなどのツールを開発できるようにするシステム)、「チャット」(ユーザー同士が会話できるツール)、「いいね!」(投稿に賛同する気持ちを表現する機能）などだ。人気はますます沸騰し、節目となる出来事も多々あった。二〇〇七年秋には株式の一・六％を二億四〇〇〇万ドルでマイクロソフトに売却し、広告パートナー契約も結んだ。翌年にはワシントン政界の人脈が豊富でグーグル幹部であった、魅力と才気あふれるシェリル・サンドバーグを最高執行責任者（ＣＯＯ）にスカウトした。二〇〇九年六月にはマイスペースを追い抜き、世界最大のソーシャルメディアサイトになるという偉業を達成した。

フェイスブックの急成長において、最も驚異的なのはそのユーザー数の伸びだけではない。フェイスブックは人々の相互作用のあり方を変えてしまったのだ。フェイスブックが成長するなかで、それまで接点のなかった人々がネット上でつながり、お互いの話題やニュース、考えを交換できるようになった。長年音信不通だった友人同士が再び連絡を取り合うようになったり、同窓会が企画されたり、出産のお知らせや求人募集が投稿されるようになった。またフェイスブックによって現実世界で交流するのと同じように、ネット上で仲間が「集まって」楽しむこともできるようになった。ネット上で新しい人やアイデアと出会うことが可能になり、また家族や友人との絆を深められるようになった。ソーシャルメディアによって自らの社会を大きく広げることも、あるいは自ら選んだ仲間やサイバー上の部族に限定することも可能になった。

大方のフェイスブック・ユーザーは、このような「集合」あるいは「出会い」の力学から生じる構造的パターンなど気にも留めない。ただ「友達」とつながりたいだけだ。しかしザッカーバーグと仲間のコンピュータ科学者にはもう少し分析的視点がある。現実世界とサイバースペースでの友人同士を結びつける複雑なつながりを単なるつかみどころのない温かな感情とは捉えず、感情的リンクの背後にあるパターンを読み解こうとする。人類学、心理学、社会学といった学問分野ではソフトな非定量的技術を使って社会的相互作用を分析するのに対し、フェイスブックの技術者は急速に勢力を拡大しつつあるデータ科学者の仲間であり、社会的相互作用は概念ではなく数学を用いて分析できると考える。彼らにとっては人間のつながりはコンピュータスクリーン上の、あるいは数学モデル上の電子的要素と同じ、つまりマッピング可能なものだった。

「私たちは人類学者ではない。社員の多くはコンピュータ科学者としての訓練を受けている。ただ私たちが本当に関心があるのは、人と人がどんなふうに相互作用するのか、システムはどんなふうに機能するのか、人と人はどんなふうにコミュニケーションするのかといったことだ」とジョセリン・ゴールドファインは語る。「コンピューティングというバックグラウンドがあるので、私たちは人間の組織にかかわる問題をグラフの問題ととらえ、システム、ノード（結節点）、つながり方を見ようとする。世界をそういう目で見ると本当におもしろい結果が得られる」

一五〇というダンバー数

二〇〇八年夏、フェイスブックはひっそりと小さな節目を越えた。経営陣は会社が急成長した結果、コンピュータ技術者の数が一五〇人を突破したことに気づいた(13)。社外ではその事実に気づいた者（あるいは気に留めた者）はいなかった。シリコンバレーで成功を収めているベンチャーの規模が、爆発的に膨らむのは当たり前だからだ。ゴールドファインがフェイスブックに入社する前に勤めていたヴイエムウェアでは、わずか七年で従業員数が数百人から一万人に膨れ上がった。急速な規模拡大はむしろ誇るべきことと思われていた。

しかしフェイスブックの幹部陣は、一五〇という閾値《いきち》を突破したことに不安を抱いた。理由はイギリスの進化生物学者で人類学者のロビン・ダンバーが提唱した「ダンバー数」と呼ばれる理論だ。一九九〇年代にダンバーは霊長類を研究した結果、機能的な社会集団の規模は人間、サルあるいは霊長類の脳の大きさと密接な関わりがあることを突き止めた(14)。たとえばサルや類人猿など脳が小さいと、限られた数(二〇〜三〇)の相手としか有意義な社会的関係を結べない。しかし人間のように脳が大きくなるとより大きな社会関係を形成できるようになる。人間は「社会的グルーミング」、すなわちお互いの絆を緊密にする活動によってそれを実現している、とダンバーは主張した。類人猿がお互いの皮膚に付いたノミを取り合うという身体的グルーミングによって絆を維持するのに対し、人間は笑い、音楽、世間話、ダンスといった日々一緒に仕事や生活をする中で形成される儀式的相互作用によって絆をつくるのだ。

人間にとって最適な社会集団の規模は一五〇人前後である、というのがダンバーの結論だった。一五〇人までなら人間の脳は社会的グルーミングを通じて緊密な絆を維持できるが、それ以上は無理だから、と。集団がそれ以上の規模になると、直接的交流や社会的グルーミングを通じてつながりを維持することができなくなり、強制あるいは官僚機構に頼るしかなくなる。狩猟採集民の集団、ローマ軍の部隊、新石器時代の村、あるいはヒュッテル派のグループも、いずれも一五〇人以下の規模にとどまる傾向がある。それ以上の規模になると、自然と割れた。現代社会でも一五〇人以下の集団のほうがそれ以上の規模の集団より効率的で、人間は本能的にそれを知っているようだ、とダンバーは主張した。大学のフラタニティ(男子学生の友愛会)もたいてい一五〇人以下で、企業の部署も通常この閾値より小さい。

ダンバーが一九九〇年代初頭にイギリス人の送るクリスマスカードについて調査したところ（フェイスブックなどのプラットフォームが台頭する以前はイギリス文化においてはクリスマスカードの交換相手こそが友人関係を見定める優れた手段と考えられた）、カードを送ることで連絡を取った相手の平均は一五三人だった(15)。「この（一五〇人という）限界値は大脳新皮質の大きさと比例しており、それによって集団の規模も制約される。新皮質の処理能力から生じる制限値は、安定的な対人関係を維持できる人数を規定している」とダンバーは書いている(16)。

ダンバーの学説には異論もある。ダンバーが画期的な研究成果を発表すると、多くの人類学者、神経学者、生物学者が独自の調査を試み、その中には社会集団の最適規模はダンバー数の二倍とする説もあった。しかしザッカーバーグをはじめとするフェイスブックの創業者たちはダンバー数に興味を惹かれ、ダンバー自身にコンサルティングを依頼した。当初、彼らの関心は事業に関する問題に集中していた。フェイスブックのサイトを設計するうえで、平均的なユーザーが何人くらいと友達になりそうかを把握し、それに応じてシステムを設計したいと考えたからだ。しかし技術者たちはダンバーとの対話を通じて、その理論が外部のユーザーのためのウェブサイトの構築に役立つだけではなく、社内での従業員同士の相互作用に適用できることに気づいた。

ザッカーバーグが会社を設立したばかりのころは、従業員は一つのグループとして働いていた。住まいをシェアしている者もおり、職場も狭く、みな知り合いだった。近くの中華料理屋からのテイクアウトを一緒に頼む、という共同の儀式もあった。だが会社の規模が膨らむにつれて集団のアイデンティティを維持するのは難しくなっていった。

これはフェイスブックに限った話ではない。成功したハイテクベンチャーはみな同じ問題に直面する。しかもシリコンバレーの歴史を振り返ると、この問題は多くの企業において命取りになったことがわかる。ハイテク世界を見渡せば、小さく自由な組織として出発した企業が大成功を収め、やがて内部闘争やサイロのはびこる巨大な官僚機構に変貌を遂げるという事例があちこちに転がっている。ソニーしかり、ゼロックスしかり。ただフェイスブックの技術者たちが特に気にしていたのはマイクロソフトの事例だ。シアトルで誕生したマイクロソフトはダイナミックでクリエイティブな組織だったが、二〇世紀が終わるころには社内にサイロが蔓延していた。社内の分裂はソニーほど極端ではなかったが、いずれにせよ競争力を削ぐことになった。

専門性と協同を兼ね備えるためのブートキャンプ

こうした企業と同じ運命をたどらないようにする方法はあるのか。フェイスブックの技術者たちは何としても挑戦することにした。「僕らは非ソニー、非マイクロソフト的でありたい。彼らを見て、自分たちはこうはなりたくないというのを確認するんだ」とある幹部は語っている。そこで、この問題に立ち向かうための方法を議論しはじめた。

二〇〇八年夏、フェイスブックの創業メンバーの一人で、スキンヘッドにタトゥーを入れた大柄な男、アンドリュー・ボスワースが斬新なアイデアを提案した[17]。社内では「ボズ」で通っていた（フェイスブックではあだ名を付けるのが盛んだった。これも社会的グルーミングの一種だろう）。その数カ月前からボズは新入社員向けの研修プログラムの作成に取り組んでいた。

目標はフェイスブックに入社したコンピュータ技術者に他の従業員と同じコンピュータコード一式を理解させること、またそれぞれのスキルを最も生かせるチームに配属することだ。そこで新入社員が会社をよく理解し、重要なコーディングの知識を学べるような紹介コースを作った。

そこでわかったのは、新人研修の効用は単に技術的知識を教え込めることだけではない、ということだ。ソーシャル・エンジニアリングのツールにもなる。すべての新入社員に少人数のグループ単位で同じ研修を受けさせると、社会的グルーミングや絆づくりを促す仕組みとなる。研修が終わると、参加者はさまざまな部署に散らばるので一緒に仕事をするわけではないが、共通の経験によって持続的な絆とお互いをニックネームで呼びあうような親密さが生まれる。

その年の夏フェイスブックは、新入社員にはどのような職位で入社するかにかかわらず、六週間にわたる共通の研修を受けさせると発表した。ボズは「ブートキャンプ担当軍曹」に任命された。

「ブートキャンプの主な目的は、新入社員に基本となるコードをよく理解してもらうと同時に、長期的に会社に恩恵をもたらすような優れた習慣を身に着けてもらうことだ。たとえばバグを発見したら他の技術者が気づくまで放っておくのではなく、自ら立ち向かおうとする姿勢などだ」。フェイスブックに投稿した従業員向けメッセージで、ボズはこう説明している。

「少人数の上級技術者が輪番制でメンターとなり、フェイスブックで成果を出すための働き方をコーチングする。メンターはブートキャンプ参加者が書いたコードすべてに目を通すほか、決まった時間に自分のオフィスを開放して新人が人前では聞きにくい問題を質問に行けるようにする。さらにさまざまな部署の上級技術者が、ＭｙＳＱＬ、Ｍｅｍｃａｃｈｅｄ、ＣＳＳ、

JavaScriptなどフェイスブックが使っている幅広い技術について講義をする」[18]

研修の中でも特に重要なのは、新入社員が会社全体の様子を見られるローテーション制度だ。「短時間の面接中のやりとりにもとづいて会社側が勝手にブートキャンパーの配属先を決めるのではなく、キャンパー自身が六週間の研修が終わった時点で選べるようにする」

ただ新入社員に求められているのは、MySQLなどの技術を習得することだけではない。「ブートキャンプを体験した人は、同じ時期に入社した人たちと絆をつくり、それは別のチームに配属された後も持続する」とボズは説明する。

要するにフェイスブックの経営陣は、ブートキャンプを通じて二つの目的を両立させようとしていたのだ。一つめは社内を担当作業に応じた個別のプロジェクトチームや専門グループに分けることだ。コードを書くという作業では、具体的なプロジェクトあるいはプロセスを軸とした緊密なチームプレーが不可欠だ。フェイスブックのような企業には、必要な仕事をこなすためにどうしてもスペシャリストチームや部署、すなわちサイロが必要になる。社員が任務に集中し、それに責任を負うためにプロジェクトチームは必要だ。

一方ブートキャンプの二つめの目的は、こうした個別のプロジェクトチームの公式な境界を越える、非公式な二つめの社会的絆を取り結ぶことだ。それによってプロジェクトチームが内向きの硬直的な集団になるのを防ぎ、社員が自らの所属する小さなグループではなく会社全体に帰属意識を持つようにするのが狙いだ。

「ブートキャンプはチーム間のコミュニケーションを促進し、成長するハイテク企業に生まれやすいサイロを防ぐのに役立つ」とボズは語る。フェイスブックはサイロが生まれる条件を整える一方で、それを破壊するためのシステムも構築していたのだ。

ハッカー期間を通じて組織のメンバーを入れ替える

二〇一〇年秋、ジョセリン・ゴールドファインはブートキャンプを卒業し、「ニュースフィード」と呼ばれるプロジェクトを担当する小規模な技術者チームの責任者となった。[19] 二〇〇六年に投入された機能で、ユーザーが友達の送った「ニュース（投稿）」を時系列的に一覧できるものだ。[20] 二〇一〇年の時点でもユーザーの評価はきわめて高く、商業的に見ればアップデートする必要はなさそうだった。とはいえアップルのようなハイテク企業と同じように、フェイスブックも成功している製品を常に見直し続けるのは生き残るための必須条件と考えていた。「自ら破壊しなければ、他の誰かに破壊されてしまうから」とゴールドファインは説明する。[21]
こうしてゴールドファインのチームは、ニュースフィードを改良するという難題に取り組むことになった。コンピューティングとしてはかなり複雑な部類に入った。ニュースフィードをうまく機能させるには、ユーザーが友人から受け取るニュース（フィード）の中から最も重要なものを自動的に選択し、それを見やすいかたちで表示するアルゴリズムが必要だった。

当初は単純に、ユーザーが受け取るニュースをそのまま時系列的にコンピュータ画面上に表示していた。サイトの規模が小さく、ユーザーが受け取る投稿やメッセージがそれほど多くなかった時代にはそれでも問題はなかった。だが二〇一〇年までにサイトの規模は劇的に拡大していたため、ユーザーはニュースの多さに圧倒されるようになっていた。フェイスブックの社内で「ＭＬＥ（メジャー・ライフイベントの略）」と呼ばれるきわめて重要度の高い投稿が、つまらない書き込みに埋もれてしまうこともあった。人の生死にかかわる情報が子猫の写真と同じ重要度しか付与されず、何百という子猫の写真が投稿されるとあっという間にスクリーンから消えてしまっていた。

そこでゴールドファインのチームはもっと感度良く情報をランキングするための方法を模索しはじめた。日々何時間もキーボードを叩き、コーディングの限界を押し広げようとする過酷な作業だった。インドのある新聞はこう報じている。「フェイスブックがユーザーの行動に関して蓄積した膨大なデータから作成した人工知能を使っていたという事実だけをとっても、ニュースフィードのコードを書き換えるのはコンピュータ科学の粋を集めた作業と言っても過言ではなかった」

ゴールドファインのチームは、まずユーザーが見ていたトピックのクラスタごとにニュースをまとめるコードを書いてみた。続いてニュースフィードを新聞のようにとらえ、ＭＬＥを常にトップに配置するようなコードを試してみた。だがどれもうまく行かなかった。「コードのバリエーションを変えるのは一週間か二週間でできたが、サイトにとって重要なテーマを解決するには五週間はかかり、四〜五カ月の間に取り組まなければならない重要なテーマが三つもあるという状況だった」とゴールドファインは振り返る。続いてチームは「岩プロトタイプ」と呼ばれる方法を試すことにした。最も重要なニュースを選び、それに「岩」のステータスを与え、関連する他のニュースを「小石」として一緒に表示するアルゴリズムだ。これはうまく行きそうだった。

「ユーザーが一週間ぶりにログインすると、前回ログインして以降に発生した重要なニュースだけが表示される。ただしばらくサイトにとどまっていると、ニュースフィードの内容が変わっていく。魔法のように最初は一番重要なニュースが表示されるが、それほど決めつけ感はな

い。ユーザーはそこを気に入ったようだ」とゴールドファインは説明する。(22)

何カ月か経ち、ニュースフィードのチームが長時間ともにキーボードに向き合い、一緒にアイデアを議論したりしているうちに、メンバーの関係は強まっていった。非常に濃密な体験で、ゴールドファインはまるで誕生したばかりのベンチャーで働いているような気持ちになったほどだ。それこそまさにザッカーバーグらフェイスブックの経営陣が意図していたことで、個別のコードを担当するグループにはできるかぎりの自由を与え、ブレーンストーミングや実験を繰り返し、迅速かつ起業家的な意識で独自のアイデアを育ててほしいと期待していた。会社が急成長するには、こうした独立意識が欠かせないと信じていたためだ。

ただ特定のプロジェクトを担当するチームにベンチャー的空気が生まれるのを許容しつつ、経営陣は彼らをより大きな組織の一部に引き戻す努力も怠らなかった。ゴールドファインは毎週、他の上級技術者とのミーティングでプロジェクトの進捗を報告していた。「各チームの活動の中心に、ハブとして存在していたのがマーク（・ザッカーバーグ）だ。毎週マークとのミーティングで現状を説明することになっていた(23)」。またフェイスブックの社員はブートキャンプで知り合ったメンバー同士でたびたび集まった。一見単に旧交を温める場のようだったが、実際にはアイデアや近況を報告しあうよう奨励されていた。「フェイスブックがブートキャンプを始めた目的の一つは、社員にどの部署で働きたいか選択する自由を与えることだった。ただそこにはサイロを打破するという予想外の効果もあった。誰もが他のサイロに所属する人を一人は知っているという状況は、会社にとってとても有益だ」とゴールドファインは説明する。(24)

ゴールドファインは自分のチームの顔ぶれも入れ替えた。そのために活用したのが社内で「ハッカー期間」と呼ばれる儀式だ。これもブートキャンプの延長線上に生まれた仕組みである。「ハッカー期間はブートキャンプの第二幕と言える。いわゆるローテーション制度だ」。フェイスブックのチーフエンジニアであるマイケル・シュローファーが解説する。小柄で細身だが強靭な男で、社内では「シュレップ」で通っている。「同じ仕事に一二～一八カ月携わっている社員の肩をたたき、『何カ月か別の仕事をやってみたらどうだい』という仕組みだ。たいていの人間は本業とかけ離れた仕事を選ぶよ[25]」

ブートキャンプと同じようにハッカー期間という儀式も、偶然と意図的な実験の産物と言える。シュレップとボズがこの制度を立ち上げた目的は、技術者の仕事に対するモチベーションを維持することだった。シリコンバレーのハイテク企業は成長速度がきわめて速く、退屈した技術者は他社から引き抜かれるリスクが高い。「主体的に仕事を選ぶと、パフォーマンスも高まる。情熱は個人の力を何倍にも高める、何にも代えがたい要素だ」とシュレップは説明する[26]。フタを開けてみれば、ハッカー期間にはサイロを破壊する効果もあることが明白になった。社員を異動させることが、各チームが内向きの硬直した集団になるのを防ぐのに役立ったのだ。

そこでフェイスブックの経営陣は、この制度をさらに発展させることにした。フェイスブックにはもともと小さなステップを常に実験し、うまく行った方法を採り入れるということを繰り返していく文化があった。そうした姿勢はハッカー期間のような経営に関する仕組みでも、コンピュータのコードを書くことにおいても変わらない。「ハッカー期間の対象となった社員のほぼ半数は別のチームに移籍し、残りの半数は元の職場に戻る。いずれにせよ会社が得るものは大きい」とシュレップは語る。

ただハッカー期間という制度には、重大な欠点もあった。異動を希望する技術者のためにポストを見つけるのには時間がかかり、彼らが去った後の穴を埋めるのも難しかった。必然的に人員の重複や無駄も生じた。「ハッカー期間という仕組みを動かすのは大変だし、非効率な部分もある。ときにはハッカー期間に産休などが重なり、一つのチームに二〜三人の欠員が生じることもある。各チームに人を割り当て、四の五の言わずにそこで働け、と言うほうがよほど楽だ」とシュレップも認める。(27) それでも組織の柔軟性や社員同士のつながりを維持するという大きな目標を考慮すれば、ささやかな代償に過ぎないという。社内のクリエイティビティを刺激し、社員同士の絆を深めるためなら、多少の無駄や非効率は許容しなければならない。

この仕組みを使って、ゴールドファインはニュースフィード・プロジェクトの指揮官となった数カ月後、優秀な技術者の一人を別のグループに異動させた。異動先は「タイムライン」機能に関する別のプロジェクトに取り組んでいたチームだ。岩プロトタイプの開発が難しい時期に差し掛かっていたこともあり、当初は異動によってメリットが生じているようにも気づいた。ただゴールドファインは異動によってメリットが生じていることにも気づいた。

ニュースフィードとタイムラインのチームの間でアイデアが交換されるようになったのだ。「タイムラインのコードの相当部分はニュースフィードに依存していたので、ニュースフィードのメンバーが異動することによって連携が深まるのを期待していた」とゴールドファインは語る。

「結果的に異動はとても有益だった。みんな忙しいので、日頃から他のチームが何をしているか理解するのは難しい。あらゆる手段を駆使してコミュニティの全体像を把握し、情報を交換するのはとても重要だ」

専門外の領域にとりくむハッカソンという仕組み

ゴールドファインが入社した一年半後の二〇一一年一二月、フェイスブックはパロアルトから近隣のメンロパークにある新キャンパスに移転した。[28] すでに社員数は二〇〇〇を超え、[29] ダンバー数の一〇倍以上に達していた。とはいえ社員数が膨れ上がるのと並行して、社会的実験も急速に拡大していった。フェイスブックの経営陣は、プロジェクトごとに専門性の高い専従のグループをつくるのと同時に、そうしたチームが硬直的で競争意識の強いサイロに変貌するのを防ぐためにあらゆるソーシャルツールを活用していた。そうした手段の一つが建物の構造だ。

新たなフェイスブックのキャンパスは、かつてサン・マイクロシステムズが使っていた場所で、入口に設置された住所表示の裏にはまだ同社のロゴサインが残っていた。サンもかつては自由な社風で知られ、シリコンバレーで一世を風靡《ふうび》したハイテク業界の巨人だったが、やがてサイロのはびこる退屈な大企業に変わってしまった。サンが入居していた当時の正式な住所は「ウィローロード一六〇一番地」で、従業員はいくつもの異なる建物に分かれ、その内部はさらに小さな個室やキュービクルに分割されていた。「まるで牛小屋にいるみたいだったよ。ほとんど誰とも顔を合わせないんだ」と当時そこで働いていたシュレップは語る。

だがフェイスブックがこの敷地を買収すると、ザッカーバーグは住所を「ハッカーウェイ一番地」に変えてしまった。入口の住居表示は青に塗り替えられ、親指を立てた「いいね!」のマークが追加された。工事業者はサンの時代に設置されていた建物内部の壁のほとんどを取り払い、ホワイトボードを取りつけた。配管はむき出しになり、壁は落書きでいっぱいになった。

会議室はあったものの壁はガラス張りになり、通りがかった人は誰でも中をのぞけるようになった。ザッカーバーグもオープンスペースで働き、その姿は誰でも見ることができた。有名なCOO、シェリル・サンドバーグも同じだった。ザッカーバーグには「個室」もあったものの、そこも壁はガラス張りで、大勢の社員が行き交うキャンパス中心部の通路脇にあった。窓には「生き物にエサをやらないでください」というサインまで貼ってあった。「『マークの金魚鉢』ってみんなで呼んでいたんだ。中の様子は丸見えだったからね」とシュレップは語る。

シュレップはこうした取り組みをさらに推し進めた。建築家に依頼し、異なる建物の上階を通路でつながせたのだ。空中に高く浮かぶ通路は、サンフランシスコの有名なゴールデンゲート・ブリッジと同じ明るい橙赤色に塗られた。通路の両端にはスーパーマーケット風の自動ドアが設置された。狙いは建物の間を移動する技術者が足を止めずに済むようにすることだ。「社員が活発に移動し出会いが増えるほど、相互作用が増えることを示す研究結果は山ほどある」と説明する。建物の間のスペースは魅力的な「雑談スペース」に仕立て、さわやかなカリフォルニアの気候の下で社員が交流できるようにした。

キャンパスの中心部には「ハッカー広場」と呼ばれる屋外のミーティングスポットがつくられた。年に数回、ザッカーバーグが「全社ミーティング」を開く会場となる。ザッカーバーグは毎週金曜の午後には広大なカフェテリアで対話集会（社内では「Q＆Aセッション」と呼ばれることが多い）も開く。従業員が意表を突く質問を投げかけることもあれば、型どおりのやりとりで終わることもある。いずれにせよ、その象徴的な意味は明らかだ。経営陣は社員に対し、フェイスブックはまとまりのあるオープンな集団であり、誰とでも自由かつざっくばらんに話し合うことができるし、進んでそうするべきだという姿勢を示そうとしているのだ。

ハッカー広場は別のソーシャル・エンジニアリング的実験の舞台としても使われる。「ハッカソン」だ。ほぼ六週間ごとに、かつてクレーンとして使われていた重機の一部が設置されたこの広場に数百人の技術者が集まる。明るいオレンジ色の壁に刺激的な文句の書かれたポスターがベタベタと貼られた大きな会議室に移動し、[30] 少人数のチームに分かれて徹夜でコーディングの問題に取り組む。狙いは技術者たちに一丸となって新たなアイデアに取り組ませることだ（コンピュータ業界の俗語ではこれを「ハックする」と言う）。技術者たちを狭い場所に詰め込み徹夜で猛烈に働かせるのは、彼らの創造性を解き放つ有効な手段だ。

ハッカソンはフェイスブック固有の取り組みではない。ハイテク業界ではよく知られた企画だ。ブレット・ゴールドスタインはシカゴ市役所で役立ちそうなプログラムを開発するため、オタク集団にハッカソンをやらせた。ただフェイスブックのハッカソンにはよそにはないひねりが加えてある。ハッカソンはもともと技術者仲間やチームメートが集まり、自然発生的に開かれていた。創業初期のフェイスブックでも、ザッカーバーグは技術者仲間と借りた家で他の創業メンバーと徹夜でブレーンストーミングをしていた。

だがしばらく経つとフェイスブックの経営陣は、ハッカソンに参加する人々に他部門のメンバーと組み、普段の仕事とは無関係のプロジェクトに取り組むことを求めるようになった。たとえばイベントの数日前にたまたま連絡を取り合ったのをきっかけに結成されたチーム、あるいは特定の問題への興味を共有していたために組むことにしたチームもあった。偶然組むことになったチームもあった。いずれにせよブートキャンプやハッカー期間と同じように、ハッカソンの狙いも通常の部署の壁を打ち破ることにあった。これもフェイスブックがプロジェクトごとの専門チームに分かれて仕事をしつつ、内向きなサイロが形成されるのを防ぐツールだった。

ゴールドファインは入社して間もなく、フェイスブックのプラットフォームに「義理の親族」というカテゴリーを追加できるようなコンピューティング・コードを開発するため、ハッカソンを企画した。ニュースフィードのプロジェクトにはまったく関係なかったが、ゴールドファインにとって個人的に重要なテーマだった。「私は姑ととても親しく、単なる義理の母娘以上の関係だが、フェイスブックに入社してみると『家族』というグループがあるのに『義理の親族』を加えることができない。おかしいと思ったので、この問題を検討する機会にハッカソンを活用した」。数多くのハッカソンを企画してきたインド出身のコンピュータ技術者、ペドラム・ケヤニはこう説明する。「ハッカソンの目的は既存のヒエラルキーを揺さぶることにある。それによって少なくとも一時的にサイロを破壊し、共同体意識を持つことができる」

フェイスブックというプラットフォームを使う

フェイスブックの首脳陣がサイロと戦うために使ったもう一つのツールは、フェイスブックのプラットフォームそのものだ。フェイスブックが誕生した当初から、首脳陣はその強みの一つは「水平的コミュニケーション」を可能にすることだと考えていた。従来型の硬直的ヒエラルキーを通じたコミュニケーションの対極にあり、誰かの投稿は他のみんなが見ることができる。メールを主体とする通常の大企業のコミュニケーション・パターンでは、情報がヒエラルキーを伝って上下に移動するためボトルネックや停滞が生じやすい。

ただ時間が経つにつれて、フェイスブックのプラットフォームにはもう一つの強みがあることがわかった。社員同士が立場を越えて絆を深める手段となるのだ。首脳陣はこれもサイロと戦ううえで強力な武器になると考えた。「フェイスブックの管理職には、お互いについて語るときには具体名を挙げること、それも本名を使うことをうるさく言っている。非人格化した呼称を使っているケースを見つけたら、すぐに介入してやめさせなければならない。『第六チームのマヌケども』とか『バカなマーケティングのやつら』といった言い方は絶対に許容しない。それは特定のグループを非人格化している証拠だから。相手がどんな人たちか知らずに集団を非人格化するところから問題は生じる」とシュレップは語る。

フェイスブックのプラットフォームは社員の人格化に役立つ、と首脳陣は期待している。このため幹部には自らフェイスブックのページを開設し、自分の考えやメッセージ、プライベートな話題を同僚と共有するよう呼びかけた。それを嫌がる者もいなかったわけではない。「私はもともと内気で内向的な性格なの。フェイスブックに入社する前はほとんど何も投稿していなかった」とゴールドファインは打ち明ける。だが入社するとすぐ、プレッシャーに負けて同僚にメッセージを送りはじめた。最初の投稿はかなり控えめな内容だった。

「コードレビューで見つけたひどいバグってどんなものがある？　Ａｄｉｕｍより使えるＯＳＸベースのＩＲＣクライエントがあったら教えてください[31]」

だが次第に積極的になっていった。五番目の投稿はこうだ。「みなさん、元気？　私はフェイスブックで、ニュースフィードや写真や検索などのエンジニアリングの仕事をしています。以前はヴイエムウェアでデスクトップ製品の担当でした。興味があるのは、技術系の仕事に就く女性を増やすこと、そしてソフトウエア・エンジニアリングの組織をきちんと評価すること。今は子育てが趣味の代わり。ＳＦを読むのとドラマの『グリー』を観るのがささやかな楽しみです」[32]。何週間かたつと、さらにプライベートについて語るようになった。「通勤する時間によって所要時間がすごく変わるのに興味を持っているの。誰か、これを追跡できるアプリを知りませんか？　フェイスブックにインテグレートできるものがいいのだけど」[33]。お気に入りのマドレーヌのレシピも投稿した。コンピューティング業界におけるジェンダー格差という、強い問題意識を持っているテーマについても語った。

「一九七〇年代には、ＳＡＴの数学で満点を取る生徒の男女比は一三対一だった。それが今では三対一になり、さらに差は縮まっている（平均点は変わらない）。これでもまだ数学能力の差は生物学的なものだと思っている人がいたら、直接会って生物の進歩の仕組みについてお話ししたいものだわ[34]」

ジェンダーのステレオタイプ化に抗おうとするメディア企業を応援する書き込みもした。「『メリダとおそろしの森』は私が観たディズニーのプリンセス映画の中で、母親がいなかったり邪悪だったりしない初めての作品だわ。それでも商業的に大成功しているみたい。世界が良い方向に変化している証拠だといいのだけど！[35]」

ロビー活動でワシントンを訪れた際には活動内容を詳細につづった。「空軍少尉でＮＡＳＡの宇宙飛行士だったキャスリン・コールマンに出会えたのが最高だった！　宇宙飛行士になりたいという夢は高校時代に諦めてしまったけれど、ＮＡＳＡ、サリー・ライド、クリスタ・マコーリフの存在は、私が早くから数学と科学に興味を持つきっかけになったの[36]」

ときにはプライベートを語るのを不安に思うこともあった。だが時間が経つにつれて人間関係を広げるのに役立つのはプライベートな話題であることに気づいた。「居心地の良い範囲《コンフォートゾーン》を踏み出すたびに、得るものは大きいと感じた。社内で新しい友人ができるなど、正のフィードバックループが生まれていた」

そう感じていたのはゴールドファインだけではないようだ。二〇一二年には寡黙なザッカーバーグまでが自分の結婚式や裏庭の風景、日常生活について書き込みを始めた（会社の話に絡めてはいたが）。

「うちのキャンパスにいるフェイスブック・キツネってかなりすごいよね」とある投稿に書いている。[37]こんな投稿もあった。「今日、バーベキュー用アプリの『iグリル』をアップデートしたんだ。フェイスブックにインテグレートできて、世界中で今他の人が何を焼いているか見られるんだ。すごいね！ 僕はフレッドステーキを焼いてるよ！[38]」

シェリル・サンドバーグは会社についての情報を投稿したり、女性のキャリアアップを促す著書『リーン・イン』の宣伝に使ったりした。シュレップは技術者仲間に能率的に働くノウハウを伝授している。

「集中、集中、集中。フェイスブックの技術者のみんなは僕の口から集中って言葉をよく聞くよね。スケジュールの無駄をなくそう。水曜日はミーティング禁止のルールを守ろう。仕事は短距離走ではなくマラソンだから、健康に気を使おう。運動をしてしっかり眠ったほうが生産性は高まる[39]」。それからさらに成功の秘訣を三つ、打ち明けた。

「第一に、画面上から気が散る要素をすべて取り除き、一度に一つのアプリに集中しよう。これには『フォーカスマスク』というアプリが役に立つ。第二に集中する時間の間に休憩を挟もう。ついつい休憩時間を取りすぎるのを防ぐには、簡単なタイマーを用意しておくといい。第三に、大ぶりの遮音性のヘッドフォンを使うと、雑音が気にならなくなるし、他の人から邪魔が入るのを防げる。歌詞のない音楽を聴こう。僕は気分によってモグワイとクラシックを使い分けている。君の集中の秘訣は何だい?」

若手スタッフも自らの考えを共有している。二〇一三年春には、ライアン・パターソンという技術者が同僚に向けて次のようなメッセージを発信した。

「今週で僕のフェイスブック生活も四年目に入ったよ」。会社の基準から見ればベテランの域に入ったことになるので、この機会に新入社員にアドバイスをすることにしたのだ。「ハッカーとして問題の限界に挑戦し、自分のソリューションを最大限に生かそうと思うなら、自分の世界の全体像をつかんでおくことがとても重要だ。これはコードを書くうえでも、社内の人間関係についても言える。会社全体に対して責任意識を持とう。ここ数カ月一緒に働いていないなと思う相手と、短くていいから会話しよう。そうすれば新たな気づきが得られるから[40]」

会社にとっての儀式

二〇一三年五月の初夏を思わせる晩。スニーカーにジーンズにTシャツ姿の若い（若そうな）男女数百人が、ハッカー広場の黄色いクレーンのまわりに集まった。ちょうど夕陽が沈みかけているところで、青い空に茜色の光を放っていた。竹馬に乗った男が一人、跳ねるように広場を横切っていく。もう一人は昔風の大型ラジカセを担いで踊りながら歩いていく。三人目のあごひげを生やした男はブルーのマスクに藍色のマントという怪傑ゾロのような出で立ちで、クレーンの土台に飛び乗った。この巨大な重機は数年前、フェイスブックの技術者たちが偶然見つけたもので、職場の会議やいたずらに使われるなど人気があった。このためメンロパークの新しいキャンパスに移転する際には、技術者たちが会社のはじまりを象徴する記念品として持っていくべきだと主張した。

会社が誕生してまだ一〇年しか経っていなかったが、フェイスブックの技術者という集団にはすでにたくさんの儀式や創業にまつわる伝説があった。彼らの行動パターンは、一九三〇年代にトロブリアンド諸島の人々を研究し、参与観察という研究方法の先駆者となったポーランド人学者、ブロニスワフ・マリノフスキのような人類学者には馴染みのあるものだっただろう。トロブリアンド諸島の人々にとってのクラの交換と同じように、フェイスブックの儀式にも重要な機能があった。一体感を育むことで、大きな社会集団の結束を高めるのである。

「友よ、ローマの人々よ、ハッカーたちよ！　よく聞け！」。マントを羽織った男が声をあげた。とたんに群衆は静まりかえった。ハッカソングループのリーダーであるペドラム・ケヤニが前に進み出た。ジーンズにオリーブ色のTシャツを着ている。「しきたりはよくわかっているはずだ！　明日の朝五時まで残っていれば朝食が出る。中華は数時間後だ！」。群衆から笑い声があがった。ハッカソンはいつもこの黄色いクレーンで幕を開け、それから参加者は別室に移動し、数時間経って深夜になると毎回同じ中華料理店のテイクアウトを食べる。ザッカーバーグは一〇年前の創業当初からこの中華料理店を使っていた。二〇一三年の時点では、ハッカーウェイから遠く離れたこの店はすでにテイクアウト用に使うにはまったく不便になっていた。それでも他の場所に注文場所を変えることで儀式をぶち壊しにするような者はいなかった。

「ハッカソンに参加するのが初めての人は？」とケヤニが大声で叫んだ。数人が手を挙げた。「嬉しいね！　ルールは一つだけ。楽しんで仲間と一緒に盛り上がってくれ！　それともう一つ、僕らのハッカソンは他のところとは違うことを頭に入れておいて。じゃあ、楽しんで！　いっちょコードを書いてやろうじゃないか！」

パーカーを着た技術者たちは小さなグループに分かれ、刺激的なスローガンが貼り出された大きな会議室に移動しはじめた。「すばやく動け、破壊しろ！」「完璧よりもやるほうが大事！」「失敗の恐怖から自由になれたら何をする？」

サンドバーグはこう語る。「ポスターはフェイスブックの文化を伝える重要な手段よ。会議室に集まっていると、誰かが『最高の意思決定をしよう』というスローガンを引用したりする。フェイスブックはそういう会社なの。マークが言い出したものが多いけど、集団としてそれを受け入れている。こういう姿勢は上から押し付けられるものじゃなく、下から育ってくる必要があるから」

フェイスブック自身が巨大なサイロにならないだろうか？

こうした知恵は他の会社でも実践できるものだろうか。サンドバーグをはじめフェイスブックの幹部はよく自問する。二〇一三年の時点でシリコンバレーでは多くの企業が、フェイスブックが編み出したサイロ破壊のテクニックをさまざまなかたちで採り入れている。グーグルやアップルでは社員がハッカソンを開催したり、配置転換を実施している。新入社員に共通のオリエンテーションや研修を実施する企業も増えている。社員同士の出会いや協力を促す手段として建物の構造を工夫する企業も、ハイテク業界に限らず増えている。製造業のスリーエムの研究部門は、専門の異なる人材を組ませることで有名だった。グーグルは社員の出会いを増やすために創造力あふれる施設を設計している。

社員同士のコミュニケーションを改善するため、ソーシャルメディアサイトを活用する企業も多い。ヨーロッパでは消費財メーカーのユニリーバが全社的に水平的コミュニケーションを活性化させようと、クラウドコンピューティング大手のセールスフォースが開発した社内用ソーシャルメディアを導入した。「チャッター」と呼ばれるこのシステムは、当初は経営幹部が全社にメッセージを発信するために開発されたが、やがてこれは社内のサイロを打破するのにも活用できると気づいた。「チャッターのおかげで世界全体のグループやチームがつながり、アイデアやニュースや新たな動きを共有することができ、市場における不要な重複を抑えるのに役立つ」とチーフサイエンティストのキム・クライリーは語る。

ただフェイスブックの経営陣は、絶えず自分たちを振り返り、ソーシャル・エンジニアリングの新たな実験を繰り返す熱意において際立っている。コンピューティングの考え方と友人関係の分析を組み合わせることで大きな成功をつかんだ彼らは、自らと他者との関わり方に興味を持ちつづけている。

「昔は人と人との関わりなどに興味はなかった。重要と思えなかったからだ。でもフェイスブックに来て、その重要性に初めて気づいた。本当に自分は変わったと思うよ。今ではひたすらそれについて考えているほどだ」とシュレップは打ち明ける。

フェイスブックの経営幹部が内省を怠らない理由はもう一つある。自分たちがライバルに囲まれているのをわかっているからだ。フェイスブックに挑戦しようとする規模が小さく機敏なベンチャーは何十社とあり、技術は猛烈なスピードで変化しつづけている。ザッカーバーグが二一世紀初頭に創業した当時、フェイスブックはデスクトップ・コンピュータなどパソコン画面用に設計されていた。この分野で非常に大きな成功を収めたので、モバイルへの適応が遅れた。技術陣はウェブ用の製品をそのままモバイルに転用すればよいと誤解していたのだ。しかしウェブ用の製品は小さな携帯電話の画面にうまく収まらなかった。「われわれが当初モバイル分野で苦戦していたことを示す証拠には事欠かない。苦戦どころか、本当にひどい状況だった」と、ゴールドファインは二〇一四年春に振り返っている。「私が入社した二〇一〇年夏時点で、ウェブ担当はニュースフィード・チーム、メッセンジャーチーム、写真チームなど総勢一〇〇〜二〇〇人の技術者が開発にかかわっていたのに、モバイルチームは地下室で働いている四人ぐらいだった。そのちっぽけなチームがiOSアプリ並みの機能を揃えようと四苦八苦していた。アンドロイド対応がどんな状況だったかは恥ずかしくてとても言えない」(41)

ザッカーバーグら幹部は遅まきながら自分たちの恐ろしい過ちに気づき、全力で対応を始めた。写真共有サイトのインスタグラムのほか、いくつかモバイル企業を買収した(42)。ゴールドファインをはじめ技術陣はウェブからモバイルに担当替えになった。「われわれが学んだのは、モバイル・プラットフォームを出発点として、そのために最適なアプリを開発すべきだということ、そしてモバイルに役立ちそうなアプリがあればウェブから持ってくるのは構わないが、ウェブのものをそのまま移行しようとしてはならない、ということ。モバイルから出発し、良いものだけウェブから採り入れるというのが大切だ」と語る。

二〇一四年にはこうした戦略転換は効果を発揮しはじめた。モバイルアプリに勢いがつき、従来のパソコン製品に加えてモバイル・プラットフォームからも広告収入が入りはじめていた。二〇一四年通期の決算では売上高が前年比五七％増の一二四億七〇〇〇万ドルとなった。増加の大部分はモバイル広告の急増によってもたらされた(43)。

だがそれに満足している者は社内に一人としていなかった。会社の規模が大きくなるほど、そして成功すればするほど、経営陣は小さく機敏なライバルの脅威を意識するようになった。

二〇一三年末に株式公開をしたところ、フェイスブックには一〇〇〇億ドルという目玉の飛び出すような評価がついたが、この途方もない数値も経営陣の不安を鎮めるどころか煽ったようだ。

「当面サイロが生まれる危険はないと思うが、規模拡大はあらゆる企業にとって厄介な問題だ。ソーシャルな問題はコンピュータの問題と性質が似ている。一〇〇〇人のユーザーに対応する方法が一〇万人になっても使えるか、という疑問を持ちつづけなければならない」とゴールドファインは分析する。

フェイスブックにはもう一つ、やや気がかりな問題がある。フェイスブックの顕著な特徴の一つは社員の同質性だ。技術者の多くは同じようなコンピュータ・スキルを学び、年齢は二〇代から三〇代前半に集中している。ほとんどがスニーカーにジーンズといった〝制服〟姿で、人生に対する考え方も似ている。このため社内に共通のグループ・アイデンティティを醸成し、サイロを打破するのは比較的容易だ。技術者はみな同じようなタイプなので、チーム間の異動もそれほど難しくない。しかしフェイスブックの社員が独自のアイデンティティを持つ一つの社会集団として確立されると、新たなリスクが生じる。将来的にフェイスブックそのものが巨大な社会的サイロになるかもしれない、というのがそれだ。

こうした危険性はフェイスブックに固有なものではない。好況に沸くシリコンバレーでは途方もない成功を手にしたハイテクエリート層が誕生した。豊かになるほど、彼らの傲慢さともいうべき自信は膨らんでいく。一〇年前の金融エリートと同じように、ハイテクエリートも自分たちほど成功していない普通の人々と資産規模のみならず教育や世界観の面でも乖離していく。ハイテク業界に属さない人には、フェイスブックなどで働くコンピュータ技術者が具体的に何をしているかは理解不能だ。彼らの生み出すアルゴリズムも金融業界の専門用語に負けないぐらい他者を寄せ付けない。ハイテク業界の人々はときとして、外部からどう見られているかに鈍感になる。ハイテク業界そのものがゲットーと化していくリスクがある。

ただあの五月の気持ちの良い夕暮れに、ハッカソンのためにフェイスブックの橙赤色の会議室に集まった技術者たちは、そんな先のリスクをさほど気にしてはいなかった。今があまりにも刺激的すぎるからだ。新たなソーシャル・エンジニアリングの実験を考案するのは経営陣に任せて、自分たちはとにかくコードを書き、コンピュータ科学の最先端を切り拓いていきたいという思いでいっぱいなのだ。

「今のフェイスブックにはサイロを破壊するシステムが整っていると思う」。三々五々コンピュータを囲んでハッカソンに取り組む技術者たちを見渡しながらケヤニは語る。「それでも絶えず実験を続けなければならない」。これが「ハッカーウェイ」の精神であり、フェイスブックがソニーと同じ運命をたどるのを回避するうえで最も重要な武器となるだろう。

FLIPPING THE LENS

How Doctors Tried Not To Behave Like Economists

第七章

病院の専門を廃止する

病院は細かな専門に分かれている。
外科、内科、心臓外科、リウマチ科、精神科……
しかしこうした専門を患者の側から捉え直したらどうだろう。
クリーブランド・クリニックは外科と内科を廃止、
各専門をクロスオーバーさせることによって革新を生んだ。

「物事をひっくり返してみたり、絵画や状況を違う角度から見るのが好きだ。(中略) そうやって視点を変えるとモノの見え方がどう変わるか確かめるんだ」
——スイスのコメディアン兼アーティスト、ウルスス・ウェールリ

この病院には共感力がない

ハーバード・ビジネススクールの大講堂は、真剣さと尊敬の念で満たされていた。演壇のまわりに馬蹄形に並べられた椅子に座っているのは、世界で選りすぐりの野心あふれる若者たちだ。ハーバード・ビジネススクールの学費は最低でも一〇万ドルとされ、入学するための競争も熾烈だ。(1) 学生たちは自分に対しても、またこの由緒正しき講堂を訪れる講演者に対しても、きわめて高い期待を抱いている。二〇〇六年の初秋、学生たちに話をすることになっていたのはまぎれもなく魅力的な人物だった。(2)

背が高い堂々たる体格で、いかつい顔に大きな耳という風貌の六五歳のトビー・コスグローブは、世界で最も有名な心臓外科医の一人だ。(3) 医師になって最初の二〇~三〇年で二万二〇〇〇件以上の心臓手術をこなし、三〇もの特許を申請するなど、まさに医療界のトップランナーというべき存在に上り詰めた。(4) 二〇〇四年にはオハイオ州にある年間予算六〇億ドル、スタッフ数四万人というアメリカ有数の規模を誇る医療機関クリーブランド・クリニックのCEOに

就任した。(5) クリニックはコスグローブの専門である心臓外科を含む多くの分野で国内トップクラスにランキングされていた。また最先端の治療を他の病院より低い価格で提供するので、世界中から患者が集まってきた。要するに、ハーバード・ビジネススクールの学生の目には、二一世紀の病院のあるべき姿を示しているように映った。

そこで学生たちは畏敬の念とともにクリーブランド・クリニックについてのコスグローブの話に聞き入った。コスグローブは話し上手で、自然と権威を感じさせつつ、気の利いたジョークを交えて雰囲気を和ませた。あまり知られていなかったが、コスグローブは失読症だった。このため一〇代から二〇代前半までは学業で苦労した。しかし猛烈な意志の力と記憶力によってその弱みも克服した。クリーブランド・クリニックでともに心臓外科医として働いたブルース・リトルは「コスグローブ先生は最高の男だ。あれほどの野心家はおそらくアレクサンダー大王以来だ。もちろん誉め言葉のつもりだよ。世界を変えるにはそういう人間が必要だからね」と冗談まじりに語る

講演を終えると、コスグローブは学生から質問を募った。最初の数人は一様にコスグローブに賛辞を送った。しかし続いて立ち上がった、会場の二列目に座っていた茶色い髪にほっそりとした体つきのメドフ・バーネットは違った。

「コスグローブ先生、私の父が心臓の僧帽弁の手術をすることになったのです。クリーブランド・クリニックとそのすばらしい実績については知っていましたが、共感力がないと聞いたので選びませんでした。結局クリーブランドほどランキングは高くない別の病院に行ったのです(6)」

会場は一瞬、驚きで静まり返った。だがバーネットはコスグローブの目をしっかりと見つめ

ながら、こう続けた。「先生、クリーブランド・クリニックではスタッフに共感することを教えていますか？[7]」

共感だって？　コスグローブは戸惑った。さまざまな困難を乗り越えてトップ外科医を目指していた数十年の間、技術を磨くのに長い時間を費やした。しかし患者との共感については考えたこともなかった。この言葉には独りよがりとまでは言わないものの、ヒッピー的なイメージがあった。「あまりやってないですね」と曖昧な回答をすると、そのまま話題を変えてしまった。

翌日コスグローブはボストンに戻り、この一件は忘れようとした。しかし、この奇妙な出来事は繰り返しよみがえってきた。

「先生、共感することを教えていますか？」

一〇日後には、サウジアラビアという思いもよらない場所で再びこの言葉が頭をもたげた。クリーブランド・クリニックの経営陣は富裕層の顧客の多い中東地域への拡大に意欲的だった。そこでコスグローブもジェッダで新たに開業する病院の祝賀式典に出席することにした。サウジアラビアの国王と皇太子が主催し、多くの高位聖職者も列席していた式典では、新たな病院のトップが情熱的なスピーチをした[8]。

「この病院は、患者様の身体と精神と魂のために全力を尽くします[9]」

スピーチの途中、あたりを見渡したコスグローブは、国王が涙を流しているのを見て驚愕した[10]。そして身震いした。われわれは何か大切なものを見落としているようだと。それまでは医療を冷徹な技術的観点で、また異なる専門分野を持った人材の集合体としか見ていなかった。「魂全体」について考えることなどまずなかった。

医療を患者の側から定義しなおす

専門家を集めるだけで本当に充分なのだろうか。この疑問がコスグローブの頭の中をまわりつづけた。見たところクリーブランド・クリニックは最高の医療機関だった。少なくとも医師という人種が使うメンタルマップによればそうなっていた。一流の外科医、内科医、看護師、精神科医、理学療法士がそろっている。麻酔科、小児科、薬剤部、外科、病理学、医学検査、慢性期医療、地域医療、看護、教育など幅広い専門分野も擁していた。

だが患者が望むのは本当にそういうことなのだろうか。それは医療を実践するために最高の、最も効率的でコストの低い方法だろうか。コスグローブは疑問を抱きはじめた。医者は、医療をさまざまな専門的スキルの集合体と考えている。だが患者の見方は違う。病気になった人は「心胸外科医に会いたい」、「心臓専門医のところに連れて行ってくれ」とは言わない。「胸が痛む」「心臓発作が起きた」「息ができない」「胃が痛い」などと言う。あるいは単に「具合が悪い」だ。

ある意味では医療に対してこうした認識の違いがあるのは当然といえる。一九世紀末に非西欧文化の研究を始めた人類学者がまず気づいたのは、社会によって身体に対する考え方、そして病気や健康に対する定義も微妙に違っていることだ。二〇世紀に入って人類学が発展するのにともない、世界中のさまざまなコミュニティで健康がどのように認識され、経験され、実践されているかを研究する「医療人類学」という下位区分が登場した。医療人類学は今、人類学で最も勢いのある分野の一つで、健康は生物学あるいは科学だけの問題ではなく文化的現象でもあると主張する。人間の生理機能は普遍的かもしれないが、「病」の概念は文化によって、また同じ社会の中でも違いがある。

過去二〇年、この考え方は国際的開発機関や非政府組織が世界の貧困地域で行う開発や支援事業に大きな影響を及ぼすようになってきた。世界銀行総裁のジム・ヨン・キムは人類学で博士号を持つ医療人類学者であるのに加えて、医師免許も持つ。この二つの専門知識を生かして、貧困地域での疾病拡散の研究を促したり、世界銀行でもこうした学際的アプローチを奨励してきた。キムの友人で同じ医療人類学者でもあるポール・ファーマーは、パートナーズ・イン・ヘルスと組んでアフリカなどで先駆的な医療実験に取り組んでおり、同じ考え方を自らが教授を務めるハーバードなどアメリカのトップ大学にも浸透させようとしている。こうした考えにもとづく試みは多くの途上国で進められている。

とはいえ、これまでのところ医療人類学の欧米の医学界への影響は限られている。医療人類学者はコスグローブなど第一線の外科医などとはかけ離れた学界の隅、すなわちサイロに閉じこもる傾向があるためだ。しかしコスグローブはハーバードでの講演をきっかけに、医療人類学の中核を成す思想について考えはじめた。医療を「逆から見る」、つまり医者ではなく患者の立場から定義してみたらどうなるだろう、と。それは病院の組織のあり方にどんな影響を及ぼすだろうか。

コスグローブがハーバードで講演する以前から、クリーブランド・クリニックの中には病院の構造を変えるべきだという議論があった。医学におけるイノベーションによって、外科と内科といった伝統的な区別は崩れつつあり、院内の部門の分け方を再考すべきだと考える医師も少なくなかった。ただコスグローブは組織図をいじるだけで終わらせるつもりはなかった。もっと根本的に医療のあり方や、専門化による医師のサイロ構造を問い直したいと考えていた。要するに第三章で取りあげた銀行関係者や第四章で取りあげた経済学者がしなかったこと、すなわち高度なスキルを持つ専門職集団が世界を秩序づけるために使っている分類システムを見直そうとしたのだ。

それが難しい作業であることはわかっていた。医者は（経済学者と同じように）専門分野で何年も修業を重ねるうえに、その権威の拠りどころは「専門外の人々には理解できない仕事をしているから」にほかならない。

「医者とは何者かを定義する、きわめて強固なギルドシステムが存在する」。コスグローブはのちに皮肉な笑みを浮かべてこう語っている。同じことがほとんどの職業について言える。二〇〇八年以前のイングランド銀行やＦＲＢでは、経済学者はそれぞれ専門性の高いサイロに閉じこもり、ノンバンクと呼ばれる金融機関を規制するのは経済学とは無関係の活動だと考えていた。同じパターンは経済界にも見られる。特に専門性が高く、門外漢には異を唱えるのはおろか何が起きているかすらわからないような分野でその傾向が強い。いかなる社会においてもエリート層には、社会の現状あるいは分類法を問い直すインセンティブがない。

だがコスグローブの決意は固かった。ボストンでのバーネットとの運命的な出会いから数カ月後、クリーブランド・クリニックはある実験を開始した。それは医療業界で論争をよび、ワシントンのホワイトハウスにも注目されることになった。

この実験には医療業界を超える意義がある。クリーブランド・クリニックの事例が示すのは、サイロの弊害に抗うために必ずしも（五、六章で見てきたような）部署を超える人事異動や事業撤退、あるいは劇的なキャリアチェンジをする必要はないということだ。別のアプローチとして、集団のメンバーに既存の分類システムや自分たちの世界の見方を問い直し、ときには分類法をひっくり返してみるよう促すという方法がある。心理的な組織再編は構造的な再編と同じぐらい有効な場合もあり、特に両者を同時に行うと効果的だ。これは医師だけでなく経済学者、銀行関係者、製造業やメディアの人々など高いスキルを持つさまざまな専門職にも示唆に富む教訓である。もちろん共感力のある医師を求める患者にも恩恵がある。

共同経営の病院の草分けとして出発

クリーブランド・クリニックはサイロ破壊の実験をするには最適な環境だったとも言える。このクリニックには昔から型にはまらないところがあった。病院が創設されたのは一八八〇年代で、有能な外科医だったフランク・J・ウィードが新米医師だったフランク・バンツとジョージ・ワシントン・クライルを雇い、急速に人口の増えていたクリーブランドに小さな診療所を開かせたのが始まりだった[11]。一八九一年にウィードが肺炎にかかり四五歳の若さで亡くなると、残った二人の医師はウィードの持ち分を馬三頭、馬車、ソリ、そして医療機器(遺産目録によると「鼻用ノコギリ三個、腸用固定具二個、鉗子《かんし》三個」など)とともに一七七八ドルで買い取った[12]。それから三人目の外科医となるウィリアム・ローワーを採用すると、クリーブランド中心部のオズボーンビルに入居するクリニックはますます発展した[13]。

病院の社史によると、一九一四年には三人は大方の医師が「引退を考え始める年齢」に達していた。しかしこの年、第一次世界大戦が勃発し、クライル医師は志願してフランスのアメリカ陸軍レイクサイド病院に赴いた[14]。他の二人のメンバーも従軍し、それは人生と医療に対する三人の認識を根本から変えることになった[15]。当時のアメリカ民間病院はほぼすべて営利事業として活動しており、医師はそれぞれ個人事業主だった。だが軍事病院では異なる専門科のメンバーがチームを組んで働くことを求められた。この経験を通じて、三人は「チーム」として働くのは戦時下に限らず、平時においても合理的であるという結論に至った。

そこで終戦後クリーブランドに戻ると、三人の外科医は新たなモデルにもとづいてクリニックを再開した。従来のようにそれぞれが独立した医師として営業するのではなく、三人でパートナーシップを組み、それぞれ固定給を受け取り、チームとして活動するようになったのだ[16]。

アメリカでこのような経営方法を採り入れていたのはクリーブランド・クリニックだけではない。ミネソタ州ロチェスターでは、ウィリアム・マヨとチャールズ・マヨという兄弟が一八八九年に同じような形態の病院を設立していた[17]。だがこういう病院が珍しかったのは、アメリカの医師の多くがそれを嫌がったからだ。「共同経営の病院は、当時の医療界のエスタブリッシュメントには嫌われていた。医師会は『医療界のソビエト』[17]『ボルシェビキ』『共産主義的』などと陰口をたたかれていた。医師会は『医療界の法人化』に反対しており、パロアルトで複数の医師が集まって病院を開こうとしたところ、地元の医師会に阻まれたほどだ」とコスグローブは説明する[18]。

しかし患者の圧倒的支持を受け、クリーブランド・クリニックは成長を続けた。一九世紀のクリーブランドは産業や農業の栄えるアメリカ有数の豊かな都市であり、二〇世紀に入ると下り坂になったもののまだ富裕な専門職の住人が多かった[19]。一九二九年には二つの大打撃に見舞われた。まず同年五月一五日、クリニックの地下に保管されていたレントゲンフィルムから出火した。爆発が起きて有害ガスが建物に広がったため、薬剤部長のジョン・フィリップスを含む一二三人の死者が出た。[20]五カ月後には株式相場が暴落し、クリニックは全員の給与を削減し、創業者の生命保険を担保に資金を借り、医師は全員残業をした。すでに六〇代になっていた創業メンバーの一人であるクライル医師は緑内障のためほぼ失明していたが、危機が勃発すると現役に復帰し、触覚を頼りに手術を続けた。一九四一年にはクリニックは借金を完済し、新規採用も再開した。[21]

第二次世界大戦が終わるとクリニックは再び拡大した。ただそのためには工夫が必要だった。クリーブランドが都市として斜陽だったからだ。二〇世紀初頭のクリーブランドは栄華を極め、「百万長者通り《ミリオネア・ロウ》」[22]があったほどだが、一九六〇年代の産業的、経済的衰退はすさまじくクリニックのあるダウンタウンでは暴動まで起きた。車が燃やされ、怒った暴徒は道で銃を撃ち、レンガを投げた。あまりの激しさに暴動鎮圧のために州兵が召集され、クリーブランド・クリニックは戦車や兵士の拠点となった。[23]それでもクリニックはクリーブランドを去らなかった。九三番街とユークリッド・アベニューの交差点という従来の場所にとどまり、[24]暴動が鎮圧されると周囲の土地を買い入れ、拡大の道を探った。

大きな転換点となったのは、花形外科医の一人であったレネ・ファヴァロロによる世界初の冠動脈バイパス手術の成功だ。[25]それによって世界の注目が集まり、クリニックの名声が高まった。世界中から医師や患者が集まり、冠動脈手術を担当する部門はもちろん放射線科、泌尿器科、消化器科なども拡大した。

一九七〇年代になるとクリーブランド以外にも勢力を広げた。オハイオ州全体に医療センターを開設したほか、地域病院を九軒買収して傘下に収めた。[26]八〇年代には医療ニーズの高い高齢の富裕層の集まるフロリダ州などにも進出した。猛烈な成長の結果、一九八八年には職員数は九一三四人に達し、フォード・モーターやLTVスチールを凌ぐクリーブランド最大の雇用主となった(27)。二〇世紀末には職員数はさらに四万人に増え(28)、クリーブランド最大であるのはもちろん、オハイオ州全体でウォルマートに次ぐ第二の雇用主となった(29)。

各専門が成功ゆえにサイロ化する

これは主要産業や農業の衰退によってオハイオ州の経済構造が劇的に変化したことの表れであると同時に、医療のあり方の根本的変化も象徴していた。クライル、バンツ、ローワーらがクリーブランド・クリニックを創業した一〇〇年前には、病院を一つのチームとして運営するのは簡単だった。事業規模は限られていたため、誰もが顔見知りでお互いに助け合っていた。社会学者のロビン・ダンバーやフェイスブックのお気に入りの表現を借りれば「社会的グルーミング」によってグループの一体感を保つことが可能だった。しかし二〇〇〇年にはクリーブランド・クリニックは巨大で複雑な官僚機構になっていた。一五〇というダンバー数を何倍も超える数の職員が働いていた。

こうした状況に対応するため、クリーブランド・クリニックの経営陣は最先端のロジスティクスを導入した。病棟の間は屋根付きの通路で結ばれ、灼熱の夏に雪に閉ざされた凍えるような冬というオハイオ州の気候の下でも職員が楽に移動できるようになった。さらに建物の間にはレントゲンやCTスキャンのデータや文書を迅速にやりとりするためのサクションパイプ（吸入管）が設置された。一九九〇年代になってデジタル化が進むと、メッセージのやりとりにはサクションパイプの代わりに電子ネットワークが使われるようになり、病院の日々の状況把握のほか、医師や看護師や雑用係や機械に仕事の指示を伝えるのに活用された。[30]建物の地下には複雑なトンネルのネットワークがつくられ、無人トラックが必要な医療品を運んでいた。異なる病棟に物品を届けるために高度な無人ロボットも開発され、不足品があれば自動補充するなど、ほとんど人手を介さずにシステムが円滑にまわるようになっていた。二〇〇九年にはニューズウィーク誌が「クリーブランド・クリニックは病院版のトヨタ式工場を目指している」と書いた。[31]子供が見たら、ロアルド・ダールの『チャーリーとチョコレート工場』に出てくるウィリー・ウォンカのお菓子工場のようだと言っただろう。サクションパイプやロボットやチューブや機械やITシステムが張り巡らされ、すべてがスムーズに動くように設計されている。

ロジスティクス・システムやロボットはたしかに見事だったが、成功には影の部分もあった。技術や官僚機構が複雑化するのにともないクリニックにはサイロが蔓延していったのだ。それ自体が必ずしも悪いわけではない。むしろ巨大で複雑な事業を動かしていくには専門化は不可欠だ。しかもクリーブランド・クリニックはうまく機能しているように思われた。二〇〇四年に作成された社史には「USニューズ&ワールドレポート誌の毎年の病院評価では、クリーブランド・クリニックは調査が始まって以来常にアメリカのトップ一〇に入っている。特に心臓外科（一九九五年から二〇〇三年まで全米一位）、泌尿器科、胃腸科、神経科、耳鼻咽喉科、リウマチ科、婦人科、整形外科では評価が高い」とある。[32]

ただ専門科ごとのサイロはあまりにも成功していたからこそ、次第に強固になっていった。その点では成功を謳歌する世の中の大企業と同じようだった。少なくともコスグローブがトップに就任するまでは。

心臓手術と刺繍をつなげる

二〇〇四年一月、有名な心臓外科医でクリーブランド・クリニックのCEOを一五年勤めたフロイド・ループが退任する意向を表明した。激烈な後継レースの末、[33]その年の六月には理事会が「数百時間の議論の結果」コスグローブ（正式にはデロス・コスグローブ博士）を新CEOに選んだことが発表された。[34]

翌日このニュースが幹部職員に伝えられると、「自然と拍手とスタンディング・オベーションが沸き起こった」とプレイン・ディーラー紙は伝えている。[35]コスグローブは医師として輝かしい実績があるのに加えて、一二人の医師を束ねて病院の収益の三分の一を稼ぎ出す胸部・心臓血管外科部門の責任者だった。メリーランド大学で心臓外科を教えるジョン・キャスターは「コスグローブは世界で最も優れた心臓外科部門を率いてきた人物だ」と評価した。[36]

またコスグローブは職業倫理の高さにおいても有名で、尊敬されていた。一九四〇年にニューヨーク州北部のオンタリオ湖畔に佇む小さな町ウォータータウンで生まれた。弁護士を父に持ち、恵まれた少年時代（子供時代は「トビー」と呼ばれていた）を過ごし、ヨットに夢中になった（クリーブランドに移ってからはマサチューセッツ州ケープ・コッドの沖合にあるナンタケット島に船を置いていた）。[37]八歳のときに地元の外科医と知り合ったことで、医学に情熱を持つことになった。

しかし医師への道は容易ではなかった。学業に真剣に取り組んだものの、成績は振るわず、ウィリアムズ大学の一年目にはDばかり取った。三一歳のとき、ようやくその原因が失読症であることがわかった。「私の問題を指摘してくれたのは、教師をしていたかつてのガールフレンドだ。ニューヨーク・タイムズに載った読み物を読もうとしても、どうしても文章がつながらないのを見て、彼女が『トビー、あなたは失読症なのよ』と言ったんだ。それですべて合点がいった[38]」

コスグローブはなんとかバージニア大学のメディカルスクールに合格した。そしてひとたび実習が始まると、才能が開花した。研修医となったのはロチェスター大学だ[39]。ベトナム戦争中は中部ダナンの近郊にあった空軍の負傷者診断フライトセンターに勤務し、わずか五カ月で二万二〇〇〇人の兵士を本国へ送り返す作業に従事した。

「今でもベトナムを思わない日はない。頭上でヘリコプターが飛ぶ音、大きな物音などを聞くたびに当時を思い出す。あの経験によって誰もが変わった」と語っている[40]。

アメリカに戻ると、マサチューセッツ総合病院で働きはじめた。転機が訪れたのは一九七五年。クリーブランド・クリニックの心臓外科に加わるチャンスが到来したのだ[41]。ハーバード大学病院からも招かれていたが、コスグローブはクリーブランドを選んだ。レネ・ファヴァロロとその冠動脈バイパス手術に憧れていたからだ[42]。チームで働くという姿勢も好ましかった。「軍では協力することの重要性を学んだ。だから自然と、なぜ医療界全体がそういう仕組みになっていないのかと疑問に感じていた」と言う。

それからの二〇年、コスグローブは猛烈に働き、外科医として傑出した評価を確立した。周囲から必ずしも好かれていたわけではない。外科医は傲慢と言われることが多いが、コスグローブもたびたびそういう態度をとった。我も強かった。

泌尿器科のトップであった外科医のエリック・クラインは「トビーが部門長時代に三六〇度

評価の対象となったとき、部下に『とても有能だが、怒って自制心が利かなくなると誰もついていけなくなる』と書かれた」と振り返る。しかし謙虚で親切なときもあった。また他人に対して厳しいのと同じぐらい自分にも厳しかった。

「トビーが本当に傑出しているのは、変化する才能そして失敗から学ぶ能力だ。周囲への接し方については、たしかにこの間ずいぶんと変わった」とクラインは付け加える。また慣習にとらわれずにリスクをとるのもコスグローブの強みだった。

クリーブランド・クリニックで働きはじめてまもなく、コスグローブは従来の心臓弁手術の方法を変えたいと考えた。当時は機械式装置あるいは豚から摘出した弁を使って患者の心臓を治すのが一般的だった。硬いリング状のこうした部品を人間の体内の弁に縫い付け、継ぎ環として使うのである。[43]ただいずれも柔軟性に欠け、人間の心臓の鼓動に合わせて動かないという問題があり、心臓外科医は手をこまねいていた。

そんなある日コスグローブは偶然、一九世紀のお針子が使っていたような伝統的な刺繍枠を目にして、それを外科手術に使うことを思い立った。突飛な思いつきだった。「心臓手術と刺繍というのは普通、同じ文脈に出てこないテーマだ」とコスグローブは語る。[44]それでもこのイノベーションは成功した。その後もコスグローブは型破りな発明を生み出し、三〇個の特許を申請した。

後になって、そうした型にとらわれない発想をする能力を身に着けたのは失読症のおかげだと語っている。読むことができなかったために、映像記憶能力を身に着けたり、問題に対して独自の解決策を模索するしかなかったからだ。「失読症は実は天からの恵みだった。その制約のおかげで群衆意識のワナに陥ることがなかった。身のまわりで起きていることを理解し、学習するための独自の方法を編み出すしかなかった[45]」

コスグローブは失読症からもう一つ、重要な知恵を学んだと思っている。革新的な発想をするカギは、境界に疑問を持つことである、というのがそれだ。創造力は異なるところで生まれたアイデアを混ぜ合わせたときに生まれることが多い。「私のアイデアの多くは心臓外科以外の分野あるいは事象との比較によって生まれ、さらに異分野の専門家との協業を必要とするものだった[46]。イノベーションはある分野が別の分野と接する縁《へり》の部分で起きる[47]」と語る。つまりサイロが崩れた場所で起きる、ということだ。

外科と内科を廃止する

CEOに就任した数年後、コスグローブは理事会を招集し、病院のあり方を変えたいと訴えた。ある程度は想定された事態だった。コスグローブが野心家で、新たな歴史を創ろうとしているのは誰もが知るところであり、すでに多くの幹部が部門の境界を見直す必要について真剣かつ活発な議論に参加していた。「変革に関する議論は盛んに行われていた」と外科部長だったブルース・リトルは語る[48]。

しかしコスグローブのもくろみを聞き、その壮大さに誰もがたじろいだ。いくつかの部門を再編するどころか、コスグローブは二つの革命的変化をもたらそうとしていた。第一に、四万三〇〇〇人のスタッフを「医師」「看護師」といった既存の分類法で区別するのをやめるべき時期が来た、と訴えた。純粋な医学用語で役割を定義するのはやめ、全員を「医療提供者」ととらえ、身体的苦しみだけでなく精神的、感情的な苦しみを治療する責任を持たせるのだ[49]。

第二に、コスグローブは病院の組織も変えることにした。それまで病院の組織は、医者の使うツールや治療法を土台として作られていた。最も重要な区別の一つが「外科」（患者の身体にメスを入れる）と「内科」（患者の身体を治療する）のそれだ。この二つのカテゴリーの中に数多くのサブカテゴリーがあり、それぞれが医師の受けた専門教育に対応していた。

だがコスグローブはこの方法をひっくり返そうとしていた。ある意味では、スイスのコメディアンで現代芸術家のウルスス・ウェールリが絵を描くとき、あるいはパフォーマンスをするときと同じ手法をとり入れようとしていたと言える。物事の当たり前の配置をひっくり返すことで、見る人に新たな視点を与えるのだ。[50] コスグローブはクリーブランド・クリニックを医者の専門分野に応じた部門に分けるのをやめ、患者の病気を中心とした組織にしようとしていた。それは「疾患」（癌など）や「体組織」（脳など）ごとに異なる専門分野を集めた組織をつくり、外科医や内科医などさまざまな専門医が患者の治療に協力する仕組みを意味する。[51]

「私がクリーブランド・クリニックに入った頃は、心臓外科医は廊下の端、心臓専門医は逆の端という配置になっていて、待合室以外では顔を合わせることもなかった。（同じ外科医である）直腸や他の臓器の外科医とは何の共通点もない一方、心臓専門医は医学界では別分野でも同じ心臓を扱う者として共通点がたくさんあったのだが」とコスグローブは嘆く。

コスグローブの発表に職員は衝撃を受けた。アメリカの他の病院と比べれば、クリーブランド・クリニックの医師の仕事ぶりは驚くほど協調的で、創業者の言葉を借りればチームで動いていた。アメリカの医療業界では医師は専門科に分かれて仕事をし、報酬は個人が稼いだ金額に応じて決まっていた。そういう面では医療界のシステムも、金融業界で一般的な成果報酬型と似ているのだ。それに対してクリーブランド・クリニックの医師の報酬は、それぞれ担当した治療行為に応じた金額ではなく固定給だった。特別ボーナスが支給されることもあったが、それも個人別の成果報酬というよりチーム共通が基本だった[52]。

こうした手法はヨーロッパでは一般的だ。たとえばイギリスの国民保険サービスの給与水準は組織全体で決められている。だがアメリカでは固定給方式はめずらしく、国の調査では国内に八〇万人いる医師のほぼ半数が独立した事業主で、残りは大規模病院に勤務する人を含めてほぼすべてが財務的に独立したチームの一員として働いている[53]。二〇〇五年時点ではアメリカの医師のうち、五〇人以上の大規模組織で全員共通の給与体系の下で働いているのは四・五％に過ぎなかった[54]。

こうした点ではクリーブランド・クリニックはユニークだった。それでも業務は部門単位に分かれており、部門間の協力は必ずしも良好とはいえなかった。その一因はあからさまなものとそうでないものを含めた序列があり、カースト構造に近いものがあったからだ。たとえばコスグローブの所属していた心臓外科はカースト構造の頂点にあり、報酬も高く序列はとびきり高かった。一方、全科を診療できる一般医はまた別のカテゴリーで、報酬は低かった。放射線科医や麻酔専門医はさらに階層が低く、もっと低いのは看護師だった。こうしたグループ間での協力はあったものの、新たな技術の登場や複数の部署にまたがる疾病を診るときなどは業務の重複が生じることもあった。

こうした問題を端的に示すのが心臓カテーテルだ。二〇世紀前半、カテーテルは主に膀胱などの疾患の治療に使われ、外科医ではなく内科医が扱っていた。カテーテルを挿入するのに人体組織にメスを入れる必要はないので、外科の仕事とはされていなかったのだ。だが二〇世紀末には、内科医がカテーテルを挿入するためにメスを使うようになる一方、外科医も心臓手術の途中でカテーテルを使うようになった。「内科と外科の境界がぼやけはじめていた。心臓専門医が治療介入としてカテーテルを使うようになったが、それはそもそも外科医の仕事だったはずだ。続いて血管手術を行う医師らがさらに多くのカテーテルを使うようになった。彼らは手術の訓練を受けてきたのに、カテーテル分野にも入り込んでいったのだ」とブルース・リトルは説明する。その結果、部門間の対立が深まった。「境界が曖昧になるにつれて、カネやプライドをめぐる対立が増えた」とリトルは認める。腎臓専門医のエリック・クラインも「トビーがCEOになった時点では、頸動脈ステント処置を手掛ける部門が五つもあった。心臓外科、神経科、神経外科、神経放射線科、そして血管外科だ」と語る。

論理的に考えれば、同じ処置を異なる部署で手がけるのは資源の無駄であり、チームを統合すべきだ。しかしどの部署も自らの領土を割譲しようとはしなかった。「同じ処置を担当するグループを協力させ、データベースやマニュアルを共有させようとしたが、できなかった。それぞれが別のコストセンターだったからだ」とクラインは振り返る。

そこでコスグローブは大胆な措置を発表した。内科医長、外科医長というきわめて重要なポストに就いていたジェームズ・ヤングとケネス・オリエルをオフィスに呼び、内科と外科を廃止し、二人のポストも失くすつもりだと告げたのだ(55)。世の中の病院ではこの二つのポストは神聖なものと考えられていたが、伝統的モデルを破壊するというコスグローブの決意は固かった。外科医と内科医を別の部門に分けるのではなく、専門を超えた組織をつくるのだ。

「二人にはこう言ったんだ。『君たちは大切な人材だが、われわれは変わらなければならない』と」。衝撃を和らげるため、オリエルにはアブダビの拠点の責任者というポストを与えた。一方、温厚なヤングは内科医長のポストを明け渡し、そのまま病院に残ることにした。「他の病院であれば、もっと激しい軋轢が生じたかもしれない。内科と外科を廃止するというのは普通の病院では考えられないことだからね。でもコスグローブの考えはもっともだと思った」とヤングは振り返る。

次のステップは内科医と外科医を明確に区別せずに、どのように医療を提供するかだ。コスグローブをはじめとする医師たちが、患者が自らの病気を語る内容に耳を傾けたところ、身体の部位や漠然とした病名を口にすることが多かった。肌がひりひりする、頭が痛い、足を折った、癌ではないか、と。それは外科や内科といった従来型の区分に代えて、身体の部位や疾患ごとに複数の専門科を集めたセンターをつくるほうが合理的であることを示唆している、とコスグローブは主張した。とはいえそれを現場で実践するとどうなるのか、確信があったわけではない。

そんななか二〇〇六年六月に、神経外科部長が退任することになった。そこでコスグローブはある実験をすることにした[56]。理事会は（内科の一部であった）神経科と精神科、（外科の一部であった）神経外科など脳に関するすべての科を統合した「脳疾患センター」の設立を発表した。

「頭痛に苦しむ患者はとにかくそれを治してもらいたいと思う。自分に必要なのが神経科の医者なのか、神経放射線科の医者なのか、彼らにはわからない。だからすべてまとめるのが理に適っている」とコスグローブは説明する。

この実験を担う人材探しは難航した。当初コスグローブは有名な医学界のスターをセンター長に据えたいと考えていた。それに従い、理事会は別の病院に勤務していた優秀な神経外科医を見つけてきた。しかしこの候補者はコスグローブの実験がいかに型破りなものかを理解すると辞退してしまった。トップレベルの外科医の多くは、内科医や精神科医と同等に扱われるのを嫌がる。それは医学界の慣習に反していた。

「トビーは候補者を探す委員会に『ノーベル賞級のトップを探してほしい』と命じた。だからわれわれは医学界で傑出した実績のある人物を探し求めたが、まったくうまくいかなかった」と神経放射線科医のマイク・モディックは振り返る。

そこで委員会は、モディック自身を脳疾患センター長に選んだ。[57] これもかなり異例の措置だった。というのも放射線科医は通常、外科医よりはるかに序列が低いからだ。だがモディックには失うものが何もなかった。そこで脳にかかわる多様な医療行為や専門家をグループにまとめ、専門科の境界を崩していった。

「脊椎が良い例だ。脊椎は長年、精神科、神経科、画像検査科、整形外科、リウマチ科などさまざまな科が扱ってきた。それを一つにまとめるのが合理的だと判断した」とモディックは説明する。

コスグローブは医学界の地図を見直す方法が他にもないか、検討を続けた。改革のスケジュールを決めるため、幹部級の医師を集めて「組織計画グループ」という特命チームをつくったほどだ。[58] しかし脳関連部門の改革の噂が広まるにつれて、他の部門の従業員が不安を抱くようになった。外科医は自分たちの地位が損なわれるのではないかと恐れた。他の医師は改革によってあらゆる権限が外科医の手に集中するのではないかと心配した。リウマチ科長だったアビー・エイベルソンは「私たちのような内科系の人々は、外科の軍門に下るのかと懸念していた」と話す。[59]

職員の不安の高まりを受けて、一部の医師はコスグローブに改革の手を緩めるよう進言した。

しかしコスグローブはそれを拒み、むしろ改革を加速させた。計画されていたすべての改革を一挙に実施すると発表したのだ。それが大それた試みであることは重々承知だった。当時のクリーブランド・クリニックの職員は四万三〇〇〇人に達し、それぞれの部署では独自の治療方法、料金体系、人事制度があった。しかしコスグローブはぐずぐずしていると改革が阻まれてしまうとにらんでいた。「誰もが不安になり、『誰に報告することになるんだろう?』『私の上司は誰になるんだ?』ということばかり気にするようになっていた」と振り返っている。

二〇〇八年一月一日、クリーブランド・クリニックは「ビッグバン計画」を発表した。「皮膚科・形成外科センター」「消化器疾患センター」「泌尿器・腎臓センター」「頭部・頸部センター」「心臓・血管センター」「癌センター」など二七のセンターを新設したのだ。[60]

別の科と同じオフィスに引っ越すだけで済んだ部署もあった。たとえば泌尿器・腎臓センターに所属することになった腎臓手術を担当する外科医は、腎臓疾患を治療する内科医の隣の部屋にパソコンを持って移動するだけでよかった。しかし新たなチームとしてまとまるのが困難なところもあった。「組織再編が発表されたとき、リウマチ科と整形外科は別のフロアにあった。両科が一緒になることがわかり、全員が入れるスペースを探し回ったが見つからなかった。結局それまでの場所にとどまることになった」とエイベルソンは語る。どのフロアに収まるにせよ、医師たちには改革の目的がはっきり伝わった。外科医も内科医もそれぞれの専門分野の中だけで医療を考えるのをやめ、互いに協力しなければならない、と。

クリーブランドの改革の噂を聞きつけたアメリカ外科医師会とアメリカ内科専門医協議会は当惑し、警戒心を抱いた。どちらも国内の医学教育プロセスを承認する役割を担っており、それぞれ病院は内科と外科に分かれているという前提にもとづいて動いていた。こうした境界を崩そうとする病院など見たこともなく、この神聖な区別を失くすことでクリーブランド・クリニックの医師教育に不都合が生じるのではないかと不満を伝えてきた。

「彼らは大いに不満で、説明するのは大変だった」とコスグローブは言う。医師会をなだめるためクリーブランド・クリニックの経営陣は、複数の専門科をまとめた各センターの背後に、従来の専門科を非公式の組織構造として残すことにした。「病院の外の世界はこうした専門科ごとに分かれていたので、研修生の教育などのために同じ体裁を残しておかなければならなかった」とモディックは説明する。クリーブランドと取引のあった一部の保険会社も、保険料の支払いはセンター単位ではなく、従来どおり専門科単位にするよう求めてきた。保険会社のコンピュータシステムに柔軟性がなく、専門科を越える医療組織に対応できなかったためだ。

この結果病院の最終的な構造は、新設されたセンターの背後に非公式の専門科が存在するという複雑なものになった。しかしコスグローブは、改革の効果はこうした問題を補って余りあるものだと考えている。二重の組織構造には想定外のメリットがあったのも大きい。二重構造の存在によって医師たちは仕事をするなかで、医療行為を定義し分類する方法は一つとは限らないことを常に意識し、状況に応じて異なる分類法の間を行き来するようになった。神経外科医は医師界のエリートである外科医という部族の一員である一方、脳を専門とする他の医療スタッフと対等のメンバーとして一緒に活動することもある。すべてはどのような視点で世界を見るかで決まる。

患者エキスペリエンス部門が発足

改革が始まって数カ月経った二〇〇八年春、コスグローブは全職員を集めた会議で講演した。ともに壇上に立ったのは、ハーバード大学の講堂で厳しい質問を投げかけたカラ・メドフ・バーネットだ。

「カラ、君のお父さんがなぜ手術の場所としてクリーブランド・クリニックを選ばなかったのか、教えてくれないか」。壇上に座ったコスグローブは、穏やかな口調で語りかけた。CEOになってしばらくは、職員に向けたスピーチは堅苦しく厳格なもので、コスグローブは自然体にふるまうのを難しく感じていた。しかし二〇〇八年には親しみやすい雰囲気になり、おしゃれなネクタイも結ぶようになった。

「君のご家族はクリーブランドのどこが嫌だったのかな?」

一年前にハーバード・ビジネススクールを卒業し[61]、ニューヨークで働きはじめていたバーネットは、ハーバードの講堂での言葉を繰り返した。病院の設備や技術力はすばらしいものの、共感力に欠けていたところだ、と。コスグローブは謙虚にうなずいた。「なるほど。そこが間違っていたんだね。われわれは変わらないといけない」

コスグローブの同僚は、このやりとりを聞いて仰天した。「以前のトビーを知っている人なら、彼の口から共感なんて言葉が出てくるのは想像もしなかった」。緊急治療センターの医師、セス・ポドルスキーは語る[62]。猛烈なプレッシャーと競争の世界に生きる外科医は、弱さや感情を吐露することなどまずない。

「私がボストンの医学生だった一九六〇年代には、医療のレベルは現在とはまったく違った。手術台で命を落とす子供が一日に五人いる日もあった。感情に流されていたら仕事を続けることすら難しかっただろう。患者も医師に肩を抱いてほしいとは思っていなかった。命さえ助かれば御の字だったからだ」とコスグローブは説明する。

だがコスグローブはバーネットの言葉を真剣に受け止めた。共感は患者の心のケアだけの問題ではなく、医療界のサイロを打破する手段だと考えていたからだ。クリーブランドの医師には、医療を生物学的あるいは感情的なものと二者択一で考えるのではなく、両方に同時に目配りしてほしいと期待していた。それが患者にとっての医療にほかならないからだ。医者とは異なり、病人は科学と感情を区別しない。「医療行為の質を判断できる患者は少ない。私の仕事ぶりを見ても、外科医としてどの程度のスキルがあるかはわからないだろう。でもどんな患者でも医師に自分がどう扱われているかはわかる」

そこでコスグローブは、直腸外科医のジェームズ・メルリノを「最高エキスペリエンス責任者（ＣＸＯ）」に任命した[63]。四万三〇〇〇人の全職員が、共感を学ぶための半日研修への参加を命じられた[64]。外科医の中からは反発の声があがった。

「患者エキスペリエンス部門が発足したと聞いて『ばかげている』と思った。われわれはホテルじゃない。お客様を出迎えて、お部屋の枕はいかがですかと尋ねるような仕事じゃないんだ！　と」。泌尿器外科医のクラインは振り返る。しかしコスグローブとメルリノはクリーブランドで働く者は例外なく、別の部署のメンバーと一緒に共通の研修を受講しなければならないと譲らなかった。一部の外科医や内科医はカスタマーサービスの研修として、ディズニーランドに派遣されたほどだ。

改革のもう一つの手段として活用されたのが建物の構造だ。コスグローブはピエール・ブルデューのハビトゥス理論には馴染みがなかったものの、文化は物理的空間に影響を及ぼすと同時に空間から影響を受けることを理解していた。かつてのクリーブランド・クリニックはアメリカの大方の病院がそうであったように、重厚な木の壁に伝統的な油絵がかかり、絨毯が敷かれているような内装だった。それが一九九〇年代になるとシンプルで清潔感のあるデザインが主流になり、コスグローブがトップになるとその傾向がさらに強まった。院内のそこここにモダンアートが飾られ、[65]ファッションデザイナーのダイアン・フォン・ファステンバーグが患者用の館内着をデザインした。[66]病院のロビーを訪れた人がくつろげるように、芸術家のジェニファー・スタインカンプの手による木をかたどった巨大なホログラムが設置された。[67]ロビーにはピアノも設置され、患者が弾くこともあれば、ときにはプロの音楽家が演奏に来ることもあった。

患者を明るく出迎え、不安を鎮めるため、「レッドコート」と呼ばれるコンシェルジュのような案内役も三〇人ほど採用した。[68]「もともとレッドコートを採用したのは、クリーブランド・クリニックで多数の改装工事が行われているなか患者を目的の場所に案内するためだったが、それが非常に良い効果を発揮していることに気づいた。患者はレッドコートをとても喜んでいた」とコスグローブは説明する。

とはいえコスグローブが最もこだわったのは病院の正面玄関だ。二一世紀初頭、クリーブランド・クリニックの経営陣は拡張計画の一環として、病院の正面玄関を改装することにした。当初は噴水を設置する計画になっていたが、コスグローブがそれをやめさせた。湧き出る水は患者に出血を連想させるから、というのが理由だ。その代わりに静かに水をたたえるZENプールを造らせ、静謐《せいひつ》さと、何よりも重要な共感のイメージを打ち出そうとした。

病院の建築担当は通路にも目を向けた。病棟の間を結ぶ空中の屋根付き通路は、冬の吹雪の最中でも患者や看護師が容易に行き来できるようにするため一九七〇年代に設置された。地味で実用的という以外に取り柄はなさそうだったが、医師同士の交流について議論するなかで、通路に予想外の効用があることがわかった。患者も職員も病棟間を移動するにはこの狭く長い通路を通るしかなかったため、他のチームのスタッフとしょっちゅう顔を合わせることになったのだ。

そこで建築部門は空中通路を明るく開放的なデザインに変え、壁には魅力的な芸術作品やスローガンを掲げるなど、通る人が足を止めて会話したくなるような雰囲気にした(69)。フェイスブックと同じように物理的な空間配置によってサイロ破壊を促そうとしたのだ。しかもフェイスブックのハッカー広場と同じように、こうした通路は正式な全職員集会より交流を促す効果が高かった。「用事があるから通路に行くのだが、結局それとは無関係の人と出会って話すことになる。目的地にたどり着くまでの所要時間は長くなるが、新しいアイデアやニュースを仕入れることができるので、時間の無駄ではない」とモディックは語る。

協業の結果生まれた医療イノベーション

二〇一三年末、コスグローブは嬉しい知らせを受け取った。USニューズ&ワールドレポート誌の患者の満足度調査で、クリーブランド・クリニックが国内でトップに選ばれたのだ。これは驚くべき変化といえる。コスグローブがハーバード・ビジネススクールの講堂で共感力の欠如を批判された七年前には、クリーブランド・クリニックは患者の満足度では最下位にいた。それがコスグローブが指揮官となって以降、この指標における評価は劇的に改善した。二〇一二年には各種の患者調査で国内上位病院の常連になっていた(70)。

嬉しい知らせはそれだけではなかった。USニューズ&ワールドレポートの調査では、クリーブランド・クリニックはほぼすべての診療科の技術力においても上位三位に入っていたのである。一方、他の病院との比較可能なデータがある場合（全国的にこの種のデータは驚くほど限られている）、クリーブランド・クリニックのコストは他の多くの病院より低かった。[71] コスグローブはその原因はインセンティブの違いにあると見る。

アメリカの病院のほとんどが採用する「成果報酬型」のシステムでは、専門医のチームが一人の患者に対してできるだけ多くの治療を施そうとするので、治療費が膨らむ傾向がある。それによって彼らの報酬が高まるからだ。一方、クリーブランドの医師は固定給なので、過剰な治療をするインセンティブを抑える効果がある。泌尿器科長のクラインはこう説明する。「前立腺癌の例がわかりやすい。初期の前立腺癌の治療法には五つの選択肢がある。経過観察、観血的手術、ロボット手術、小線源治療、そして外照射療法だ。他の病院では、専門医が一番得意な治療法を勧めるだろう。一番費用がかかるのは外照射療法なので、それを推す病院が多いはずだ。一方クリーブランドではさまざまな専門医が一つのチームであり、五つの選択肢はすべて同等だ。小線源治療の効果が他より高く、費用は大幅に低いことを示すデータがあるので、われわれはこの選択肢を勧めることが多い」

こうしたすばらしい成果には、オバマ大統領も賛辞を贈った。アメリカの医療制度問題に関するスピーチでは、クリーブランド・クリニックを「官僚組織ではなく、患者のケアを最優先にしている」と称賛した。[72] ラジオの全国放送で自らの医療制度改革方針を説明したときも「今日医療費が高騰している一因は不当な利益追求にあり、それは我が国の医療制度のなかで到底容認できない。その一方でミネソタ州のマヨ・クリニックやオハイオ州のクリーブランド・クリニックなど国内で最高のケアを最低の費用で提供する医療機関もある」と語った(73)。

ただクリーブランド・クリニックの内外で、誰もがオバマ大統領のようにコスグローブの改革をもろ手をあげて支持したわけではない。たとえばマヨ・クリニックもクリーブランドと同じようにパートナーシップ制度を採っているが、医師は従来の専門科に分かれて働いており、統合的なセンターに改組する必要性は感じていない。

「センターをつくっても専門科と同じように有害なサイロが生まれるリスクはある。医師に協力を促したりコストを抑えるために、わざわざセンターをつくる必要はない」とマヨ・クリニックのある幹部は語る。

しかしコスグローブとスタッフはそうした批判など意に介さず、むしろ誇らしく思っているようだ。従来型のサイロを壊したことで医療に対する総合的アプローチが浸透しただけでなく、自分たちがさらにイノベーティブになったと感じているからだ。筋肉と関節にかかわる症状への対応方法はその好例だ。

従来こうした症状はリウマチ科と整形外科が別々に対応していた。だが新たに整形外科・リウマチ科センターが発足し、整形外科医とリウマチ専門医が初めて協力するようになった結果、外科手術の後に両者が協力してカルシウムレベルを監視すると治療の成果が高まるという驚くべき発見があった。

「整形外科医は従来、股関節を骨折した患者のカルシウム代謝を調べていなかったが、リウマチ専門医の提案に従ってそれを実践したところ、大きな成果があった」とコスグローブは説明する。新たにセンター長となったアビー・エイベルソンもこう語る。「従来は骨粗しょう症性骨折を起こす患者がいたものの、原因がわからなかった。今では骨折後の管理を協力して行っている」

同じように泌尿器科・腎臓センターでは、代謝のバランスが腎臓結石の形成にどのような影響を及ぼすかを理解するため、外科医と腎臓専門医が初めて手を組んだ。それによって腎臓結石と癌を管理するための非外科的な（そしてより安価な）方法を発見するのが目標だ[74]。「従来、初期の腎臓癌の患者は泌尿器科医が診察していたが、今ではすべての症例を両科が一緒に議論し、腎臓の全体ではなく一部だけを摘出するための手順も作成した」とクラインは説明する。心臓・血管センター長のブルース・リトルも「すべてのサイロを打破できたわけではないが、以前と仕事のやり方は変わった」と語る。「問題があるかと言われれば、もちろんまだたくさんある。ただそうした問題を解決する仕組みもある。毎週火曜日の朝には各専門科長と私が集まって会議を開き、グループとして問題に対処するんだ」

最も劇的な変化があったのは救急サービスセンターだ。たいていのアメリカの病院では、救急サービス部門の医師は、各専門科の医師の許可がなければ患者を専門科に送ることができない。これが治療の遅れる原因となっている。しかし専門医は患者の受け入れの権限を手放そうとしない。それが自らの報酬を左右するからだ。

そこで二〇一二年、クリーブランド・クリニックはこの仕組みをひっくり返すことにした。救急サービス部門の医師に患者の専門科への受け入れを決める権限を与えたのだ。救急隊員や救命士にも同じ権限が与えられた。これはかなりの物議を醸す措置だった。

「ずっとこのような変化を望んでいたが、絶対に起こらないと思っていた」と、救急サービスセンターの医師、ブラッドフォード・ボーデンは語る。新たな仕組みが常に期待どおりの結果につながったわけではない。「われわれの調査では九三％のケースで患者を適切な診療科に送ることができていた。ただ誤った診療科に運んだ場合でも、翌朝には正しい科に移せた」

この変革によって、目に見える成果が表れた。二〇一二年まで、救急サービスチームが患者を診療科に送るまでには二時間四〇分かかっていた。だが二〇一三年春には二時間に縮まっていた。

救急サービスで働く別の医師、セス・ポドルスキーもこう語る。「仕事のやり方が変わっただけでなく、文化そのものが変化している。こうした変化は一夜にして起こるものではないが、今まさに進行中だ」

このような実験を、さらに推し進めることは可能だろうか。他の場所でも再現できるだろうか。その答えはクリーブランド・クリニックの医師たちにもわからない。実験を始める前から、彼らが普通の病院と違っていたのは確かだ。クリーブランド・クリニックではもともと他のアメリカの病院と比べて集団主義が強かった。進取の気性にも富んでいた。

「報酬制度の違いも大きい。われわれがサイロを破壊できた一因は報酬制度にある。成果主義的モデルの下では同じことはできない」とリトルは話す。「長年続いてきた思考法や習性は変えざるを得なくなるまで変わらない。ハーバード大学が変わる必要がないのは長い歴史があるうえに、世界最大の基金に支えられているからだ。一方、われわれはエリー湖のほとりの人口減少の続く斜陽都市にある非営利組織だ。自らを改善し、クリエイティブになるしかなかった」

ただクリーブランド・クリニックの医師たちが改革の最も重要な成果と考えているのは、それによって分類システムを問い直す意義が明らかになったことだ。企業あるいは政府で働く人々に世界の見方を変えるよう促すと（作り手ではなく消費者の視点に立って世界を見直すなど）、たいてい創造力やパフォーマンスの向上につながる。

報道機関が（記者ではなく）読者のモノの考え方に応じて仕事の方法を見直したら、メディアはどう変わるだろうか。メーカーが（営業マンやデザイナーではなく）消費者の価値観に応じて組織体制を見直したら、今と同じ商品を売るだろうか。要するに、重要なのはビジネスプロセスやサービスの見方を上下左右にひっくり返してみると、組織のモノの考え方が変わるかもしれない、ということだ。あるいは、どのような成果が生まれるかわからなくてもリスクを取ろうという姿勢が組織に浸透していれば、同じ効果が期待できる。

脳神経センター長のモディックは二〇一三年五月、自らのオフィスでこう語った。「数年前クリーブランド・クリニックで、自分たちの事業モデルを広めるためのコンサルティング事業を手がけたらどうかという話が出たが、すぐにばかげたアイデアだと一蹴されてしまった。われわれのシステムをカネで買ったところでサイロを破壊することはできない。システムは自ら創らなければ意味がない。新しいシステムを構築するプロセスやそれについて議論することを通じて、組織は変わっていくのだ」

BUCKET-BUSTING

How Breaking Down Silos Can Produce Profits

第八章

サイロを利用して儲ける

大手銀行では、債券、株券等々、細かな分野に分かれてトレーディングをしている。情報や知識は共有されない。ＪＰモルガンで二〇一二年に明るみに出た六二億ドルの損失は、そうしたサイロが生み出したものだった。が、そのサイロを衝いて儲けた者もいたのだ。

大手銀行のサイロを研究しその弱みをつく

二〇一二年五月一一日にニューヨークの株式市場が閉まると、JPモルガン・チェースCEOのジェイミー・ダイモンは投資アナリスト向けの緊急テレビ会議を開いた。

数週間前からアメリカの有力銀行である同社が、ロンドン拠点のトレーダーによる信用デリバティブ取引の失敗で巨額損失を出したという噂が流れていた。金融関係者の多くはこれを意外に感じた。というのもある上院の報告書に書かれているとおり、JPモルガンは「常にリスク管理に強いというイメージを醸し出していた」からだ。[1] 二〇〇七〜〇八年の信用危機は大方の銀行よりうまく乗り切り、社内のリスクは徹底的に管理しようとする管理魔として知られるダイモンはウォール街で一目置かれていた。巨額損失の噂が流れた当初もダイモンは「空騒ぎ」と切り捨てていた。

だが五月一一日、ダイモンは屈辱的な態度変更を迫られた。簡潔な声明文でJPモルガンが数十億ドルの損失を出したことを認めたのである。原因はチーフ・インベストメント・オフィス（CIO）のブルーノ・イクシル率いる一派が行った愚かな取引だ。それまで無名の存在だったイクシルは、欧米企業の信用リスクをめぐる巨額の取引を繰り返していた。手段として使っていたのはそうした企業の発行する社債でもなければ、個々の社債にリンクしたデリバティブでもない。市場で「ＩＧ９」と呼ばれるインデックスでトレーディング・ポジションを作っていた。これはメイシーズ、ウォルマート、ウェルズファーゴ、ＭＢＩＡなどアメリカ企業一二五社の発行する社債をまとめて保証するデリバティブ（正確には「クレジット・デフォルト・スワップ」）で、イクシルはヨーロッパ企業についても同様の金融商品を使って投資していた。いずれの商品も金融市場では地味な存在だったが、イクシルを筆頭とするＣＩＯの面々は途方もない金額を動かし、「ロンドンのクジラ」という悪意あるニックネームを付けられていた。相場が想定外の方向に動いた結果、イクシルの損失は少なくとも六二億ドルに達した。[2]

ニュースが表面化すると、ＪＰモルガンの内外から厳しい非難の声があがった。この事件は多くの点で金融危機の最中にＵＢＳやシティグループなどの大手銀行を苦しめた問題と不気味なほど似ていた。第三章で述べたように、当時ＵＢＳなどの経営陣が住宅ローン関連ＣＤＯの問題を発見できなかったのは、トレーダーが独立した部署、つまりサイロに閉じこもり、部外者には理解できないような専門的で複雑な商品を取引していたためだ。

今回損失の原因となったのはサブプライムローンではなく、企業にリンクした信用デリバティブだ。しかしＵＢＳの事例と同じように、ＣＩＯチームがどれほどのリスクをとっていたか把握していた人はほとんどいなかった。危険な取引に従事していた彼らは、むしろリスクを嫌う安全志向の集団と思われていた。ＣＩＯは投資銀行部門などからは独立した自己完結的な部署だった。ＩＧ９インデックスという商品名も、門外漢には（大方の金融関係者にも）まるで意味をなさなかった。またしてもサイロの災禍がふりかかったのだ。[3][4]

ただ高まる批判はさておき、ロンドンのクジラのエピソードにはもう一つ、注目すべき点があった。「ＪＰモルガンの取引相手は誰だったのか」だ。トレーディングはゼロサムゲームである、というのは市場の常識だ。損をする者がいれば、必ず得をする者がいるはずである。通常、取引の勝者と敗者を突き止めるのはむずかしい。利益と損失はシステムの中で広範囲に、また時間的にも分散されるからだ。しかしＣＩＯオフィスの取引（のちに金融や政府の関係者から「クジラ・トレード」と呼ばれるようになった）で生じた損失については[5]、勝者の一部を特定することができた。その一つが二〇〇億ドル規模のヘッジファンド、ブルーマウンテン・キャピタルである。イクシルのクジラグループの取引が表沙汰になる直前、ブルーマウンテンのトレーダーはひそかにその逆のポジションを取った。イクシルの逆方向に賭けたのである。それによって当初は損失が発生した。しかし二〇一二年春に相場が反転すると、ブルーマウンテンのポジションからは利益が生じ、最終的にはＪＰモルガンから損失の出ているポジションを売却する手伝いを頼まれたほどだ。最終的にブルーマウンテンはＪＰモルガンのクジラ・トレードをめぐるさまざまな取引で三億ドルを荒稼ぎした。

ブルーマウンテンが利益を得たという噂が広まると、専門家の多くは専門知識と優れた状況判断によってＪＰモルガンを出し抜いただけだろうと考えた。たしかにブルーマウンテンのスタッフにはＪＰモルガン出身のトレーダーが複数いた。ファンドの共同創設者で、気性が荒く頭の切れるアンドリュー・フェルドスタインは、一九九〇年代にＪＰモルガンで信用デリバティブ事業を立ち上げたメンバーの一人だ[6]。フェルドスタインの部下はＩＧ９という地味な指標はもちろん、信用デリバティブの価格決定方法にも精通していた。

ただ、まったく知られていない事実がもう一つある。ブルーマウンテンが取引で勝利を収めたのは、単にトレーダーが信用デリバティブに精通していたためだけではない。[7] 彼らはサイロ（フェルドスタインのお気に入りの言い回しを借りれば「バケツ」）にも注目していたのだ。フェルドスタインのヘッジファンドは、ウォール街の大手銀行が業務を硬直的なチームやトレーディング・フローにどのように割り振っているかを研究し、そのような分類システムから生じる弱点を突く方法を見つけることに全力を傾けていた。つまり人類学者が親族集団や宗教儀式を研究するような熱意を持って、ウォール街のエコシステムを分析したのである。

とはいえ抽象的な知的探求に明け暮れていたわけではない。フェルドスタインらは金融世界で硬直的なサイロが形成されると、市場や価格の歪みにつながりやすいと考えていた。目端の利くトレーダーにとって、それは利益を得るチャンスにほかならない。分類システムとサイロの研究は、ブルーマウンテンの投資戦略の一環だった。しかもそれは莫大な見返りをもたらすことが多かった。対クジラ取引は、まさにその典型だ。

特に目新しい発想ではない。成功している投資家の取引戦略を分析すると、境界を自由に行き来したり、サイロを打破しているケースが多いことがわかる。科学者で組織理論学者のジョン・シーリー・ブラウンはこう述べている。「イノベーションはたいてい境界で生まれる。新しいタイプのチャンスや課題の存在を示唆するパターンが見つかるのもそこだ」[8]。ビジネスの世界で境界を越えてみると、人はクリエイティブになる。金融も同じで、トレーダーが市場、資産クラス、制度の境界を飛び越えたり、既存の境界に疑問を抱いたりすると大儲けにつながることが多い。

ブルーマウンテンのエピソードは決して特異なものではなく、また同じような戦略による最大の成功事例ともいえない。それでも興味をそそるのは、ある重要な教訓を示しているためだ。

本書の第一部では、サイロのために組織に属する人々がどれほど愚かな行動をとるかを見てきた。第二部では企業や組織がどうすればサイロから生じる問題を避けられるか考察してきた。

ただサイロを破壊するのは守りの手段とは限らない。攻めでもある。社会が使っている分類システムを意識すると、ライバルに対して優位に立てることもある。サイロにとらわれている企業があれば、それは別の誰かのチャンスになるかもしれない。ソニーが団結してデジタル・ウォークマンの開発に取り組めなかったために、アップルはアイポッドで市場を席巻できた。同じようなパターンは産業界のあらゆるところで見られる。

金融業界も同じだ。ブルーマウンテンの事例は、サイロによって多大なダメージを受けたUBS、あるいはサイロによって経済情勢を見誤ったイングランド銀行の経済学者の対極にある。そういう意味ではかなり景気の良い話である。

JPモルガンのクジラ・トレードの混乱が収まってまもなく、フェルドスタインはこう語っている。「サイロは大歓迎さ。少なくとも他人のつくるサイロはね。それによって僕らが稼げるんだ」

銀行内のサイロが同じ商品に対して異なる価格を生み出す

ブルーマウンテンの歩みは、ウォール街の大手銀行との関わり抜きには語れない。たいていのヘッジファンドがそうであるように、ブルーマウンテンも大手銀行と陰陽の関係にあった。ファンドの設立は二〇〇一年にさかのぼる。当時三八歳だったフェルドスタインは、ハーバード・ロースクールの同級生で長年の友人であった三六歳のスティーブン・サイドローと組み、小さなトレーディング会社を立ち上げた。

それに先立つ一〇年間、フェルドスタインはＪＰモルガンで信用デリバティブという商品（ある貸付が焦げつくか否かに賭ける有価証券）を世に送り出したチームの一員として働き、その後上級職になった。別の著書[9]に書いたとおり、一九九〇年代のＪＰモルガンは少なくともフェルドスタインのような若手金融マンにとっては刺激的な職場だった。社員の勤続年数は長く、若手はさまざまな部門を異動するのが常だった。その結果、他の銀行と比べると企業風土には多少一体感があった。ピーター・ハンコック（二〇一四年には大手保険会社ＡＩＧの経営者になった）をはじめとする当時の経営幹部が協調精神とサイロ打破を重視し、革新的で実験的な経営手法を進んで採り入れていたことも大きい。

だが二一世紀初頭、ＪＰモルガンの空気は変わった。二〇〇〇年に別の大手銀行チェース・マンハッタンと合併したことで規模が拡大し、官僚的になったのだ。その結果、社内競争が激しくなった。社内の細分化や機能不全はシティグループやＵＢＳなど同業他社ほどひどくはなかったが、ＪＰモルガンの信用デリバティブ・チーム、特にハンコックを中心とするグループはそうした状況に不満を募らせた。

二〇〇一年、フェルドスタインはＪＰモルガンを辞めた。そして経営コンサルティング会社のマッキンゼーで働いていたサイドローと組み、マンハッタンのミッドタウンにある窓のない小さなオフィスでヘッジファンドを立ち上げた。空襲で焼けた東京の百貨店の地下で始動した創業期のソニーのように、またマーク・ザッカーバーグがパロアルトの安い賃貸住宅で立ち上げたころのフェイスブックのように、ブルーマウンテンも誰もが対等で自由で気楽な雰囲気の組織としてスタートした。全員がすぐそばに座っていたので、アイデアの交換や取引についてブレーンストーミングをするのも容易だった。

だがフェルドスタインはこうした一体感のある文化を当然のものとは思わなかった。JPモルガンでの経験を通じて、金融機関が大きくなると官僚主義や分断化が進むことを嫌と言うほど見てきたからだ。そうなると、そこで働く人々は不合理な取引など愚かな行動に走るようになる。もっと正確に言えば、大手銀行内部のサイロは歪んだインセンティブを生み、トレーダーはミクロレベル（個別の部署の利益）では理にかなったように見えて、マクロレベル（銀行全体の利益）ではとんでもなく愚かなことをしでかす。

こういう問題について語るとき、フェルドスタインは社会科学の専門用語は使わない。アリゾナ州で泌尿器科医の息子として生まれたフェルドスタインは、大学では経済学を学んだ。その後ハーバード・ロースクールで法律を学び（同級生にはバラク・オバマがいた）、緻密な思考能力と数字感覚を武器に優秀な成績を収めた。ただその過程で文化や社会システムにも興味を抱くようになった。同僚と市場について議論するときには、それを単に数学モデルや法律問題の視点から見るだけでなくより大きなエコシステムとして、すなわち文化的パターンとしてとらえようとした。

フェルドスタインは複雑さに起因する社会問題に魅せられた。のちにニューメキシコ州にある複雑なシステムを科学的に研究する学際的機関サンタフェ・インスティトゥートの理事長になったほどだ。ここを立ち上げたのは物理学者だが、今では人類学者が運営を担っている。

フェルドスタインが特に関心を持っていたのは、人々が自らを取り巻く世界を整理するためにどのように分類システムを使っているかだ。とりわけ分類システムに欠陥のあるケースに惹かれた。人類学の研究には、われわれが世界を分類する方法と実際の環境が完全に合致することはまずない、という一般的認識がある。親族関係や家系図をきれいな図にまとめることはできるが、実際には曖昧な部分や重複や欠落があることが多い。隙間にこぼれ落ちてしまう物事もある。人々の生活の実態にはこうあるべきという社会通念に合致しない部分もある。そんなごちゃごちゃとした現実を、われわれは無視しようとする。親族関係、宗教、家庭生活などあらゆることにおいておさまりの良い分類システムにしがみつくほうが、システムをしょっちゅう手直しするよりよほど楽だからだ。

フェルドスタインはこうした建前と現実の厄介な食い違いには、大きな意味があると考えていた。金融システムを見渡してみると、銀行が設定したわかりやすい境界や厳格な官僚機構とはうまく合致しない金融セクターや市場が多々存在していた。金融関係者の多くはこうした要素を無視したり、見て見ぬふりをした。彼らは金融の流れを大きな文脈の中でとらえようとしない。第三章で見たUBSの事例からも明らかなとおり、大手金融機関で働く人々は金融市場のうち自らが直接担当する部分（報酬の対象となる部分）だけに集中するように訓練やインセンティブを与えられる。

それに対してフェルドスタインは目端の利くヘッジファンド・トレーダーの常として、金融のエコシステム全体に目を向け、より大きな文脈の中でパターンを見いだそうとした。ピエール・ブルデューの表現を借りれば、「踊る者」だけでなく「踊らない者」、メンタルマップのうち一般の人々が話題にしない部分に目を向けたのだ。それが最もうまみのあるトレーディング機会の発見につながることが多いとわかっていたからだ。

ブルーマウンテンがこうした分析を投資戦略に生かした最初の戦場は、UBSなどが二一世紀初頭に開発しはじめた債務担保証券（CDO）だった。第三章で説明したとおり、大手銀行でこの種の商品を扱っていたのはたいてい専門チームあるいは専門部署だった。業務はとことん細分化され、細かいルールに縛られていた。たとえばある銀行の担当チームは、完成したCDOなどバンドル化された債券やデリバティブを扱うのは許可されていたが、そのバンドルに含まれる個別のデリバティブや債券、融資を取引するのは禁じられていた。反対に個別のデリバティブや債券、融資を取引することはできても、CDO全体を取引するのを禁じられているチームもあった。同じように信用格付け機関からトリプルAの格付けを得ている商品だけを扱うことを認められ、それ以外の格付けの商品は一切扱えないケースもあった。パターンはさまざまだが、まるでスーツだけを扱うフロアと、ジャケットやズボンしか販売できないフロアに分かれた衣料品店のような状態だった。

こうした厳格なルールは、金融商品の需要には偏りがあることを示唆していた。オープンで自由で一貫性のある市場ではなく、それが価格を歪めている。しかも銀行ごとにCDO、あるいはCDOトランシェ（CDO内部の異なる階層）の価値を算定するモデルは違っていた。その結果、同じ信用リスクに対して同じ市場の中、あるいは同じ銀行の中で違う価格がついていたりしていた。

金融理論によれば、銀行がさまざまな債券や信用デリバティブをバンドル化した場合、バンドル全体の価格はそれを構成する個々の商品の総和に等しい、ということになっている。異なるトランシェの価値の合計は、CDO全体の価値と一致するはずだ。しかし現実には歪んだインセンティブやサイロのために、CDO全体の価格は一時的ではあってもトランシェの価格から乖離することが珍しくなかった。

そこでフェルドスタインのグループは、金融システムのセグメント化のパターンと、そこから生じるさまざまなインセンティブを分析し、それが価格にどのような影響を及ぼしているかを探ろうとした。そして価格の歪みを発見すると、トレーダーの鉄則にもとづいて安く買って高く売ることで利益を稼ごうとした。

取引相手に応じて売買する債券の種類を変える、という子供だましのようなシンプルな戦術を使うこともある反面、きわめて高度な技を駆使することもあった。たとえば特定のタイプの融資、債券、あるいはデリバティブの相場を確認するために多少売ってみる。それから需要にマッチしたCDO、あるいは債務をバンドル化した信用デリバティブをわざわざつくる。需要が変化したら、別のCDOトランシェを売る。

どのような方法を採るにせよ基本的な考え方は、最終的に金融市場の自然な重力、あるいは経済の論理が勝利する、というものだ。さまざまな信用商品の価格はサイロのために一時的に歪むことはあっても、最終的には信用リスクの基本的価値に従って適正値に戻るはずだ。要は価格の歪んでいる債券を買い、市場が適正な状態に戻ったら売って利益を確保すればいい、というのがブルーマウンテンのトレーダーの考えだった。

およそ華やかな取引ではなかった。経済、通貨、あるいは会社の命運をめぐる派手な投資をして注目を集めるヘッジファンドのトレーダーも少なくなかった。たとえばジョージ・ソロスの率いるファンドは一九九〇年代初頭にイギリスのポンドが切り下げられると読み、その大胆な賭けが吉と出ると莫大な利益を稼いだ。ビル・アックマンのパーシング・スクエア・ファンドも二〇〇七年の信用危機前に、MBIAなどの保険会社の時価評価が誤っていると見て同じような攻撃的な賭けに出て、これもまた吉と出た。ジョン・ポールソンというファンド・マネージャーは、二〇〇七年以前にサブプライムローン市場の崩壊を予測した。

ブルーマウンテン・キャピタルの取引は、そうしたファンドとはまったく違っていた。経済や会社の行方に対して派手で大胆な賭けをするのではなく、ただ異なる信用リスクがお互いに対してどのような動きをするかを予測していただけだ。フェルドスタインは相場が上がるか下がるかなど気にしていなかった。彼の下で働くトレーダーも、特定の会社が破綻する可能性には(少なくとも個別の事象としては)注目しなかった。注目したのは、異なる有価証券の価値の乖離である。専門性が高く、普段は人目を引くことのない地味な取引だった。

「価格にミスマッチがあれば、そこで利益を得ることができる」とフェルドスタインは説明する【注1】。あまりにも地味でマニアックな取引であったがゆえに、トレーダー的表現をすれば「空いていた」。わかりやすい言葉でいえば、ブルーマウンテンと同じ戦略をとるファンドは比較的少なかったので利益をあげやすかった。

フェルドスタインらはときどき疑問に思った。なぜ銀行は自らこうした価格の乖離から利益を得ようとしないのだろう、と。銀行で働く人々の多くは優秀で、自分たちのルールのおかしさに気づいていたはずだ。だが彼らはシステムとそこから生まれる歪んだインセンティブの虜になっていた。銀行のトレーダーにとって重要なのは、個々の取引が自分たちの部門、すなわちサイロの利益を増やすかどうかだけであり、それが銀行あるいはシステム全体にとって合理的かどうかではなかった。

伝統的な金融理論や経済学は、このようなミクロレベルのインセンティブや社会構造といったものに目を向けようとしない。主流派の経済学者は市場は効率的であり、数学的モデルを使えばたいていのことは説明できると思い込んでいる。だが現実には銀行内部の複雑な社会構造は、資産の価格決定に大きな影響を及ぼす。それは普遍的であらゆる文化的バイアスとは無縁なはずの数学モデルの使い方にまで影響を及ぼしていた。

こうした社会的パターンの影響は意外なほど大きい。たとえばエジンバラ大学の社会学教授のドナルド・マッケンジーは二〇〇〇年代初頭、銀行が複雑な金融商品の価値を算定するのに使っていた、金融版数学モデルを研究した。常識的に考えれば、銀行や資産クラスが違ってもこうしたモデルに大きな違いはないはずだ。しかしマッケンジーが分析したところ、銀行が資産の価値を測るのに使っているモデルは、似たような資産クラスでもまったく違っていることがわかった。たとえば住宅ローンを担保とするＣＤＯを扱う人々の算定結果は、類似商品といえる資産担保証券を扱うグループのそれとは違っていた。「同じ商品あるいは同じリスクであるにもかかわらず価格がまったく違ったものになった。その結果、ある商品を取引先から安く買うと同時に他の市場参加者に売り、何もリスクを負わずに差額を利益として懐に収めることが可能になった(10)」。これこそブルーマウンテンが狙っていた事態だ。

ＩＧ９相場戦始末

ブルーマウンテン・キャピタルは急成長を遂げ、二〇〇九年には移転することになった。窓のない小さな事務所を離れ、移った先はパークアベニュー沿いの巨大な高層ビルの中だ。当然というべきか皮肉というべきか、新事務所はＪＰモルガン本社の目と鼻の先にあった。ＵＢＳのアメリカの主要拠点にも近かった。ブルーマウンテンのトレーディングフロアから外を見る

【注１】フェルドスタインの戦略の要諦は、ＣＤＯの各トランシェ（階層）の市場における値動きと連動するような取引をすることだった。これは信用格付け機関がつける格付けと連動していた。

と、通りの反対側にUBSの緋色のロゴが目に入った。

なにやら象徴的な光景だった。ブルーマウンテンの投資戦略は、UBSのような大手銀行がCDOなどの市場で犯す過ちを逆手にとることを眼目としていた。クレジット・トレーディングの世界でブルーマウンテンの影響力は急速に強まり、ゴールドマン・サックスが議会上院の調査のために信用デリバティブの大口取引先のリストを提出したところ、信用危機の直前にはブルーマウンテンが他の大手銀行を差し置いて第四位に挙がっていたほどだ[11]「信用市場の参加者の多くはさまざまな制約のなかで活動する。たとえば保険会社のレーティングルールを受けて、投資信託が投資する商品の期間、地域、信用度、業界などを限定することなどがそうだ。その結果、同じリスクであっても形態やミクロストーリーによって市場で違う価格がつく。こうした価格のズレが調整されるには多少時間がかかる」。ブルーマウンテンの投資戦略について取材を受けたサイドローはこう答えている[12]。

ただ時間の経過とともにブルーマウンテンの戦術は微妙に変化していった。二〇〇三年から〇七年にかけてはバンドル化されたクレジット・デリバティブのトレーディングで知られていた。それに加えてエクイティ・デリバティブ、債券、デリバティブなども扱っていたが、最も高く評価されていたのはUBSなどがつくったCDOのトランシェのディーリングで、年率約一〇％の利益をあげていた。他のファンドと比べて圧倒的というほどではなかったが、十分立派な成績だった。

しかし二〇〇七年から〇八年にかけての信用危機で、ブルーマウンテンは大きな痛手を被った。信用市場が激しく動揺しCDO取引が突然止まったために、ブルーマウンテンの一部保有資産で大きな損失が出た。二〇〇八年には主力ファンドの「クレジット・オルターナティブズ」で六％の損失が出て、一部の投資家が資金を引き揚げた。ただ翌年には持ち直した。痛手を負ったクレジット・オルターナティブ・ファンドは二〇〇九年には三七・四％のリターンをあげ(13)、顧客の信頼は回復し、新たな投資家も入ってきた。会社は再び急成長を遂げ、二〇〇九年には運用資産は五〇億ドルに達した。

ただひとたび危機が収束すると、ブルーマウンテンの二〇〇七年以前の投資戦術はうまく機能しなくなっていた。少なくともCDOトランシェの取引ではそれが顕著だった。UBSなどはCDOであまりにも大きな損失を出したため、もはや新たなCDOを組成する意欲を失っていた。「証券化」や「スーパーシニアCDO」といった言葉自体がタブーとなり、そうした商品を扱う市場は干上がったため、価格の歪みを狙った取引もできなくなった。

そこでブルーマウンテンは別の投資機会を模索しはじめた。手始めに銀行が金融危機の直後に破格の安値で処分しなければならなかった債券やデリバティブの一部を大量に買い込んだ。たとえば二〇一一年にはフランスのクレディ・アグリコルがブルーマウンテンに一四〇億ドル分の資産を売却した。これはブルーマウンテンにとってうまみのある取引であると同時に、新たな規制に従ってバランスシートを圧縮しなければならなかったクレディ・アグリコルにもメリットがあった(14)。「ウィン・ウィンの取引だった。リスクをブルーマウンテンに移すことで、クレディ・アグリコルのバランスシートをリスク調整の観点から効率化できた」とブルーマウンテンのヨーロッパ地域CEO、デビッド・ルベンスタインは説明する(15)。

続いてブルーマウンテンのトレーダーは、信用デリバティブセクターに他にも価格に乖離が生じている商品がないか調べはじめた。二〇一一年夏、フェルドスタインらは専門性の高い信用デリバティブ、IG9インデックスの値動きがどうもおかしいことに気づいた。

IG9をはじめ、欧米の社債デリバティブをめぐる似たようなインデックスはたくさんあったが、いずれもデリバティブ・トレーディングのプロ以外にはほとんど知られていなかった。いずれもダウ・ジョーンズやFTSEなどの株価指数に投資するのと同じように、投資家がアメリカ産業界の健全性に簡単に投資できるようにつくられた。そうした投資をするために必ずしもIG9を使う必要はない。個別企業が発行する社債にリンクした単名の信用デリバティブを買うという選択肢もある。たとえばメイシーズや別の小売業の信用力に投資したいと思えば、そうした企業にリンクした信用デリバティブを買えばよいのである。一方、IG9インデックスを買うと一二五社の信用度に一度に投資できる。メイシーズはその中のほんの一社に過ぎない（正確に言うと二〇一〇年時点ではIG9に含まれる企業数は一二一社に減っていた。インデックスが二〇〇七年につくられてからすでに四社が債務不履行になっていたからだ）。投資家の多くは個別企業にリンクしたデリバティブを別々に買うより、インデックスに投資するほうが楽だと考える。市場ではIG9の価格はインデックスに含まれるさまざまな信用デリバティブの平均値とほぼ同等と考えられていた。

だが二〇一一年夏、こうした認識は妥当性を失っていた。デリバティブのインデックスの価格は、そこに含まれるデリバティブの価格とほぼ連動して動くはずだった。少なくとも金融理論では、全体の価格は部分の総和に等しい、と。だが現実は理論どおりにはいかなかった。CDO全体の価格が、それを構成するトランシェの総和と一致しなかったのと同じように、デリバティブ・インデックスの価格はそこに含まれるデリバティブと乖離することも珍しくなかった。二〇一一年秋、IG9についてはこうした乖離が異常なほど膨らんでいた。

ブルーマウンテンのトレーダーは、なぜこんなパターンが生じているか理解しようと努めた。しばらく調査すると、JPモルガンのチーフ・インベストメント・オフィス（CIO）と呼ばれるチームがＩＧ９や他の信用商品で大規模なポジションを取っていることがわかった。それはＪＰモルガンに長年しっかりと根づいていた投資姿勢に微妙な、それでいて重大な変化をもたらすものだった。

それまでＣＩＯは銀行の中でもとりわけ地味な存在と見られてきた。その役回りはＪＰモルガンが保有する資金の価値を維持するとともに財務部門を支援することとされ、業務の一環として二〇〇六年にストラクチャード・クレジット商品に投資するようになった。おそらく銀行が抱える広範な信用リスクをヘッジする目的だったのだろう。二〇〇八年にはＣＩＯはストラクチャード・クレジットの本格的なポートフォリオを構築していた。その規模は当初は四〇億ドルと控えめだったが、ロンドンのトレーダーチームが欧米企業の健全度に対して大掛かりなポジションをとるようになった二〇一一年には五一〇億ドルに膨れ上がった。彼らは個別のデリバティブはあまり使わなかった。その代わりにＩＧ９をはじめ、インデックス商品を大量に購入した。二〇一一年を通じてその規模は膨らみ続けていた。二〇一二年第一・四半期には、ＣＩＯの信用デリバティブ保有残高は一五七〇億ドルに達した。このうち八四〇億ドルがアメリカのインデックス商品を使ってのポジション、残りがヨーロッパのインデックス絡みだ。

なぜＣＩＯがこのような投資をしているのか、フェルドスタインらにはわからなかった。市場関係者の中には、ＣＩＯは途方もない資金量を生かして他のトレーダーを締め出す、あるいは圧倒し、相場を特定の方向に動かして利益を得ようとしているのではないか、と考える者もいた。たとえば後に上院がまとめた報告書には、二〇一一年末にはＣＩＯは「信用デリバティブ取引に一〇億ドルを投資し、四億ドルの利益をあげた」と書かれている(16)。

実はこの偏った取引パターンには、ＣＩＯを縛る特異なルールが反映されていた。ＣＩＯは安全な取引しかしないことになっていたので、個別企業の信用デリバティブにまとまった額の投資をすることは禁じられていた。それはリスクの高い行為と見られていたからだ。一方インデックス商品は比較的安全とされていたため投資することが認められていた。CIOの担当者がインデックス取引について語るときには、それを銀行のためのヘッジ戦略、すなわち損失に対する保険だと語っていた。ただ、これが偏った需要を生み出した。CIOはインデックスは買いながらもそれを構成する個々のデリバティブは買わなかったからで、それは価格の歪みにつながった。またしても人工的な境界やルールが市場を混乱させていたのだ。

ブルーマウンテンのトレーダーは数カ月の間、相場が乖離していく様子を驚きをもって見つめていた。JPモルガンの外部で、ロンドンにいる小さなCIOチームがこれほどの規模の投資をしていることはほとんど誰も知らなかった。社内でも実態を知っている者はごくわずかだった。この取引は会社の財務資料はおろか、リスクレポートでも言及されることは稀だった。

上院の報告書は「二〇一二年四月以前に、JPモルガン・チェースの公式な提出書類に合成信用ポートフォリオの具体名が挙げられたことはなかった」と指摘している。[17] 投資銀行部門には、CIOが大規模な投資をしているのではないか、またクジラ・トレードがIG9の相場を歪めているのではないかと疑っていた者もいた。ただ、だからといってCIOのやり方に口を出そうとはしなかった。CIOと投資銀行部門にはかねてからライバル意識が強く、CIOは外部からの口出しを好まなかった。

二〇一二年初頭にはクジラ・トレードの規模が社内のリスク制限値を超えるようになったものの、CIOは自らの状態を進んで社内で説明しようとはしなかった。

「(合成信用ポートフォリオ・グループの)規則違反はJPモルガン・チェースやCIOの経

営層、リスク担当者やトレーダーにたびたび報告されていたが、それが徹底的な調査やリスクを低減するための迅速な是正措置につながることはなかった。違反は無視されるか、問題となったリスク制限値を引き上げることで済ませていた」と、上院の報告書は批判している。[18]ＵＢＳと同じように、業界の雄であるＪＰモルガン・チェースにおいてもちっぽけなサイロが野放しになっていた。

時間が経つにつれて、価格の歪みはますます顕著になっていった。二〇一一年夏、ブルーマウンテンはクジラ・トレードの逆のポジションをとった。最終的には経済の論理が勝利し、インデックスは早晩金融ファンダメンタルズに見合った水準に戻ると踏んだのだ。

だが二〇一二年一月の時点でも、まだそうなってはいなかった。インデックスと個別の信用デリバティブの価格の乖離は広がりつづけており、ブルーマウンテンの含み損はかなりの金額に膨れ上がっていた。フェルドスタインは社内で対策を話し合った。価格の乖離がいつまでも広がりつづけることはあり得ないと信じていたが、すでに抱えてしまったリスクの大きさを懸念していた。このため他のファンドが対クジラ取引に参戦したり、取引額を増やしたりするのを尻目に、ブルーマウンテンは投資額を増やさないことにした。すでに巨大なポジション（それにともなう損失）を抱えたブルーマウンテンの面々は、不安を抱えながら情勢を見守り、相場の反転を待った。

それから数週間、緊迫した状態が続いた。ブルーマウンテンの含み損は膨らみつづけた。一方ＪＰモルガンのＣＩＯはクジラ・トレードにさらなる資金を注ぎ込みつづけた。

だが四月に入り、クジラ・トレードのニュースが突然、一般メディアの知るところとなった。[19]それまで金融市場の地味な一角であったところに世間の注目が集まり、新たに日和見的な投資家もなだれ込んできてJPモルガンの逆のポジションを取った。その結果、インデックスの価格はようやく反転し、その流れが勢いを増すなかでJPモルガンの含み益は一気に巨大な含み損に変わった。

CIOチームはしばらくの間、損失の規模を外部に伏せておこうとした。ロンドンのトレーダーは報告する損失額を抑えるため、ポジションの評価方法を変えてしまった。JPモルガンの経営幹部は、巨額の損失が出たという憶測を否定しようと躍起になった。[20]だが最終的には損失を隠しきれなくなった。

本格的な調査が始まり、クジラ・トレードに関与したCIOのトレーダーは全員排除された。JPモルガンのリスクマネージャーが帳簿を調べたところ、すぐに損失は誰も想像しなかったほど莫大なものであることが発覚した。その額は最終的に六〇億ドル以上に膨らんだ。スキャンダルが広く知られるにつれて相場がJPモルガンに不利な方向に動いたのもその一因だったが、別の問題もあった。監査人が調べたところ、CIOは保有していた信用デリバティブを、投資銀行部門とは違う方法で評価していたのだ。両者が帳簿に載せていたのはまったく同じタイプの信用デリバティブ商品であったにもかかわらず、である。社会学者のドナルド・マッケンジーが指摘したとおり、銀行内部の別のチームあるいはサイロは同じモデルを使っているはずが、複雑な商品を別々のやり方で評価していたのである。[21]

JPモルガンのジェイミー・ダイモンCEOは驚愕し、投資銀行部門にCIOのクジラ・トレードを引き取り、始末するよう命じた。金融危機後の新たな規制環境の下では、バランスシートの汚点を放置することは許されなかった。最終的に投資銀行部門の幹部は、保有する信用デリバティブのポジションの清算を巨額の手数料と引き換えにブルーマウンテンに委託することにした。

ＪＰモルガンの幹部にとってはクジラの悲劇を迅速かつひそかに幕引きする手っ取り早い方法に思われた。フェルドスタインとは旧知の間柄であり、ブルーマウンテンにＪＰモルガンの帳簿からクジラ・トレードを迅速に消し去れるだけの規模があることもわかっていた。

一方ブルーマウンテンにとって、これは二重にうまみのある取引だった。すでにクジラと逆のポジションをとったおかげでたっぷり利益をあげていたうえに、今度はＪＰモルガンから手数料が入る。ＪＰモルガンの汚点を排除することで稼いだ手数料のほうが、反クジラ・トレードで挙げた利益を上回ったほどだった。

これはウォール街のパワーバランスが変化し、ときには目端の利くヘッジファンドが大手銀行に対して優位に立てるようになったことを象徴的に示す出来事だった。その一年後、ブルーマウンテンはもう一つ象徴的な勝利をあげた。ＪＰモルガンの投資銀行部門のトップで、ダイモンの後継候補と見られていたジェス・ステイリーがブルーマウンテンに移籍し、フェルドスタインとともに働くことにしたのだ。

境界をあえて突き崩す

ブルーマウンテンのチームは次第に別の市場にも手を広げていった。人為的あるいは強固な境界の存在によって価格が歪められている市場を探し、得意のバケツ破壊戦略を応用しようとしたのだ。たとえばその興味の対象となったのは、金融機関がどのように金融市場を株式、債券、融資など個別のアセットクラスに分けているかだ。投資家はたいていこうした区別を当然のものとして受け入れ、自然とはいえないまでも必然的なものと考える。株式には債券とは根本的に異なる特徴があるためで、銀行や投資会社では別のトレーダーやアナリストがそれぞれのアセットクラスを担当する。

だがこうした境界を突き崩してみたら何が起こるだろう、とフェルドスタインやサイドローは考えた。投資家が通常金融資産を分析するときに使う縦割りのアプローチをとらず、債券や株式を一つにまとめて分析したら、投資に対する見方が変わるのではないか。「資本構成」（金融関係者が企業のさまざまな資金調達チャネルをまとめて呼ぶときの総称）を全体として考えることは可能だろうか。

異なるカテゴリーを統合しようと試みた金融機関はほかにもある。二一世紀初頭には、当時メリルリンチの証券アナリストチームのトップであったキャンデース・ブラウニングが、株式市場担当と債券市場担当という長年存在していた分業体制を解消する、と宣言した。そして株式と利付債という専門分野に分かれて働いていた五〇〇人あまりのアナリストを、互いに協力させせようとした。

「私たちはそれぞれのサイロに閉じこもって仕事をしがちなので、意識的にそれを変えたい。コミュニケーションを促し、リソースを共有すれば、顧客によりよい商品を届けられるようになり、社員の一体感も強まる」とブラウニングは説明した。[22]

当時メリルリンチの転換社債チームに所属していたヨー・デボラもこう語っている。「他の大手銀行もおそらく同じだが、メリルリンチでは株式アナリストは株式だけ、債券担当は債券専門、デリバティブ担当はデリバティブ専門というかたちで働いていた。アセットクラスの横断的リサーチは、部門間の連携がとても難しかったためにほとんど行われていなかった[23]」

二〇〇五年にメリルリンチのリサーチチームは株式と債券のスペシャリストの分析を統合し、アメリカの自動車産業とケーブルテレビ業界に関するいくつかのレポートを発表した。それは画期的な出来事だった。一部のチームは日々の業務の中でも連携しはじめた。ロンドン拠点のグループは「デクイティ・レポート」と称する、高利回り債とデリバティブと株式の価格を比較する先駆的なレポートを発表し、ヘッジファンド関係者から高い評価を受けた。ちょうどこの頃、ヨーロッパ市場でレバレッジド・バイアウトが活況を呈し、企業の債券や株式の価格が異常な動きをするようになっていたためだ。

「LBOの影響を受けて、社内で株式や信用商品の営業、トレーディング、リサーチを担当していた人々が互いからの情報を求めるようになった」と、若手アナリストとしてデクイティ・レポートの制作に携わったジョン・ガナー・ジョンソンは振り返る。「CDS部門では、同一企業の株価と債券価格（それにCDS価格）の乖離を発見するための仕組みを構築しようとしていた。従来のコーポレート・ファイナンス理論はまるで役に立たなかったため、すべてを自分たちでつくりあげなければならなかった」

だが協力の試みはすぐに行き詰まった。アナリストはそれぞれの担当分野に特化した専門知識を持っており、互いにコミュニケーションをしたり、自分たちが使うコンセプトや手法を説明するのは時間がかかった。「とびきり優秀な株式アナリストの多くは、債券についてはほとんど何も知らない。企業の資本構成の他の部分をわざわざ理解しなくても、任された仕事を十分こなすことはできた。もちろん社債のレーティングや残高は知っていても、そうした商品がどれだけ複雑なものかはわかっていなかった」。メリルリンチのエクイティリサーチ・マーケティング責任者であったマイケル・ヘルツィグは振り返る。(24)

心理的断絶は物理的距離と表裏一体だった。

「別のフロアで働いている人間と日々、継続的に一緒に働くのはとても難しい」と株式アナリストのジョナサン・アーノルドも語る。「隣の席には小売業界担当、隣の部屋には航空業界担当の株式アナリストが座っていたが、債券担当の連中は別のフロアにいた[25]」

ただ協力を妨げていた最大の要因は、報酬制度だった。アナリストはそれぞれの担当領域のトレーディングを増やすようなインセンティブしか与えられていなかった。ボーナスは担当する商品グループのパフォーマンスによって決まっていた。年金基金などメリルリンチの顧客企業の内部も同じように強固なサイロに分かれていた。要するにアセットクラス間の協力という発想は理屈のうえでは正しくても、現実には多くの社員が長期的にそれに取り組もうとするインセンティブが欠けていたのだ。

しかしフェルドスタインとサイドローは、銀行内部のサイロ構造がこれほど強固であるがゆえに、その逆張りとして多様な視点を持つことがチャンスを呼び込むはずだと考えた（少なくともそう期待した）。ブルーマウンテンは創業当初から債券、融資、クレジット・デリバティブ、エクイティ・デリバティブなど幅広い商品のわかるリサーチャーやポートフォリオ・マネージャーを採用してきたが、二〇一〇年には会社として株式に注力することにした。新たに株式の専門家を採用し、クレジットチームと一緒に座らせ、トレーディング戦略や投資機会についてアイデアを交換するよう促した。

「全員同じ部屋に集まりさまざまな視点を持ち寄ることで、リサーチのプロセスが改善したり、アイデアが活発に生まれるようになる」。クレジット・ポートフォリオマネージャーのマリーナ・ルトババは語る。ルトババの隣に座る株式ポートフォリオマネージャーのデビッド・ゾルブも

「株式だけ、あるいはクレジットだけを見ていたら見逃してしまうような投資機会を見いだすことが狙いだ。株式、債券、融資など資本構成のどこに投資するかを断定的に考えないようにしている。重要なのは基本となる考え方であり、相対的な価格だ」

協業を促すため、ブルーマウンテンの経営陣はすべての投資アイデアを共通のデータベースに登録することを義務づけている。またトレーダーやアナリストの報酬の相当部分を、それぞれが担当した投資案件だけでなく、チームあるいは会社全体の成果に連動させることにした。多くの銀行やヘッジファンドに見られる成果報酬制度とはかなり趣の違う協力的システムだ。「ブルーマウンテンの文化はかなり特徴的で、万人向きだとは思わない。でもここで働こうと思うなら、チーム中心のアプローチを受け入れてもらわなければならない」

債券の分析と株式の分析のアイデアを交換する

協力的なバケツ破壊戦略の一例が、カリフォルニア州北部の衣料品会社ヘインズブランドへの投資だ。ホームページによると「毎日の衣類」つまりは下着を扱う会社で、「ワンダーブラ」「プレイテックス」をはじめ「チャンピオン」「メイデンフォーム」「ギア・フォー・スポーツ」などのブランドを保有している。会社の公式ホームページには「女性用下着、男性用下着、靴下、補正用下着、Tシャツの販売数量ではアメリカ最大」と書かれている[26]。アメリカの家庭の五軒に四軒が同社の製品を少なくとも一つは持っているという。

二〇一一年にブルーマウンテンのクレジット・ポートフォリオマネージャーのルトバがヘインズブランドに目を留めた。一見するとトレーダーが「ボンド・ショート候補」と呼ぶ部類に入りそうだった。近い将来債券価格が下がりそうなのでショート（売り）すべき会社という意味だ。ボンド・ショートと考えた理由の一つは、ヘインズブランドの債務水準（レバレッジ）が高かったにもかかわらず、債券価格も比較的高かったことだ。債券投資家は通常、会社の債務水準を気にするため（投資した資金が確実に返済されるか知りたいからだ）、レバレッジが高いというのは要注意サインだった。

さらに問題だったのは、下着に多く使われる綿花の価格上昇のために、ヘインズブランドの利益率が低下していたことだ。プリントTシャツの売り上げも、ギルダンというライバル企業に市場シェアを奪われて苦戦していた。この二つの要因は債券投資家が大いに注目するもう一つの要素、すなわちキャッシュフローに悪影響を及ぼしていた。

そこでルトバはヘインズブランドが本当にボンド・ショートなのかを見きわめるため、同僚で小売業界のシニアアナリストのアミ・ドグラとともに調査に乗り出した。ただ数字を詳しく見ていくと、二人の考え方は変わった。ヘインズブランドを見るアナリストの多くは、同社を「レバレッジの大きい景気循環型の小売業者」と判断する。債務が多く、マクロ経済の動向に応じて業績が変化する会社だ。このように評価されると、会社は投資家の頭の中で特定のカテゴリーに分類されることになる。アナリストが同じカテゴリーに含まれる他の会社と比較し、売りか買いかを判断するようになるからだ。ひとたびある会社が特定のグループに入れられてしまうと、投資家がそれに疑問を持つのは難しい。われわれの分類システムには慣性が働くのだ。

だがヘインズブランドをつぶさに調べた結果、ドグラはこの定義に疑問を抱いた。ヘインズブランドは「レバレッジの大きい景気循環型の小売業者」ではなく、「安定した消費財企業」

と見るべきではないかと考えたのだ。実際にヘインズブランドはアメリカの下着市場で支配的立場にあり、下着や衣料の数多くのサブカテゴリーで首位あるいは第二位につけている。そのうえ消費者は景気にかかわらず一定のペースで下着を購入する。この結果、同社の利益やキャッシュフローは比較的安定しており、ファッションブランドなど他のレバレッジの大きい循環型小売業者と比べてはるかにブレがない。

たしかに綿花の価格上昇でキャッシュフローや利益率は低下していたが、ドグラはヘインズブランドは原材料価格の上昇を小売価格に転嫁できるのではないかと考えた。また運転資本を減らすことで、新たにキャッシュフローを増やせることもわかった。こうした要素を勘案すると、ヘインズブランドのキャッシュフローはすぐに年間四億ドルを超えそうだった。そうなると、かなり魅力的な投資先になる。しかも同社は設備投資を抑え、プリントTシャツ事業から撤退する方針も表明していた。たしかに債務は多いが、経営陣はEBITDA（支払利息、税金、減価償却控除前利益）の三・六倍という現在の水準から二倍まで大幅に圧縮することを約束していた。それだけで会社の利益は一八％増える。

そこでルトバとドグラは考えを変えた。ヘインズブランドを「売り」と見てボンド・ショートするのではなく、前向きな投資、つまり「ロング（買い）」に出ようと決めたのだ。

とはいえ、この結論から新たな重要な問いが生じた。「どのような手段でロングするのか」だ。債券を買うというのが自然な選択に思われたが、ルトバはその戦略は合理性を欠くと考えた。なぜなら債券はそもそも投資家が将来の利益成長から恩恵を受けられるような商品設計になっていないからだ。

それなら株式はどうか。通常クレジット・ポートフォリオマネージャーは株式には足を踏み入れようとしない。だがルトバは株式ポートフォリオマネージャーのゾルブにアドバイスを求めた。ゾルブのチームはすでにプリントTシャツ市場でヘインズブランドからシェアを奪っているギルダン絡みの投資を手がけていたので、綿花市場の動きには通じていた。このため当初はヘインズブランドへの投資に懐疑的な反応を見せた。同社の債務水準が高く、利益率も低下していたのでなおさらだ。しかしルトバとドグラは同社を「安定した消費財企業」として捉え直し、そのキャッシュフローを株式投資家ではなくクレジット投資家が使うツールを使って分析すると、目に映る景色がまったく違ってくることを説明した。

二つのグループはアイデアを交換し、ドグラの主張を検証した。綿花市場の動きを考えると、ヘインズブランドは業績を回復できるだろうか。消費者は値上げを受け入れるだろうか。キャッシュフローや債務はどのように変わるだろうか。最終的に、ヘインズブランドはレバレッジの高い景気循環型小売業ではなく安定した消費財企業である、という合意が形成された。実際にキャッシュフローは安定していたからだ。

この結論はヘインズブランドの株式の公正価値の評価に大きな影響を与えた。消費者の必需品を製造する企業はリスクの高い景気循環型企業と比べて、利益に対するバリュエーションが高くなるからだ。ブルーマウンテンのアナリストがヘインズブランドの利益予想と債務返済計画を見直したところ、株価は現在の二倍の水準が妥当であるという結論に達した。

そこでブルーマウンテンはこの判断を行動に移すことにした。二〇一二年初頭、ルトバとゾルブは自分たちの分析が正しいという確信にもとづき、ヘインズブランドの株式を大々的に買いはじめた。そして二〇一三年夏には、同社の株価は期待したとおりちょうど二倍になっていた。「大きな利益につながる投資だった」とルトバは振り返る。ゾルブも「ブルーマウンテンが構築してきた協力体制がなければ、このような投資はできなかった。投資が成功したのはひとえにこの体制のおかげだ」と語っている。

分類わけされていないと不安な人もいる

二〇一四年二月五日、ブルーマウンテンは顧客の投資家を一〇〇人ほど招き、ニューヨークの外交関係評議会ビルでカンファレンスを開いた。優美で贅沢な雰囲気の会場だった。建物はマンハッタンでも高級地区として知られるパークアベニューに隣接する、街路樹が立ち並ぶ美しい通りに面していた。会議場も歴史と重厚感を感じさせた。

だがカンファレンスを企画したブルーマウンテンの面々は、木の壁やカーテンといったおとなしい背景をそのまま使うつもりはなかった。巨大な銀色のバケツをいくつも真っ二つに割り、会場の壁に取りつけたのだ。ステージのスポットライトを受けてぼんやりと光るそれは、現代美術館にでもありそうな装飾だった。

「ブルーマウンテンがしているのは、まさにバケツ破壊なのです」。巨大な銀色のバケツを指しながら、アンドリュー・フェルドスタインは集まった聴衆に語りかけた。「金融システムは細切れのバケツに分かれていますが、そうした分類は往々にしてきわめて人為的なものです。われわれはそのような境界を打破していきたいと考えています」

スティーブン・サイドローも同じ会場にいた。かつてJPモルガンの投資銀行部門を率いていたジェス・ステイリーもいた。三人は聴衆に自分たちの考え方や投資戦略を説明した。ヘインズブランドへの投資についても語った。それからブルーマウンテンのアナリストたちが、どのようにして株式と債券の分析を融合し、NRGエナジーや同じ電力会社のバレロ、イーストマン・コダック、レックスマーク、出版とテレビ会社のスクリップスなどへの投資に生かしてきたかを説明した。すべてがヘインズへの投資やクジラ・トレードのように大儲けにつながったわけではない。ぎりぎり黒字になったケースもあった。それでもファンドの方向性は明確だった。金融システムは細切れのバケツに分かれており、それは往々にして人為的である。われわれはそんな境界を打破したい——。フェルドスタインは熱く訴えた。

聴衆は熱心に聞き入った。大いに感銘を受けた人もいたようだ。ブルーマウンテンが先鞭をつけた手法を、二〇一四年にはさまざまな組織が採り入れるようになった。地球の反対側ではニュージーランドの政府系ファンドである老齢年金基金やシンガポール政府投資公社が、自らの組織体制や外部の投資会社を使った資金運用において、どのように債券と株式分析を融合させるべきかを検討していた。カナダの年金基金投資委員会も同じ方向に進んでいた。こうした有力な政府系ファンドが方向転換をするなか、規模の小さい組織も関心を持つようになった。

とはいえ誰もが納得していたわけではない。外交関係評議会ビルで不気味に光るバケツの装飾を眺めていた投資家の中には、当惑あるいは明らかな警戒感を浮かべている人々もいた。その多くは年金基金、小規模な基金、あるいは地方自治体など長い歴史を持つ資産運用団体に所属していた。彼らも大手銀行と同じように、各部門の投資方法について明確なルールが存在する官僚的世界に生きていた。取引にも投資会社にも、わかりやすくなじみのあるラベルが付いていてほしいと思うタイプだ。投資を任せるヘッジファンドを選ぶ際には、同じタイプのファンドを集めて比較したいと思う。明確な境界、あるいはなじみのあるカテゴリーが存在しない世界では、どうやって成功を判断すればよいかわからない。ブルーマウンテンが主張するようなバケツ破壊戦略にはまったくついていけなかった。

「とても賢い投資方法に聞こえるが、現実にやってみるとどうなるのかイメージできない」と、この日のカンファレンスに参加していた年金基金のファンド・マネージャーは語った。フェルドスタインも「われわれのことをどう理解すればよいのかわからない投資家も多い。彼らの考えるファンド像にどうにも合致しないためだ。債券ファンドなのか株式ファンドなのか、あるいはまた別のモノなのかと聞かれる。われわれの戦略を説明しようとしても混乱してしまう人もいる」と認める。

ある意味では、これはブルーマウンテンにとって厄介な問題だ。バケツ破壊という発想があまりにも斬新であるがゆえに、思うように新規顧客の獲得が進まないこともある。明確なカテゴリーが存在する世界では既存のカテゴリーに合致する商品のほうが投資家に売り込みやすい。新たな理論を評価しても、実際に一歩踏み出すのはためらう顧客もいる。

しかし見方を変えれば、ブルーマウンテンが成功したのは異端であったからにほかならない。金融システムにサイロがはびこっているほど、そうした人為的な境界を乗り越える意思を持った企業には多くの機会が生まれる。市場に価格の歪みが繰り返し発生するのは、異なる分野で働く人々におかしなかたちのインセンティブがある、あるいはお互いにコミュニケーションや情報共有をしないためである。組織内の境界は硬直的だが、マネーの流れは違う。そのギャップから利益を得るチャンスが次々と生まれてくるのだ。それはブルーマウンテンに限らず、システムを全体的視点から見るだけの知恵を持った投資家なら誰でもつかむことができる。もっと正確に言えば、統計データや数学モデルだけでなく、社会的パターンあるいはサイロというレンズから金融を考えることのできる人なら、誰にでも開かれたチャンスだ。

Conclusion

CONNECTING THE DOTS

終章

点と点をつなげる

これまでの事例をもとに、サイロに囚われないための方法論を考えてみよう。組織の境界を柔軟にしておくこと、報酬制度がそれを後押しするようになっていること等々、そして人類学の方法論を適用してみよう。アウトサイダーとして自らの組織を見つめなおすのだ。

「真の発見の旅とは、新しい景色を探すことではない。新しい目で見ることなのだ」
――マルセル・プルースト(1)

サイロに囚われないための四つの教訓

二〇一四年末、本書の執筆が終盤に差し掛かっていたころ、再びマイク・フラワーズと会う機会があった。法律家からコンピュータの専門家に転身し、マイケル・ブルームバーグ市長率いる市役所でビッグデータを使った先駆的実験を行った人物だ。フラワーズの人生にはすでにいくつかの変化があった。まず二〇一四年初頭にブルームバーグ市長が任期満了で退任し、後任市長にビル・デブラシオが就任した。それにともない市役所の幹部の顔ぶれもがらりと変わり、フラワーズも新天地を求めて転職した。

フラワーズは再会の場となったマンハッタンのダウンタウンにある庶民的なイタリアンカフェで、今はニューヨーク大学で若者にデータサイエンスと政府について教えていると語った。これも公共部門とアカデミアの間の隙間を埋める、サイロ破壊活動だと考えているという。またオープンデータ(公共データの活用推進)分野のベンチャー企業、エニグマにも加わり、サイロを破壊するためのスカンクワークスを立ち上げたいという自治体を支援している。ランチを済ませると、すぐにフランスの自治体との仕事のためパリに向かった。

　市役所がイエローグリースの不法投棄を減らした話、危険なファイアトラップを発見するための苦闘など、学生やフランスの役人などに話してきかせるサイロ破壊絡みのネタはたっぷり集まっていた。だがフラワーズが最も気に入っているのは、救急車にまつわる取り組みだ。フラワーズが市役所で働きはじめてまもなく、衛生部の調査で救急隊員が緊急通報の「９１１」に対応する時間にかなりのばらつきがあることが明らかになった。

　フラワーズが配下のスカンクチームに調査を命じたところ、奇妙な事実を突き止めた。他の自治体でもそうだが、ニューヨーク市には９１１の緊急通報を扱う官僚機関が六つもあったのである。このバラバラな組織が抱えるデータをとりまとめ、プロセスがどのように機能しているか全体像を把握しようとする者はなく、システムをチェックするのは不可能だった。そこでスカンクワークスのメンバーの一人であるローレン・タルボットが、統計データを統合しようと試みた。時間と労力はかかったが、タルボットは中央監視プロセスをつくり、それに応じて市役所の幹部は九一一の通報に対処する電話オペレーターのスクリプトを見直した。その結果、対応に要する時間は数秒短くなった。(2)

「こういう結果が出ると、本当に価値のある仕事をしていると感じる。何かを大きく変える必要はなかった。ただデータをとりまとめ、知恵を絞って考えただけだ」と、フラワーズは昼食をとりながら語った。

　話を聞きながら、これこそ本書が伝えようとしている中核的なメッセージだと思った。この世界にはサイロが多すぎるという居心地の悪さを感じている人は多い。問題を説明するのに具体的にサイロという言葉は使わないかもしれないが、こうした現実にはしょっちゅう遭遇する。

役所では異なる部署の間に一切交流がない。企業ではチーム同士が内輪揉めして、情報を抱え込もうとする。社会の中では豊かな者と貧しい者、あるいは民族や政治思想が異なる人々は、それぞれ別の社会的・知的ゲットーに閉じこもろうとする。

技術によってこうした障壁は崩壊するかもしれない。理屈のうえではインターネットによってわれわれ全員がつながるはずだ。しかしソーシャルメディアがあるからといって自然に、あるいは容易にそれが実現するとは限らない。サイロはサイバースペースにも存在するからだ。われわれは超接続性《ハイパー・コネクテッド》の世界に生きているが、自分の身のまわりで何が起きているかまるでわかっていないことも多い。

だからこそ次の質問が出てくる。「われわれに何ができるのか」だ。電気を手放したら現代のライフスタイルを維持できないのと同じように、サイロを完全に放棄することはできない。二一世紀の世界における極度の複雑化とデータの爆発的増加という現実の中で、秩序を生み出そうとすれば専門化は不可欠だ。フェイスブックで誰もが同じコードを書こうとしたら、会社として成り立たない。ある程度の自律性と責任の配分は必要だ。

同じようにクリーブランド・クリニックで誰もが同じ患者を治療しようとしたら、効率的な運営はできない。中央銀行にも経済モデルがどのようなものかわかっている人間がいなければ、政策運営はできない。サイロを専門家集団と定義すれば、その存在は必然である。

ただ本書で明らかにしたとおり、分類システムが過度に硬直化し、サイロが危険なまでに強固に根をはると、われわれにはリスクだけでなく魅力的なチャンスも見えなくなってしまう。第二章で紹介したソニーの事例は、こうした危険を浮き彫りにしている。UBSの事例も、二〇〇七年以前の経済学者の事例もそうだ。ここで挙げたものが、サイロにまつわる最悪の事例とは限らない。サイロはさまざまな組織で問題を引き起こしてきた。マイクロソフト、ゼネラル・モーターズ、ホワイトハウス、イギリスの国民保健サービス、BBC、BPなど挙げていけばきりがない。

ではこの問題を防ぐために、できることはあるのか。私はあると考えている。本書の第二部では、サイロにコントロールされるのではなく、サイロをコントロールしようとした普通の人々の事例を示してきた。いずれも完結した、美しいサクセスストーリーと見るべきではない。サイロをコントロールするという戦いに終わりはない。常に進行中の作業だ。

ただ第二部のエピソードを通じて、サイロ・シンドロームの弊害を緩和するためのアイデアをいろいろと示せたと思う。

一つめの教訓は、フェイスブックがしたように、大規模な組織においては部門の境界を柔軟で流動的にしておくのが好ましいということだ。ハッカー期間制度を通じて社員を異動させることには意義がある。ハッカソンやオフサイトミーティングのような異なる部門の社員が出会い、絆を深められるような場所や制度を設けておくのも良い。社員を同じスペースに誘導し、常に意外な出会いがあるように建物の物理的デザインを工夫するのも有効だ。クリーブランド・クリニックの通路やフェイスブックの広場は、そうした機能を非常によく果たしている。いずれにせよ組織のメンバーが内向きになったり、守りの姿勢になるのを防ぐには、交わる機会を増やす必要がある。

二つめの教訓は、組織は報酬制度やインセンティブについて熟慮すべきだということだ。各自の所属するグループの業績だけにもとづいて報酬が決まり、しかもグループ同士が社内で競争関係にあると、おカネをかけてオフサイトを何回開こうが、オープンオフィスのレイアウトを採用しようが、グループ同士が協力する可能性は低い。第三章で説明したとおり、UBSの極端な分断化が進んだのは成果報酬型のインセンティブ構造があったためだ。大手金融機関のほとんどに同じ問題が見られる。医療業界も同じで、アメリカの医療費がこれほど膨らんだ原因は成果報酬型アプローチにある。集団としてのモノの考え方を促したければ、クリーブランド・クリニックやブルーマウンテン・キャピタルが採用しているような協調重視の報酬制度をある程度採り入れなければならないだろう。

三つめの教訓は、情報の流れも重要であるということだ。UBSやソニーの例からは、各部門が情報を抱え込むととてつもないリスクが蓄積される可能性があるのがわかる。これに対する一つの解は、全員がより多くのデータを共有するようにすることであり、現代のコンピューティング技術をもってすればそれは容易に実現できる。とはいえデータの樽の栓を抜き、情報をドボドボとあふれさせるだけでは、サイロを打破することはできないことは重ねて強調しておきたい。それと同じぐらい重要なのは誰もが自分なりに情報を解釈し、そうして生まれる多様な解釈に組織が耳を傾けるようにすることだ。組織内で自分たちにしかわからないような複雑な専門用語を多用し、代替案をハナから拒否するような専門家のチームが幅を利かせていると、なかなか実現は難しい。（元イングランド銀行の）ポール・タッカーが指摘するように、大企業に本当に必要なのはスペシャリストのサイロの間を行き来し、個々のサイロの内側にいる人々に他の場所では何が起きているかを伝える「文化の翻訳家」なのかもしれない。「組織のメンバー全員が文化の翻訳家である必要はない。一〇％くらいでいいだろう。ほとんどの人は得意分野の異なるスペシャリストであっていい。それでも大規模な組織には複数の専門領域に通じた翻訳家が必要だ」とタッカーは主張する。経済学者、トレーダー、あるいは他の職種の専門用語など、異なる「言語」を尊重する姿勢も重要だ。「これは認識論、すなわち何を知識と見なすべきかの問題だ。他の人が自分と異なる言語を話すからと言って、それを無視して良いことにはならない」

四つめの教訓は、組織が世界を整理するのに使っている分類法を定期的に見直すことができれば、願わくは代替的な分類システムを試すことができれば、大きな見返りがあるということだ。われわれはたいてい継承した分類システムを無批判に受け入れる。だがそうしたシステムが理想的なものであることはまずない。時代遅れになっていたり、特定の利益集団の役にしか立たないこともある。

ソニーでは技術者たちが自らのサイロに疑問を持たなかったために、結果的にイノベーションを生み出すビッグチャンスを見逃すことになった。二〇〇八年以前の経済学者たちも同じ失敗を犯し、経済システムの中に蓄積されていたレバレッジの規模を見誤った。

一方クリーブランド・クリニックの医師らは、医療に対する自らのメンタルマップをひっくり返し、医師がどのような教育を受けるかではなく、患者が医療をどうとらえるかという視点から世界を再構成した。同じ原則は他のさまざまな分野にも当てはめることができる。

たとえば報道機関は消費者がどのようにニュースを受け止めるかではなく、ジャーナリストが自分たちの仕事をどのようにラベル分けするかに応じて部門を分けてきた（「政治記者」「金融記者」「副編集長」「記者」など）。銀行は預金者や投資家ではなく、銀行マンの考え方にもとづいて金融商品を分けてきた。製造業は現代の顧客の「こんな問題を解決してくれる製品が欲しい」というニーズではなく、五〇年前あるいは一〇〇年前のモノづくりのあり方、あるいは技術者のスキルの違いによって業種を分けることが多い。こうしたパターンが硬直化すると、企業は時代遅れになったり、感度が悪くなったり、あるいは社員が愚かな行為に走ったりする。パターンを変えるだけでイノベーションが生まれることもある。少なくとも人々の視野は広がるはずだ。

五つめの教訓は、サイロを打破するにはハイテクを活用するのも有効である、ということだ。コンピュータが放っておいてもわれわれの人生からサイロを排除してくれることは決してない。今日では膨大な量のデジタルデータが日々蓄積されていくため、われわれはデータを整理するためにひたすら新たなシステムをつくり続けている。それは当然の結果として、データを個別のバケツに振り分けていくことを意味する。

だがコンピュータの利点は、消去できない心理的バイアスを生まれつき持ち合わせていないことだ。プログラムを変更すればそれまでとは違った方法で情報を整理したり、新しい分類法をテストすることもできる。今日のコンピューティング・システムのデータ処理能力をもってすれば、人間の思考方法を変えるよりコンピュータのデータを組み直すほうがずっと速く簡単だ（しかもデータは人間と違って命令に抗ったり、対応を遅らせたりはしない）。

ニューヨーク市役所のスカンクワークスのエピソードは、データの分類方法を見直すことによってちょっとした、それでいて重要な政策の変更を効果的に実施できることを示している。シカゴの殺人発生率を抑えるためのブレット・ゴールドスタインの試みも同じだ。ただどちらの事例もある重要な前提条件を示唆している。データの分類方法が自動的に変わることも、サイロがおのずから崩壊することもない。誰かがコンピュータのプログラムを変える必要がある。何より重要なのは、マイク・フラワーズが発揮したような、これでもかというぐらいの人間の想像力だ。

想像力を得るための人類学の六つの方法論

ではサイバースペースや現実世界で既存の分類システムに疑問を持つのに不可欠な想像力はどうすれば手に入るのか。一つの選択肢は、人類学の基本的考え方を拝借することだ。それは僻地のエキゾチックな文化や恐ろしげな儀式を研究したり、地中に埋もれた骨を発掘するといったことではない。第一章で説明したとおり、今日の人類学者は非西欧文化の研究だけでなく、複雑な工業化社会にも活躍の舞台を広げている。また人類学を特徴づけるのは、人類学者が研究対象とする人々（ベルベル族の遊牧民やスイスの銀行家など）ではない。人類学とはモノの考え方あるいは世界の見方であり、いくつかの明確な特徴がある。

第一に、人類学者は人々の生活をボトムアップの視点で見ようとする。研究室を出て、現場で生活を経験することを通じてミクロレベルのパターンを理解し、マクロ的全体像をつかもうとする。第二に、人類学者はオープンマインドで物事を見聞きし、社会集団やシステムのさまざまな構成要素がどのように相互に結びついているかを見ようとする。壁にとまっているハエのように、静かに周囲の様子を観察する。

第三に研究対象の全体を見ようとし、その社会でタブーとされている、あるいは退屈だと思われているために人々が語らない部分に光を当てる。社会的沈黙に関心を持つのだ。第四に、人々が自らの生活について語る事柄に熱心に耳を傾け、それと現実の行動を比較する。人類学者は建前と現実のギャップが大好きだ。

第五に、人類学者は異なる社会、文化、システムを比較することが多い。最大の理由は、比較することで異なる社会集団の基礎となるパターンの違いが浮かび上がるからだ。これは自分のものとは異なる文化を研究するときに有益なアプローチだ。また自分の属する文化を理解しようとするときにも非常に価値がある。別の世界に身を投じてみると、「他者」について学べるだけでなく、自らの生き方を新たな目で見直すことができ、視界が開けてくる。こうしてインサイダー兼アウトサイダーになるのだ。

六つめの、そして最も重要な特徴は、人類学は人間の正しい生き方は一つではない、という立場をとることだ。当然のことに思われるかもしれない。だがどんな社会に属する人も、自分の文化を自然なものと考えがちだ。自分たちの社会のルールや分類システムが必然とは言わないまでも自然なものに思えるため、それについて改めて考える努力などめったにしない。一方人類学者は、われわれが世界や頭の中を整理するために使っている分類システムが、およそ必然的なものではないことをよくわかっている。それは通常、生まれつき持っているものではなく、後天的に身に着けるものだ。本当にそうしたいと思えば、自分の文化的パターンを変えることができる。世界を整理するために使っている公式・非公式なルールを変えることもできる。立ち止まって考えてみることもできる。

ここに挙げた人類学の六つの基本的考え方は、サイロを考えるうえで有効な視点を与えてくれる。本書で繰り返し指摘したとおり、現代の社会にサイロは不可欠だ。だがサイロの弊害にとらわれるのを避ける方法はある。人類学者に倣って「インサイダー兼アウトサイダー」の視点から自分たちが世界をどう分類しているかを見直すのは、リスクに抗う方法の一つだ。インサイダー兼アウトサイダーとなることで、分類システムをより大きな文脈の中で見られるようになる。分類方法に重複や漏れがないか、隙間からこぼれおちている事柄はないか、組織内の境界が危険なほど硬直化したり時代遅れになったりしていないかを新たな視点で見直すこともできるようになる。

インサイダー兼アウトサイダーになると、柔軟さを失った境界の危険性を認識できるようになる。境界を自在に引き直したり、まったく違う世界を思い描いたり、科学者のジョン・シーリー・ブラウンが言うように分類システムや組織の「縁《へり》」でイノベーションを生み出したりする想像力が湧いてくる(3)。

インサイダー兼アウトサイダーの視点を身に着けるために人類学者になる必要はない。人類学を学ぶのはもちろん役に立つが（世の中の企業が人類学者を雇って業務のあり方を見直したら大いに役に立つと思う）、境界を乗り越えたり、異なる世界を行き来するなかで、こうした視点を身に着ける人もいる。偶然そうなる場合もある。たとえばマイク・フラワーズはバグダッドでデータ・ミキシングの威力を学ぼうとは思ってもみなかった。逆に敢えて新たな世界に足を踏み入れる人もいる。第五章で紹介したブレット・ゴールドスタインは、自発的に居心地の良い世界から飛び出し、シカゴ警察という未知の世界に飛び込んだ。そうすることでイノベーティブにサイロを打破する力を身に着けたのである。

ただ視点を変えるために、必ずしもドラマチックな転職をする必要はない。接する情報やニュースを変えてみたり、知らない場所に行ってみたり、普段接する機会の少ない人たちと会って彼らの視点から世界を見直してみたりすることで、一時的に違う世界に身を置くことができる。

かつてニューヨーク市役所で副市長を務めたボブ・スティールはこう語る。「ときどきこんな頭の体操をしてみるといい。昔ながらのメガネ店で使われる、レンズを次々と入れ替えられる検査用メガネがあるだろう？　私はメガネのレンズを変えたら世界はどう違って見えるだろう、とよく想像してみるんだ。他の人の視点から見たら、世界はどんなふうに違って見えるのだろう、と」

旅をするのも新たな人やアイデアとの出会いにつながる。「インターネットによって豊かなアイデアや情報に自由に触れられるようになった。しかしインターネットですら『イノベーションの旅』、すなわち知らない土地に出かけていって『野に咲く』新たなアイデアに触れる経験の代わりにはならない」とクリーブランド・クリニックのトビー・コスグローブは語る。コスグローブはクリニックの医師たちに、会議や他の病院、医療とは無関係の施設への出張を奨励している。「分野を問わず、事を成そうとする者はパソコンをしまいオフィスを出よう。新たな場所や普通とは違うやり方をしている人と出会うための旅に出るのだ」

何より重要なのは、自分の属するサイロの外側にいる人やアイデアとの出会いに対してオープンな姿勢を保つことだ。日々の生活の中で予想もしない人やモノとの出会いを進んで受け入れると、知らず知らずのうちに自分の文化的レンズが変わっていく。

効率を追求しすぎるとうまくいかなくなる

もちろんこの目標を追求しようとすると、大きな問題に少なくとも一つは突き当たる。予想もしない人やモノとの出会いを受け入れ、世界を旅し、インサイダー兼アウトサイダーの視点を獲得するには、時間と労力がかかるのだ。サイロの中にとどまること、継承した境界を無批判に受け入れることのほうが一見ずっと楽だ。われわれが身を置く社会では合理的にキャリアを形成し、スペシャリストになることが良しとされる。学校や大学では早くから学生を特定のコースに振り分け、大学の学部も細分化されている。

アメリカのジャーナリスト、ファリド・ザカリアが指摘するように、今日のアメリカの教育政策は学生が多様なテーマを自由に学べる一般教養《リベラルアーツ》のようなゼネラリスト的学位ではなく、専門性の高い専攻を支援することに重きを置いている。(4) 職業や専門を変えると損をするというのが一般的な認識だ。組織の経営者は無駄を省き、できるだけ効率を高めなければならないというプレッシャーにさらされている。

現代社会においては専門化と集中が好ましいと見られている。そんななかで他部門の人々との交流、部門間の人事異動、社員をイノベーションの旅に送り出すといった時間のかかる、目先の利益につながらない活動を正当化するのは難しい。

「ハッカー期間のような人事制度をまわすのには膨大な時間がかかる。ある程度の無駄がどうしても生まれるし、それを許容しなければ機能しない。ある意味では無駄の多いやり方だ」とフェイスブックのマイケル・シュローファーは語る。メンバーに組織内を「動きまわる自由」を与えるのは、無節操な贅沢に思える。文化の翻訳者を育てたり、社会的分析を実施したり、(敢えて書くが)人類学者の視点から人々の生活を見直すというのも同様だ。現代社会には効率化、説明責任、有効性の名の下に、サイロに分化していこうとする傾向がある。

だが本書の重要なメッセージを一つ挙げるとすれば、われわれの世界は効率化を追求しすぎるとかえってうまく機能しなくなる、ということだ。専門化したサイロで活動するほうが、短期的には効率的に思えるかもしれない。しかし細分化されたスペシャリスト的行動パターンが支配する世界では、往々にしてリスクやチャンスが見逃される。人類学者のピエール・ブルデユーの言う「ハビトゥス」を無批判に受け入れていると、人生は貧しくなっていく。

こう考えると、二一世紀の複雑な世界に生きるわれわれは、みな厄介な課題を突きつけられていると言える。心理的、構造的サイロにコントロールされるのか、あるいは自らサイロをコントロールするのか。どちらを選ぶかは自分次第である。そしてサイロをコントロールする第一歩は、本当に簡単なことだ。自分が日々、無意識のうちに身のまわりの世界をどのように区切っているのか、思いをめぐらせてみるのである。

それから想像力を働かせ、別の方法はないか考えてみよう。

謝辞

本書は私自身がこれまでの人生で経験してきた、さまざまな「サイロ破壊の旅」の産物である。一八歳のときからいくつもの大陸を転々とし、人類学というアカデミズムの世界からジャーナリズムに転じ、金融、政治、文化、経済、戦争など幅広いテーマを書いてきた。そのなかで集めた多種多様な知的な糸が、本書というタペストリーを織りなしている。ここに含まれるアイデアを私に与えてくれた人たちに心から感謝したい。白熱した議論の中で意識的に伝えられたものもあるが、多くは何気ないひと言、偶然の出会い、想定外の邂逅《かいこう》を通じてはからずももたらされたものであった。

特に感謝しているのは、ケンブリッジ大学の人類学部である。博士論文のアドバイザーであったアーネスト・ゲルナー、キャロライン・ハンフレー、キース・ハートには多大な刺激を受けた。またダグラス・ホルムズ、マーサ・プーン、ジッティ・ジョーダン、クレイグ・キャルホーンなどの人類学者や、ニューヨークのＲｅＤコンサルタンシーの調査・研究からも多くを学んだ。

同じようにフィナンシャル・タイムズ（ＦＴ）の同僚も多くの刺激を与えてくれた。編集長のライオネル・バーバー、副編集長のジョン・ソーンヒルは本書執筆のための休暇を認めてくれたのをはじめ、惜しみない支援を与えてくれた。また多くの同僚が本書の草稿に目を通し、有益なコメントを寄せてくれた。ＦＴで働く醍醐味の一つは、同僚が優秀なだけでなく、とても協力的なことだ。アンドリュー・エッジクリフ・ジョンソン、リチャード・ウォーターズ、ハンナ・カチュラー、トム・ブレイスウェイト、グレッグ・メイヤー、カーディフ・ガルシアには特に感謝している。

ここ二年、FT以外の多くの方々にヒントをいただいたり、本書の内容を議論し、原稿の一部を読んでいただいた。その中でも特に感謝したいのはウィリアム・ジェーンウェイ、ウィリアム・ヘーゼルタイン、ラナ・ファルーハー、ヒュー・バンスティーミス、カルロス・デラクルーズ、リチャード・ブラム、ジョン・シーリー・ブラウン、ハンス・ヘルムート・コッツ、アンディ・ハルデーン、サンディ・ペントランド、ロルフ・レンダース、ドナルド・マロン、ダニエル・グレイザー、ビズ・ストーン、メリン・ソマーセット・ウェブ、マーク・アイン、ベン・ハーディ、スコット・マルキン、アンドリュー・マカフィー、ダニエル・ゴロフ、ジョン・レデッキー、トーマス・スニッチ、ゲーリー・ゲンスラー、ピーター・ハンコック、アダム・グリック、ローラ・ノレンである。ジョン・レデッキーはとりわけ協力的で、多くのすばらしいアイデアを提供してくれた。ゲーリーは常に知的な問いかけをしてくれた。彼の誠実で忍耐強い協力がなければ、本書ははるかに説得力の弱いものになっていただろう。

ICMで担当エージェントとなったアマンダ・アーバンは、いつも私を支え、変わらぬ友情を与えてくれた。サイモン&シュスターで本書の編集を担当したベン・ローネンは、伝えるべきアイデアや主張、文章に磨きをかけるよう絶えず促すことを通じて、プロジェクトの監督者としてすばらしい働きをしてくれた。リトルブラウンのティム・ホワイティングにもとても助けられた。サイモン&シュスターで最初に本書の企画を相談した編集者のエミリー・ルースにも、企画に信頼を寄せてくれたことに感謝したい。ジョン・クレーンは本書のリサーチャーとして八面六臂の活躍をし、常にアイデアと笑いを提供してくれた。

　本書のためにインタビューに応じてくれた方々にも、心から感謝を申し上げる。不愉快で答えにくい質問が多かったにもかかわらず、多くの方が進んで時間を割き、意見を聞かせてくれた。そうした内容を誤解している部分があるとすれば、非はすべて私にある。

　父のリチャード・テット、兄のピーター・テットにはこれまでの協力に感謝したい。我が家に喜びと楽しさと秩序をもたらすとともに、私を自らの心理的サイロから解放してくれるジョシュア・ブロックナーにもお礼を言いたい。そして誰よりも大きな感謝の気持ちを伝えたいのはすばらしい娘たち、アナリースとヘレンである。私の心の奥にはいつも二人がいて、バランスのとれた人生を送ること、世界をさまざまな角度から眺め、探求することの大切さを日々、思い起こさせてくれる。

ソースノート

本書を執筆する過程では、本文に登場する人々に多くのインタビューを行った。本書のために行ったものもあれば、フィナンシャル・タイムズの取材として行ったものもある。本文中の引用は特に記載のない場合、著者によるインタビューからのものである。解釈に誤りがある場合、責任はすべて著者にある。

はじめに

1 Daniel Kahneman, *Thinking, Fast and Slow* (New York: Farrar, Straus & Giroux, 2011).（『ファスト&スロー：あなたの意思はどのように決まるか？ 上・下』村井章子訳、早川書房、二〇一二年）
2 Gillian Tett, *Fool's Gold: The Inside Story of J.P. Morgan and How Wall Street Greed Corrupted Its Bold dream and Created a Financial Catastrophe* (New York: Free Press, 2009).（『愚者の黄金：大暴走を生んだ金融技術』土方奈美訳、日本経済新聞出版社、二〇〇九年）
3 Gillian Tett, "Ambiguous Alliances: Marriage and Identity in a Muslim Village in Soviet Tajikistan" (PhD diss., Cambridge University, 1996). 以下も参照。Gillian Tett, "Guardians of the Faith, Gender and Religion in an (Ex) Soviet Tajik Village," *Muslim Women's Choices; Religious Belief and Social Reality*, C. F. El-Solh and J Mabro, eds. (Providence, RI), pp. 128-51.

序章　ブルームバーグ市長の特命事項

1 Daniel Kahneman, *Thinking, Fast and Slow* (New York: Farrar, Straus & Giroux, 2011).（『ファスト&スロー：あなたの意思はどのように決まるか？ 上・下』村井章子訳、早川書房、二〇一二年）

2 ニューヨーク州上院ファイルより。 Jeffrey D. Klein, "A Survey of Bank Owned Properties in New York City," July 2011.
3 "Bronx House Fire Kills Boy, 12, and His Parents," *New York Times*, April 25, 2011.
4 "3 Killed in Monday Morning Bronx Fire," *CBS New York*, April 25, 2011.
5 Klein, "A Survey of Bank Owned Properties in New York City."
6 Barry Paddock, John Lauinger and Corky Siemaszko, "Drug Dealers in First Floor of Illegal Bronx Apt. Building Barred City Inspectors," New York *Daily News*, April 27, 2011.
7 "Out of Control, Out of Sight," Citizens Housing Planning Council Report, May 2, 2011.
8 Klein, "A Survey of Bank Owned Properties in New York City."
9 Barry Paddock, John Lauinger and Corky Siemaszko, "No Way Out for Tragic Family," New York *Daily News*, April 27, 2011.
10 Fire Department Citywide Statistics, Performance Indicators.
11 ニューヨーク市プレスリリース。 "Bloomberg and Fire Commissioner Cassano Announce 2012 Sets All-Time Record for Fewest Fire Fatalities in New York City History," January 2, 2013.
12 Benjamin Lesser and Brian Kates, "Hidden Deathtraps: After Flushing Fire and 200k Complaints, Divided Apartments Still Run Rampant," New York *Daily News*, November 14, 2009.
13 データは市役所およびマイク・フラワーズのプレゼンテーションより。
14 Top 25 Employers in New York City in 2013," *Crain's New York Business*, March 21,, 2014.
15 Paul Davidson, "Compatible Radio Systems Would Cost Billions," *USA Today*, December 28, 2005.
16 "Big Data in the Big Apple," *Slate*, March 6, 2013.
17 ブルームバーグのツイートを参照。 https://twitter.com/mikebloomberg/status/461626239414206464。 またブルームバーグが行った二〇一〇年のジョン・ホプキンス大学の卒業式スピーチも参照。
18 Michael M. Grynbaum, "The Reporters of City Hall Return to Their Old Perch," *New York Times*, May

24, 2012.

19 Code for America Summit 2012, Mike Flowers, Day 1, October 4, 2012.

20 Thor Olavsrud, "How Big Data Save Lives in New York City," *CIO*, October 25, 2012.

21 以下を参照。Primary Land Use Tax Lot Output file (PLUTO), http://www.nyc.gov/html/dcp/html/bytes/applbyte.shtml.

22 Kenneth Cukier and Viktor Mayer-Schoenberger, "The Rise of Big Data," *Foreign Affairs*, May 1, 2013. 以下も参照。Cukier and Mayer-Schoenberger, *Big Data: A Revolution That Will Transform How We Live, Work, and Think* (Eamon Dolan: Mariner, 2014).

23 マイク・フラワーズとのインタビューより。http://radar.oreilly.com/2012/06/predictive-data-analytics-big-data-nyc.html.

24 Alex Howard, "Predictive Data Analytics in Saving Lives and Taxpayer Dollars in New York City," Radar Online, June 26, 2012; "Mayor Moves Against Drugs," *Wall Street Journal*, December 13, 2011.

25 Ian Goldin and Mike Mariathasan, *The Butterfly Defect: How Globalization Creates Systemic Risks and What to Do about It* (Princeton: Princeton University Press, 2014).

26 https://www.imf.org/external/np/speeches/2014/020314.htm.

27 *Oxford English Dictionary*.

28 Ibid.

29 Ibid.

30 Adam Smith, *An Inquiry into the Nature and Causes of the Wealth of Nations*, Part 1 (Indianapolis: Liberty Fund, 1982) (from 1776 manuscript).（『国富論』玉野井芳郎、田添京二、大河内暁男訳、中央公論新社、二〇一〇年）

31 ＢＰのオイル流出事故については公式な報告書を参照。National Commission on the BP Deepwater Horizon Oil Spill and Offshore Drilling, "Deep Water; The Gulf Oil Disaster and the Future of Offshore

Drilling. Report to the President," January 2011, http://www.gpo.gov/fdsys/pkg/GPO-OILCOMMISSION/pdf/GPO-OILCOMMISSION.pdf. 以下の二本の記事も参照。Peter Elkind and David Whitford with Doris Burke, "BP: An Accident Waiting to Happen," *Fortune*, January 24, 2011, Ed Crooks, "US report spells out BP failures in Gulf," *Financial Times*, September 15, 2011.

32 ＧＭのスキャンダルの内幕は以下を参照。"General Motors Company: Regarding Ignition Switch Recalls," May 29 2014, by Anton R. Valukas, Jenner & Block LLC, http://s3.documentcloud.org/documents/1183508/g-m-internal-investigation-report.pdf.

33 メアリー・バーラによる二〇一四年六月五日のタウンホールを参照。http://media.gm.com/media/us/en/gm/news.detail.html/content/Pages/news/us/en/2014/Jun/060514-ignition- report.html.

34 9/11 Commission Report Executive Summary, "Management" subsection, http://www.gpo.gov/fdsys/pkg/GPO- 911REPORT/pdf/GPO-911REPORT.pdf.

35 Denis Campbell, "NHS Told to Abandon Delayed IT Project," *The Guardian*, September 21, 2011.

36 Stephen Hugh-Jones, "The Symbolic and the Real," Cambridge University Lectures, Lent term 2005, http://www.alanmacfarlane.com/hugh_jones/abstract.htm.

第一章　人類学はサイロをあぶり出す

1 Pierre Bourdieu, *Outline of a Theory of Practice* (Cambridge: Cambridge University Press, 1977).

2 Pierre Bourdieu, *The Bachelors' Ball: The Crisis of Peasant Society in Béarn* (Chicago: University of Chicago Press, 2008). *Le bal des célibataires* (Bourdieu: Éditions du Seuil, 2002)からの翻訳（『結婚戦略：家族と階級の再生産』丸山茂、小島宏、須田文明訳、藤原書店、二〇〇七年）。

3 ブルデューのエッセイより引用。"La dimension symbolique de la domination économique," *Études Rurales* 113-114 (January-June 1989) pp.15-36. *The Bachelors' Ball* pp. v1-v11に再掲されている。

4 Pierre Bourdieu, *Sketch for a Self-Analysis* (Boston: Polity, 2007), p. 63.

5 Ibid.

6 George A. Miller, "The Magical Number Seven, Plus or Minus Two: Some Limits on Our Capacity for Processing Information" *Psychological Review* 63 (2) (1956), pp. 81-97.

7 Ibid.

8 Daniel Kahneman, *Thinking, Fast and Slow* (New York: Farrar, Straus & Giroux, 2011).（『ファスト&スロー：あなたの意思はどのように決まるか？　上・下』村井章子訳、早川書房、二〇一二年）

9 Luc de Brabandere and Alan Iny, *Thinking in New Boxes: A New Paradigm for Business Creativity* (New York: Random House, 2013).（『ＢＣＧ流 最強の思考プロセス：いかにして思い込みを捨て「新しい箱」をつくり出すか』松本剛史訳、日本経済新聞出版社、二〇一三年）

10 René Descartes, *Discourse on Method and Meditations on First Philosophy*, Donald A. Cress, trans. (Indianapolis: Hackett, 1999).（『省察』山田弘明訳、筑摩書房、二〇〇六年）

11 Brent Berlin and Paul Kay, *Basic Color Terms: Their Universality and Evolution* (University of California Press, 1969).

12 Caroline M. Eastman and Robin M. Carter, "Anthropological Perspectives on Classification Systems," 1994. Eastman, C. (1994). 5th ASIS SIG/CR Classification Research Workshop, 69-78, doi:10.7152/acro.v5i1.13777.

13 Jared Diamond, *The World Until Yesterday: What Can We Learn from Traditional Societies?* (New York: Penguin, 2013).（『昨日までの世界：文明の源流と人類の未来　上・下』倉骨彰訳、日本経済新聞出版社、二〇一三年）

14 Bourdieu, *Sketch for a Self-Analysis*, p. 5.

15 Ibid., p. 97.

16 Ibid., p. 91.

17 Ibid., p. 38.

18 Ibid.

19 Ibid., p. 40.

20 Robert Layton, *An Introduction to Theory in Anthropology* (Cambridge: Cambridge University Press, 1999), p. 1.

21 David Hume, *Treatise on Human Nature* (1738; U.S.: CreateSpace Independent Publishing, 2013).（『人間本性論』木曾好能訳、法政大学出版局、二〇一一年）

22 Ernest Gellner, *The Concept of Kinship* (London: Blackwell, 1973), p.vii.

23 Ibid., pp. vii, viii.

24 Bronislaw Malinowski, *Argonauts of the Western Pacific* (Long Grove,IL: Waveland Press, 1984; rpt. of 1922 edition).（『西太平洋の遠洋航海者：メラネシアのニュー・ギニア諸島における、住民たちの事業と冒険の報告』増田義郎訳、講談社、二〇一〇年）

25 Claude Lévi-Strauss, *Myth and Meaning* (Germany: Schocken, 1995; rpt. of 1978 edition).（『神話と意味』大橋保夫訳、みすず書房、一九九六年）

26 Claude Lévi-Strauss, *The Elementary Structures of Kinship* (Boston: Beacon, 1971).（『親族の基本構造』福井和美訳、青弓社、二〇〇〇年）; Claude Lévi-Strauss, *Tristes Tropiques* (New York: Penguin, 2012.（『悲しき熱帯　上・下』川田順造訳、中央公論社、一九八九年、一九九〇年）; rpt.; Claude Lévi-Strauss, *The Savage Mind* (Chicago: University of Chicago Press, 1966).（『野生の思考』大橋保夫訳、みすず書房、一九八〇年）

27 Bourdieu, *Sketch for a Self-Analysis*, p. 40.

28 この時期のブルデューの生活ぶりを知るには、教え子の一人であるクレイグ・カルホーンによるアルジェリアでの研究を写真を使って説明した以下の資料が参考になる。Pierre Bourdieu and Craig Calhoun, ed., *Picturing Algeria* (New York: Columbia University Press, 2012).

29 Bourdieu, *Sketch for a Self-Analysis*, p. 48.

30 Ibid., p. 53.

31 Ibid., p. 47.

32 Ibid., p. 61.ブルデューの『結婚戦略』（*The Batchelors' Ball,* p. 3.）も参照。

33 Ibid., p. 67.

34 Bourdieu, *Outline of a Theory of Practice,* p. 170.

35 Kate Fox, *Watching the English* (London: Hodder & Stoughton, 2005), p. 6.

36 Ibid., p. 13.

37 Karen Ho, *Liquidated: An Ethnography of Wall Street* (Durham, NC: Duke University Press, 2009).

38 Caitlin Zaloom, *Out of the Pits: Traders and Technology from Chicago to London* (Chicago: University of Chicago Press, 2006).

39 Alexandra Ouroussoff, *Wall Street at War: The Secret Struggle for the Global Economy* (Boston: Polity, 2010).

40 Douglas Holmes, *Economy of Words: Communicative Imperatives in Central Banks* (Chicago: University of Chicago Press, 2013).

41 Annelise Riles, *Collateral Knowledge: Legal Reasoning in the Global Financial Markets* (Chicago: University of Chicago Press, 2011).

42 Danah Boyd, *It's Complicated: The Social Life of Networked Teens* (New Haven: Yale University Press, 2014).（『つながりっぱなしの日常を生きる：ソーシャルメディアが若者にもたらしたもの』野中モモ訳、草思社、二〇一四年）

43 Margaret Mead (1950, p. xxvi)。以下の文献より。Tom Boellstorff, *Coming of Age in Second Life: An Anthropologist Explores the Virtually Human* (Princeton, NJ: Princeton University Press, 2010), p. 71.

第二章　ソニーのたこつぼ

1 Louis V. Gerstner, *Who Says Elephants Can't Dance? Inside IBM's Historic Turnaround.* (Waterville, ME: Thorndike Press, 2002).（『巨象も踊る』山岡洋一、高遠裕子訳、日本経済新聞社、二〇〇二年）

2 コムデックスのソニーの動画より。http://groupx.com/ourwork/launch/sony.html.

3 Paul Thurott, "Fall Comdex 1999 Reviewed," http://winsupersite.com/product-review/fall- comdex- 1999-reviewed.

4 Martyn Williams, "George Lucas, Playstation 2 Highlight Sony Keynote at Comdex," CNN, November 16, 1999.

5 http://www.zdnet.com/news/star-wars-creator-gives-sony-thumbs-up/104118; http://www.ign.com/articles/1999/11/17/comdex-1999-sony-aims-high-with-playstation-2.

6 Martyn Williams, "George Lucas, Playstation 2 Highlight Sony Keynote at Comdex," CNN, November 16 1999.

7 "Sony Global—Sony History," November 2006, http://web.archive.org/web/20061128064313/http://www.sony.net/Fun/SH/1-1/h2.html.

8 "Masaru Ibuka," PBS Online 1999, ScienCentral, and the American Institute of Physics. "Akio Morita," PBS Online 1999, ScienCentral and the American Institute of Physics.

9 "Akio Morita: Gadget Guru," *Entrepreneur*, October 10, 2008.

10 Akio Morita, *Made in Japan: Akio Morita and Sony* (New York: E. P. Dutton, 1986), p. 56.（『メイド・イン・ジャパン：わが体験的国際戦略』下村満子訳、朝日新聞社、一九八七年）

11 Ibid., p. 65.

12 Ibid., pp. 79-81.

13 Meaghan Haire, "A Brief History of the Walkman," *Time*, July 1, 2009.

14 Morita, *Made in Japan*, p. 82.

15 Steve Lohr, "Norio Ohga, Who Led Sony Beyond Electronics, Dies at 81," *New York Times*, April 24,

2011.

16 Sea-Jin Chang, *Sony vs. Samsung: The Inside Story of the Electronics Giants' Battle for Global Supremacy* (Hoboken, NJ: Wiley, 2008).

17 John Nathan, *Sony: Private Life* (Boston: Mariner, 2001), p. 315.

18 Sony Corporate Information, Chapter 24: Diversification, www.sony.net/SonyInfo/CorporateInfo/History/SonyHistory/2-24.html.

19 Karl Taro Greenfeld, "Saving Sony: CEO Howard Stringer Plans to Focus on 3-D TV," *Wired*. March 22, 2010.

20 Walter Isaacsson, *Steve Jobs* (New York: Simon & Schuster, 2011), p. 408.（『スティーブ・ジョブズⅠ、Ⅱ』井口耕二訳、講談社、二〇一一年）

21 Ibid., p. 362.

22 ソニー、二〇〇五年度財務報告書。www.sony.net/SonyInfo/IR/library/fr/05q4_sony. pdf.

23 Andrew Ross Sorkin and Saul Hansel, "Shakeup at Sony Puts Westerner in Leader's Role," *New York Times,* March 7, 2005.

24 Marc Gunther, "The Welshman, the Walkman and the Salarymen," *Fortune,* June 1, 2006.

25 この事例について、詳しくは以下の資料を参照。Louis V. Gerstner, "*Who Says Elephants Can't Dance?*" *Harper Business*, 2002.（『巨象も踊る』山岡洋一、高遠裕子訳、日本経済新聞社、二〇〇二年）; Lisa DiCarlo, "How Lou Gerstner Got IBM to Dance," *Forbes*, November 11, 2002; "IBM Corp Turnaround," Harvard Business School Case Study, March 14, 2000; Lynda Applegate and Elizabeth Collins, "IBM's Decade of Transformation; Turnaround to Growth," Harvard Business School Case Study, April 2005.

26 "A Word from Howard: Breaking Down Silos," Sony United newsletter, January 2, 2006.

27 Martin Fackler, "Sony Plans 10,000 Job Cuts," *New York Times,* September 23, 2005.

28 Daisuke Takato, "Sony to Cut 10,000 Jobs, Product Models to End Losses," Bloomberg News, September

22, 2005.
29 David Macdonald, "Sony Tries to Get Its Mojo Back," *Asia Times*, February 7, 2006.
30 Martin Fackler, "Cutting Sony, a Corporate Octopus, Back to a Rational Size," *New York Times*, May 29, 2006.
31 二〇〇五年九月、ソニーの発表より。www.sony.net.
32 Ibid.
33 Ginny Parker Woods, "Sony's Picture Is Looking Brighter," *Wall Street Journal*, February 3, 2006.
34 Marc Gunther, "The Welshman, the Walkman and the Salarymen," *Fortune*, June 1, 2006.
35 *Who Says Elephants Can't Dance?* Harper Business, 2002（『巨象も踊る』山岡洋一、高遠裕子訳、日本経済新聞社、二〇〇二年）。以下も参照。"How Lou Gerstner Got IBM to Dance," by Lisa diCarlo, *Forbes*, November 11, 2002.
36 Marc Gunther, "The Welshman, the Walkman and the Salarymen," *Fortune*, June 1, 2006.
37 Tim Ferguson, "Samsung v Sony—The Growing '2000' Divide," *Forbes*, April 30, 2012.
38 Andrew Ross Sorkin and Michael De La Merced, "American Investor Targets Sony for a Breakup," *New York Times*, May 14, 2013.
39 Mike Fleming, "George Clooney to Hedge Fund Honcho Daniel Loeb: Stop Spreading Fear at Sony," *Deadline Hollywood*, August 2, 2013.
40 マイクロソフトが直面している課題とそれへの対応については、以下の記事を参照。Monica Langley, "Reboot at Microsoft: Impatient Board Sped Ballmer's Exit," *Wall Street Journal*, 2013; "Microsoft Tears Down Walls to Open Up Future," *St Augustine Record*, July 13, 2013; Thom Forbes, "Microsoft Blows up Its Silos," *Marketing Daily*, July 12, 2013;"Microsoft Transforms But Will It Leave Its Past Behind?" Voice of America, October 25, 2013.

第三章　UBSはなぜ危機を理解できなかったのか

1 Upton Sinclair, *I, Candidate for Governor: And How I Got Licked* (Berkeley: University of California Press, 1994), p. 109.

2 FINMA（スイス金融市場監査局）, "Financial Market Crisis and Financial Market Supervision," September 14, 2009, p. 22.（以降、FINMA reportとする）。

3 Tobias Straumann, "The UBS Crisis in Historical Perspective," University of Zurich Empirical Research in Economics, September 2010, p. 5.

4 FINMA report, p. 21.

5 Ibid.

6 Ibid., p. 22.

7 Ibid.

8 二〇〇八年四月一八日、UBSの評価損計上に関する株主報告書、p. 6. http://maths-fi.com/ubs-shareholder-report.pdf.

9 Ibid., p. 6.

10 Stephanie Baker-Said and Elena Logutenkova, "The Mess at UBS," *Bloomberg Markets*, July 2008.

11 Mark Landler, "UBS Sells Stake After Write-Down," *New York Times*, December 10, 2007.

12 Ibid.

13 UBS Shareholder Report, 2008, p. 6; Statement to Shareholders, December 2008.

14 UBS Shareholder Report, 2008, p. 7.

15 Baker-Said and Logutenkova, "The Mess at UBS."

16 "Switzerland Unveils UBS Bail-out," BBC World News, October 16, 2008.

17 UBS Shareholder Report, 2008, p. 6.

18 Nick Mathiason, "UBS and US Government Reach Deal over Tax Evasion Dispute," *The Guardian*, July

31, 2009.

19 Straumann, "The UBS Crisis in Historical Perspective," p. 3.

20 Ibid.

21 Ibid., p. 6.

22 Ibid.

23 John Tagliabue, "2 of the Big 3 Swiss Banks to Join to Seek Global Heft," *New York Times*, December 9, 1997.

24 Adrian Cox, "Costas Sees UBS Eclipsing Goldman, Citigroup as Top Fee Earner," *Bloomberg Magazine*, March 1, 2004.

25 "Swiss Bank to Acquire Chase Investment Unit," Associated Press. 一九九一年一一月二一日付ニューヨーク・タイムズ紙が掲載した。

26 "Has UBS Found Its Way Out of the Woods?," *BusinessWeek*, March 29, 1999.

27 FINMA report, p. 25, 脚注。

28 John Tagliabue, "Swiss Banks Calling Wall St. Home," *New York Times*, August 31, 2000.

29 Riva D. Atlas, "How Banks Chased a Mirage," *New York Times*, May 26, 2002.

30 Michael Corkery, "Health Scare: Calculating UBS's Loss of Banker Benjamin Lorello," *Wall Street Journal*, June 26, 2009.

31 "Top UBS Banker Founds Private Equity Firm," *Financial News*, June 29, 2007.

32 "Jefferies Nabs One-time Critic from UBS," *Dow Jones Financial News*, June 25, 2009.

33 Cox, "Costas Sees UBS Eclipsing Goldman, Citigroup as Top Fee Earner."

34 Uta Harnischfeger, "UBS Faults Blinds Ambition for Subprime Miscues," *New York Times*, April 22, 2008.

35 フィナンシャル・タイムズの用語集を見ると（http://lexicon.ft.com/Term?term=securitisation）、証券

化の一般的定義は銀行が資産、融資、公共事業などからの収入を裏づけとして債券などの「売買可能な有価証券」を作成し、発行することとある。インベストペディアには「非流動資産を金融工学により有価証券に変えるプロセス。その典型例が住宅ローン担保証券（ＭＢＳ）で、これは住宅ローンの集合体を担保とする資産担保証券である」とある。証券化には複数の段階がある。再びインベストペディアを引用しよう。「まず規制の対象となり、認可を受けた金融機関が大量の住宅ローンを実施する。その担保は個々の債務者が購入するさまざまな不動産である。続いて個別の住宅ローンを束にして住宅ローンプールに集め、それをＭＢＳの担保として信託する。ＭＢＳは大手銀行などの第三者的金融機関、あるいは最初に住宅ローンを実施した銀行自体が発行する。ＭＢＳはファニーメイやフレディマックのようなアグリゲーターが発行する場合もある。いずれにおいても結果は同じで、住宅ローンの借り手の資産を担保とする新しい有価証券がつくられる。この有価証券はモーゲージ流通市場の参加者に売却することができる」http://www.investopedia.com/ask/answers/07/securitization.asp.

36 Stephanie Baker-Said and Elena Logutenkova, "UBS $100 Billion Wager Prompted $24 Billion Loss in Nine Months," *Bloomberg News*, May 18, 2008.

37 Straumann, "The UBS Crisis in Historical Perspective," p. 17.

38 UBS Shareholder Report, 2008, p. 18.

39 Nelzon Schwartz, "The Mortgage Bust Goes Global," *New York Times*, April 6, 2008.

40 Baker-Said and Logutenkova, "UBS $100 Billion Wager Prompted $24 Billion Loss in Nine Months."

41 Karen Ho, *Liquidated: An Ethnography of Wall Street* (Durham, NC : Duke University Press, 2009).

42 FINMA report, p. 25.

43 Greg Ip, Susan Pullam, Scott Thurm, and Ruth Simon, "How the Internet Bubble Broke Records, Rules, and Bank Accounts," *Wall Street Journal*, July 14, 2000.

44 UBS Transparency Report to Shareholders, 2010, p. 18.

45 Ibid., p. 27.

46 UBS Shareholder Report, 2008, p. 9.
47 Ibid., p. 15.
48 Ibid., p. 16.
49 Chris Hughes, Haig Simonian, and Peter Thal Larsen, "Corroded to the Core: How a Staid Swiss Bank Let Ambitions Lead It into Folly," *Financial Times*, April 21, 2008.
50 UBS Shareholder Report, 2008, p. 4.
51 "Brady W. Dougan," Official Bio Credit Suisse Group AG website, https://www.credit-suisse.com/governance/en/pop_s_cv_dougan.jsp.
52 Haig Simonian and Peter Thal Larsen, "UBS Reveals Top Level Shake-up," *Financial Times*, July 1, 2005.
53 FINMA report, p. 28.
54 UBS Transparency Report, 2010, p. 21.
55 Sinclair, p. 109.
56 FINMA report, p. 27.
57 Ibid., p. 22.
58 Ibid.
59 UBS Transparency Report, 2010, p. 35.
60 Ibid., p. 5. 会長室とグループ執行役員会が問題の重大性を知らされたのは八月八日だった。
61 Straumann, "The UBS Crisis in Historical Perspective," p. 9.
62 Hughes, Simonian, and Larsen, "Corroded to the Core: How a Staid Swiss Bank Let Ambitions Lead it into Folly."
63 Gillian Tett, "Silos and Silences," *Banque de France Financial Stability Review*, July 2010, p. 126.
64 FINMA report, p. 26.
65 "Executive Profile: Joseph Scoby," http://www.bloomberg.com/research/stocks/people/person.asp?perso

nld=12505021&privcapld=416620.

66 UBS Shareholder Report, 2008, p. 6.

67 Megan Murphy and Haig Simonian, "Banking: Lightning Strikes Twice," *Financial Times*, October 3, 2011.

68 Straumann, "The UBS Crisis in Historical Perspective," p. 8.

69 Ibid., pp. 4 - 5.

70 Haig Simonian, "UBS Board Makes Formal Appointment," *Financial Times*, December 8, 2009.

71 UBS Transparency Report, 2010, p. 7.

72 ロフツは二〇〇八年に最高リスク責任者に任命された。その後職を離れたが、二〇一一年に再び任命された。

73 "Christian Wiesendanger Executive Profile," Bloomberg, www.bloomberg.com/Research/stocks/people/person.asp?personld=114060469&privcapld=416620.

74 Megan Murphy, Kate Burgess, Sam Jones, and Haig Simonian, "UBS Trader Adoboli Held over $2bn Loss," *Financial Times*, September 15, 2011.

75 Tony Shearer, "The Banks Are Simply Too Big to Be Managed,"（事業責任者への手紙より）, *Daily Telegraph*, September 19, 2011.

第四章　経済学者たちはなぜ間違えたのか？

1 このエピソードはルイス・ガリカノへの取材にもとづいている。以下も参照。Andrew Pierce, "The Queen Asks Why No One Saw the Credit Crunch Coming," *Daily Telegraph*, November 5, 2008; Chris Giles, "The Economic Forecasters' Failing Vision," *Financial Times*, November 25, 2008.

2 "Economy"の語源は以下を参照。*The American Heritage Dictionary of the English Language*, 4th ed. (New York: Houghton Mifflin, 2009).

3 Chris Hann and Keith Hart, *Economic Anthropology* (Boston: Polity, 2011), p. 34.

4 “News release: Paul Tucker to Leave the Bank of England,” Bank of England website, June 14, 2013, www.bankofengland.co.uk/publications/Pages/news/2013/078.apx.

5 Bill Janeway, *Doing Capitalism In the Innovation Economy: Markets, Speculation and the State* (Cambridge: Cambridge University Press, 2012), p. 163.

6 Axel Leijonhufvud, “Life Among the Econ,” *Western Economic Journal*, 11:3 (September 1973), p. 327.

7 Ibid., p. 328.

8 “Alan Greenspan,” *Biography*, A&E, 2014.

9 Gillian Tett. “An Interview with Alan Greenspan by Gillian Tett,” *Financial Times*, October 25, 2013.

10 “1997: Brown Sets Bank of England Free,” *On This Day in History*, www.bbc.co.uk.onthisday/hi/dates/stories/may/6/newsid_3806000/3806313.stm.

11 Chris Giles, “The Court of King Mervyn,” *Financial Times Magazine*, May 5, 2012.

12 金融危機以前に、金融リスクに関するメディアや社会の議論にサイロがどのような影響を及ぼしたかについては以下を参照。Gillian Tett, “Silos and Silences: Why So Few People Spotted the Problems in Complex Credit and What That Implies for the Future,” *Banque de France Financial Stability Review* no. 14, July 2010. 以下も参照。Gillian Tett, “Silos and Silences: the Problem of Fractured Thought in Finance.” 二〇一〇年にニューオリンズで開かれたアメリカ人類学協会での講演より。

13 Tyler Cowen, “Bailout of Long-Term Capital: A Bad Precedent?” *New York Times*, December 26, 2008.

14 “Speech: Macro, Asset Price and Financial System Uncertainties.” 二〇〇六年一二月一一日、イングランド銀行市場担当エグゼクティブ・ディレクター兼金融政策委員、ポール・タッカーによるロイ・ブリッジ記念講演。 www.bankofengland.co.uk/archive/Documents/historicpubs/speeches/2006/speech294.pdf.

15 Ibid., p. 123.

16 Ibid., p. 127.

17 Ibid., p. 128.
18 Ibid.
19 Ibid., p. 127.
20 “A perspective on Recent Monetary and Financial System Developments.”二〇〇七年四月二六日、市場担当エグゼクティブ・ディレクター兼金融政策委員、ポール・タッカーによる講演。www.bankofengland.co.uk.archive/Documents/historicpubs/speeches/2007/speech308.pdf.
21 Ibid., p. 6.
22 Ibid.
23 これについての詳細な議論は以下を参照。Tett, “Silos and Silences.”
24 “About the Jackson Hole Economic Policy Symposium,” Publications Page, www.kansascityfed.ong/publications/research/escp/jackson-hole.
25 “Housing, Housing Finance, and Monetary Policy.” ワイオミング州ジャクソンホールで開かれたカンザスシティ連銀の経済シンポジウムでのベン・S・バーナンキFRB議長の講演。www.federalreserve.gov/newsevents/speech/bernanke20070831a.htm.
26 “The Shadow Banking System and Hyman Minsky’s Economic Journey,” *PIMCO Global Central Bank Focus*, newsletter, May 2009.
27 “PIMCO Expert Bios: Paul A. McCulley,” PIMCO website.
28 Krishna Guha, “Credit Turmoil Has Hallmarks of Bank Run,” *Financial Times*, September 2, 2007. カンザス連銀の議事録も参照。http://www.kansascityfed.org/Publicat/Sympos/2007/PDF/GeneralDiscussion6_0415.pdf.
29 二〇〇七年八月のジャクソンホールでのシンポジウムの議事録より。http://www.kansascityfed.org/Publicat/Sympos/2007/PDF/General Discussion6 0415.pdf.
30 以下を参照。Robert J. Shiller, “Bubble Trouble,” Project Syndicate. September 17, 2007. www.project-

31 syndicate.org/commentary/bubble-trouble.
SIVやコンデュイットのような企業で具体的に問題になったのは「満期のミスマッチ」である。こうした企業は、超短期の手形（あるいは債券）を資産担保CP市場で売って資金を調達し、それを住宅ローン債券のような長期資産に投資していた。超短期債は常にロールオーバー（借り換え）をする必要があったが、市場が機能停止に陥ったときには長期債を売却できなくなってしまった。投資家がパニックに陥り資金を提供しなくなったとたん、SIVやコンデュイットは流動性の危機に直面した。銀行はこうした企業に簿外の債務保証を与えていたため、SIVやコンデュイットが崩壊しはじめると銀行の財務に影響がおよび、パニックが広がった。

32 Jason Douglas and Geoffrey T. Smith, "FSB's Carney Seeks Help to End Too-Big-to-Fail," *Wall Street Journal*, April 11, 2014.

33 Heather Stewart, "This Is How We Let the Credit Crunch Happen Ma'am," *The Observer*, July 29, 2009.

34 Gillian Tett, "An Interview with Alan Greenspan by Gillian Tett," *Financial Times*, October 25, 2013.

35 "Memorandum of Understanding Between the Financial Conduct Authority and the Bank of England, including the Prudential Regulation Authority," Bank of England website. www.bankofengland.co.uk/about/Documents/mous/statutory/moumaket.pdf.

36 "One Mission. One Bank. Promoting the Good of the People of the United Kingdom." 二〇一四年三月一八日、ロンドンのシティユニバーシティ・キャスビジネススクールでのイングランド銀行総裁マーク・カーニーの講演より。

37 Emma Charlton, "Bank of England Creates New Unit to Crunch Economic Data," Bloomberg news, July 1, 2014.

38 "Financial Stability Oversight Council Created Under the Dodd-Frank Wall Street Reform and Consumer Protection Act," October 2010, Treasury.gov.

39 Ian Katz, "Richard Berner to Help Treasure Build Financial Research Office," Bloomberg News, April 25,

2011.

40 Jennifer Ryan and Simon Kennedy, "Carney Gets Chance to Reshape BOE as Tucker Plans Departure," Bloomberg News, June 14, 2013.

第五章　殺人予報地図の作成

1 二〇〇五年にスティーブ・ジョブズがスタンフォード大学で行った講演より。http://news.stanford.edu/news/2005/june15/jobs-061505.html.

2 きわめて高学歴で専門職に就いている人々の警察志願が増加していることについての報道は以下を参照。"First NYPD Recruits since 9/11," *Police: The Law Enforcement Magazine*, July 9, 2002.

3 http://news.yahoo.com/chicago-murder-capital-of-america-fbi-142122290.html; http://www.foxnews.com/us/2013/09/19/fbi-chicago-officially-americca-murder-capital/; http://www.huffingtonpost.com/2012/06/16/chicago-homicide-rate-wor_n_1602692.html.

4 シカゴ警察の組織文化については以下を参照。Star #14931, *Chicago Cop: Tales From the Street* (CreateSpace Independent Publishing Platform, 2011); Martin Preib, *Crooked City* (CreateSpace Independent Publishing Platform, 2014); Daniel P. Smith, *On the Job: Behind the Stars of the Chicago Police Department* (Chicago: Lake Claremont Press, 2008); Jim Padar and Jay Padar, *On Being a Cop: Father and Son Tales from the Streets of Chicago* (Self Published, 2013).

5 Kari Lydersen, "In Chicago, Choice to Head Police Dept. a Controversial One," *Washington Post*, December 2, 2007; Gary Washburn and Todd Lighty. "New Top Cop Seeks to Fix Broken Trust: FBI Agent Aims to Soothe Police, Gain Confidence of Detractors," *Chicago Tribune*, November 30, 2007; Fran Spielman, "$310,000 for Top Cop? 'Yes, It's Worth It': Daley; Weis Will Earn $93,000 More Than Mayor," *Chicago Sun-Times*, December 5, 2007.

6 Locke Bowman, "Will Mayor Emanuel Commit to Reforming the Chicago Police?," *Huffington Post*,

March 7, 2011. www.huffingtonpost.com.locke-bowman/will-mayor-emanuel-commit_b_832333.html.

7 サイロ化によって過去一〇年に情報機関や治安部隊の活動にどのような弊害が生じたかについては以下を参照。U.S. commission's report on 9/11: http://www.fas.org/irp/offdocs/911comm-sec13.pdf 国務省によるリビア・ベンガジ事件に関する報告書からも同様の問題が浮き彫りになっている。以下を参照。http://www.state.gov/documents/organization/202446.pdf.

8 http://web.archive.org/web/20131203194757/http://www.suntimes.com/news/metro/23189930-418/grateful-for-cops-commitment.html.

9 以下のウェブサイトを参照。Chicago Police Memorial Foundation Website, Officer Of The Month-Brett Goldstein. May 2014. www.cpdmemorial.org/officer-of-the-month-brett-goldstein/.

10 Adam Lisberg, "Chicago Buried in Murders; 2nd City Passes New York in Killing," New York *Daily News*, November 2, 2008; Angela Rozas, "Chicago Murder Rate Is Up 9 Percent So Far This Year," *Chicago Tribune*, May 17, 2008.

11 David Heinzmann, "After Scandal, a New Cop Unit: This Special Outfit Won't Be Called SOS," *Chicago Tribune*, October 7, 2008.

12 "Crime Is Down, but It's Still a Huge Problem," Editorial, *Chicago Sun-Times*, August 5, 2010.

13 "Two Lawmakers Propose National Guard Should Deal with Gun Violence and Murder in Chicago," *NBC Nightly News*, April 26, 2010; Hal Dardick and Monique Garcia, "Daley: Guard Isn't the Answer; Mayor, Governor, Police Union Not Fans of Proposal to Deploy Troops," *Chicago Tribune*, April 27, 2010.

14 Lauren Etter and Douglas Belkin, "Rash of Shootings in Chicago Leaves 8 Dead, 16 Wounded," *Wall Street Journal*, April 17, 2010.

15 Terry Wilson, "Top Cop Pushes Accountability as He Makes Changes in the Ranks," *Chicago Tribune*, February 2, 2000.

16 シカゴの犯罪集団の規模と範囲の推計については、シカゴ犯罪委員会がまとめた二〇一二年ギャングブックを参照。http://www.chicagocrimecommission.org. 以下も参照。Peter Slevin, "Jennifer Hudson's Nephew Found Dead," *Washington Post*, October 28, 2008; Fran Spielman, "A Different Beat for Weis," *Chicago Sun-Times*, October 25, 2008.

17 Gary Slutkin and Tio Hardiman, "The Homicide That Didn't Happen," *Chicago Tribune*, February 9, 2011.

18 シカゴの殺人事件に関する統計は以下を参照。portal.chicagopolice.org/2011-murder-report/. 数値の減少に関する報道は以下を参照。William Lee, "Decreases in Major Crime Categories, Chicago Police Say," *Chicago Tribune*, September 8, 2010.

19 Frank Spielman and Frank Main, "Police Supt. Weis Bails Out," *Chicago Sun-Times*, March 2, 2011.

20 "Weis Critical of Decision Allowing Burge To Keep Pension" CBS Chicago, January 28, 2011.

21 http://harris.uchicago.edu/directory/faculty/brett_goldstein.

第六章　フェイスブックがソニーにならなかった理由

1 Julia Bort, "Facebook Engineer Jocelyn Goldfein to Women: Stop Being Scared of Computer Science," *Business Insider*, October 2, 2012.

2 Nicholas Carlson, "At Last—The Full Story of How Facebook Was Founded," *Business Insider*, March 5, 2010.

3 Jessica Guynn, "The Grunts Are Geeks at Facebook Bootcamp," *Los Angeles Times*, August 1, 2010.

4 Brier Dudley, "Facebook Message: Girls, Too, Can Do Computers," *Seattle Times*, March 11, 2012.

5 "Audio Podcast: Deep Inside Facebook with Director of Engineering Jocelyn Goldfein," 以下より。the Entrepreneurial Thought Leaders Lecture Series, Ecorner: organized by Stanford University's Entrepreneurship Corner, May 22, 2013.

6 Dudley, "Facebook Message: Girls, Too, Can Do Computers."

7 "Audio Podcast: Deep Inside Facebook with Director of Engineering Jocelyn Goldfein."

8 Nick Bilton, "Facebook Graffiti Artist Could Be Worth $500 Million," *New York Times*, "Bits" blog, February 7, 2012.

9 Sarah Phillips, "A Brief History of Facebook," *The Guardian*, July 24, 2007.

10 Ibid.

11 "Timeline: Key Dates in Facebook's Ten Year History," *Associated Press*, February 4, 2014.

12 Tomio Geron, "The Untold Story of Two Early Facebook Investors," *Forbes*, February 2, 2012.

13 Ashlee Vance, "Facebook: The Making of 1 Billion Users," *Bloomberg Businessweek*, October 4, 2012.

14 Robin Dunbar, *Grooming, Gossip and the Evolution of Human Language* (Cambridge: Harvard University Press, 1998).（『ことばの起源：猿の毛づくろい、人のゴシップ』松浦俊輔、服部清美訳、青土社、一九九八年）。以下も参照。Robin Dunbar, *How Many Friends Does One Person Need?* (Cambridge: Harvard University Press, 2010)（『友達の数は何人？：ダンバー数とつながりの進化心理学』藤井留美訳、インターシフト、二〇一一年）; "Neocortex Size as a Constraint on Group Size in Primates," *Journal of Human Evolution* 22, no. 6 (June 1992).

15 Drake Bennett, "The Dunbar Number, from the Guru of Social Networks," *Bloomberg Businessweek*, Technology. January 10, 2013.

16 R. I. M. Dunbar, "Coevolution of Neocortical Size, Group Size and Language in Humans," *Behavioral and Brain Sciences* 16, no. 4 (1993): 681-735.

17 Jessica Guynn, "The Grunts Are Geeks at Facebook Bootcamp," *Los Angeles Times*, August 1, 2010.

18 アンドリュー・ボスワースの二〇〇九年一一月一九日のフェイスブックへの投稿を参照。"Facebook Engineering Bootcamp." https://www.facebook.com/notes/facebook...bootcamp/177577963919.

19 Mike Swift, "A Look Inside Facebook's 'Bootcamp' for New Employees," *San Jose Mercury News*, April

18, 2012.

20 Samantha Murphy Kelly, "The Evolution of Facebook News Feed," *Mashable,* March 12, 2013.

21 Diberendu Ganguly, "How Facebook's Jocelyn Goldfein Brought Magic to the Most Popular Product 'Newsfeed,'" *The Economic Times,* January 25, 2013.

22 Ibid.

23 Ibid.

24 Ibid.

25 Ibid.

26 Ibid.

27 Ibid.

28 Sam Laird, "Facebook Completes Move into New Menlo Park Headquarters," Mashable.com, December 19, 2011.

29 Emil Protalinski, "Facebook Wants Two Menlo Park Campuses for 9,400 Employees," ZDnew. www.zdnet.com/.../facebook-wants-two-menlo-park-campuses, August 24, 2011.

30 Megan Rose Dickey, "Some of Facebook's Best Features Were Once Hackathon Projects," *Business Insider,* January 9, 2013.

31 ジョセリン・ゴールドファインの二〇一一年三月一〇日と三月一七日のフェイスブックへの投稿。www.facebook.com.

32 Ibid., September 15, 2011.

33 Ibid., April 23, 2012.

34 Ibid., January 24, 2012.

35 Ibid., June 24, 2012.

36 Ibid., April 25, 2012.

37 マーク・ザッカーバーグの二〇一三年六月二八日のフェイスブックへの投稿。www.facebook.com.

38 Ibid., August 19, 2012.

39 マイク・シュローファーの二〇一二年八月一四日のフェイスブックへの投稿。www.facebook.com.

40 ライアン・パターソンの二〇一三年五月二〇日のフェイスブックへの投稿。www.facebook.com.

41 Devindra Hardawar, "Facebook Home Isn't Dead Yet and More Surprises from Engineering Director Jocelyn Goldfein," *Venturebeat*, February 17, 2014, http://venturebeat.com/2014/02/17/facebook-home-isnt-dead-yet-more-surprises-from-mobile-engineering-director-jocelyn-goldfein.

42 Evelyn Rusli, "Facebook Buys Instagram for $1 Billion," *New York Times*, "DealBook," April 9, 2012.

43 "Facebook Reports Fourth Quarter and Full Year 2014 Results," January 28, 2015. www.investor.fb.com. releasedetail.cfm?ReleaseID=893395.

第七章　病院の専門を廃止する

1 Financial Aid Cost Summary, Harvard Business School website.

2 Toby Cosgrove, MD, *The Cleveland Clinic Way: Lessons in Excellence from One of the World's Leading Healthcare Organizations* (New York: McGraw-Hill, 2014).

3 Diane Solov, "From C's and D's to Clinic's Helm: At the Age of 63, Delos 'Toby' Cosgrove, Surgeon, Inventor, Go-to Guy (and Dyslexic), Finds the Job and Opportunity He's Been Looking For," Cleveland *Plain Dealer*, June 9, 2004.

4 Cosgrove, *The Cleveland Clinic Way*, p. xi.

5 *To Act as a Unit: The Story of Cleveland Clinic*, Cleveland Clinic Foundation, 2011, p. 129.

6 Cosgrove, *The Cleveland Clinic Way*, p. 109.

7 Ibid.

8 Alison Van Dusen, "America's Top Hospitals Go Global," Forbes.com, August 25, 2008.
9 Cosgrove, *The Cleveland Clinic Way,* p. 110.
10 "King Abdullah to Open Jeddah's International Medical Center Tomorrow," news release, Saudi Embassy archives, October 28, 2006.
11 "Cleveland Clinic: A Short History," Cleveland Clinic official website, www.clevelandclinic.org, p. 1.
12 "Bill of Sale: From Estate of Dr. Frank J. Weed to Dr. Frank E. Bunts and Dr. George Crile," Cleveland Ohio, April 10, 1891. 以下の資料に再掲。 John D. Clough, Peter G. Studer, and Steve Szilagyi, eds., *To Act As A Unit: The Story of Cleveland Clinic.* 5th ed., (Cleveland: Cleveland Clinic, 2011), p. 15.
13 Clough et al, *To Act As A Unit,* p. 16.
14 Ibid., p. 12.
15 Ibid.
16 "Cleveland Clinic: A Short History," p. 2.
17 Kate Roberts, "Mayo Clinic: History," Minnesota Historical Society website, 2007.
18 *The Cleveland Clinic Way,* p. 7.
19 Thomas Bausch et al., *Economic and Demographic Analysis for Cleveland, Ohio* (Cleveland: Cleveland Urban Observatory, 1974).
20 "Cleveland Clinic: A Short History," p. 5.
21 Ibid., p. 6.
22 Ibid., p. 7.
23 Ibid., p. 8.
24 Ibid., p. 7.
25 *To Act As A Unit,* pp. 168-69.
26 Ibid., p. 129.

27 "Cleveland Clinic: A Short History," p. 8.
28 Clough et al, *To Act As A Unit*, p. 129.
29 Ibid., p. 119.
30 Cosgrove, *The Cleveland Clinic Way*, p. 33.
31 Jerry Adler, "What Health Reform Can Learn from Cleveland Clinic," *Newsweek*, November 26, 2009.
32 Clough et al, *To Act As A Unit*, p. 109.
33 Ibid., p. 110.
34 Ibid.
35 Solov, "From C's and D's to Clinic's Helm: At the Age of 63, Delos 'Toby' Cosgrove, Surgeon, Inventor, Go-to Guy (and Dyslexic), Finds the Job and Opportunity He's Been Looking For."
36 Ibid.
37 Bob Rich, *The Fishing Club: Brothers and Sisters of the Angle* (Guilford, CT: Lyons Press, 2006), pp. 220-21.
38 Ibid., pp. 222-23.
39 Ibid., pp. 225.
40 Ibid., pp. 228-29.
41 Ibid., p. 231.
42 Solov, "From C's and D's to Clinic's Helm: At the Age of 63, Delos 'Toby' Cosgrove, Surgeon, Inventor, Go-to Guy (and Dyslexic), Finds the Job and Opportunity He's Been Looking For."
43 Cosgrove, *The Cleveland Clinic Way*, p. 90.
44 Ibid., p. 91.
45 Ibid., p. xi.
46 Ibid., p. 91.

47 Ibid.

48 Ibid.

49 Cosgrove, *The Cleveland Clinic Way*, p. 119.

50 Ursus Wehrli, "Tidying Up Art," Talk Video, 2006. www.ted.com.talks/ursus_wehrli_tidies_up_art. 以下も参照。Penelope Green, "The Art of Unjumbling," *New York Times*, March 27, 2013, Ursus Wehrli, *The Art of Clean Up; Life Made Neat and Tidy* (San Francisco: Chronicle Books, 2013). (『たのしいおかたづけ：THE ART OF CLEAN UP LIFE MADE NEAT AND TIDY』翔泳社、二〇一五年)。

51 Clough et al, *To Act As A Unit*, p. 132.

52 Cosgrove, *The Cleveland Clinic Way*, p. 22.

53 Accenture, "Clinical Transformation: New Business Model for a New Era in Healthcare," September 27, 2012.

54 Cosgrove, *The Cleveland Clinic Way*, p. 4.

55 Clough et al, *To Act As A Unit*, p. 155.

56 Ibid., p. 133.

57 Ibid., p. 134.

58 Ibid.

59 "Abby Abelson, MD, Named Chair of Department of Rheumatology at Cleveland Clinic," Cleveland Clinic News Service, April 6, 2011.

60 Clough et al, *To Act As A Unit*, p. 136.

61 "A Common Purpose: Kara Medoff Barnett and Amy Belkin," *Harvard Business School Alumni Magazine*, June 5, 2013.

62 "Seth Podolsky, MD," Official Biography, Cleveland Clinic website.

63 "James Merlino, MD," Official Biography, Cleveland Clinic website.

64 Cosgrove, *The Cleveland Clinic Way*, p. 119.
65 Ibid., p. 126.
66 Ibid., p. 114.
67 Ibid., p. 124.
68 Ibid., p. 114.
69 Ibid., p. 33.
70 患者の満足度に関するデータは、二〇一二年〜二〇一五年のUSニューズ&ワールドレポートの病院調査を参照。http://health.usnews.com/best-hospitals/rankings. HCAHPS (Hospital Consumer Assessment of Healthcare Providers and Systems) の調査も参照。www.cms.gov.
71 医療費の比較データは以下を参照。2014 Hospital Costs Reports from the American Hospital Directory at www.ahd.com.
72 Clough et al, *To Act As A Unit*, p. 127.
73 Ibid.
74 Ibid., p. 159.

第八章　サイロを利用して儲ける

1 以下を参照。"JPMorgan Chase Whale Trades: A Case History of Derivatives Risks and Abuses," Majority and Minority Staff Report, Permanent Subcommittee on Investigations, United State Senate, March 15, 2013, www.hsgac.senate.gov/subcommittees/investigations/hearings/chase-whale-trades-a-case-history-of-derivatives-risks-and-abuses. この事件を網羅的に説明する内容になっている。
2 損失の推計は上院の二〇一三年の報告書より。www.hsgac.senate.gov.
3 Anthony Effinger and Mary Childs, "From BlueMountain's Feldstein, a Win-Win with JPMorgan: After

Betting Against, and Beating, the London Whale, Feldstein Did More than Just Make Money," Bloomberg, January 20, 2013.

4 Farah Khalique, "The Whale," *Financial News*, December 7, 2012; Farah Khalique, "Unwinding the Whale Trade," *Financial News*, December 12, 2012.

5 以下を参照。"JPMorgan Chase Whale Trades: A Case History of Derivatives Risks and Abuses," Majority and Minority Staff Report, Permanent Subcommittee on Investigations, United State Senate, March 15, 2013, www.hsgac.senate.gov.

6 Gillian Tett, *Fool's Gold* (New York: Simon & Schuster, 2009).（『愚者の黄金：大暴走を生んだ金融技術』土方奈美訳、日本経済新聞出版社、二〇〇九年）

7 Ibid. 以下も参照。Dan McCrum and Tom Braithwaite, "Restraint Pays Off for BlueMountain Chief," *Financial Times*, March 14, 2013.

8 John Seely Brown, "New Learning Environments for the 21st Century," www.johnseelybrown.com/newlearning.pdf.

9 この物語については拙著『愚者の黄金』で詳しく述べている。

10 Donald MacKenzie, "The Credit Crisis as a Problem in the Sociology of Knowledge," *American Journal of Sociology*, May 2011.

11 Ibid.

12 Jonathan Shapiro, "Exploiting Inefficiencies," *The Australian Financial Review*, June 6, 2013.

13 Effinger and Childs, "From BlueMountain's Feldstein, a Win-Win with JPMorgan; After Betting Against, and Beating, the London Whale, Feldstein Did More than Just Make Money." 以下も参照。Tett, *Fool's Gold*.

14 "The Whale," *Financial News*, December 7, 2012.

15 David Rubenstein, BMCM, interview, *Global Investor*, September 1, 2013.

16 "JPMorgan Chase Whale Trades: A Case History of Derivatives Risks and Abuses," Majority and Minority Staff Report, Permanent Subcommittee on Investigations, United State Senate, March 15, 2013, p. 3.

17 Ibid., p. 260

18 Ibid., p. 7; "JP Morgan Chase Whale Trade: A Case History of Derivatives Risks and Abuses," Senate committee investigation, p. 260, www.hsgac.senate.gov.

19 Stephanie Ruhle, Bradley Keoun, and Mary Childs, "JPMorgan Trader's Positions Said to Distort Credit Index," Bloomberg, April 6, 2012. 以下も参照。Shannon D. Harrington, Bradley Keoun, and Christine Harper, "JPMorgan Trader Iksil Fuels Prop-Trading Debate with Bets," Bloomberg, April 9, 2012; Gregory Zuckerman and Katy Burne, "London Whale Rattles Debt Markets," *Wall Street Journal*, April 6, 2012.

20 "JPMorgan Chase Whale Trades: A Case History of Derivatives Risks and Abuses," Majority and Minority Staff Report, Permanent Subcommittee on Investigations, United State Senate, March 15, 2013. 三一九ページにこの問題に関する包括的な説明が載っている。

21 MacKenzie, "The Credit Crisis as a Problem in the Sociology of Knowledge."

22 "Innovation and Collaboration at Merrill Lynch," Harvard Business School case study, March 26, 2007, p. 4.

23 Ibid., p. 7.

24 "Innovation and Collaboration at Merrill Lynch," p. 16.

25 Ibid., p. 19.

26 http://www.hanes.com/corporate.

終章　点と点をつなげる

1 Marcel Proust, *Remembrance of Things Past,* Volume 5, *The Captive,* Chapter 2, 以下の翻訳版を参照した。C. K. Scott Moncrieff (New York: Random House, 1935).（『失われた時を求めて　5』伊吹武彦訳、新潮社、一九八三年）

2 この点についてローレン・タルボットが説明する様子は以下で閲覧できる。https://www.youtube.com/watch?v=S6EvneIRiTo.

3 Douglas Thomas and John Seely Brown, *A New Culture of Learning* (CreateSpace Independent Publishing Platform, 2011). 以下も参照。www.johnseelybrown.com/newlearning.pdf.

4 Fareed Zakaria, *In Defense of a Liberal Education* (New York: W. W. Norton, 2015).

訳者あとがき 「インサイダー兼アウトサイダー」という視点

世界の金融システムがメルトダウンし、デジタル版ウォークマンの覇権をめぐる戦いでソニーがアップルに完敗し、ニューヨーク市役所が効率的に市民サービスを提供できない背景には、共通の原因がある。それは何か——。謎かけのようなこの問いに、イギリスを代表する経済ジャーナリストが挑んだのが本書である（原著は二〇一五年九月に米サイモンアンドシュスター社によって刊行された『The Silo Effect: The Peril of Expertise and the Promise of Breaking Down Barriers』）。

著者ジリアン・テットは現在、英フィナンシャル・タイムズ紙のアメリカ版編集長を務める。過去には東京支局長も務め、日本長期信用銀行の破綻とリップルウッドによる再生を描いた『セイビング・ザ・サン』を著している。金融市場のエキスパートとして名高いテットだが、本書は金融本ではない。

「なぜ現代の組織で働く人々は、ときとして愚かとしかいいようのない集団行動をとるのか」「なぜわれわれはときとして自分に何も見えていないことに気づかないのか」。そんな根源的問いに答えようとする試みであり、導き出した答えが「サイロ」だ。複雑化する社会に効率的に対応するため、組織の細分化と専門特化が進み、誰も自分のサイロ以外で何が起きているか知らず、知ろうともしなくなっている。またそんな仕事のやり方を当たり前のものととらえ、別のやり方があるのではないかと考えることもしない。そうした現象を著者は「サイロ・エフェクト」と呼ぶ。

テットには駆け出し記者時代に、周囲に隠していた過去がある。ケンブリッジ大学院で文化人類学を専攻し、旧ソ連時代のタジキスタンの山奥の村に住み込み、その結婚制度を研究していた。およそロンドンのシティやウォール街で一目置かれるような経歴ではないとテットは考えていた。しかし金融危機をきっかけに金融、経済、あるいは数字だけを見ていては問題の本質に迫ることはできないという思いを強くした。

ライバル紙のウォールストリート・ジャーナルが書評で「文化人類学者のレンズを通じて（サイロ・エフェクトという）根源的な概念を徹底的に分析した」と高く評価したとおり、本書では自らの文化や価値体系を相対化して見る「インサイダー兼アウトサイダー」という彼女の文化人類学者の視点が、サイロという現代の組織に共通する問題をあぶり出すカギとなっている。

第一部は、ニューヨーク市役所やスイスの大手銀行ＵＢＳなど、サイロの弊害で質の高いサービスを提供できなくなったり巨額の損失を被った組織の事例を取りあげている。とりわけ日本の読者に興味深いのは、ソニーのエピソードだろう。

ソニーについて記した第二章は、一九九九年に当時の出井伸之ＣＥＯがラスベガスで誇らしげにデジタル・ウォークマンを発表する場面から始まる。素晴らしい音質に観衆はため息をつく。ところが、出井はさらにもうひとつの商品を取り出し同じことをしてみせる。それで終わりかと思ったら、まもなくしてソニーは三つ目のデジタル音楽プレイヤー「ネットワーク・ウォークマン」を発表する。当時は、それはソニーの技術力の証だとされた。しかし、この三つの製品は互いに互換性がない。互いに情報を共有しない別々の部署から開発されたものだった。

出井は、大規模化したソニーを専門家集団の「サイロ」に分割することが経営だと信じていた。一九九四年に社を八つの独立部門「カンパニー」に分け、それぞれが責任をもってそれぞれのカンパニーを経営することを求めたのである。

一方のアップルは会社をこのように分けることはせず、単一の組織として、単一の商品を出した。それがｉＰｏｄだ。どちらが正しかったかは、その後の歴史が明らかにしている。

こうしたストーリーの語り部となるのは出井の後を次いでＣＥＯに就任したハワード・ストリンガーだ。

アメリカ事業のトップを務めた経験がある一方、東京には住んだこともない「インサイダー兼アウトサイダー」であるストリンガーは、いち早くソニーの問題がサイロ化であることに気づき、東京本社での就任挨拶で「サイロ打破」を宣言する。だがストリンガーの熱意は空回りを続ける。プレイステーション部門をソニー再生の起爆剤にしようと品川の本社ビルへの移転を再三要請するも無視された挙句、ようやく移転してきたと思ったら周囲を透明なガラスの壁で囲ってしまったというエピソードは笑い話のようだ。これまでソニー衰退については、日本の著者による本がいくつか書かれているが、ソースを主に、このサイロの中にいた人にとっていた。「敗軍の将」であるストリンガーがここまで詳細にインタビューに応じたのは初めてだ。ソニーにいた人々にとっては反論もあろうが、なによりももともと米国のテレビネットワークＣＢＳのプロデューサーだったストリンガーの「インサイダー兼アウトサイダー」の視点でソニーの問題を捉え直すというところに、テットの目的がある。

テットは組織のサイロ化を全否定しているわけではない。複雑化する社会で効率的に仕事を遂行するためには、組織の専門化は不可欠であると認めている。そのうえでサイロの弊害をどのように克服していくかが第二部のテーマである。

最初に紹介されるのは、シカゴで「殺人予報地図」をつくったエンジニアの話だ。ネット起業家だったブレット・ゴルードスタインは、9・11を契機にして、ネット起業ではなくもっと社会に貢献する仕事がしたいと思う。ゴールドスタインが選んだのは警察官だった。しかも、全米の都市の中でもっとも人口あたりの殺人件数が多いシカゴの警察官になる。ゴールドスタインは「インサイダー兼アウトサイダー」の眼で、シカゴ警察を見る。どうすれば、シカゴの殺人事件の件数を減らせるだろうか。ゴールドスタインが新しい警察のトップとともに考えついたのは、異なる地域のデータをクロスし、ギャングの移動状況、気温の変動など様々な要素を加え、さらに双方向の各警察官からの報告を加えながら、どこで殺人事件が起こりそうかを予測する地図システムをつくりあげることだった。実際にこのシステムが完成すると、フラグがたった地域に警察官を派遣することで、殺人率が低下していったのだ。このシステムは、まさに警察内のサイロを横断して初めてできたシステムだった。

最後に紹介されるヘッジファンド、ブルーマウンテン・キャピタルのケーススタディは、サイロを打破することが組織を守るだけではなく、攻めの手段にもなり得ることを示している。大手米銀の出身であるブルーマウンテンの創業者は、ウォール街の大手銀行が業務をどのように硬直的なチームに割り振っているかを研究し、そのような分類システムから生じる弱点を逆手に取る方法を徹底的に追求した。つまり、競争相手の「サイロ」を見つけて、そこを衝いて相場をはるわけだ。

本書は英国と米国で発売されるや、主要紙誌が一斉にとりあげることになった。冒頭に紹介したウォールストリート・ジャーナル紙をはじめ、エコノミスト誌、フィナンシャル・タイムズ紙、ニューヨークタイムズ紙などが、それぞれにこの本をレビューし、「サイロ・エフェクト」というテットが提示した現代社会の問題について論じている。それは、とりもなおさず、高度に専門化する社会にあって、あらゆる組織が、いかにこの「サイロ」を克服するかにのたうちまわっていることの証左だろう。

凡百のビジネス書と違い、本書は安易に解決策を出さない。一章で紹介されたフランスの文化人類学者ピエール・ブルデューが、フランスの田舎街のダンス・ホールで「踊っている人」ではなく、壁に張りつき「踊らない人々」に注目し、そこからフランスの戦後の経済成長のなかで二つの階層が出現しつつあったことを提起したのと同様に、テットは、それまで人々が見ていなかった場所に光をあてることで、改めてその「分類」がなぜ起こったのかを読者に考えさせる、そんな知的格闘を要する本になっている。

最後にこの場をお借りして、編集をご担当いただいた文藝春秋国際局の下山進氏に感謝申し上げる。

二〇一六年一月

土方奈美

著者　ジリアン・テット　(Gillian Tett)

フィナンシャル・タイムズ（FT）紙アメリカ版の編集長であり、FT紙有数のコラムニストでもある。1993年にＦＴ紙に入社する前は、文化人類学者だった。旧ソ連のタジキスタンの小さな村に三年暮らし、結婚慣習を観察している。文化人類学者として身につけた方法論を彼女は「インサイダー兼アウトサイダー」の目で観察することと本書で説明している。本書は、そうした文化人類学のアプローチ方法を使いながら、高度に専門化する社会に対応しようとして、組織が限りなく細分化、孤立化し、全体状況に対応できない様を「サイロ・エフェクト」という言葉で規定した。ソニー、ＵＢＳ、フェイスブック、クリーブランド・クリニック、ニューヨーク市庁などをこの「インサイダー兼アウトサイダー」の眼で見た本書は、欧米のビジネス界で、「サイロ・エフェクト」の言葉とともに大きな反響を呼んでいる。

訳者　土方奈美（ひじかた・なみ）

日本経済新聞記者を経て、2008年より翻訳家として独立。訳書に、『グーグル秘録　完全なる破壊』（ケン・オーレッタ著）、『How Google Works　私たちの働き方とマネジメント』（エリック・シュミット、ジョナサン・ローゼンバーグ著）、『インテル　世界で最も重要な会社の産業史』（マイケル・マローン著）などがある。

サイロ・エフェクト
高度《こうど》専門化《せんもんか》社会《しゃかい》の罠《わな》

二〇一六年二月二十五日　第一刷
二〇一九年一月二十五日　第三刷

著　者　ジリアン・テット
訳　者　土方《ひじかた》奈《な》美《み》
発行者　飯窪成幸
発行所　株式会社文藝春秋
〒一〇二―八〇〇八
東京都千代田区紀尾井町三―二三
電話　〇三―三二六五―一二一一
印刷所　大日本印刷
製本所　大口製本

ISBN978-4-16-390389-7